JOHN GRISHAM

John Grisham es autor de cuarenta y ocho libros que se han convertido en bestsellers número uno de manera consecutiva y que han sido traducidos a casi cincuenta idiomas. Sus obras más recientes incluyen *Los Guardianes, El manuscrito, Sooley, Tiempo de perdón* y *La lista del juez.*

Grisham ha ganado en dos ocasiones el Premio Harper Lee de ficción legal y ha sido galardonado con el Premio al Logro Creativo de Ficción de la Biblioteca del Congreso de Estados Unidos.

Cuando no está escribiendo, Grisham trabaja en la junta directiva de Innocence Project y Centurion Ministries, dos organizaciones dedicadas a lograr la exoneración de personas condenadas injustamente. Muchas de sus novelas exploran problemas profundamente arraigados en el sistema judicial estadounidense.

John vive en una granja en Virginia.

SPARRING PARTNERS
ADVERSARIOS

JOHN GRISHAM

SPARRING PARTNERS

ADVERSARIOS

Traducción de
Gabriel Dols Gallardo

VINTAGE ESPAÑOL

Penguin
Random House
Grupo Editorial

Título original: *Sparring Partners*
Primera edición: agosto de 2023

© 2022, Belfry Holdings, Inc.
© 2023, Penguin Random House Grupo Editorial, S. A. U.
Travessera de Gràcia, 47-49. 08021 Barcelona
© 2023, Gabriel Dols Gallardo, por la traducción
© 2023, Penguin Random House Grupo Editorial USA, LLC
8950 SW 74th Court, Suite 2010
Miami, FL 33156

Impreso en Colombia - *Printed in Colombia*

ISBN: 978-1-64473-863-4

Compuesto en Comptex & Ass., S. L.

23 24 25 26 27   10 9 8 7 6 5 4 3 2

ÍNDICE

VUELTA A CASA

I

Era una de esas crudas, ventosas y grises tardes de lunes de
febrero en las que el paisaje se empapaba de melancolía y
proliferaba la depresión estacional. Era día inhábil en los juzgados; el teléfono no sonaba. Los delincuentes comunes y
demás clientes en potencia estaban ocupados en alguna otra
parte, sin la menor intención de contratar los servicios de un
abogado. Si entraba alguna llamada de vez en cuando, lo más
probable era que fuese de un hombre o mujer que aún no había superado el impacto del despilfarro navideño y buscaba
consejo sobre el impago de los cargos de la tarjeta de crédito.
A esos los remitía rápidamente al bufete de al lado, o a uno
del otro extremo de la plaza o de donde fuera.

Jake, en su escritorio del piso de arriba, hacía poca mella
en la pila de papeleo que llevaba postergando semanas, si no
meses. Dado que se avecinaban varios días sin juicios ni vistas programados, hubiera sido un buen momento para ponerse al día con el material atrasado: esos expedientes aban-
donados que tenía todo abogado, a los que había dicho que sí
hacía un año por algún motivo y ahora solo quería perder de
vista. Lo bueno de ejercer la abogacía en una localidad pe-

queña, sobre todo si se trataba del lugar donde habías nacido, era que todo el mundo sabía cómo te llamabas, algo muy
deseable. Era importante que la gente pensara bien de ti y te
apreciara, tener buena reputación. Cuando a un vecino le surgía un problema, querías que fuese a ti a quien llamara. Lo
malo era que los casos siempre eran de poca monta y rara vez
salían rentables, pero no podías negarte. El chismorreo era
implacable e incesante, y un abogado que diera la espalda a
sus amigos no duraría mucho.

Interrumpió su abatimiento Alicia, su actual secretaria
a tiempo parcial, al hablar por el interfono.

—Jake, ha venido a verte una pareja.

Una pareja. Casada pero con ganas de dejarlo de estar.
Otro divorcio barato. Echó un vistazo a su agenda, aunque
sabía que no había nada.

—¿Tienen cita? —preguntó, pero solo para recordarle a
Alicia que no debía incordiarlo con esa clase de clientes.

—No, pero son muy majos y dicen que es muy urgente.
Están decididos a verte y me han dicho que solo necesitaban
un par de minutos.

Jake odiaba que lo presionaran en su propia oficina. En
un día más ajetreado se hubiera librado de ellos por cuestión
de principios.

—¿Aparentan tener dinero? —La respuesta siempre era
que no.

—Bueno, la verdad es que parecen bastante acomodados.

¿Acomodados? En el condado de Ford. Le picó un poco
la curiosidad.

—Son de Memphis y solo están de paso —continuó Alicia— pero, como digo, insisten en que es importante.

—¿Alguna idea acerca de qué se trata?

—No.

Bueno, no sería un divorcio si vivían en Memphis. Repasó una lista de posibilidades: el testamento de la abuela, un viejo terreno de la familia, quizá un hijo arrestado por tema de drogas en la Universidad de Mississippi. Como estaba aburrido, un tanto intrigado y necesitaba una excusa para evitar el papeleo, preguntó:

—¿Les has dicho que estoy ocupado negociando una conciliación por videoconferencia con una docena de abogados?

—No.

—¿Les has dicho que me esperan en los juzgados federales de Oxford y solo puedo dedicarles un momento?

—No.

—¿Les has dicho que tengo la agenda repleta de citas?

—No. Es bastante obvio que esto está vacío y el teléfono no suena.

—¿Dónde estás?

—En la cocina, para poder hablar.

—Vale, vale. Prepara café y llévalos a la sala de juntas. Bajo en diez minutos.

2

Lo primero en lo que reparó Jake fue en lo bronceados que estaban. Era evidente que llegaban de algún sitio soleado. En Clanton, nadie estaba moreno en febrero. Lo segundo que le llamó la atención fue el peinado corto y elegante de la mujer, con un toque de gris, con mucha clase y a todas luces caro. Se fijó en la fina chaqueta de sport del caballero. Los dos iban bien vestidos y arreglados, lo cual los distanciaba del cliente inesperado habitual.

Les estrechó la mano mientras se presentaban. Gene y Kathy Roupp, de Memphis. Cincuenta y muchos años, muy agradables, con sendas sonrisas confiadas que revelaban dentaduras bien alineadas y cuidadas. Jake se los imaginaba perfectamente en un campo de golf de Florida dándose la buena vida al amparo de vallas y guardias de seguridad.

—¿En qué puedo ayudarlos? —les preguntó.

Gene esbozó una sonrisa y tomó la palabra.

—Bueno, lamento decir que no venimos en calidad de posibles clientes.

Jake mantuvo el clima distendido con una sonrisa falsa y un encogimiento de hombros resignado, como si dijera: «¡Qué caray! ¿Qué abogado necesita que le paguen por su tiempo?». Les concedería unos diez minutos más y una taza de café antes de darles puerta.

—Acabamos de volver de pasar un mes en Costa Rica, uno de nuestros sitios favoritos. ¿Ha estado alguna vez?

—No. Tengo entendido que es genial. —No tenía entendido nada semejante, pero ¿qué otra cosa iba a decir? Jamás reconocería que había salido de Estados Unidos exactamente una vez en sus treinta y ocho años. Los viajes al extranjero eran solo un sueño.

—Nos encanta ir allí, es un verdadero paraíso. Unas playas preciosas, montañas, selva tropical, una cocina riquísima. Tenemos varios amigos con casa allí; el metro cuadrado está bastante barato. La gente es encantadora, educada; casi todos hablan inglés.

Jake aborrecía el juego de las curiosidades turísticas, porque él nunca había viajado a ninguna parte. Los peores eran los médicos locales, siempre alardeando de los destinos más de moda.

Kathy ardía en deseos de tomar el relevo de la conversación.

—Para jugar al golf es increíble —terció—, hay un montón de campos fabulosos.

Jake no jugaba al golf porque no era miembro del Club de

Campo de Clanton. Entre sus socios había demasiados médicos, trepas y gente de familia rica de toda la vida.

Sonrió, asintió a lo que ella le decía y esperó a que uno de los dos continuase. De un bolso que le quedaba a la vista, la mujer sacó medio kilo de café en una lata reluciente y dijo:

—Tome un regalito: San Pedro Select, nuestro preferido. Increíble. Siempre traemos maletas llenas.

Jake lo aceptó por educación. A falta de honorarios en efectivo, le habían pagado con sandías, venado fresco, leña, reparaciones de coche y más productos y servicios de trueque de los que quería recordar. Su mejor amigo dentro de la profesión, Harry Rex Vonner, había aceptado una vez una segadora John Deere a modo de emolumento, aunque no tardó en averiarse. Otro abogado, que ya no ejercía, había cobrado en favores sexuales de una cliente de divorcio. Cuando perdió el caso, ella lo demandó por negligencia alegando «rendimiento insatisfactorio».

Sea como fuere, Jake admiró la lata e intentó leer la etiqueta en español. Reparó en que no habían tocado su café, y de repente le preocupó que fueran unos entendidos y su bufete no estuviera a la altura de sus expectativas.

Gene retomó la conversación.

—Pues bien, hace dos semanas estábamos en uno de nuestros ecoresorts favoritos, en lo alto de la montaña, en mitad de la selva tropical, un sitio pequeño de solo treinta habitaciones, con unas vistas increíbles.

¿Cuántas veces serían capaces de usar la palabra «increíble»?

—Y estábamos desayunando fuera, mirando a los monos araña y los periquitos, cuando un camarero se para en nuestra mesa para servirnos más café. Era muy amable…

—Allí la gente es amabilísima, y les encantan los americanos —intercedió Kathy.

¿Cómo no iban a encantarles?

Gene asintió a la interrupción y continuó.

—Charlamos un rato con él y nos contó que se llamaba Jason y que era de Florida, aunque llevaba veinte años viviendo allí. Lo vimos a la hora de comer y hablamos un poco más. Después nos fuimos encontrando con él y siempre disfrutábamos conversando un rato. El día antes de que nos fuéramos, nos pidió que compartiésemos con él una copa de champán en un pequeño bar que era una casa en un árbol. Había acabado su turno y dijo que invitaba él. Las puestas de sol sobre las montañas son increíbles y estábamos la mar de a gusto, cuando de pronto se puso serio.

Gene hizo una pausa y miró a Kathy, que estaba al quite y se lanzó con:

—Dijo que tenía algo que contarnos, algo muy confidencial. Dijo que en realidad no se llamaba Jason ni era de Florida. Se disculpó por haber faltado a la verdad y nos contó que su verdadero nombre era Mack Stafford y era de Clanton, Mississippi.

Jake intentó mantenerse impertérrito, pero fue imposible. Se le abrió la boca y se le pusieron los ojos como platos.

Los Roupp observaron atentamente su reacción.

—Entiendo que conoce a Mack Stafford —dijo Gene.

Jake exhaló, sin saber muy bien qué decir.

—Vaya, no me lo puedo creer.

—Nos dijo que ustedes eran viejos amigos —añadió Gene.

Atónito, a Jake le seguían faltando las palabras.

—Me alegro de que esté vivo, la verdad.

—¿O sea que lo conoce bien?

—Ya lo creo, muy bien.

Tres años antes, la ciudad se había visto sacudida por la escandalosa noticia de que Mack Stafford, un abogado bien conocido en la plaza, había perdido la chaveta, se había declarado en quiebra, se había divorciado de su mujer y había abandonado a su familia en mitad de la noche. Fue la comidilla de la ciudad durante semanas enteras y dio pábulo a toda clase de conjeturas descabelladas; cuando las aguas por fin comenzaron a calmarse, pareció que, por una vez, la mayoría de los rumores no iban desencaminados.

Mack llevaba diecisiete años practicando el derecho civil y Jake lo conocía bien. Era un abogado decente con una reputación digna. Como la mayoría de ellos, se ocupaba de los asuntos rutinarios de los clientes que acudían a su despacho y a duras penas lograba salir a flote. Su mujer, Lisa, era vicedirectora del instituto de Clanton y ganaba un sueldo fijo. El padre de ella era propietario de la única planta de hormigón del condado, lo que situaba a su familia un peldaño o dos por encima de las demás, pero todavía a considerable distancia de los médicos. Lisa no era antipática pero sí un poco estirada, y por eso Jake y Carla nunca habían tenido mucho trato con ellos.

Tras la desaparición de Mack, porque pronto quedó claro que, en efecto, se había esfumado sin dejar rastro, corrió la voz de que se había dado a la fuga con un dinero que no era exactamente suyo. Lisa se lo llevó todo en el divorcio, aunque el pasivo de la pareja casi igualaba el activo. Mack le endosó sus archivos, carpeta de clientes y problemas legales a Harry Rex, quien explicó a Jake en confidencia que había cobrado en efectivo por las molestias, y que Mack además había dejado algo de dinero para sus dos hijas y Lisa. Esta no tenía ni idea de la procedencia.

El hecho de que hubiera desparecido de forma tan drástica no hacía sino dar pábulo a las conjeturas de que había hecho algo malo, y robar el dinero de algún cliente era la hipótesis más verosímil. Todos los abogados manejaban el dinero de sus clientes, aunque solo fuera durante breves periodos de tiempo, y la vía más rápida y habitual para acabar inhabilitado era sisar un poco de aquí y de allá. No faltaban casos legendarios de abogados que habían sucumbido a la tentación de saquear fondos fiduciarios enteros, bienes de menores tutelados y fondos comunes para indemnizaciones. Por lo general intentaban esconderse durante una temporada, pero siempre los pillaban, los inhabilitaban y los metían en la cárcel.

Sin embargo, a Mack nunca lo pillaron ni se supo nada más de él. A medida que pasaban los meses, Jake le iba preguntando a Harry Rex, siempre con una cerveza de por medio, si había tenido noticias suyas. Ni una palabra, jamás, y entre los abogados locales la leyenda fue creciendo. Mack había logrado ejecutar la gran evasión. Había dado carpetazo a un matrimonio infeliz y una carrera profesional lamentable y estaba en la playa en alguna parte, tomando rones. O por lo menos esa era la fantasía entre los abogados que había dejado atrás.

4

—Nos dio la impresión de que había hecho algo malo por aquí —dijo Kathy—, pero no llegó a mencionar el qué. A ver, era lógico pensar que un tipo como él, que vivía en un lugar exótico allí abajo y usaba un alias, tenía un pasado bastante pintoresco. Pero claro, no nos reveló gran cosa.

—Cuando volvimos a casa —continuó Gene—, escarbamos un poco y descubrimos un par de noticias en los periódicos locales, pero no había ningún detalle interesante. Su divorcio, la quiebra y la desaparición.

Kathy tomó el relevo.

—¿Le podemos preguntar, señor Brigance, si Mack hizo algo malo? ¿Es un fugitivo?

Jake no tenía la menor intención de hacer confidencias a aquellos desconocidos, dos personas agradables a las que probablemente jamás volvería a ver. La verdad era que Jake no sabía a ciencia cierta que Mack hubiese cometido un delito. Desvió la pregunta con un:

—No lo creo. No es ningún crimen divorciarse y mudarse a otro sitio.

La respuesta resultó del todo insatisfactoria. Flotó en el aire durante unos segundos y luego Gene se le acercó un poco más y preguntó:

—¿Hicimos algo malo al hablar con él?

—Por supuesto que no.

—¿Somos encubridores o algo parecido?

—De ninguna manera. Es imposible; tranquilos.

Respiraron hondo.

—El auténtico interrogante es: ¿qué hacen aquí? —preguntó Jake.

Cruzaron una sonrisilla cómplice y Kathy metió la mano en el bolso. Sacó un sobre de papel manila liso, sin marcas ni sellos, de once por veinte, y se lo entregó a Jake, que lo aceptó con suspicacia. La solapa estaba enganchada con pegamento, celo y grapas.

—Mack nos pidió que pasáramos a verlo y lo saludáramos de su parte —explicó Gene—. Y nos pidió que le diéramos esto. No tenemos ni idea de qué es.

Kathy volvía a estar nerviosa.

—Esto es correcto, ¿no? No nos hemos metido en ningún lío, ¿verdad?

—Por supuesto que no. Nadie lo sabrá nunca.

—Dijo que usted era de confianza.

—Lo soy. —Jake no estaba seguro de qué le estaban confiando, pero no quería preocuparlos.

Gene le tendió un trozo de papel y dijo:

—Este es nuestro teléfono en Memphis. Mack quiere que nos llame dentro de un par de días y diga, simplemente, sí o no. Eso es todo. Solo sí o no.

—Vale.

Jake cogió el trozo de papel y lo colocó junto al sobre y la lata de café. Kathy por fin dio un sorbo de su taza y se mantuvo impasible.

Habían completado su misión y estaban listos para marcharse. Jake les aseguró que todo quedaría en la más estricta confidencialidad y no informaría a nadie de aquel encuentro. Los acompañó hasta la entrada, salió con ellos a la acera y los vio subirse a un reluciente sedán BMW, en el que partieron.

Después volvió al trote a la sala de juntas, cerró la puerta y abrió el sobre.

5

La carta estaba mecanografiada en una sola hoja de papel blanco doblada en tres pliegues, con un sobre más pequeño metido entre ellos.

Decía así:

Hola, Jake:

A estas alturas ya habrás conocido a mis dos flamantes mejores amigos, Gene y Kathy Roupp, de Memphis; buena gente. Iré al grano. Quiero hablar contigo, aquí en Costa Rica. Quiero volver a casa, Jake, pero no estoy seguro de que sea posible. Necesito tu ayuda. Os pido a Carla y a ti que hagáis una escapadita y vengáis a verme, el mes que viene, durante las vacaciones de primavera. Doy por sentado que Carla sigue enseñando y doy por sentado que los institutos siguen tomándose libre la segunda semana de marzo. Os reservaré seis noches en el Terra Lodge, un espléndido resort de ecoturismo en las montañas. Os encantará. Adjunto mil ochocientos dólares en metálico, más que suficiente para dos billetes de ida y vuelta de Memphis a San José, Costa Rica. Allí tendré un coche esperándoos para traeros hasta aquí. Son unas tres horas y el trayecto es precioso. Habitaciones, comidas, visitas, todo corre de mi cuenta. Las vacaciones soñadas de toda una vida. En cuanto lleguéis, os encontraré tarde o temprano y hablaremos. La discreción es mi especialidad de un tiempo a esta parte, por lo que te aseguro que nadie se enterará jamás de que hemos quedado. Cuanto menos hables de las vacaciones, mejor. Ya sé cuánto le gusta chismorrear a la gente en esa espantosa ciudad.

Te lo pido por favor, Jake. Te valdrá la pena, aunque solo sea por un viaje inolvidable.

Lisa no está bien. Puedes hablar de esto con Harry Rex, pero, por favor, asegúrate de que ese bocazas jure que guardará silencio.

No haré nada que ponga en peligro vuestro bienestar.

Piénsatelo. Dentro de unos días, llama a Gene y di o bien «Sí» o bien «No».

Te necesito, amigo.

MACK

El sobrecito contenía un satinado folleto de Terra Lodge.

6

El lugar más peligroso del centro de Clanton en lunes era sin duda el bufete de abogados de Harry Rex Vonner. Con su merecida reputación de abogado de divorcios más rastrero del condado, atraía a clientes con bienes por los que valía la pena pelear. Los lunes eran movidos por varias razones: mal comportamiento el sábado por la noche, demasiado tiempo en casa discutiendo de esto y aquello o incluso otra comida explosiva de domingo con los suegros. No faltaban los detonantes, y los cónyuges, ya quemados y en pie de guerra, corrían a obtener consejo legal lo antes posible. Para el mediodía, la oficina era un polvorín donde los teléfonos sonaban sin tregua y los litigantes, tanto en curso como nuevos, entraban y salían con y sin cita. Los atribulados secretarios intentaban mantener el orden mientras Harry Rex paseaba de un lado a otro como una fiera, gruñendo a todo el mundo, o bien se escondía en el búnker de su despacho para escapar de la refriega. No era inusual que, en lunes, saliera hecho una furia de su guarida para ordenarle a alguien, cliente o no, que se largara.

Siempre lo obedecían porque tenía fama de impredecible. Y esa también se la había ganado a pulso. Unos años antes, una secretaria había irrumpido en su despacho para informarle de que acababa de recibir una llamada de un marido que se dirigía hacia allí con una pistola. Harry Rex abrió su armario y, de entre su impresionante arsenal, seleccionó su favorita, una escopeta semiautomática Browning del calibre 12. Cuando el marido aparcó la camioneta delante de los juzgados y enfiló hacia su despacho, Harry Rex salió a la acera y efectuó dos disparos a las nubes. El marido se batió en retirada hasta su vehículo y huyó. Las detonaciones resonaron en la plaza como cañonazos, y las oficinas y los comercios se vaciaron cuando la gente salió corriendo a ver qué pasaba. Alguien llamó a la policía. Para cuando el sheriff Ozzie Walls aparcó delante de la oficina, ya se había reunido una multitud en el césped de los juzgados, a una prudencial distancia. Ozzie entró para hablar con Harry Rex; disparar un arma de fuego en un espacio público era un delito, sin duda, pero en una cultura en la que se reverenciaba la Segunda Enmienda y cada vehículo transportaba por lo menos dos armas de fuego, la legislación en raras ocasiones se aplicaba. Harry Rex alegó defensa propia y juró apuntar más bajo la próxima vez.

Al atardecer del lunes, Jake bordeó la plaza y, para evitar el caos de la entrada, se metió por un callejón y entró en la oficina por la puerta de atrás. Harry Rex estaba sentado a su escritorio, con la ropa arrugada como siempre, la corbata desanudada, manchas de comida en la camisa y el pelo hecho un desastre. Contra todo pronóstico, sonrió, antes de preguntar:

—¿Qué cojones haces aquí?

—Tenemos que echar una cerveza a medias —dijo Jake.

Era un mensaje en clave que significaba: «Tenemos que hablar, ahora mismo, y es máximo secreto». Harry Rex cerró los ojos y respiró hondo.

—¿De qué se trata? —preguntó en voz baja.

—Mack Stafford.

Otro suspiro y luego una expresión de incredulidad.

—Nos vemos en el Riviera a las ocho.

Ya en casa, Jake besó, abrazó e incordió a Carla mientras ella metía el pollo en el horno y preparaba la cena. Subió al piso de arriba y encontró a Hanna ocupada con los deberes. Fue al cuarto de Luke y lo vio jugando tranquilamente bajo la cama. Volvió a la cocina, le pidió a su mujer que se sentara a la mesa del desayuno y le enseñó la carta. Mientras la leía, ella empezó a sacudir la cabeza y darse golpecitos en los dientes con una uña esmaltada, un viejo hábito que podía significar varias cosas.

—Menudo pájaro.

—Mack siempre me cayó bien.

—Dejó a su mujer y sus hijas y desapareció. ¿Y no les robó dinero a sus clientes, además?

—Eso dice la leyenda. Se esfumó hace tres años, pero en realidad no abandonó a su mujer. Se estaban divorciando. ¿Está enferma?

—Madre mía, Jake. Lisa tiene cáncer de pecho desde hace ya un año; lo sabías.

—Debo de haberme olvidado. Hay tanto cáncer... Nunca te entusiasmó, si mal no recuerdo.

—No mucho, no. —Carla volvió a mirar la carta—. Echa un ojo a esas patatas.

Jake se acercó a los fogones y removió una olla en la que hervían patatas. Llenó un vaso de agua y volvió a la mesa.

—¿Por qué se dirige a ti? —preguntó ella—. ¿Su abogado no era Harry Rex?

—Lo era, y supongo que lo sigue siendo. A lo mejor es porque a Harry Rex le da miedo volar y Mack sabía que él no haría el viaje. No tiene nada de malo que vayamos; quiero decir, que no hay nada ilegal en ello.

—No hablarás en serio.

—¿Por qué no? Una semana con todos los gastos pagados en un elegante resort de las montañas.

—No.

—Vamos, Carla. Hace años que no disfrutamos de unas vacaciones de verdad.

—Jamás hemos tenido unas vacaciones de verdad; ya sabes, subirse a un avión y volar a alguna parte.

—Exacto. Esta es una oportunidad de las que se presentan una vez en la vida.

—No.

—¿Por qué no? El tío necesita ayuda. Quiere volver a casa y, no sé, a lo mejor arreglar las cosas con su familia. No tiene nada de malo bajar y encontrarnos con él. Mack es un tipo simpático.

—Tiene dos hijas a las que dejó tiradas.

—Es cierto, y es algo imperdonable, pero a lo mejor quiere enmendarse. Démosle una oportunidad.

—¿Es un prófugo?

—No estoy seguro. He quedado con Harry a las ocho y quiero preguntarle. Según los rumores, Mack se largó con un dineral, pero no recuerdo haber oído que presentaran cargos contra él ni nada parecido. Se declaró en quiebra, se divorció y desapareció. A la mayoría de los abogados de la ciudad lo que les dio fue envidia. A mí no, por supuesto.

—Por supuesto que no. Recuerdo los rumores. No se habló de otra cosa en la ciudad durante meses.

Jake le acercó el folleto deslizándolo por encima de la mesa y ella lo cogió.

7

El Riviera era un pequeño motel estilo años cincuenta situado a las afueras de la ciudad. Tenía dos alas de minúsculas habitaciones, algunas de las cuales se rumoreaba que estaban disponibles por horas, y un bar de mala muerte en el que abogados, banqueros y hombres de negocios se escondían para hablar de temas que no querían que nadie oyese. Jake no lo visitaba desde hacía años y atrajo unas cuantas miradas al entrar. Sonrió al camarero, pidió dos cervezas de barril y las llevó a una mesa junto a la gramola. Se fue bebiendo una durante quince minutos mientras esperaba. Harry Rex siempre llegaba tarde, sobre todo cuando quedaban para tomar algo. Llevarlo al bar, con todo, era la parte fácil. Sacarlo ya solía resultar más complicado. Las cosas con su tercera esposa no iban bien y prefería mantenerse alejado de casa.

Entró con paso pesado a las ocho y veinte, y por el camino se paró a hablar con tres caballeros sentados a una mesa. A veces daba la impresión de que conocía a todo el mundo.

Se desplomó en una silla enfrente de Jake, agarró su jarra y se bebió la mitad. Jake sabía que no era su primera cerveza de la noche. Tenía una neverita llena de Bud Light en el despacho y se abría una todas las tardes cuando se marchaba el último cliente.

—Ya vuelves a estar levantándome clientes, ¿eh? —dijo.

—Narices. Dudo que Mack esté buscando un abogado nuevo.

—Cuéntame lo que sabes.

—Se fue de la ciudad hace... ¿qué?, ¿tres años? ¿Has sabido algo de él desde entonces?

—Ni media palabra. Nada. La última vez que hablé con Mack fue en mi despacho repasando los papeles del divorcio. Se lo dejó todo a ella, incluidos cincuenta mil dólares en efectivo. Eso figura en el acuerdo. El abogado de ella era Nash y luego me contó que la pareja nunca había tenido cincuenta mil en efectivo, ni nada que se les acercara. Habló con Freda, su antigua secretaria, y ella tampoco tenía ni idea de dónde había salido el dinero. Dijo que, la mayoría de los meses, apenas les daba para pagar las facturas.

—Entonces ¿de dónde salió el dinero?

—Frena un poco. —Otro trago—. Está cerveza está caliente. ¿Cuánto tiempo lleva aquí?

—Bueno, la he pagado al llegar, puntual, a las ocho, la hora a la que habíamos quedado. De manera que sí, ya no está tan fría como cuando la he pedido.

Harry Rex se levantó, caminó hasta la barra y pidió dos cervezas más. Las dejó en la mesa y preguntó:

—¿Qué pasa?, ¿se ha puesto en contacto contigo?

—Pues sí.

Jake relató la historia de Gene y Kathy Roupp y su sorprendente visita de esa mañana. Le enseñó la carta y Harry Rex la leyó poco a poco. Hizo una pausa y dijo:

—Sabes que Lisa tiene cáncer de pecho. Nash me lo contó hace meses.

—Sí.

Jake rara vez se molestaba en ponerse al día de los chismorreos, porque podía contar para ello con Harry Rex, que en ese momento terminó de leer y echó un trago.

—Me preguntó por qué no me ofrece a mí unas buenas vacaciones.

—Podría ser por el tema de los aviones.

—Eso y que no me imagino yendo a ninguna parte con Millie durante una semana. ¿Vas a aceptar el trato?

—Carla se opone, pero la convenceré. No tiene nada de malo, ¿verdad?

—No veo ningún problema. No es exactamente un prófugo de la justicia.

—Pero me suena que un juzgado de instrucción husmeó un poco.

—Es cierto. Pensé que la cosa podía ponerse peliaguda cuando el fiscal del distrito empezó a hacer preguntas. Joder, si hasta el FBI vino a verme un par de veces.

—Eso no me lo contaste nunca.

—Jake, amigo mío, hay muchas cosas que no sabes.

—Entonces ¿de dónde salió el dinero?

—No tengo ni idea, de verdad. Mack siempre estaba

desesperado por ganar pasta porque su bufete hacía aguas y su esposa tenía sueños de grandeza.

—¿Y a ti te pagó?

—Jake, hijo, a mí siempre me pagan. Sí, Mack me pagó cinco de los grandes en efectivo. No hice preguntas.

—¿Y con la quiebra está exonerado de las deudas?

—Correcto. Eso también lo llevé yo. No hubo gran cosa por lo que a activos se refiere, y desde luego nada de dinero contante y sonante. Joder, el tipo no tenía donde caerse muerto, por lo menos de cara a la galería. Y ella se lo llevó todo. El banco ejecutó la hipoteca de su oficina. Un mes después de que se fuera, más o menos, llegó el FBI a husmear un poco, pero dieron palos de ciego.

—¿Qué querían?

—No lo sabían. No tenían nada, nadie se había quejado, pero les había llegado el rumor de que Mack se había largado con dinero robado, aunque no había testigos. Me dio la impresión de que solo querían cubrir el expediente.

—O sea, ¿no hubo acusación ni orden de búsqueda? ¿Nadie anda a la caza de Mack?

—No, por cuanto a mí me es dado entender, que ya sabemos que es muchísimo. Claro, que eso no es lo mismo que decir que pueda venir tan tranquilo. Yo no me preocuparía por el divorcio; joder, la pobre probablemente se esté muriendo, por lo que tengo entendido. Si escondió dinero, la quiebra fraudulenta podría suponer un problema. Por eso todavía podrían investigarlo.

—¿Quién lo investigaría?

—Exacto. ¿A quién le importa? Lo han exonerado. No me puedo creer que tenga ganas de volver. Te toca.

Jake fue a la barra y volvió con dos cervezas de barril más. Echó un trago y se echó a reír.

—Sé sincero, Harry Rex, ¿cuántas veces has pensado en

Mack y has soñado en secreto con mandarlo todo a tomar por culo y largarte a la playa?

—Por lo menos mil. La semana pasada pensé en él.

—Supongo que todos hemos tenido ese sueño, aunque no me veo dejando a Carla y los críos.

—Bueno, tú te llevaste a una buena chica. Lo mío ya es otra historia.

—En fin, ¿y por qué quiere volver?

—Así es donde entras tú, Jake. Tienes que ir a verlo. Acepta esas vacaciones de ensueño, lárgate de esta mierda de sitio durante una semana. Ve a divertirte un poco.

—¿Y no ves ningún riesgo en hacerlo?

—Ni de coña. Nadie te va a vigilar. Coge su dinero, sácate los billetes de ida y vuelta y lleva a Carla a las montañas de Costa Rica. Ojalá pudiera ir yo.

—Te mandaré una postal.

8

Ninguna postal podía hacerle justicia al Terra Lodge. Estaba escondido en la ladera de una montaña trescientos metros por encima del océano Pacífico, y desde sus tumbonas junto a la piscina Jake y Carla, hipnotizados, intentaban absorber las vistas con una bebida en la mano. Sin una sola nube sobre su cabeza, el sol pegaba fuerte y caldeaba sus gélidos huesos. Cuando habían partido de Memphis, granizaba. Por primera vez, Jake se preguntó por qué iba a querer alguien marcharse de aquel paraíso.

Después de pasar por recepción, los habían acompañado a su bungalow, uno de los treinta que tenía el resort. Se trata-ba de una suite privada de tres habitaciones con techo de paja, ducha exterior, piscina baja y mucho aire acondicionado que no era necesario, todo ello ubicado en mitad de unos exuberantes jardines tropicales. Ricardo, su nuevo mejor amigo, estaba a apenas unos segundos de distancia. Una lista de precios pegada a la puerta del baño indicaba que la villa costaba 600 dólares por noche.

—No sé cuánta influencia tendrá Mack en este sitio —dijo Jake—, pero debe de ser sustancial.

—Este lugar es increíble —replicó Carla mientras examinaba una honda bañera en la que cabían tres personas. Su renuencia a aceptar el viaje gratis se había disipado del todo, por fin, nada más ver el océano.

Ricardo los acompañó a la piscina, les llevó bebidas y les explicó que la cena se serviría a las siete, en una mesa privada, con vistas a una puesta de sol que no olvidarían nunca. Después de la primera copa, Jake se tiró a la piscina infinita, se acodó en el borde con el resto del cuerpo sumergido en la cálida agua salada y contempló boquiabierto el centelleante Pacífico azul.

Su luna de miel había consistido en un económico viaje al Caribe once años antes, el primer y único viaje de Jake al extranjero. Los padres de Carla tenían más posibles y ella había pasado un mes en Europa con un grupo de estudiantes. Nada, sin embargo, podía compararse con aquello.

Más tarde, el resto de clientes, todos adultos, se congregaron junto a la piscina para observar una gloriosa puesta de sol. La cena estaba montada allí cerca, en un patio: langosta recién cocida con verduras orgánicas frescas, criadas en la mismísima granja que el complejo hotelero tenía carretera abajo. Al acabar, se retiraron al Sky Lounge, un rincón inundado de estrellas, y bailaron al ritmo de una banda local.

La mañana siguiente durmieron hasta tarde y estuvieron a punto de perderse el ballenero, un gran pontón reconvertido que también servía desayunos, almuerzos y bebidas. Pasaron el día al sol, buscando ballenas, pero el capitán les pidió disculpas porque solo habían avistado delfines.

Esa noche, mientras estaban tumbados en la cama, exhaustos, Carla por fin sacó el tema ineludible.

—Entonces ¿ni rastro de Mack?

—No. Por lo menos, de momento. Pero me da la impresión de que anda cerca.

El Día Tres lo pasaron a caballo, que no era el medio de transporte favorito de Jake, pero el grupo derrochaba entusiasmo y el guía era un cachondo. Habló sin parar mientras señalaba aves exóticas, monos araña y flores que no podían encontrarse en ningún otro lugar del mundo. Hicieron paradas en fuentes termales y cascadas y disfrutaron de un almuerzo completo de tres platos, con su vino, en el borde de un volcán. A mil metros de altura, las vistas del Pacífico eran más espectaculares todavía.

El Día Cuatro consistió en una excursión de rafting en aguas rápidas por la mañana y una aventura en tirolina que les dejó las piernas temblando por la tarde, separadas ambas actividades por un delicioso brunch de fruta tropical y ponche de ron a orillas del río. Más tarde, mientras se duchaban y preparaban para los rigores de la cena, sonó el teléfono. Jake cojeó hasta él, con la entrepierna todavía resentida por las seis horas de monta del día anterior, y saludó.

Era Mack, por fin. Casi se habían olvidado de él.

—Hola, Jake, me alegro de oír tu voz.

—Y yo la tuya. —Jake le hizo una seña con la cabeza a Carla, que sonrió y volvió al baño.

—Confío en que os lo estéis pasando bien.

—Ya lo creo. Gracias por la hospitalidad; no es un mal sitio donde pasar una semana.

—No, nada malo. Mira, imagino que mañana os vendrá bien un descanso, así que he organizado un día en el spa, con todo incluido. A Carla le encantará. ¿Puedes reunirte conmigo para comer?

—Probablemente pueda encontrarte un hueco en mi agenda.

—Bien. ¿Qué tal la comida, de momento?

—Increíble. No comía tan bien desde que tomé bagre en el restaurante de Claude la semana pasada.

—Me acuerdo de Claude. ¿Cómo le va últimamente?

—Igual. No ha cambiado gran cosa, Mack.

—Estoy seguro. Delante del hotel encontrarás un camino de tierra al lado de un cartel que marca la Ruta de Barillo. Caminas alrededor de medio kilómetro por la selva y verás otro cartel que pone Kura Grille. Todas las mesas son de terraza, con buenas vistas y tal. Tengo una reservada a la una en punto.

—Allí estaré.

—Y mejor dejamos a Carla al margen de nuestras conversaciones, ¿vale? No le importará, ¿verdad?

—No, en absoluto.

—Tendrá el día ocupado con el spa y luego un almuerzo junto a la piscina.

—Seguro que se las apañará.

—Bien. Tengo ganas de verte, Jake.

—Lo mismo digo.

9

Mack había olvidado comentar que la Ruta de Barillo era cuesta arriba, siempre arriba, y al cabo de unos minutos Jake empezó a sentirse como si escalara una montaña, que en realidad era lo que estaba haciendo. El medio kilómetro de caminata se le antojó dos enteros, y tuvo que hacer un par de pausas para recuperar el aliento. Estaba cansado y frustrado al constatar lo poco en forma que se encontraba con solo treinta y ocho años. Muy lejos quedaban las interminables carreras cortas en velocidad del fútbol americano del instituto.

En la cafetería no había vehículos a la vista, solo unas cuantas bicicletas. Para cuando pasó por delante de la barra hacia la terraza, ya sudaba. Mack lo esperaba en una mesa bajo una gran sombrilla de colores. Se dieron la mano y tomaron asiento.

—Tienes buen aspecto —dijo Mack, que había perdido un poco el acento sureño.

—Tú también. —Jake no estaba seguro de si lo hubiese reconocido por la calle. Para entonces debía de tener cuarenta y cinco años, y lucía el pelo entrecano mucho más largo. Su barba cuidada era más gris que castaña. Llevaba gafas con montura de carey y podría haber pasado por un apuesto profesor de universidad. También lo encontraba más delgado de lo que Jake recordaba.

—Gracias por el viaje y la hospitalidad —dijo Jake—. Este sitio es increíble.

—¿Es vuestro primer viaje a Costa Rica?

—En efecto. Espero que no sea el último.

—Puedes volver cuando quieras, Jake, como invitado mío.

—Debes de conocer al dueño.

—Soy el dueño. Yo y dos más. El ecoturismo está arrasando aquí abajo y compré una participación hace un año.

—¿O sea que vives por aquí?

—Aquí y allá. —Su primera evasiva; la primera de muchas. Jake no insistió.

—¿Cómo está la familia? —preguntó Mack.

—Mejor imposible. Carla sigue enseñando y Hanna va a tercero, crece rápido. Luke tiene un año.

—No sabía nada de Luke.

—Lo adoptamos. Es una larga historia.

—Yo tengo unas cuantas de esas.

—Estoy seguro.

—Echo de menos a mis niñas. —Apareció un camarero con bebidas para ellos. Jake estaba abierto a cualquier cosa, pero sintió alivio cuando Mack dijo—: Solo agua.

Jake asintió con la cabeza para indicar que quería lo mismo y, cuando se fue el camarero, preguntó:

—¿Cómo te llaman por aquí? Seguro que nadie te llama Mack.

Él sonrió y echó un trago.

—Bueno, tengo varios nombres, pero aquí soy Marco.

Jake bebió un sorbo de agua y esperó una explicación.

—Vale, Marco, ¿cuál es tu historia?

—Brasileño, de origen alemán. Por eso no parezco nativo. Soy del sur de Brasil, donde hay un montón de alemanes. Un hombre de negocios con intereses diversos en Centroamérica. Me desplazo mucho.

—¿Qué nombre pone en tu pasaporte?

—¿En cuál de ellos?

Jake sonrió y dio otro trago.

—Mira, no voy a curiosear, y doy por sentado que solo tengo que saber lo que tú estés dispuesto a contarme. ¿Correcto?

—Correcto. Han pasado muchas cosas en los últimos tres años y la mayor parte de ellas son irrelevantes por lo que a ti respecta.

—Me parece bien.

—¿Has hablado con Harry Rex?

—Por supuesto. Le enseñé tu carta. Está al corriente.

—¿Cómo le va a ese gordinflas?

—Como siempre, aunque creo que está peor de la mala leche.

—Pensaba que eso era imposible. Luego hablaremos de él.

Volvió el camarero y Mack pidió ensaladas de gambas. Cuando se fue, puso los codos sobre la mesa y dijo:

—Partí en mitad de la noche, como sabes, y me fui del país. La primera parada fue Belice, donde viví cerca de un año. Estuve bien; me pasé los tres primeros meses bebiendo demasiado, persiguiendo chicas y haciendo barbacoas en la playa. Pero me cansé pronto. Pesqué mucho macabí, también palometa y sábalo. Encontré trabajo de guía de pesca, que me gustaba mucho. Siempre era muy cuidadoso, siempre estaba pendiente de si veía a turistas, huéspedes del hotel, pescadores, alguien de casa. Es asombroso lo que oye uno cuando escucha con la suficiente atención. A la que oía un acento sureño, se me disparaba el radar. Revisaba los libros del hotel para ver quién llegaba y me mantenía alejado de cualquiera que procediese de Mississippi. Tampoco hubo muchos; la mayoría de mis pescadores provenían del noreste. No daba nada por sentado, pero me creía a salvo. Me dejé barba, me puse muy moreno, perdí nueve kilos, siempre llevaba gorra o sombrero.

—Tu acento ha cambiado.

—Sí, y no fue fácil. Hablo mucho conmigo mismo, por diversos motivos, y siempre estoy practicando. Sea como fuere, tuve un susto y decidí marcharme de Belice.

—¿Qué pasó?

—Una noche había una mesa de hombres, señores mayores, cenando en el hotel. Se alojaban allí al lado, era un viaje de pesca y se lo estaban pasando en grande. Todos del Sur. Reconocí a uno, un juez de circuito de Biloxi. El honorable Harold Massey. ¿Lo conoces?

—No, pero he oído el nombre. Es un estado pequeño.

—Vaya si lo es. Demasiado pequeño. Estaba en la barra, ligando con una, no muy lejos de la terraza del restaurante.

Nuestros ojos se encontraron y se me quedó mirando un momento. Siempre he pensado que la mayoría de los abogados y jueces del estado conocían mi historia. Al cabo de un rato se levantó de la mesa para ir al baño y pasó por delante de mí. Me dio la impresión de que me miraba más tiempo del necesario. Aguanté el tipo, pero me asusté mucho. Por eso me fui del pueblo, abandoné Belice y viajé hasta Panamá, donde residí durante unos meses. Hazme caso, Jake, la vida del fugitivo no es un camino de rosas.

—¿Cómo sabes que Lisa está enferma?

Mack sonrió, se encogió de hombros y se recostó en la silla.

—Tengo un topo allí, un viejo amigo del instituto que se casó con una chica de Clanton. Ya sabes cómo corren los rumores.

—Harry Rex jura que él no ha tenido contacto.

—Es cierto. Deduje que las personas que quisieran localizarme podrían vigilar a mi abogado. No he entablado contacto con nadie que pudiera cometer un error. Ningún contacto, hasta ahora.

—¿Quién podría estar buscándote?

—Por eso estás aquí, Jake. Quiero ir a casa, pero no puedo correr el menor riesgo de que me pillen.

Llegaron las ensaladas, unos grandes platos de bambú con ensalada de gambas sobre un lecho de hojas verdes. Comieron durante un rato.

—¿Y por qué te has puesto en contacto conmigo? —preguntó Jake.

—Porque confío en ti. No puedo decir lo mismo de la mayoría de nuestros colegas letrados. ¿Cuántos abogados hay en Clanton a estas alturas?

—No lo sé. Treinta, cuarenta, puede que más. Vienen y van. A diferencia de la mayoría de las ciudades del estado,

Clanton no se está yendo al garete. Tampoco va viento en popa, pero aguanta.

—Había cerca de cincuenta cuando me fui, demasiados para que ninguno de nosotros nos ganáramos la vida decentemente. Y no me fiaba de los que conocía; solo de ti y de Harry Rex.

—La flor y nata, sin duda.

—¿Lucien sigue vivo?

—Ya lo creo. Lo veo mucho.

—No soportaba a ese viejo cabrón.

—Formas parte de una amplia mayoría.

Se echaron unas risas a expensas de Lucien y el camarero les rellenó el vaso. Jake preguntó:

—¿Y en qué consiste, exactamente, mi misión?

—No hay misión. Quiero que Harry Rex y tú os aseguréis de que no hay nadie esperándome allí. Oí rumores de un auto de procesamiento de alguna clase.

—Harry Rex y yo hemos hablado largo y tendido desde que recibí tu carta. Él cree que se llevó a un juzgado de instrucción y que se le dio alguna vuelta a tu caso, si puede llamarse así. El FBI apareció un mes más tarde y husmeó un poco, habló con Harry, pero luego se marcharon. No se ha sabido nada más en dos años y pico.

Mack arrugó la frente y soltó el tenedor.

—¿El FBI?

—Repasaron el expediente del divorcio y echaron un vistazo a tus archivos, o los que pudieron encontrar. Los cincuenta mil en efectivo a Lisa dieron algo que hablar. Nadie parecía saber de dónde había salido la pasta. De acuerdo con los rumores, te quedaste un dinero y pusiste tierra de por medio.

Jake hizo una pausa y dio un bocado. Era el momento ideal para que Mack llenase los huecos, bastante sustanciales, de la historia, pero optó por no hacerlo. En lugar de eso, preguntó:

—¿Harry Rex cree que el FBI se ha marchado?

—Sí, tiene toda la pinta. No diría que haya nada que le preocupe, aunque la quiebra fraudulenta podría ser un problema. Al parecer, obtuviste dinero de alguna otra parte y no lo hiciste constar con el resto de activos.

Mack parecía haber perdido el apetito.

—¿Y el divorcio?

—Es firme desde hace mucho tiempo, y Harry duda que Lisa tenga el menor interés en volver a la guerra. Por lo menos, en su estado actual. Pero sí, si le escondiste bienes, eso podría plantear un problema. Aquí solo hablo yo, Marco.

—Y yo te escucho con muchísima atención, Jake. Absorbo y digiero hasta la última palabra. Desde que me fui, no hay día en que no pasé horas preguntándome qué dejé atrás, intentando visualizar todas las posibilidades de que alguien me esté buscando.

—Harry Rex está convencido de que no hay nadie.

—¿Y tú? ¿Cuál es tu opinión?

—A mí me pagan por dar mi opinión, Mack, y no soy tu abogado. No pienso involucrarme, pero sería útil conocer los hechos. Se los trasladaré a Harry Rex, en la más estricta confidencialidad, por supuesto.

Mack apartó el plato unos centímetros y cruzó las manos encima de la mesa. Echó un vistazo a su alrededor, como quien no quiere la cosa, sin delatar la menor suspicacia, y después arrancó a hablar, en voz más baja:

—Tenía cuatro casos, cuatro clientes, todos ellos leñadores de madera para pasta que habían sufrido lesiones por culpa del mismo modelo de sierra mecánica. Un tipo había perdido un ojo, otro la mano izquierda, otro unos dedos y el cuarto solo tenía una gran cicatriz en la frente. Al principio pensé que el seguro de la máquina era defectuoso. Las demandas parecían prometedoras, pero con el paso del tiempo perdieron fuelle. Intenté sacarle a la empresa un acuerdo extrajudicial, de farol, pero no llegué a ninguna parte. Perdí el interés y los expedientes empezaron a acumular polvo; ya sabes cómo va eso. Pasaron los meses y los años. Entonces, un glorioso día, recibí la llamada mágica de Nueva York; un bufete grande, Durban y Lang. Su cliente, una empresa suiza, quería un acuerdo rápido y confidencial para sacar aquello de sus libros. Cien mil dólares por caso, con otros tantos en concepto de costas judiciales. Medio millón, Jake, de golpe y porrazo. Un sueño hecho realidad. Como no llegué a tramitar la demanda, no existían registros en ninguna parte salvo en mi oficina y Nueva York. La tentación estaba servida, y era preciosa. Nuestro matrimonio estaba acabado, llevaba tiempo así, y todo encajaba. Parecía el momento perfecto para el crimen perfecto. Podía quedarme el dinero a la vez que me divorciaba y salía del bufete por última vez. Dejar atrás una vida que era infeliz, por decirlo suavemente.

Jake se había terminado la mitad de la ensalada y apartó el resto. Apareció el camarero, que recogió la mesa.

—Necesito beber algo —dijo Mack—. ¿Quieres una cerveza?

—Claro.

—¿Has probado la Imperial, la cerveza nacional?

—Sí, claro. Me tomaré otra.

Mack pidió dos y contempló el océano, muy por debajo de ellos. Jake esperó a que llegasen las cervezas, dio un sorbo, se limpió la espuma del labio superior y preguntó:

—¿Qué pasa con los cuatro clientes?

Mack salió de golpe de su ensoñación y atendió a su cerveza. Después de echar un trago, respondió.

—Uno estaba muerto; otro, desaparecido. Los dos a los

que localicé estuvieron más que satisfechos con aceptar veinticinco mil en efectivo y no contárselo a nadie. Firmé los papeles y entregué el dinero.

—No me dirás que no hubo que notarizar sus firmas.

—Yo las notaricé. ¿Te acuerdas de Freda, mi antigua secretaria?

—Por supuesto.

—Pues bueno, la había despedido, y falsifiqué su nombre y su sello en los documentos. También falsifiqué la firma de los dos clientes a los que no había podido encontrar. Nadie se enteró. A los abogados de Nueva York les daba igual, porque lo único que querían era recibir el papeleo y cerrar los casos.

—¿No te preocupan las falsificaciones?

—Jake, me ha preocupado todo. Cuando has hecho algo malo y te has dado a la fuga, siempre andas mirando por encima del hombro, preguntándote quién está ahí.

—Estoy seguro. El botín fueron unos cuatrocientos mil dólares.

—Eso es.

—Es impresionante.

—¿Qué es lo máximo que te han pagado como honorarios, Jake?

—Bueno, cobré mil pavos de Carl Lee Hailey.

—Tu momento de gloria.

—¿Llegaste a conocer a un hombre llamado Seth Hubbard?

—Oí hablar de él. Un magnate de la madera.

—Ese mismo. Murió y hubo una impugnación de testamento gigantesca. Yo representé a los descendientes y facturé unos cien mil a lo largo de dos años.

—En diecisiete años de picar piedra mis honorarios más altos ascendieron a veinte mil por un accidente de tráfico jugoso. De repente, tenía veinte veces esa cantidad ante mis narices, como un caldero lleno de oro. No pude resistir la tentación.

—¿Te arrepientes de algo?

—De mucho. Huir es de cobardes, Jake. Me equivoqué, de medio a medio. Tendría que haberme quedado en Clanton, capear el divorcio y conservar un mínimo de presencia en la vida de mis hijas. Además, también dejé a mi madre. Hace tres años que no la veo.

—Entonces ¿qué planes tienes?

—Bueno, me gustaría ver a Lisa y pedirle perdón. Es probable que no lo logré, pero lo intentaré. Me gustaría por lo menos tratar de restablecer el contacto con Margot y Helen. Ya tienen diecisiete y dieciséis años, y todo apunta a que van a quedarse huérfanas. Mis planes os incluyen a ti y a Harry Rex. No os pido que os involucréis, solo que tengáis abiertos los oídos y los ojos. Si no consta ninguna acusación en curso o pendiente, y no hay órdenes de búsqueda y captura contra mí, volveré al país tranquilamente. No voy a quedarme en Clanton, la idea misma me horroriza. Lo más probable es que me esconda en Memphis, al otro lado de la frontera. Al más mínimo indicio de problemas, me esfumaré de nuevo. No pienso ir a la cárcel, Jake, eso te lo puedo prometer.

—No vas a poder llevarlo de tapadillo, Mack. Si asomas la nariz en cualquier punto del condado de Ford, todo el mundo lo sabrá de un día para otro.

—Cierto, pero no me verán. Iré y vendré de noche. Los dos clientes que se quedaron los veinticinco mil en efectivo fueron Odell Grove y Jerrol Baker. Pídele a Harry Rex que se informe sobre ellos. Baker iba hasta las trancas de meta cuando firmó el acuerdo de transacción, de manera que igual está muerto o ha vuelto a la cárcel. No espero que ninguno de los dos me cause problemas.

—¿Y los otros dos?

—Doug Jumper, ahora que lo dices, ha muerto. Travis Johnson se marchó de la región hace años.

Jake se acabó la cerveza y se recostó en la silla.

—¿Qué calendario has previsto?

—Ninguno. Tú y Harry Rex hacéis indagaciones durante unas semanas. Si hay vía libre, en algún momento volveré. Un día llamaré a tu oficina.

—¿Y si nos olemos algún problema?

—Enviad una carta por correo exprés aquí al hotel, dirigida a Marco Larman.

—Eso empieza a aproximarse a un delito de complicidad.

—Pero no termina de serlo. Mira, Jake, no hagas nada que no veas claro. Te prometo que nunca estarás en peligro.

—Te creo.

—¿Cuántas personas están al corriente de estas vacacioncillas que te has pegado?

—Harry Rex y mis padres. Ellos cuidan de Hanna y Luke. No se lo contamos a nadie más, solo dijimos que pasaríamos unos días fuera de la ciudad.

—Genial. Ajústate a esa historia. Te agradezco mucho todo esto, Jake.

—Gracias por el viaje. Jamás lo olvidaremos.

—No se merecen, y cuando queráis repetir, estáis invitados.

10

Después de una jornada de masajes y caprichos, Carla estaba lista para las excursiones. Salieron del hotel temprano, en bicicleta y sin guía, y serpentearon por la jungla por senderos bien señalizados. Pararon para sacar fotos en varios miradores, por lo general con el océano centelleando en el horizonte, y se tomaron un zumo de mango sentados a la entrada de una cueva. Al cabo de dos horas, estaban agotados y buscando un sitio para descansar cuando se toparon con los suecos. Olga y Luther se alojaban en el hotel, pero rara vez los veían, más que nada porque siempre andaban escalando una montaña, fuera a pie o en bicicleta o, si no, descendiendo en kayak por un río embravecido. Les llevaban por lo menos treinta años a Jake y Carla, pero estaban delgados y fibrosos, en un estado de forma imponente. Solo comían fruta y verdura, no bebían alcohol y habían pasado dos noches en una cabaña situada en la copa de un árbol muy alto al que uno tenía que encaramarse con la mochila cargada de ropa de cama, comida y agua. Se declaraban ecoturistas de talla mundial y habían estado en todas partes. Jake y Carla envidiaban en silencio a la gente que había visto mundo, por no hablar de aquel par que, a sus setenta años, se conservaba lo bastante bien para vivir otros treinta.

Cuando se alejaron a paso ligero, Jake dijo:

—Necesito una cerveza. Esta gente me da ganas de beber.

—Estaba repanchingado sobre una mesa de pícnic de juncos a orillas de un arroyo.

—Bébete tu zumo de mango. ¿Llegamos a terminar la conversación sobre Mack y sus planes?

—Creo que sí. Sus planes son vagos. Tiene morriña y echa de menos a su mujer y sus hijas.

—Sí, eso lo hablamos.

—¿Crees que Lisa lo permitirá?

—No te lo sé decir. Si fuera rica, quizá sería más dura de pelar. No me imaginó qué querrá decirles Mack a Margot y Helen.

—¿Hola, chicas, he vuelto? ¿Me habéis echado de menos?

—Sería un reencuentro difícil. Vamos, vaquero, ¿cómo va esa entrepierna?

—El sillín de esta bicicleta es más incómodo que la silla del caballo.

—Va, no seas quejica.

Llegaron a una cumbre, o al menos un punto entre las nubes, donde Jake por fin se rindió, por lo que dieron media vuelta y fueron descendiendo por los senderos hasta que llegaron al hotel a tiempo para un almuerzo tardío. A eso le siguió una larga tarde, la última que disfrutarían, junto a la piscina, donde Ricardo no dejó que se les calentaran las bebidas.

Su última cena fue igual que las demás: fuera, en la terraza, cerca de la piscina, con una puesta de sol espectacular como telón de fondo y el resto de huéspedes en buena forma.

Terminaba su semana en el paraíso, y se durmieron arrullados por los ventiladores de techo de mimbre y los guacamayos que cantaban a lo lejos.

Ricardo los despertó a las seis, la hora acordada, y les llevó comida para el viaje. Cargó el equipaje en su carrito y fueron con él hasta la recepción, donde los esperaba una furgoneta.

—Iré a pagar.

—No, señor Jake —dijo Ricardo—, ya está todo arreglado.

—Pero la comida y las bebidas…

—Todo está cubierto, señor Jake.

Que era exactamente lo que Jake se esperaba, aunque se hubiera sentido obligado a hacer el gesto por lo menos. Dio una generosa propina a Ricardo y partieron rumbo a San José.

11

Transcurrieron dos meses sin tener noticias. Harry Rex localizó a Odell Grove y, como no era de extrañar, descubrió que poco había cambiado en su mundo. Él y sus dos hijos poseían una empresa maderera en el límite occidental del condado de Ford y no tenían mucho trato con gente de fuera de la familia. Era propietario de dos hectáreas de monte bajo y vivía en un remolque con su mujer. Sus hijos disponían de sus propios remolques un poco más abajo. Jerrol Baker se encontraba cumpliendo una condena de diez años de cárcel por elaboración de metanfetamina. Bajo el pretexto de que buscaba información sobre un caso de desfalco, Harry Rex se puso en contacto con el FBI, que le informó de que el agente con el que se había reunido tras la desaparición de Mack había sido trasladado a Pittsburgh. Engatusó a otro agente para que hiciera averiguaciones en la oficina, y este, al cabo de un tiempo, le hizo saber que no había ningún expediente abierto sobre nadie que respondiera al nombre de J. McKinley Stafford, de Clanton.

Jake almorzó con el sheriff Ozzie Walls, en Claude, y logró sacar a colación a Mack Stafford en la charla. Ozzie le dijo que nadie había sabido nada de él y no había expediente abierto en su oficina. Por algún motivo, creía que los rumores acerca de que Mack había robado un montón de dinero no eran ciertos.

Carla era maestra de tercero de primaria y su directora se llevaba bien con Lisa Stafford. Durante la década anterior, Lisa había trabajado de vicedirectora en el instituto, aunque en esos momentos se encontraba de baja por enfermedad, y su estado no mejoraba. En el último día de clases, a finales de mayo, sus compañeros celebraron una pequeña fiesta en su honor en la sala de profesores. Las descripciones la pintaban pálida y demacrada, con un pañuelo bonito sobre la cabeza calva. No esperaban volver a verla para el inicio del curso siguiente.

A medida que pasaban las semanas, Jake y Harry Rex

charlaban cada vez menos de Mack. No mantenían correspondencia con él porque no había nada que referir. Además, en privado estaban de acuerdo en que era mejor que se quedara en el extranjero. Su retorno a Mississippi no haría sino complicarles la vida a ellos, amén de, por supuesto, a él mismo. Estaban convencidos de que nadie andaba buscándolo, pero su regreso podría, tal vez, poner en marcha acontecimientos que no serían capaces de controlar ni él ni ellos.

Las complicaciones comenzaron alrededor del mediodía de un jueves, con una llamada al despacho de Jake. Alicia la cogió y le informó desde la planta de abajo por el intercomunicador:

—Es un tal Marco Larman, dice que usted espera su llamada. Nunca había oído ese nombre.

—Pásamela.

Jake tragó saliva y contempló el botón parpadeante de su teléfono. Luego sonrió y se dijo: «Qué diablos. Podría ser divertido». Pulsó el botón.

—Jake Brigance.

—Señor Brigance, soy Marco Larman —dijo Mack con tono forzado, como si temiera que los estuvieran escuchando.

—Hola, Marco. ¿En qué puedo ayudarlo?

—Quisiera invitarlos a tomar algo a usted y al señor Vonner mañana por la tarde en Oxford.

Sería la tarde del viernes, y Jake no se molestó en comprobar su agenda porque sabía que estaba vacía. Los viernes por la tarde, cuando hacía buen tiempo, los negocios jurídicos de Clanton echaban el cierre. Harry Rex no estaría de tribunales porque no habría un solo juez a cien kilómetros de los juzgados. Si tenía alguna cita, la cancelaría en aras de la aventura.

—Por supuesto. ¿Cuándo y dónde?

—Sobre las cinco de la tarde. El bar del motel Ramada.

—De acuerdo. ¿De manera que está en el país?

—Hablemos mañana. —Colgó.

12

Jake insistió en conducir por dos razones. La primera era que Harry Rex al volante era igual de peligroso que en el tribunal. Conducía o demasiado rápido o demasiado lento, se saltaba las normas más elementales de circulación y explotaba de furia a la menor infracción cometida por otro conductor. La segunda era que, al tratarse de un viernes por la tarde, ya estaría pegándole a la Bud Light. Jake rechazó una y se ofreció de mil amores a conducir.

Nada más cruzar el límite urbano de Clanton, dijo:

—Para serte sincero, esto es hasta divertido. No es una reunión con un cliente que se tenga todos los días.

Harry Rex mascó un puro negro apagado que sujetaba en la comisura de la boca.

—Creo que este chico es tonto. Se fue limpio de polvo y paja, nadie en el mundo sabe dónde está, y ahora le da por volver cuando no le esperan más que problemas. ¿De qué va a trabajar? ¿Abrirá un gabinete jurídico?

—No creo que pretenda vivir aquí. Me habló de Memphis o algún otro sitio fuera del estado.

—Estupendo. Como si la frontera estatal fuera a contener los problemas.

—No espera problemas.

—Ya lo entiendo, pero la verdad es que no sabe qué esperar. Sé que ahora está todo en calma, pero su familia podría armar un follón.

—Son buena gente. Les preocupa más la salud de Lisa que cualquier mal recuerdo de Mack Stafford.

—Eso es fácil darlo por sentado, pero nadie puede predecir lo que pasará.

—¿Qué pueden hacerle a Mack?

—Dudo que le tengan mucho cariño, ¿vale? Se ven ahora con el panorama de criar a dos adolescentes, algo que no entraba en sus planes para la vejez. Y todo porque el canalla de su exyerno se largó con un dinero. Yo estaría muy cabreado; ¿tú no?

—Supongo.

—Para un momento en Skidmore. Quiero una bien fresquita.

—Ya tienes una.

—Pero no está fresquita.

—¿Cuántas llevas hoy?

—Pareces mi mujer. Para ya, imbécil.

Estuvieron a la greña durante una hora, hasta que llegaron a Oxford. En el lado oeste de la ciudad, Jake entró en el aparcamiento del motel Ramada a las cinco menos cinco. Conocía el bar de cuando estaba en la universidad, pero hacía años que no iba. Los estudiantes habían desaparecido, y lo encontraron vacío. Pidieron cerveza y se sentaron en una mesa de la esquina. Pasaron quince minutos sin que Mack diera señales de vida.

—Debe de seguir con la hora de la isla —rezongó Harry Rex, como si fuera un adalid de la puntualidad. Se encendió otro puro y echó el humo hacia el techo. Mack apareció por fin, como salido de la nada, y estrechó la mano de sus antiguos amigos. Quiso sentarse de cara a la puerta. Harry Rex miró a Jake con los ojos en blanco, pero no dijo nada. Cerveza en mano, cruzaron insultos sobre kilos ganados y perdidos y cambios de peinado, barba y vestimenta. Harry Rex se declaró impresionado con el cambio de apariencia de Mack: el bronceado intenso, la barba, el pelo más largo y las gafas de sol molonas, que eran distintas de las que Jake le había visto dos meses antes. A Mack no le sorprendió el aspecto de Harry Rex: había cambiado poco, y nada para mejor. Se echaron unas risas y fueron trabajando en sus cervezas.

Jake se puso serio para preguntar:

—¿Cómo entraste en el país?

—Legalmente, con pasaporte.

—Jake me cuenta que ahora eres brasileño —terció Harry Rex.

—Exacto. Brasileño, y también panameño, aunque mi español deja bastante que desear. Y todavía conservo mi pasaporte estadounidense, que doy por sentado que está en vigor, aunque he preferido no arriesgarme.

—¿O sea que puede comprarse la ciudadanía? —preguntó Jake con no poca sorpresa. Nunca se le había ocurrido—. ¿Es así de fácil?

—Depende del país y de la suma. No es tan difícil.

Reflexionaron sobre eso durante unos instantes. Había muchas preguntas y mucho terreno por cubrir, pero solo Mack sabía adónde se dirigían.

Harry Rex rompió el silencio.

—¿Hasta qué punto te sientes seguro, ahora que has vuelto a Mississippi?

—Entré en nuestro querido estado hace dos días, fui en coche hasta Greenwood a ver a mi madre. Luego me marché.

—¿Para ir adónde? Mack les dejó en ascuas durante unos segundos. Querían saber dónde se alojaba, o vivía, pero era evidente que no pensaba revelárselo todavía.

—¿De modo que te sientes a salvo?

—No estoy preocupado. ¿Debería? Que yo sepa, no hay investigación activa. Nadie me está buscando, ¿verdad?

Harry Rex expulsó el humo y dijo:

—Bueno, tampoco es que te lo garanticemos, ¿lo entiendes? Pero todo indica que los sabuesos siguen en sus jaulas.

—No ha cambiado nada en los dos meses que han pasado desde que nos vimos en la jungla —añadió Jake—, pero no hay nada seguro.

—Ya lo pillo. Sé que existe cierto riesgo.

—¿Qué es exactamente lo que quieres? —preguntó Harry Rex.

—Necesito ver a mis hijas. Dudo que Lisa quiera saber nada de mí, y no pasa nada. El sentimiento es mutuo. Pero tiene una relación muy estrecha con mis niñas y, si se muere, lo van a pasar muy mal. No debería haberlas dejado jamás.

—¿Quieres la custodia? —preguntó Jake con las cejas alzadas.

—No, mientras ella viva. Quién sabe, a lo mejor se produce un milagro y sobrevive. Pero si no, ¿qué ocurrirá? No estoy seguro de que las niñas quieran vivir con sus abuelos, que Dios los bendiga.

—¿Qué te hace creer que querrán vivir contigo? —preguntó Harry Rex.

Jake soltó una risilla y añadió:

—O, ya que estamos, ¿qué te hace creer que quieres criar a dos adolescentes?

—Vayamos paso a paso, amigos. En primer lugar, intentaré verme con Lisa, solo para saludarla. Después trataré de encontrarme con las niñas, algo así como si me presentara de nuevo. Seguro que será doloroso e incómodo, un espanto, en pocas palabras, pero hay que empezar por alguna parte. Existe una vertiente económica que no puede dejarse de lado. La universidad está a la vuelta de la esquina.

Se tomaron un descanso mientras Harry Rex se reencendía el puro y soltaba otro nubarrón hacia el techo. Jake dio un trago a su cerveza, sin ver muy claro adónde iba a parar aquella conversación. Al final, Mack retomó la palabra.

—Jake, me gustaría que te pusieras en contacto con la familia y les contaras que he vuelto y tengo ganas de ver a Lisa.

—¿Por qué yo?

—Porque tenéis que ser tú o Harry Rex y tú tienes más mano para manejar situaciones delicadas.

Harry Rex expresó su conformidad con un asentimiento de cabeza. No tenía ningún deseo de vérselas con Lisa y su familia.

—Sigue —dijo Jake.

—La mejor manera de hacerlo es llamar al doctor Pettigrew, el cuñado de Lisa. Dean no es mi persona favorita y nunca lo fue, muchas desavenencias típicas de cuñados, pero quizá ya esté todo superado.

—O eso esperas —gruñó Harry Rex.

—Sí, eso espero. Dean es bastante razonable; en realidad no es mal tío, y me gustaría que lo llamarais para darle la noticia de que vuelvo a la zona y me gustaría ver a Lisa.

Harry Rex frunció el entrecejo y preguntó:

—¿Qué viene después del «hola»? No me gustaría nada estar en esa habitación.

—Bueno, no estarás, o sea que déjalo correr. Ya me preocupo yo de eso.

Harry Rex dio un trago largo de cerveza y se limpió un grueso bigote de espuma del labio superior.

—Tú no eres mi abogado, Jake, solo un amigo —prosiguió Mack—, y el clan de los Bunning no te despreciará tanto como me detestan a mí y desprecian a Harry Rex.

Este se encogió de hombros, dejando claro que le traía sin cuidado. Eran gajes del oficio.

—¿Y dónde podría tener lugar ese encuentro con Lisa? —preguntó Jake.

—No lo sé. Es posible que sus médicos impongan algunas restricciones acerca de adónde va y con quién se ve. Todo eso lo sabrá Dean. Tú haz la primera llamada y, con un poco de suerte, esa dará paso a la segunda y la tercera. Nada de todo esto va a ser fácil, señores.

—No hace falta que lo jures.

—La familia tendrá preguntas —señaló Jake—. Como: ¿cuánto tiempo piensas quedarte? ¿Es para siempre? ¿Dónde vivirás? ¿Por qué te fuiste? ¿Cuánto dinero te llevaste? Cosas así. No puedes aparecer como por arte de magia y decir sin más: «Aquí estoy».

Mack asintió y echó un trago. Miró hacia la puerta, por la fuerza de la costumbre, porque no entraba ni salía nadie.

—Vivo sin sacar las cosas de la maleta, en hoteles y tal. No tendré dirección fija en el futuro inmediato. No pienso establecerme en el condado de Ford, de manera que pueden tranquilizarse, y no me empeñaré en ver a Lisa y las niñas sin permiso de la familia. Eso prométeselo, Jake.

—Lo que tú digas.

—El rumor correrá como la pólvora y no se hablará de otra cosa; lo sabes, ¿no? —dijo Harry Rex.

—Sí. Conozco Clanton. Se chismorrea una barbaridad cuando no está sucediendo absolutamente nada. Estoy seguro de que la gente enloqueció cuando me largué.

Jake y Harry Rex sonrieron al recordarlo. Luego Jake se rio y dijo:

—Estábamos en el juzgado de familia una mañana con el juez Atlee, repasando la lista de litigios de la sesión, un grupo de abogados haciendo el paripé de costumbre. El viejo Stanley Renfrow, de Smithfield, se puso en pie y dijo: «Señoría, llevo un caso de divorcio en el que el señor Stafford representa a la otra parte, pero no me devuelve las llamadas. Se rumorea que se ha marchado de la ciudad. ¿Alguien lo ha visto?». Varios nos miramos y sonreímos. El juez Atlee dijo: «Bueno, señor Renfrow, no creo que sus teléfonos sigan funcionando. Parece que el señor Stafford apagó las luces y se marchó. Hace varias semanas que no lo ve nadie.

»—¿Qué pasa con mi caso de divorcio?

»—Creo que el señor Vonner tiene sus antiguos archivos.

»—De acuerdo. Oiga, señoría, ¿cómo cierra uno su bufete de golpe, sin más?

»—No lo sé. No lo había visto nunca.

»—Bueno, ojalá alguien me lo hubiese explicado hace treinta años.

»Nos tronchamos de risa, y después nos pusimos a susurrar acerca de dónde podías estar. Nadie tenía ni idea.

—Stanley Renfrow, el tartamudo —recordó Mack—. Lo conocía bien y puedo decir con la mano en el corazón que no lo he echado de menos ni pizca.

—¿A quién has echado de menos? —preguntó Jake.

—A vosotros dos. Punto final.

—Joder, Mack —dijo Harry Rex—, hicieron falta diez abogados solo para cubrir el hueco que dejaste.

—Buen intento, grandullón, pero no me engañas. Es posible que me echaran de menos un puñado de amigos y algún familiar, pero puedo prometerte que a mis clientes les dio lo mismo.

Jake se rio y dijo:

—Los rumores duraron una eternidad. Se calmaban y, de pronto, había un avistamiento y la ciudad entera estallaba de nuevo.

—¿Un avistamiento? —repitió Mack—. Eso no pasó nunca. Por lo menos, que yo sepa. Pasé el primer año en Belice y estoy casi seguro de que no me avistó nadie. Una vez faltó poco, pero no fue nadie de por aquí.

—¿Adónde fuiste después de aquello? —preguntó Harry Rex.

Mack sonrió, echó un tragó de su cerveza y contempló la oscura sala. Tras una larga pausa, dijo:

—Muchos sitios. En algún momento os lo contaré todo, chicos, pero ahora no.

13

El doctor Dean Pettigrew era uno de los tres cirujanos ortopédicos de Clanton. Veinte años antes se había casado con Stephanie Bunning, una bella estudiante a la que conoció en la Universidad de Mississippi. Ella era de una familia prominente de la ciudad y quería vivir allí. Él provenía de Tupelo, que estaba a una hora de distancia, y eso era lo bastante cerca para la familia de ella. Trabajó duro y prosperó, y él, Stephanie y sus dos hijos vivían entre la flor y nata, en una bella y moderna casa en la calle catorce del club de campo. Prácticamente todos los médicos vivían por allí cerca, en urbanizaciones de acceso exclusivo.

Después de jugar sus dieciocho hoyos el sábado por la mañana, Dean volvió a casa en su carro de golf y recibió de Stephanie la noticia de que había llamado Jake Brigance. Que ellos recordaran, Jake nunca había llamado a su casa. Los conocían a él y a Carla, pero no compartían vida social. Al ser médico, lo primero que pensó fue que Jake, abogado, querría comentar una posible demanda por negligencia médica. Fue un acto reflejo y enseguida se quitó la idea de la cabeza. Jake caía bien y no demandaba a médicos, o por lo menos a los que eran sus vecinos. Sin embargo, con los abogados uno jamás podía estar seguro.

Dean se puso cómodo en su silla de cuero del despacho de

casa y cogió el teléfono. Tras unos incómodos compases de charla intrascendente, Jake dijo:

—Mira, Dean, voy a ir al grano. Ayer estuve con Mack Stafford. Ha vuelto a la ciudad.

A Dean estuvo a punto de caérsele el teléfono de las manos y, durante un segundo o dos, fue incapaz de responder.

—Vale —dijo por fin—. Esperábamos que hubiese desaparecido para siempre.

—Sí, yo también me llevé una sorpresa. No soy su abogado, compréndeme, solo un amigo. No te estaría llamando si él no me lo hubiese pedido.

—Es obvio. ¿Qué pasa?

—Bueno, a Mack le gustaría verse con Lisa.

—Será una broma.

—Hablo en serio. Insisto, yo solo soy el mensajero.

Stephanie estaba escuchando. Entró en el despacho y se sentó junto a su marido, que la miró con la frente arrugada y negó con la cabeza.

—No me parece que Lisa vaya a querer verlo nunca más, Jake.

—Lo entiendo.

—¿Sabe que está enferma?

—Sí. No me preguntes cómo.

—¿Dónde ha estado?

—Al sur de aquí. Es todo lo que sé.

—No sé qué decir. —Stephanie sacudía la cabeza con incredulidad.

Tras un largo silencio, Jake continuó:

—¿Te puedo preguntar cómo lo lleva Lisa?

—No muy bien, Jake —dijo Dean con un suspiro—. La última tanda de quimio no funcionó. No queda mucho que hacer. Esto no va a ayudarla en nada.

—Te doy la razón. Mira, Dean, yo he hecho la llamada. El resto depende de Lisa.

—¿Y de qué podría querer hablarle Mack?

—No lo sé. Quiere verse con Lisa y después, a lo mejor, con las niñas.

—Esto no traerá más que problemas, Jake.

—Lo sé.

—No me parece que Lisa vaya a querer verlo y estoy seguro de que mantendrá a las niñas al margen.

—No la culpo.

Otra pausa, y luego Dean añadió:

—Viene a cenar con las niñas. Tendré que poner al corriente a la familia.

—Claro. Lamento verme envuelto, Dean.

—Gracias, Jake.

Esa misma tarde llegó Lisa con las dos niñas, Margot y Helen. Estaba débil, frágil, y había dejado de conducir, porque Margot, a sus diecisiete años, se ocupaba encantada de hacer de chófer. Ella y Helen enseguida se pusieron el bikini y se tiraron a la piscina. Sus dos primos, los Pettigrew, estaban en Oxford viendo un partido de béisbol de la Universidad de Mississippi.

Lisa prefirió quedarse sentada en la galería, a la sombra, más fresca, con un pesado ventilador de techo rotando despacio por encima de ella. Stephanie sirvió limonada y se sentó junto a su hermana. Dean tomó asiento y miró saltar a las chicas desde el trampolín. Aunque Margot solo le llevaba un año a Helen, la diferencia era llamativa. Margot era madura, estaba completamente desarrollada y podría pasar por una señorita de veinte años. Su bikini era, sobre todo, de cintas, más bien escaso en opinión de Dean, y a sus abuelos, que llegarían al cabo de una hora más o menos, no les iba a hacer gracia. Él sabía que a Margot le traía sin cuidado lo que pensaran y que había pasado el año anterior buscando maneras de decepcionarlos. Helen era más tranquila, hasta podría decirse que tímida en ocasiones, y aún tenía el cuerpo escuálido de una niña de doce años. También ellas, además de su madre, se habían visto humilladas por la jugada maestra de Mack, su repentina desaparición, su abandono. La familia entera había sufrido esa humillación.

A lo largo del año anterior, a medida que un tratamiento tras otro se demostraba incapaz de frenar un cáncer muy agresivo, la familia había hablado entre susurros sobre qué hacer con las niñas. Solo había dos opciones, ninguna de ellas atractiva: o se iban a vivir con sus abuelos o se instalaban en la espaciosa vivienda de los Pettigrew. Nadie estaba muy por la labor de quedárselas, realmente, sobre todo a Margot. Aun así, irían a parar a un sitio acogedor, rodeadas de parientes que las querrían.

¿Surgía de pronto una tercera opción? ¿Volvía Mack para rescatar a las niñas a la muerte de su madre? Dean tenía serias dudas al respecto. Mack las había abandonado, y parecía inconcebible que fuera a instalarse en Clanton con la intención de hacer de padre.

—Vamos a quitarnos esto de en medio antes de que lleguen vuestros padres —dijo Dean—. Lisa, esta tarde he recibido una llamada de Jake Brigance. Está en contacto con Mack, que ha vuelto aquí.

Por frágil que estuviera, Lisa logró articular un rápido y sañudo:

—Qué hijo de perra.

—O peor. Quiere hablar contigo y quiere ver a las niñas.

Anonadada, Lisa se quedó boquiabierta y sus ojos tristes doblaron su tamaño.

—¿Cómo dices?

—Lo que oyes.

—¿Cuándo ha vuelto?

—No lo sé y no creo que se encuentre en la ciudad, pero anda por la zona. Los detalles no están claros.

—¿No pueden arrestarlo?

—No hemos hablado de eso, no hemos llegado tan lejos.

Lisa dejó su limonada en una mesita que tenía al lado, cerró los ojos y respiró hondo. Daba lástima verla, y Dean y Stephanie sufrían por ella. Sabía que se estaba muriendo y, de pronto, aquello. Los diez años previos habían sido un infierno: el hundimiento del matrimonio con un hombre que había trabajado duro pero nunca ganado mucho, y que además había tenido escarceos con la bebida; su escandalosa desaparición; los interminables rumores sobre que se había llevado un montón de dinero perteneciente a sus clientes; los meses y años sin saber nada de él; la aceptación de que el muy sinvergüenza de verdad se había marchado y no pensaba volver. Ella lo culpaba de su estado de salud. El estrés de la humillación y la presión que conllevaba criar a dos adolescentes como madre soltera le había pasado una implacable factura. Estaba más que agotada de llorar y trató de controlar sus emociones, pero se le escapó una lágrima y se secó la cara. Sorbió por la nariz, se mordió el labio y no permitió que cayera una lágrima más. Luego abrió los ojos y sonrió a su hermana. Miró a Dean y dijo:

—Entiendo que la idea es que llames a Jack para darle una respuesta.

—Sí.

—Bueno, pues la respuesta es que no. No tenemos nada de que hablar. Lo del divorcio ya estaba prácticamente resuelto cuando se largó. Por suerte; ha sido firme desde entonces. No quiero verle la cara ni oír su voz. No tiene nada que decir y no tenemos nada que hablar. Y si se pone en contacto con las niñas o intenta verlas de la forma que sea, llamaré a la policía y lo llevaré a juicio si es necesario.

Dean sonrió.

—Más claro, imposible.

14

A primera hora del lunes por la mañana, a las cinco en punto para ser exactos, la hora de costumbre, Jake rodó hasta bajar de la cama, salió con sigilo del dormitorio, fue a la cocina y le dio al botón de encendido de la cafetera. Después fue al dormitorio de invitados de abajo, donde se duchó y se vistió. Recogió los periódicos de Memphis, Tupelo y Jackson que había al final del camino de entrada a la casa y se sentó a la mesa del desayuno con su primera taza y las noticias de la mañana. A las seis menos cuarto volvió a su dormitorio, le dio a Carla una palmadita en el trasero y un beso en la mejilla, le dijo que la quería y se fue. Ella se arrebujó más aún bajo las mantas, convencida, como siempre, de que estaba loco por levantarse tan temprano. Se asomó un momento a ver a Hanna y a Luke y luego se marchó de la casa. Recorrió el trayecto de siete minutos en coche hasta la plaza de Clanton, aparcó delante de su oficina y a las seis en punto entró en la cafetería, donde Dell se estaba riendo con una mesa de granjeros e insultando a otra de obreros de fábrica. Nadie más llevaba traje y corbata. Encontró su silla de siempre ante una mesa en la que estaba Andy Furr, un mecánico de la planta de Chevrolet. Dell le dio una palmadita en la cabeza y un pequeño empujón con sus generosas posaderas, y le sirvió café. Marshall Prather, un ayudante del sheriff, dijo:

—Oye, Jake, ¿te has enterado de que Mack Stafford ha vuelto a la ciudad?

La fulgurante velocidad de los chismorreos en aquella localidad jamás dejaba de asombrarlo. Decidió seguirle el juego para ver «qué se contaba».

—Estás de coña, ¿no?

—No, no lo creo. Se rumorea que lo han visto y que quiere reunirse con su mujer.

—¿Tú no eras su abogado, Jake? —preguntó un granjero.

—No, señor. Que yo sepa, sus asuntos los llevaba Harry Rex. ¿Quién lo ha visto?

—No lo sé —respondió Prather—. Tengo entendido que no se hablaba de otra cosa ayer en la iglesia baptista.

—Bueno, entonces tiene que ser cierto.

—¿No es un prófugo de la justicia? —preguntó Andy Furr.

—No tengo ni idea.

—Marshall, ¿tú sabes algo de eso?

—No, pero lo averiguaré.

—¿No levantó un montón de pasta y se dio a la fuga?

—Siempre se rumoreó eso —contestó Jake.

Dell intervino desde la barra:

—Aquí no tratamos con rumores. Todos nuestros chismorreos se basan en la pura verdad.

Eso provocó unas risas. La cafetería era famosa como lugar donde se generaban rumores, a menudo para ver lo rápido que daban la vuelta a la plaza antes de regresar en forma de versión muy alterada. A Jake le hacía gracia que nadie hubiera visto con sus propios ojos a Mack. Era evidente que el clan Bunning había hecho correr la voz en la Primera Iglesia Baptista, a la que eran asiduos de toda la vida, de que Mack había entablado contacto. Eso, sin duda, había electrizado a la congregación y hecho circular rumores candentes como relámpagos durante toda la catequesis y la hora del culto. Jake no podía ni imaginarse los centenares de llamadas telefónicas que debían de haberse producido después del servicio. A medida que la irresistible historia cobraba impulso, alguien, una persona que jamás sería identificada, había añadido el jugoso giro de que alguien había visto realmente a Mack.

Resultaba evidente que, para el mediodía del lunes, después de que la ciudad hubiera absorbido y embellecido la historia, alguien habría charlado con Mack.

Este había demandado a uno de los granjeros, que todavía le guardaba rencor. Eso hizo que la conversación derivara hacia el tema de las querellas, sobre todo las frívolas, y la necesidad de seguir reformando las leyes de responsabilidad civil. Jake se tomó su desayuno y no dijo nada.

Al cabo de un rato, la conversación fue a dar de nuevo en el tiempo que hacía y se olvidaron de Mack, al menos por el momento.

15

A las diez de la mañana, puntual, Herman Bunning entró en el bufete de abogados de Sullivan & Sullivan y anunció a la recepcionista que tenía una cita. Le ofrecieron un asiento, pero lo rechazó con educación; no tenía intención de esperar. Había llamado a su abogado la noche anterior y habían acordado una hora. Si él podía llegar a tiempo, el abogado también. Se acercó al ventanal y contempló los juzgados. Intentó recordar la última vez que había buscado el asesoramiento jurídico de Walter Sullivan. A doscientos dólares la hora, esperaba que la visita fuera corta.

Su empresa, Clanton Redi-Mix, llevaba más de cincuenta años en la familia. Dado que la demanda de hormigón no era excesiva en una ciudad tan pequeña, la compañía tenía pocos problemas legales de entidad. Nunca había demandado a nadie ni sufrido una querella, más allá de algún que otro accidente de tráfico en el que se había visto envuelto uno de sus camiones. Walter redactaba contratos fiables y echaba un ojo a los asuntos legales. La mayoría de los empresarios de éxito de la ciudad confiaban en Walter, además de los banqueros, las aseguradoras, los ferrocarriles, los grandes granjeros y la gente con dinero en general.

Por eso Jake y el resto de abogados de la ciudad aborrecían el bufete de Sullivan. Tenía clientes que podían pagar.

Una secretaria salió a buscarlo y lo acompañó hasta el despacho grande. Aceptó un café, con un terrón, y se sentó de cara a Walter con un escritorio gigantesco entre los dos.

—No encuentro nada —dijo el abogado—. Ozzie dice que no existe ninguna orden de búsqueda pendiente. El juzgado de instrucción se movilizó un par de veces en su momento, pero no había pruebas reales. —Alzó una pila de papeles y prosiguió—. Tengo copias de los expedientes del divorcio y la sentencia definitiva, además de su solicitud de quiebra. No hay gran cosa ahí.

—No hace falta que me lo jures —gruñó Herman—. Ese muchacho nunca ganó dinero. Vivían al día, perdí la cuenta de las veces que tuve que sacarles las castañas del fuego.

—¿Cómo está Lisa?

—Igual que anoche, cuando preguntaste por ella.

Walter asintió y recordó la afición de Herman a no andarse por las ramas.

—Lo siento.

—Gracias. Mira, Walter, ¿no es *vox populi* entre vosotros los abogados que Mack se embolsó un dinero que no era suyo y después se fugó? Porque, vamos, es que tiene sentido. ¿Cómo iba a escapar si no tenía dinero? ¿Y por qué? Lisa se quedó la casa, los coches, las cuentas corrientes y toda la pesca, aunque todo estaba hipotecado hasta las trancas, pero también le largó cincuenta mil dólares en efectivo. El muchacho jamás había tenido tanto dinero. De modo que es lógico suponer que, si de pronto tenía efectivo que regalarle a ella, lo más probable es que tuviera mucho más escondido en alguna parte. ¿Me sigues?

—Sí, por supuesto.

—Y si saqueó sus fideicomisos o lo que fuera para conseguir el dinero, lo que está claro es que no lo incluyó entre sus bienes cuando presentó los papeles del divorcio.

—Ni en la declaración de quiebra, que es una acusación más grave. Quiebra fraudulenta.

—Estupendo. ¿Y eso cómo se demuestra? —La secretaria entró y les dejó una taza de café a cada uno, luego se retiró y cerró la puerta. Herman dio un sorbo y chasqueó los labios.

—De acuerdo, a ver si te he comprendido bien, Herman. Quieres ir a por Mack.

—Hostia, ya lo creo, con perdón. Abandonó a mi hija y mis nietas y se largó con algo de dinero. Fue un marido penoso, Walter, ya te he hablado de él. Bebía demasiado, nunca ganó ni un céntimo. No era vago, pero no se aclaraba con el derecho.

—Conocí bien a Mack, Herman, y me caía bien.

—A mí me cayó bien al principio, pero podías ver cómo se venía abajo el matrimonio. Es uno de esos chicos del Delta, Walter, ya sabes cómo son. Son diferentes, es lo que hay.

—Lo sé, lo sé.

—En cualquier caso, ¿cómo podemos demostrar que cometió fraude?

—¿Por qué molestarse con eso, Herman?

Aquello irritó al cliente, que rabió en silencio durante un instante. Dio un sorbo a su café y esperó a que se le pasara. A continuación, sonrió y dijo:

—Porque es un sinvergüenza, Walter, y una mala persona. Porque es probable que mi hija no llegue a fin de año, es probable que ni al verano, y dejará atrás dos hijas adolescentes a las que tendremos que criar Honey y yo. Y estamos dispuestos a ello, estamos preparados, pero como te imaginarás no entraba en nuestros planes. Serán caras y problemáticas, y, en fin, nosotros ya pensábamos en la jubilación. Eso puede esperar. Si Mack tiene algo de dinero, se lo debe a Lisa y las niñas.

—¿Cuánto estás dispuesto a gastar para averiguarlo?

—¿Cuánto costará?

—Tendré que pagar a un detective privado para que se ponga a escarbar. No estoy seguro en lo que respecta a la vertiente jurídica, pero algunas horas de trabajo caerán.

—¿Cuánto en total?

—Diez mil.

Herman hizo una mueca como si hubiera sufrido un acceso de colon irritable, desplazó el peso y apretó los dientes.

—Yo pensaba en algo más cercano a cinco mil.

A Walter no le importó negociar porque también estaba pensando en otros clientes potenciales. Si Mack se la había jugado a otros, ellos también podrían presentar demandas. Si Walter encontraba el botín oculto, quizá lo dejaran a su cargo. Garabateó unas notas con la frente arrugada porque no le salían las cuentas.

—Mira, Herman, esto en realidad no es lo mío, ¿sabes? Puedo ocuparme, pero será un rollo, ¿de acuerdo? Dejémoslo en siete quinientos.

—Sigue siendo demasiado, pero no quiero discutir.

—Pues vale, escríbeme el cheque.

—Mañana te lo mando por correo. —Herman miró su reloj. Por lo pronto, la reunión había durado menos de quince minutos. Eso eran cincuenta dólares, ¿no? Se abalanzaría sobre la factura mensual de Walter cuando llegara para verificar el tiempo y el coste.

Le dio las gracias por el café y salió del despacho con paso firme.

Al otro lado de la plaza, Jake haraganeaba sentado a su mesa cuando llegó la llamada. Una voz familiar dijo:

—Buenos días, Jake, soy Walter Sullivan.

En aquel momento, no había un solo expediente en la oficina de Jake que pudiera interesar ni remotamente a alguien del bufete de Sullivan. Sintió cierta suspicacia, pero también era cierto que las llamadas imprevistas no eran tan inusuales.

—Buenos días, Walter. ¿A qué debo el honor?

—Llevamos toda la vida representando a Herman Bunning y su compañía...

«Por supuesto, Walter. Llevas todo el trabajo con empresas de la ciudad».

—Y acaba de salir del despacho. Como supondrás, la familia está bastante afectada ahora mismo. ¿Qué puedes contarme de Mack?

—No soy su abogado, Walter. Tienes que hablar con Harry Rex.

—¿Y qué podrá contarme él?

—Nada.

—Eso suponía. Ni idea de dónde está Mack.

—Ninguna. ¿Por qué te importa dónde esté Mack, Walter?

—No me importa. Solo quería transmitir la advertencia de que debería mantenerse alejado de Lisa y las niñas.

—Pues muy bien. El doctor Pettigrew ya me dejó bien clara esa misma advertencia, y se la comuniqué a Mack. Él la oyó. Dudo seriamente que haya nada de lo que preocuparse, Walter. Mack no pretende causar problemas.

—Eso cuesta creerlo.

—El mensaje está entregado, Walter. Tranquilo.

—Nos vemos.

Después de la llamada, Jake le dio vueltas durante mucho rato. La idea de que Mack Stafford fuese, de alguna manera, a hacer daño de forma deliberada a sus hijas resultaba absurda. Era una llamada de abusón, típica de Sullivan. Tenían dinero y poder y no dudaban en usarlo.

Recordó una ocasión, no muy lejana, en la que Harry Rex montó una de sus barbacoas en su cabaña de caza, en los bosques del sur de la ciudad. Invitó a todos los abogados y jueces, hasta aquellos a los que despreciaba, e invitó a Ozzie y sus ayudantes y a la policía local de Clanton. La mayor parte de la pandilla del juzgado estaba allí, junto con un surtido de investigadores, mensajeros, procuradores y hasta conductores de grúa. Había barriles de cerveza fría y carne asada de sobra. En el porche tocaba una banda de bluegrass. El sentido de la oportunidad de Harry Rex fue perfecto —en el condado no había otra cosa que hacer aquel día— y hubo una cantidad espectacular de invitados. Él quería una fiesta paleta rural por todo lo alto y eso fue lo que consiguió. Jake y Carla se toparon con Mack y Lisa e intentaron sostener una conversación agradable. Saltaba a la vista que a ella la incomodaba codearse con gente de clase más baja; el club de campo quedaba muy lejos. Más tarde, Jake la vio sentada sola en el porche de atrás, tomándose un refresco light con pinta de estar totalmente fuera de su elemento. Después oyó el rumor de que se había marchado sin avisar a Mack, aprovechando que una amiga con coche se iba a casa.

Era del dominio público en la ciudad que el matrimonio no iba bien, sobre todo porque Lisa tenía sueños más ambiciosos de lo que Mack podía conseguir. Mientras Stephanie y el doctor Pettigrew prosperaban y cambiaban de casa para mudarse a una más grande todavía, los Stafford se quedaban mordiendo el polvo.

Interrumpió su ensoñación la siguiente llamada inesperada. Era Dumas Lee, el entrometido e insistente reportero en jefe de *The Ford County Times*.

—Qué sorpresa, Dumas —dijo Jake.

—Se dice que Mack ha vuelto —canturreó Dumas, como si anduviera tras la pista de un notición—. ¿Qué puedes contarme?

—¿Mack qué más?

—Ya. Mira, una fuente me cuenta que te has encontrado con Mack, que lo has visto en persona.

Dumas siempre afirmaba tener una fuente, existiera esta o no.

—Sin comentarios.

—Venga, Jake, no me vengas con esas.

—Sin comentarios.

—De acuerdo, te haré una pregunta sencilla, una de esas que requiere un «sí» o un «no» como respuesta, y si dices «sin comentarios», me quedará claro que la respuesta es que sí. ¿Has visto a Mack Stafford en persona en el último mes?

—Sin comentarios.

—En otras palabras, sí.

—Lo que tú digas, Dumas. No pienso seguirte el juego. ¿A qué viene tanto interés, en cualquier caso? Mack es libre de ir y venir. No es un prófugo.

—No es un prófugo. Me gusta. ¿Puedo usarlo?

—Vale.

—Gracias, Jake.

—De nada.

16

La fatídica decisión de Mack de tomar el dinero y correr, de solicitar el divorcio y luego declararse en quiebra, cerrar el bufete, dejarlo todo a nombre de Lisa, despedirse de ella y las niñas y desaparecer, la había precipitado una única llamada de teléfono. Un abogado neoyorquino llamado Marty Rosenberg telefoneó un día a la hora de comer, dispuesto a ofrecer dinero rápido para cerrar extrajudicialmente unos viejos casos que llevaban tiempo criando polvo y Mack casi había olvidado. Este cogió el teléfono porque Freda, su secretaria, no estaba. De lo contrario, si ella hubiera estado al corriente de la propuesta de acuerdo, la vida de Mack no habría dado un vuelco. Durante cinco años, Freda se había ocupado de las llamadas, la mecanografía, los clientes, los libros...; todo lo que hace una secretaria en una oficina de ciudad pequeña.

La despidió aquel mismo día y ella se fue hecha una furia. Mack se había tomado unas cervezas y había vuelto a la oficina achispado. Ella se le tiró al cuello porque se había saltado dos reuniones esa tarde. A él le traía sin cuidado. Discutieron, dijeron más de la cuenta los dos y la despidió en el acto, dándole treinta minutos para recoger sus cosas del escritorio y esfumarse. Cuando oscureció, Mack dejó la oficina y fue a un bar. Cuando por fin llegó a casa, Lisa lo esperaba en pie de guerra en el porche de la entrada. Resbaló con un charco de hielo en el camino de acceso, se dio un golpe en la cabeza y pasó dos días en el hospital. Mientras estaba allí postrado, Freda volvió a la oficina para repasar los libros y expedientes. No esperaba encontrar gran cosa y no se llevó una sorpresa. Ella conocía el negocio mejor que él mismo. Mack, como la mayoría de los abogados de la ciudad, a menudo instaba a los clientes a los que representaba en los juzgados municipales y del condado a que le pagaran en efectivo, unos honorarios que no constaban en los libros. Un motivo para revisar los archivos era asegurarse de que no quedaba ningún registro no oficial de honorarios pagados en efectivo. Además, Fedra quería saber si Mack tenía una cuenta bancaria o dos que Lisa tal vez desconociera, pero no encontró rastro de dinero oculto. Freda siempre había mantenido un libro de contabilidad en el que constaban todos los expedientes que Mack tenía abiertos, y se hizo una copia para sí misma. Era un elenco impresionante de casos pendientes. Cuando su exjefe huyó, le llegaron rumores de que había estafado a unos clientes y desfalcado unos fondos. A la sazón, Mack representaba a tres tutelas legales, con un total de veintidós mil dólares en su cuenta de fideicomiso. Su cuenta de depósito en garantía para propiedades inmobiliarias presentaba un balance de trescientos cincuenta dólares. Mack no había tocado ninguna de esas sumas cuando desapareció.

La única posible fuente de honorarios sustanciales eran cuatro viejos casos de responsabilidad por productos que Mack había aceptado y luego dejado de lado durante años. Los casos de las sierras mecánicas, antaño una mina de oro en potencia, por lo menos en opinión de este. Fedra casi los había olvidado, aunque recordaba haber pasado a máquina sus indignadas cartas al fabricante hacía mucho tiempo. Cuando Mack perdió el entusiasmo, los casos fueron relegados al fondo de la pila.

Mientras su exjefe estaba en el hospital, Freda obtuvo su registro de llamadas y vio las misteriosas comunicaciones con un bufete de abogados de Nueva York. Tomó notas y las guardó. Más o menos un mes después de que Mack se fuera, dos agentes del FBI le hicieron una visita y le formularon unas cuantas preguntas al tuntún, pero saltaba a la vista que solo pretendían cubrir el expediente. Aunque seguía enfadada por el despido, no sentía la menor lealtad hacia el FBI y no les dio nada.

Se marchó de Clanton y acabó instalándose en Tupelo, donde trabajó de asistente de abogado para asuntos inmobiliarios en un próspero bufete. Estaba sentada a su escritorio el martes por la tarde cuando apareció un detective privado. Americana de sport ceñida, corbata con nudo grueso, botas de punta estrecha y pistola al cinto. Su línea de trabajo resultaba evidente. Había visto a centenares como él en su carrera como secretaria judicial y podía detectarlos desde el otro lado de la calle.

Se presentó como Buddy Hockner y le entregó una tarjeta de visita. Dijo que estaba efectuando unas pesquisas para un abogado de Clanton.

—¿Cuál? —preguntó ella. En el pasado reciente los había conocido a todos.

—Walter Sullivan.

De manera que no se trataba de un divorcio problemático ni un accidente de coche de tres al cuarto. Si el bufete de Sullivan estaba de por medio, con toda probabilidad había más en juego. No se le ocurría ningún motivo por el que Walter Sullivan pudiera necesitar algo de ella.

—Lo recuerdo —dijo—. ¿En qué puedo ayudarlo?

Sin pedir permiso, Buddy se arrellanó en la única silla del otro lado de la mesa.

—Siéntese, por favor —dijo Fedra.

—¿Ha tenido algún contacto con su anterior jefe, Mack Stafford, recientemente?

—¿Por qué iba a contárselo si fuera así?

—Vengo en son de paz.

—Eso dicen todos.

—Mack ha vuelto. ¿Ha tenido noticias de él?

Eso le hizo gracia y le dedicó una sonrisa, la primera.

—No, no sé nada de Mack desde el día en que me despidió. Hace casi tres años. Mire, estoy bastante ocupada y preferiría no hablar de esto en el trabajo.

—Entendido. ¿Puedo invitarla a tomar algo después del trabajo?

—Una copa. No soy muy habladora.

Se vieron dos horas más tarde en un bar del centro. Encontraron un rincón oscuro y pidieron algo de beber. Buddy puso todas las cartas sobre la mesa y le prometió que no tenía nada que ocultar, y que de vez en cuando trabajaba para el señor Sullivan, a quien la familia de Lisa había contratado para rebuscar en los trapos sucios de Mack. Tenían firmes sospechas de que se había desviado un dinero que se había mantenido al margen de los procesos del divorcio y de la quiebra.

Freda se apenó al enterarse del estado de salud de Lisa. Nunca habían sido muy amigas, pero habían logrado llevarse bien, lo que no era moco de pavo en el mundo de Mack.

—Mack jamás tuvo dinero —dijo—. No había nada que robar.

Buddy metió la mano en un bolsillo, sacó una hoja de papel y se la entregó. Era una copia de un cheque certificado por valor de cincuenta mil dólares emitido por un banco de Memphis a favor de Lisa.

—Esto formó parte del convenio de divorcio; lo único de valor que se llevó ella, podría decirse —explicó Buddy.

Freda sacudió la cabeza y dijo:

—Mack jamás tuvo tanto dinero. Mantenía unos cinco mil dólares en la cuenta corriente del bufete, pero hasta eso bajaba en ocasiones. A mí me pagaba treinta mil al año, nunca me concedió un ascenso y hubo un par de años en los que gané casi tanto como él.

—¿Tenía una cuenta en un banco de Memphis?

—No que yo sepa. Operaba con bancos de Clanton, aunque no le hacía ninguna gracia. Odiaba que alguien del banco supiera lo arruinado que estaba en realidad.

—Entonces ¿de dónde salió el dinero?

A Freda siempre la molestó que Mack se hubiera desvanecido sin más y hubiese abandonado a su mujer y sus dos hijas. Tras su desaparición, ella también se había visto involucrada en los chismorreos locales. Empezaron a circular rumores de que ella estaba implicada en sus argucias y demás. Era uno de los motivos por los que había dejado la ciudad. No le debía nada a Mack. Qué coño, si la había despedido en un pronto y se había quedado mirando cómo recogía su escritorio. Dio un sorbo a su vodka y dijo:

—Tengo sus registros de llamadas, no me pegunte cómo. El día en que me despidió, recibió un telefonazo de un bufete de abogados de Nueva York, que entró a las doce y diez, cuando yo estaba comiendo, y es evidente que después salió de la oficina y se tomó unas cuantas cervezas. Cuando regresó, sobre las cinco de la tarde, tuvimos nuestra pelea. Se había saltado dos citas, algo que jamás hacía porque necesitaba los clientes. Nunca volví a verlo, ni quiero verlo otra vez ahora.

Metió la mano en el bolso y esta vez fue ella quien sacó una hoja de papel.

—Esta es una copia de su carpeta de clientes, todos sus casos abiertos. He subrayado cuatro de ellos, los casos de las sierras mecánicas. Arriba de todo verá el nombre de Marty Rosenberg con su número de teléfono. Es el abogado de Nueva York, el que supongo que llamó cuando yo no estaba. No sé de qué hablarían, pero fue suficiente para darle el empujón a Mack. No estoy segura, pero imagino que el señor Rosenberg conoce el resto de la historia.

Era una semana floja en Clanton por lo que a noticias se refería. Cuando *The Ford County Times* llegó a las calles poco antes del amanecer del miércoles, llevaba en portada una noticia, en la parte inferior, bajo el siguiente titular: ¿HA VUELTO MACK STAFFORD A LA CIUDAD? Firmado por Dumas Lee, el artículo explicaba que varias «fuentes anónimas» habían confirmado que el exabogado Mack Stafford había reaparecido. Nadie lo había visto con sus propios ojos, o por lo menos nadie dispuesto a dejarse citar. El grueso de la noticia lo formaba el pasado de Mack: sus diecisiete años de ejercicio de la abogacía, su divorcio y quiebra, y su misteriosa desaparición. Había una cita del sheriff Walls: «No estoy al corriente de ninguna investigación en curso». A la pregunta de si era cierto que un juzgado de instrucción había estudiado el extraño caso, Ozzie no había querido hacer comentarios. Había dos fotos en blanco y negro: una de Mack con traje y corbata, sacada del directorio del colegio de abogados; la otra era de Jack Brigance, vestido de traje oscuro y saliendo del juzgado. Bajo esta última aparecía una cita en negrita: «No es un prófugo».

Jake la leyó con su café matutino y se maldijo por haber hablado siquiera con Dumas. Había sido una estupidez concederle a ese sujeto algo que fuera ni remotamente citable. La insinuación estaba clara: Jake estaba envuelto en aquello y probablemente era el abogado de Mack.

No le apetecía nada ir a la cafetería, pero saltársela no era una opción. Había aprendido que la incomparecencia no hacía sino empeorar los chismorreos.

Más tarde, ese mismo miércoles por la mañana, Walter Sullivan llamó a la oficina neoyorquina de Durban & Lang, una megaempresa con millares de abogados por todo el mundo. Preguntó por el señor Marty Rosenberg y una de sus secretarias le informó de que el insigne abogado no estaba disponible, que era exactamente lo que Walter se esperaba. Dijo que enviaría por fax una carta que explicaba el motivo de su llamada y que agradecería unos minutos de conversación telefónica. Al colgar, mandó la misiva, que rezaba así:

Apreciado señor Rosenberg:

Soy abogado en Clanton, Mississippi, y busco información relativa a un posible acuerdo extrajudicial por responsabilidad de producto concertado hará unos tres años. Creo que su firma representa a una empresa suiza, Littleman AG, y que dicha compañía tiene una filial conocida como Tinzo Group, con sede en Filipinas. Tinzo fabricaba, entre otros muchos productos, unas sierras mecánicas a las que acusaron de ser defectuosas. Varios reclamantes de esta localidad contrataron a un abogado local, J. McKinley Stafford, más conocido en estos lares como Mack, para que llevara sus demandas por lesiones. Mack cerró su bufete y dejó la ciudad poco después de hablar con usted.

Necesito unos minutos de su tiempo. Le ruego que llame cuando pueda. Su secretaria tiene mi número.

Un cordial saludo,

WALTER SULLIVAN

Pasó el miércoles sin que recibiera noticias de Nueva York. A las nueve de la mañana siguiente, la secretaria de Walter lo avisó por el interfono de que le pasaba la llamada. Marty empezó con un amable:

—Buenos días, señor Sullivan, ¿cómo van las cosas por el sur?

—Mejor imposible, señor Rosenberg. Gracias por llamar.

—No hay problema. Me casé con una chica de Atlanta y bajamos por allí de vez en cuando.

—Es una gran ciudad —respondió Walter. En muchos sentidos, Atlanta estaba más cerca de Nueva York que de Clanton.

—En fin, recibí su carta y uno de mis asistentes localizó el expediente. —Walter se imaginó al insigne abogado con un ejército de asistentes formando en fila ante su puerta—. ¿En qué puedo ayudarlo?

—Bueno, parece que nuestro amigo el señor Stafford negoció una indemnización de alguna clase y después se marchó de la ciudad. ¿Me puede confirmar que existió, en efecto, una indemnización acordada?

—Ay, madre —dijo Marty con un suspiro, como si abordaran un tema espinoso—. Mire, todavía representamos a la empresa suiza, Littleman, y sí, absorbieron a Tinzo hace unos años. En su momento existieron algunas de esas demandas de responsabilidad civil por algún producto del catálogo de Tinzo, pero nada que llegara a los tribunales. Los suizos lo querían todo limpio. No les gusta nuestro sistema de responsabilidad civil, y no los culpo, y por eso nos encargaron que nos librásemos de cualquier reclamación pendiente. Las descargaron en mi mesa con instrucciones de plantear ofertas. Me temo que eso es todo lo que puedo decir. Los acuerdos fueron confidenciales, como imaginará, y mi cliente no admitió ningún tipo de responsabilidad civil.

—Ya veo. ¿Es posible obtener copias de los acuerdos de conciliación?

—Uy, no. Si hay gente discreta, son los suizos. Jamás accederían a divulgar ningún detalle. No estoy seguro de por qué, después de tanto tiempo, y en cualquier caso fue una miseria. Littleman facturó catorce mil millones el año pasado, de modo que esto fueron simples migajas. Pero ellos funcionan así. No estamos hablando de ninguna conducta delictiva, ¿verdad?

—De su parte, en ningún caso. Su cliente no ha hecho nada malo.

—Por supuesto que no. ¿A quién representa usted?

—A la exmujer del señor Stafford. Se estaban divorciando y, aunque desde luego no lo sabemos a ciencia cierta, todo parece indicar que escondió un dinero.

—No sería la primera vez —dijo Marty con una carcajada, y Walter se sintió obligado a acompañarlo. Pasado el momento de comedia, insistió un poco más:

—Entonces ¿no hay manera de ver los acuerdos de conciliación?

—Solo con una orden judicial, señor Sullivan. Solo con una orden judicial.

—Entendido. Nos pondremos manos a la obra. Le agradezco su tiempo, señor.

—Ha sido un placer. Buenos días, señor. —Y Marty colgó, sin duda para verse rodeado de subalternos enseguida.

19

Jake estaba redactando otro testamento sencillo, el enésimo que hacía para una pareja entrada en años sin casi nada que dejar en herencia. Estos en concreto eran miembros de su iglesia y Jake conocía a la familia desde hacía años. Su secretaria le habló por el interfono:

—Jake, hay una joven al teléfono; no me ha dado nombre, dice que es urgente.

Su primer impulso fue decirle: «Dile que estoy ocupado». Cualquier abogado de una ciudad pequeña era un objetivo para esa clase de llamadas, que siempre traían problemas. Sin embargo, años atrás, recién salido de la facultad de Derecho, había rehusado una llamada como aquella y luego se había enterado de que la mujer en cuestión se estaba escondiendo de un marido maltratador. El tipo la había encontrado, le había pegado una paliza y había acabado en la cárcel. Jake se había sentido culpable durante mucho tiempo.

—Vale —dijo, y agarró el auricular.

—Señor Brigance —saludó una voz suave—, me llamo Margot Stafford. Soy la hija mayor de Mack.

—Hola, Margot. —No la conocía en persona, pero hacía unos años Carla y él habían visto un partido del equipo de baloncesto femenino del instituto con unos amigos cuyas hijas jugaban. Margot también, y muy bien, y alguien se la había señalado como la hija de Mack—. ¿En qué puedo ayudarte?

—¿Esta conversación es confidencial?

—Lo es, sí.

—Bien. Me gustaría saber si ha visto a Mack.

No «mi padre», sino «Mack».

—Sí, lo he visto.

—Entonces ¿de verdad ha vuelto al país?

—Sí.

Se produjo una larga pausa.

—¿Sería posible que me viera con él en algún lugar discreto? Mi madre no tiene ni idea de que lo he llamado.

—Estoy seguro de que a Mack le encantaría verte, Margot. Creo que puedo organizar un encuentro, si es lo que deseas.

—Gracias. Esto…, ¿dónde podemos vernos?

Jake se devanó los sesos con aquella inusual petición; no se le ocurría ningún lugar secreto.

—¿Qué te parece mi oficina, aquí en la plaza?

—No lo tengo muy claro. ¿No nos verá nadie?

—No. Hay una puerta trasera. —Al fondo de la pequeña cocina había una puerta que Jake había empleado en numerosas ocasiones para evitar a clientes problemáticos. Daba a un callejón situado detrás de su oficina, que a su vez conducía a un laberinto de pasajes estrechos en los que a veces topaba con otros abogados que huían de su trabajo o de sus coléricas secretarias.

Le dio las señas a Margot y quedaron a las dos de la tarde del viernes.

20

El fiscal federal del Distrito Norte de Mississippi ocupaba una planta entera de oficinas en los juzgados federales de Oxford. Su fiscal principal era Judd Morrissette, hermano pequeño del mejor amigo de Walter Sullivan en la facultad de Derecho. El jueves por la mañana, Walter fue hasta Oxford con su elegante Cadillac, conducido por Harriet, su secretaria y chófer. Cuando se desplazaba fuera de Clanton por motivos de trabajo, Walter prefería que condujera otro. Decía que eso le daba más tiempo para trabajar —leer gruesos documentos, hacer llamadas importantes, sopesar estrategias legales—, pero la verdad era que, mientras los kilómetros iban pasando y sonaba música country suave en la radio, lo que Walter solía hacer era sestear.

Hacía años que conocía a Judd Morrissette, y dedicaron los primeros quince minutos del encuentro a ponerse al día mutuamente y hablar de viejos amigos. Cuando por fin salió el tema de Mack, Judd sorprendió a Walter con una anécdota relativa a un caso antiguo en el que él, Judd, había llevado la acusación contra un corredor de apuestas de Greenwood. Su abogado defensor era Mack Stafford, que se había criado en aquella localidad. De manera que Judd había conocido a Mack años antes y, al igual que todos los abogados del estado, había oído la historia de su desaparición.

Walter le explicó que lo había contratado «la familia» para que explorase los misterios de cómo y por qué Mack había dejado la ciudad. El exsuegro, Herman Bunning, era un cliente de toda la vida y estaba convencido de que su antiguo yerno le había escondido dinero a su hija durante el divorcio. Y si eso era cierto, sin duda lo había escondido también en su declaración de quiebra.

En un tono de voz más bajo, se tomaron un momento para desviar la conversación hacia las últimas noticias sobre la salud de Lisa. No eran buenas, ni se esperaba que mejorasen.

Por cortesía y respeto, Judd escuchó y tomó algunos apuntes, pero en un principio el caso le suscitó poco interés. Las quiebras fraudulentas no eran demasiado emocionantes. El caso, si lo había, tenía ya tres años. La verdadera víctima se estaba muriendo. Era un embrollo familiar que Judd prefería evitar.

—Hemos localizado a uno de los cuatro demandantes —iba diciendo Walter—, un hombre llamado Odell Grove. El pobre perdió un ojo en un accidente con la sierra mecánica. No quiso hablar con mi detective, pero quizá hablaría con el FBI.

—¿Y cuál es tu teoría?

—Stafford llegó a un acuerdo rápido sobre los casos, se quedó la mayor parte del dinero de las indemnizaciones, o por lo menos mucho más de lo que le correspondía, lo mantuvo al margen del divorcio y la quiebra y se largó.

—¿Cuánto?

—No lo sabemos todavía. Hablé con un abogado de Nueva York que llevó los trámites de conciliación en representación del fabricante, una empresa suiza, pero no me quiso decir gran cosa. Manda al FBI y cantará como un pajarillo.

Judd se rio y dijo:

—Sí, se les da bien soltar lenguas, ¿verdad?

—Una vez que tengamos los acuerdos de conciliación, todo encajará. Sabremos cuánto dinero había sobre la mesa y cuánto se quedó Mack.

Judd empezaba a ver la idea con mejores ojos.

—Podría ser un asunto bastante sencillo, bien pensado, ¿no crees? Encontrar a los demandantes y averiguar qué clase de acuerdo alcanzaron con Mack. Al mismo tiempo, obtener el papeleo de Nueva York. Deja que hable con el FBI.

21

El único establecimiento del condado donde Jake sabía que podía almorzarse con la absoluta seguridad de que nadie reconocería jamás a un abogado, inhabilitado o no, era el Sawdust, un local rústico frecuentado por leñadores y granjeros, todos blancos porque los negros habían rehuido siempre el establecimiento. Jake solo había estado una vez, con Harry Rex, que andaba en busca de un testigo en un caso de divorcio violento. Mack Stafford no había estado nunca ni podía recordar la última vez que había pasado en coche por delante.

Se encontraron en el aparcamiento de grava a las once y

media, temprano, para evitar la hora punta, e hicieron un alto para contemplar los dos osos negros enjaulados en el porche de la entrada. Una bandera de guerra confederada ondeaba flácida enganchada a un mástil torcido.

Jake echó un vistazo al coche de Mack, un Volvo DL cuadradote con muchos kilómetros, y comentó:

—Buena máquina.

—Alquilado en Rent-A-Wreck. Seis meses con opción a compra, todo en efectivo, seguro incluido.

—Por debajo del radar, ¿eh?

—Del todo.

—Matrícula de Tennessee.

—Estoy viviendo en Memphis ahora mismo, en un piso muy pequeño que nadie podrá encontrar. También lo pago en efectivo.

La puerta del local daba a una tiendecilla con el suelo de tablones chirriantes, carnes ahumadas colgando por encima de la caja registradora, techos bajos y media docena de desvencijadas mecedoras colocadas alrededor de una estufa panzuda que no estaba encendida. Saludaron con la cabeza al dependiente que había detrás del mostrador y pasaron al comedor, un añadido posterior con un suelo de linóleo que se hundía claramente por la parte del fondo. Las paredes estaban cubiertas de calendarios de la temporada de fútbol americano de las diferentes universidades del estado de Mississippi, y también de las ligas de institutos y escuelas universitarias. Optaron por una mesita de la esquina y una camarera los siguió hasta allí.

—Caballeros, caballeros, ¿cómo estamos hoy? —dijo con voz cantarina.

—Estupendamente. Nos morimos de hambre.

—El menú de hoy es estofado de ternera y pan de maíz con jalapeños. La bomba.

Jake asintió.

—Té helado, sin azúcar.

—Lo mismo —dijo Mack. La camarera se fue sin apuntar una sola palabra.

Mack prefirió sentarse de espaldas a la pared y de cara a la puerta. Llevaba una gorra con la visera baja y unas gafas diferentes. Las posibilidades de que lo reconocieran en el comedor del Sawdust venían a ser las mismas que en las selvas tropicales de Costa Rica.

—¿Cuánto hace que has vuelto? —preguntó Jake.

—Este es mi undécimo día.

—¿Cómo ha sido la reentrada por ahora?

—Bastante accidentada, diría yo. Ha sido genial ver a mi madre. Voy en coche hasta Greenwood de vez en cuando y paso un rato con ella. Tiene casi ochenta años, pero está bastante en forma, todavía conduce. No ha visto a Helen y Margot desde que me fui, de manera que ahí tengo otro borrón. Se están acumulando. Eso que hice fue una canallada, Jake. Largarme de esa manera. A ver, en su momento estaba desesperado por marcharme, pero no puedes huir de las personas a las que quieres. Tendría que haberme divorciado de ella, mudarme a Memphis o Jackson y encontrar trabajo vendiendo casas o Chevrolets nuevos, cualquier cosa, lo que fuera con tal de ir tirando. Hubiera sobrevivido; joder, hubiese ganado más cortando el césped.

Dos grandes vasos de plástico llenos de té golpearon la mesa.

—El limón está allí —dijo la camarera señalando con la cabeza.

—No es demasiado tarde para volverlo a intentar —señaló Jake—. No eres exactamente un abuelo.

—Ya veremos. Ahora mismo me estoy adaptando. A veces me supera. Además, sigue existiendo el miedo a esa patada en la puerta.

—No parece probable.

Mack dio un sorbo al té y dijo:

—No me puedo creer que Margot te hiciera esa llamada. Me pregunto qué querrá.

—A lo mejor quiere ver a su padre. Su madre se está muriendo. Su mundo está patas arriba. ¿Os llevabais bien?

—Parecía una típica relación padre-hija, nada muy especial. Las chicas siempre preferían pasar tiempo con su madre, y eso nos iba bien a todos. Para serte sincero, Jake, me mantenía lo más alejado posible de mi casa. El matrimonio fue una mierda desde el primer día. Para salvarlo, decidimos tener un par de crías, lo que es un error bastante común. ¿Cuántas veces se lo has oído decir a clientes de divorcio?

—Por lo menos un centenar.

—No funcionó. Nada funcionó.

—Esto que voy a decir es horrible, Mack, pero es posible que cuando Lisa falte las cosas se te pongan un poco más fáciles. ¿No te parece?

—No pueden empeorar mucho. Las niñas estarán destrozadas. Cuando yo aún estaba, se llevaban bien con su madre, pero los años de la adolescencia apenas estaban empezando. Quién sabe qué habrá pasado desde entonces.

—¿Intentarás obtener la custodia?

—Es demasiado pronto. No quiero causar problemas ahora mismo. Además, las niñas son lo bastante mayores para escoger dónde quieren vivir; conmigo o con sus abuelos. Sospecho que Herman peleará duro por quedárselas. No soy exactamente un padre simpático, ¿sabes? Si se quedan con los Bunning, viviré cerca e intentaré reconstruir algo de confianza. Será un proceso largo, pero debo empezar por alguna parte.

Jake bebió té, sin tener una respuesta que darle. Unos

granjeros vestidos con petos entraron metiendo ruido y ocuparon una mesa que parecía ser de su propiedad.

—¿Reconoces a alguien? —susurró Mack.

—Ni un alma. Nunca deja de asombrarme la cantidad de personas a las que no conozco en este condado de treinta mil habitantes.

La misma camarera tardó unos quince segundos en atender a los granjeros, que pronto comenzaron a quejarse del servicio. La chica se retiró a la cocina. Alguien mencionó el partido de los Cardinals de la noche anterior y el béisbol pasó a ser el tema de conversación.

Mack escuchó, sonrió y dijo:

—¿Sabes, Jake?, a veces me cuesta creer que he vuelto. Durante el primer año o los dos primeros que me quedé allí abajo jamás pensé en regresar. Intenté borrar el pasado, pero cuanto más tiempo pasaba lejos, más añoraba el hogar. Una vez estaba en un campamento de pesca, en Belice, y vi a un tipo que llevaba una gorra de la Universidad de Auburn. Era octubre, y de repente extrañé los partidos de fútbol americano de la Universidad de Mississippi. La concentración masiva previa al partido en el Grove, las fiestas de antes y después del encuentro. Eché de menos a mis amigos de aquella época y también, mucho, a mi madre. Empezamos a cartearnos. Fui cuidadoso y envié las cartas a través de Panamá. Me alegré tanto de tener noticias de casa. Cuanto más leía sus cartas, más me convencía de que debía volver.

—¿Cómo te enteraste de que Lisa estaba enferma?

—Alguien se lo contó a mi madre. Hay un amigo de la familia en Greenwood que tiene relación con Clanton. A través de él nos llegaba alguna información.

La camarera les colocó delante dos grandes bandejas. Unos cuencos humeantes, cada uno de ellos con estofado suficiente para una familia pequeña, y unas gruesas cuñas de pan de maíz embadurnado de mantequilla. Olvidaron toda conversación y empezaron a comer. La mesa de al lado se llenó de clientes de la zona, y uno de ellos echó una larga mirada a Mack, pero luego perdió el interés.

Cuando terminaron de comer, pagaron en el mostrador. Mack dejó su Volvo en el Sawdust. Jake condujo los quince minutos que había hasta Clanton y, cuando se acercaron a la plaza, preguntó:

—¿Y qué?, ¿qué te pasa por la cabeza ahora? ¿Nostalgia? ¿Alivio? ¿Algo de emoción por haber vuelto?

—Nada de todo eso. Evidentemente, ningún recuerdo entrañable. Aquí fui infeliz, me marché con cuarenta y dos años porque me parecía insoportable la idea de llevar la misma vida hasta los sesenta o setenta.

—Yo he tenido pensamientos parecidos.

—Por supuesto que los has tenido. Le pasa a todo el mundo. Y no hay un final a la vista porque no puedes jubilarte, no te lo puedes permitir.

—¿Quieres ver tu antigua oficina?

—No. ¿Qué hay ahora?

—Una tienda de yogures. Yogur helado. No está mal.

—Preferiría evitar ese lado de la plaza.

Jake aparcó en una travesía. Entraron subrepticiamente en un callejón y en cuestión de unos segundos abrían la puerta trasera que daba a la cocina. La entrada de la oficina estaba cerrada con llave, por orden de Jake. Alicia se puso en pie y sonrió, pero no se presentó. De nuevo, a instancias de Jake. No debía mencionar el nombre de Mack Stafford. Alicia señaló con la cabeza la puerta cerrada de la pequeña sala de juntas de abajo.

Mack caminó hasta ella y respiró hondo.

22

Margot estaba de pie ante la ventana, mirando por entre la persiana. No se dio la vuelta cuando Mack entró. Se diría que ni lo había oído.

Mack cerró la puerta, caminó hacia ella y se detuvo a un par de pasos. Estaba preparado para un abrazo incómodo y luego una hora de conversación más incómoda todavía. Estaba preparado para lágrimas y disculpas, sin renunciar a la esperanza de un atisbo de perdón.

La vio mucho más alta, con una larga melena morena que le llegaba hasta los hombros. Seguía estando delgada. Lisa siempre se había negado a echarse kilos y era muy estricta con lo que las niñas comían. Esa disciplina había dado fruto porque Margot, por lo menos vista de perfil, aparentaba más de diecisiete años.

Mack se había programado para mantener a raya las emociones, los recuerdos, las entrañables fotos de niñas pequeñas con coletas, preciosos vestidos de Pascua y trajes para el baile. Los cuentos antes de dormir, el primer día de guardería, el brazo roto, el nuevo cachorro de la familia. Había guardado a buen recaudo esas imágenes durante tanto tiempo que estaba convencido de poder enterrarlas para siempre, pero al verla le temblaron las rodillas y se le cerró la garganta. Tragó saliva, apretó la mandíbula y se obligó a encallecerse, a seguir adelante por la fuerza. Mucho dependía de ella.

Margot al fin se volvió para mirarlo; ya tenía los ojos húmedos.

—¿Por qué has vuelto?

—Esperaba un abrazo.

Ella se negó con un ligero movimiento de la cabeza, sin el menor atisbo de emoción.

—Nada de abrazos, Mack. Por lo menos, todavía no.

Lo sorprendió que su hija le llamase «Mack» pero, a fin de cuentas, había intentado prepararse para toda clase de sorpresas.

Margot lo miró con frialdad y sus ojos empañados parecieron despejarse. Señaló una silla que había en el lado de Mack de la mesa y dijo:

—¿Por qué no te sientas allí, y yo me pondré aquí?

Sin mediar palabra, Mack se sentó y ella hizo lo propio, con la mesa entre los dos. Estudió la cara de su hija y adoró lo que vio. Ella observó la de su padre y no lo vio tan claro. Margot tenía los ojos castaño suave, los labios carnosos y la piel perfecta de Lisa. De Mack había heredado los pómulos marcados y la barbilla redondeada. Como todavía no había sonreído, no estaba seguro de cómo tendría los dientes; sin embargo, recordó con horror que la ortodoncia les había costado un dineral cuando tenía unos doce años. Más valía que tuviera una dentadura perfecta.

—¿Y esa barba? —preguntó ella con un tono que dejaba claro lo poco que le gustaba.

—Me cansé de la cara.

—¿Parte del disfraz?

—Claro, igual que las gafas.

—Estás mucho más mayor de lo que te recordaba.

—Gracias. Tú también. ¿Cómo está tu madre?

—¿Por qué lo preguntas?

—Porque estuve casado con ella y me preocupa.

Ella se mofó con un resoplido y apartó la vista.

—Está muy enferma, se ha quedado en menos de cuarenta kilos. Me cuesta creer que esto te interese de verdad.

Mack asintió, encajando el golpe a la vez que admiraba el arrojo de su hija. Merecía cualquier cosa que le lanzara desde su lado de la mesa.

—¿Y Helen? —preguntó—. ¿Cómo lo lleva?

—¿De verdad te importamos, Mack?

—Mira, creo que «papá» suena mejor que «Mack», ¿podemos probarlo?

—¿Por qué? ¿Intentas ser padre de nuevo? Renunciaste a todo el tema de la paternidad cuando nos abandonaste. No tienes derecho a considerarte mi padre.

—Eso es bastante duro. Sigo siendo tu padre, por lo menos desde el punto de vista biológico. No lo puedes negar.

—Emocionalmente, no lo eres. Renunciaste a eso cuando te fuiste. Ahora has vuelto, Mack, y mi pregunta es: ¿qué te traes entre manos? ¿Qué buscas?

—Nada. He vuelto porque me cansé de huir, porque estuvo mal huir y quiero que me oigas decir que obré mal. Cometí un error, Margot, un error atroz, y pido disculpas. No puedo compensar los últimos tres años, pero al menos puedo estar presente los próximos tres, los próximos cinco, los próximos diez. He vuelto porque me enteré de que Lisa está enferma y me preocupáis Helen y tú. No espero que me deis la bienvenida con los brazos abiertos, pero concededme algo de tiempo y os lo demostraré.

El tenso labio superior de Margot empezó a temblar y los ojos se le humedecieron de nuevo, pero aguantó un poco hasta que se le pasó.

—¿Vas a instalarte otra vez aquí?

—Ahora mismo no tengo nada decidido, pero no, no voy a volver a Clanton.

—Entonces, cuando se muera mamá, ¿adónde iremos? ¿A servicios sociales? ¿Quedaremos bajo tutela del estado? ¿Y si nos buscan un orfanato precioso?

A Mack le encantaba aquella niña. Era rápida y dura, y probablemente las hubiera pasado moradas por culpa de él.

En vez de buscar un reencuentro emotivo, tenía a Mack contra las cuerdas y no paraba de lanzarle golpes.

—¿Qué pasa con los Bunning? —preguntó él.

Margot puso los ojos en blanco con burlona incredulidad y negó con la cabeza.

—Ah, supongo que eso entra dentro del gran plan. Como recordarás, Hermie tiene el mundo metido en un puño y es el mandamás supremo. Como no tenemos otro sitio adonde ir, se da por sentado que nos mudaremos a la casa grande y acataremos sus reglas.

—¿Hermie?

—Así lo llamo yo; a sus espaldas, claro. Helen no; sigue siendo Doña Perfecta y le dice «abu» con voz de niña buena.

Hubo una larga pausa mientras Mack saboreaba el apodo de «Hermie» y deseaba haber tenido arrestos para ser más irrespetuoso con su exsuegro.

—Te he preguntado por Helen —dijo.

—Oh, está bien. Tiene dieciséis años y la madurez aproximada de una niña de diez. Comienza cada día con una buena llantina porque su madre está enferma y pasa la mayor parte del tiempo recreándose en su desgracia. Hablas diferente.

—Me quité el acento; es parte del disfraz.

—Suena falso.

—Gracias.

Margot metió la mano en el bolso y dijo:

—¿Te importa que fume?

No fue una pregunta. Con unos hábiles golpecitos sacó un cigarrillo, de esos largos, y lo encendió con un mechero en un movimiento tan fluido que Mack supo que tenía mucha práctica.

—¿Cuándo has empezado a fumar?

—Hace un año, más o menos. ¿Cuándo empezaste tú?

—A los quince años. Lo dejé al acabar Derecho.

—Yo lo dejaré algún día, pero ahora mismo es la bomba. Solo un paquete al día, eso sí.

—Tu madre se muere de cáncer y tú vas y empiezas con el tabaco.

—¿Es una pregunta? Es cáncer de pecho, no de pulmón. Y también me gusta la cerveza.

—¿Algo más?

—¿Quieres hablar de sexo?

—Cambiemos de tema.

Ella sonrió, perfectamente consciente de que lo tenía a la defensiva. Dio una larga calada, soltó una nube de humo y preguntó:

—¿Tienes una idea de lo espantoso que es ser una chica de catorce años y que te abandone tu padre, un hombre al que amabas y admirabas, un hombre que estabas convencida de que era alguien, un gran abogado en una ciudad pequeña? Un hombre que formaba parte de tu vida, que solía estar a tu lado, en casa, en la iglesia, en la escuela, en familia, en todas las partes donde se supone que tiene que estar un padre. En todas las partes donde siguen estando todos los demás padres, salvo el mío. ¿Te haces una idea de lo que es eso, Mack?

—No. Soy incapaz.

—Ya sé que eres incapaz. Eres peor que incapaz, Mack. Se me ocurren muchas descripciones gráficas.

—Dale. No pienso discutir. ¿Quieres que me vaya?

—Adelante. Es lo tuyo. Huye. Cuando la cosa se pone fea, a correr. —Tenía carácter y fuerza, pero se enjugó una lágrima. Dio unas caladas durante un rato para recomponerse.

Al ser el adulto, Mack se mordió la lengua y mantuvo un tono de voz tranquilo y suave.

—No voy a volverme a ir, Margot, a menos que me vea obligado. Me he disculpado, es todo lo que puedo hacer. Estoy encantado de haberte vuelto a ver y me gustaría repetirlo pronto. También con Helen.

—Tengo una pregunta, Mack. Cuando te fuiste de aquí en mitad de la noche, ¿tenías pensado volvernos a ver?

Mack respiró hondo y miró hacia la ventana. Margot esperaba, con el fino cigarrillo sujeto con delicadeza entre dos dedos, listo para la siguiente calada. Sus ojos lo estaban trepanando.

—No sé lo que pensaba. ¿Recuerdas la noche en la que llegué a casa borracho, resbalé en el hielo del camino de entrada, me partí la crisma y acabé en el hospital?

—¿Cómo olvidarlo? Nos sentimos tan orgullosas.

«Vaya una listilla», pensó, pero lo dejó correr. En realidad era gracioso, aunque no sonrió.

—Tu madre os lavó el cerebro para haceros creer que era un alcohólico acabado y, por tanto, un padre espantoso.

—Yo no lo recuerdo así.

—Bueno, gracias. En la familia Bunning, dos botellines de cerveza y te apuntan a desintoxicación. Ella buscaba apoyos y se aseguró de que Helen y tú supierais que yo bebía. También se lo contó a familiares y amigos.

—Es verdad que lo hizo. Te ponía a parir.

«Gracias, cielo».

—Para responder a tu pregunta, cuando me fui de la ciudad en lo único que pensaba era en escapar. Estaba seguro de que os volvería a ver, pero no entraba en mis planes inmediatos. Por lo menos, en aquel entonces. Solo quería ir a algún sitio que estuviera lejos de aquí y reconstruir mi vida. No tenía un plan propiamente dicho, más allá de alejarme de Lisa.

—¿La quisiste en algún momento?

Era una pregunta que no se esperaba. Volvió a contemplar la ventana.

—Creí que sí, en algún momento, al principio, pero el romance se pasó enseguida y no quedó nada. Como sabes, fuimos muy infelices.

—¿Por qué erais infelices?

—Hay por lo menos dos versiones, Margot. Estoy seguro de que la otra la habrás oído, alto y claro. Lisa se desencantó de mí y de mi carrera profesional. Yo intentaba levantar un bufete, lo cual, como descubrí, es algo difícil en una ciudad pequeña como esta. Echa un vistazo a la plaza, hay abogados a patadas. Lisa quería mucho más. Se había criado con dinero y sus padres la mimaron. Stephanie se había casado con un médico y al cabo de poco se había mudado a una casa más grande. Lisa se fijaba en todo lo que compraban, hablaba de todos los viajes que hacían, etcétera. Saltaba a la vista que sus padres preferían a Stephanie y Dan y a menudo establecían comparaciones, en particular su madre. Yo nunca estuve a la altura, jamás fui lo bastante bueno. Como bien sabrás, son baptistas a ultranza y esperaban que fuese a la iglesia tres veces por semana como mínimo.

—Eso no ha cambiado.

—Estoy seguro. Era demasiado para mí. Me harté de su hipocresía, su materialismo, su racismo; todo en nombre de Dios. Intentaba evitarlos y Lisa y yo nos fuimos distanciando. Preferíamos no discutir delante de vosotras, así que adoptamos una rutina que consistía en fingir e intentar ignorarnos mutuamente. Los dos lo pasábamos bastante mal. Ahí la tienes: mi versión de la historia. El matrimonio estaba acabado y los dos queríamos dejarlo. Yo vi una oportunidad y eché a correr.

Margot ladeó la cabeza y dio una larga calada, igual que haría una actriz hermosa en una película policiaca, un ademán sexy que tenía dominado. Extendió el labio inferior y exhaló un chorro de humo que se elevó hasta el techo. Aún tenía que esbozar algo que se pareciera remotamente a una sonrisa.

—Helen, por supuesto, no se enteraba de nada —dijo—, pero yo supe desde que tenía diez años que aquello no iba bien. No se puede esconder todo a los niños.

—Seguro que te he hecho pasar muy malos ratos.

Ella puso los ojos en blanco, como diciendo «no lo sabes tú bien», y luego dejó el cigarrillo en el cenicero y dijo:

—Sí, es verdad, pero no todo ha sido malo, Mack. Me ha abierto los ojos y me ha enseñado mucho sobre la gente. Los niños ricos, mi antigua pandilla, disfrutaban cuchicheando a mis espaldas y con las pullas y los comentarios maliciosos, lo que oían en su casa. Los chavales de clase media quieren codearse con los ricos y por eso se apuntaron al linchamiento. Los pobres ya tienen bastante con sus propios problemas. A los negros en realidad les parece guay que mi padre burlara al sistema y se saliera con la suya. Saben lo que es ser juzgados, de manera que no juzgan. Son mucho más divertidos. He aprendido mucho sobre las personas y la mayoría no han sido cosas buenas. En cierto sentido, aunque parezca raro, debería darte las gracias, Mack.

—No se merecen.

—Siempre has sido un listillo, ¿eh?

—Perdón.

—No te disculpes. Yo lo he sacado de ti. Mamá siempre dice que soy una listilla nata, igual que mi padre.

—Es lo más bonito que ha dicho de mí en años.

—¿Lo ves? —Y entonces por fin sonrió. La costosa dentadura era deslumbrante.

Ninguno de los dos habló durante un buen rato. Había mucho que decir, pero también era cierto que ya habían cubierto bastante terreno. Margot recogió su bolso.

—Tengo que irme. Le he dicho a mamá que salía a hacer unos recados. No quiere que nos separemos demasiado rato.

—¿Y no tiene ni idea de que nos íbamos a ver?

—No, para nada. Se cabrearía mucho si se enterase. Nos ha sermoneado, y Hermie también, para que denunciemos cualquier intento tuyo de ponerte en contacto con nosotras.

—No me sorprende. —A Mack le había preocupado que el encuentro fuera una estratagema de la familia para confirmar los rumores de que, en efecto, había regresado. Una vez avistado, ellos podían efectuar su siguiente jugada, fuera la que fuese. Sin embargo, esa preocupación se había esfumado. Su preciosa hija era franca y directa, y podía confiar en ella.

—Pensaré en ti y en Helen, y en Lisa también —dijo—. Las semanas siguientes van a ser difíciles.

—Gracias, supongo. Te diré, Mack, que estoy cansada de llorar. Quiero a mi madre y me moriré cuando se muera, pero en algún momento despertaré y seguiré con mi vida. Y no será por aquí.

—¿Tienes pensado algún sitio?

Ella negó con la cabeza como si se hubiera hartado.

—La verdad es que no. Mira, ya hablaremos de eso la próxima vez.

—Entonces, ¿podemos volvernos a ver?

—Claro. —Margot se puso en pie y caminó hasta la puerta, donde se paró para mirarlo—. A lo mejor la próxima vez, Mack, estaré preparada para un abrazo.

—Te quiero, Margot.

Sin replicar, ella abrió la puerta y se marchó.

23

De los cuatro agentes especiales asignados a la oficina de Oxford del FBI, el de menos antigüedad era un novato llamado Nick Lenzini. Era un tipo muy gallito, de Long Island, y al terminar el adiestramiento en Quantico, el último lugar al que hubiese querido ir era Mississippi, pero, como bien sabía, así funcionaba la Oficina. Echaría sus cinco años y pediría el traslado a un puesto más atractivo lo antes posible. El expediente aterrizó en su mesa después de que los otros tres agentes lo fueran relegando en rápida sucesión. Estaban demasiado ocupados combatiendo el terrorismo, los grupos de odio, la ciberdelincuencia y los cárteles de la droga. Las quiebras fraudulentas no eran una prioridad.

Lenzini echó un vistazo al caso de la quiebra de Stafford y pegó un salto a Clanton para procurarse una copia del convenio del divorcio en la oficina del secretario judicial. En la biblioteca municipal, repasó la hemeroteca de *The Ford County Times* y encontró tres artículos sobre la desaparición de Stafford. Fue cuidadoso: se puso ropa informal y no reveló a nadie que era del FBI. Dio por sentado, correctamente, que el menor comentario sobre su presencia daría pábulo a rumores y pondría a Mack sobre aviso, dondequiera que estuviese escondido.

Lenzini se llevó una alegría cuando su jefe dio el visto bueno a un viaje a Nueva York. Podría ver a su familia, pero más importante todavía era que podría codearse con los agentes veteranos de la oficina de Manhattan.

Dos de ellos lo acompañaban cuando entró en un alto edificio del distrito financiero del centro de la ciudad. El ascensor los condujo a la planta setenta y uno, donde salieron al mundo dorado de Durban & Lang, entonces el tercer bufete de abogados más grande del mundo. Un ayudante los esperaba en la lujosa suite que hacía las veces de recepción, y lo siguieron hasta una sala de juntas con unas vistas espectaculares del puerto de Nueva York. Marty Rosenberg les dio una afectuosa bienvenida y una secretaria les ofreció café.

Cuando estuvieron sentados, Marty tomó las riendas, un dechado de encanto.

—Lamento ponerme quisquilloso con esto, amigos —empezó—, pero tengo órdenes de mi cliente, Littleman AG. Una empresa magnífica, sin nada que ocultar, que quede claro. Este es un asunto sencillo que tiene que ver con un acuerdo extrajudicial para resolver unos casos, bastante poco fundamentados, de responsabilidad civil por producto defectuoso de hace unos años. He examinado la notificación y tengo aquí mismo todo el papeleo.

Señaló un montón que había en el centro de la mesa.

—Les he hecho copias. Seguro que tienen preguntas.

Lenzini carraspeó y tomó la palabra.

—Gracias, señor Rosenberg. Quizá podría hacernos un breve resumen antes de que examinemos toda la documentación.

—Desde luego. Abonamos cien mil dólares por reclamación, y había cuatro de ellas, más otros cien mil en concepto de costas judiciales. En total, medio millón. El asunto lo llevé yo directamente con el señor Stafford, y fue coser y cantar. Parecía ansioso por recibir el dinero.

—¿Y se lo mandó por giro postal?

—Sí, a un banco de Memphis. Le envié estos acuerdos de conciliación y él los cumplimentó con las correspondientes firmas; en principio, de sus clientes. Las firmas están ahí mismo, en los acuerdos, notarizadas y todo, y cuando las tuvo nos las mandó; con bastante prontitud, debo añadir. Las revisé y envié el dinero. No he vuelto a saber nada del asunto hasta ahora.

—¿Y existe una copia del giro postal?

—Sí. Ahora disponen de copia de cuanto figura en nuestros archivos, incluidas las cartas con las demandas iniciales que el señor Stafford nos mandó al principio de todo. Lo encontrarán todo allí.

—Gracias, señor Rosenberg. Nos los llevaremos y echaremos un vistazo.

—Un placer, caballeros. Siempre es una satisfacción ayudar al FBI.

Llegó el café y charlaron durante unos instantes.

—Extraoficialmente —dijo Marty—, parece que el señor Stafford se marchó de la ciudad con prisas poco después de los pagos, ¿no?

Los tres agentes se pusieron tensos al oír la pregunta. El señor Rosenberg no se hallaba en situación de saber mucho sobre la investigación.

—Eso parece —dijo Lenzini con cautela—. ¿Tenía usted algún motivo para sospechar?

—Ninguno en absoluto. Para mi cliente estos acuerdos fueron una mera formalidad, una manera bastante generosa de cerrar unos expedientes antiguos. Littleman no tenía por qué ofrecer ni un céntimo a estos demandantes, y el señor Stafford por supuesto no había hecho gala de ningún interés en llevar adelante los procesos.

—¿Hubo otras quejas relativas a ese producto? —preguntó Lenzini, por hacer tiempo. Parecía una pena dejar un entorno tan espléndido tan pronto.

Marty tamborileó con las puntas de los dedos de una mano contra las de la otra mientras hacía memoria.

—Sí, parece que hubo unas pocas docenas por todo el país. Miren, se trata de una sierra mecánica, ¿vale? Un producto peligroso incluso cuando lo manejan expertos. Bien pensado, en algún sitio tipo Indiana llegamos a ir a juicio. Un pobre hombre había perdido una mano y quería un par de milloncejos. El jurado se mostró comprensivo, pero falló a favor de Littleman en cualquier caso. Cuando se usa una sierra mecánica, se asume un riesgo.

Se hacía extraño estar sentado en lo más alto de Wall Street, disfrutando de un café servido en tazas de diseño, mientras se hablaba de… ¡sierras mecánicas!

Marty echó un vistazo a su reloj y de pronto se le reclamó en otra parte. Los agentes captaron la indirecta, le dieron las gracias, recogieron la documentación y se dejaron acompañar hasta los ascensores.

24

Llevado por el aburrimiento, Mack encontró trabajo de camarero cobrando en efectivo, y en negro, cinco dólares la hora más propinas. Era un garito para universitarios llamado Varsity Bar & Grill, cerca de la Universidad Estatal de Memphis, y por lo general los estudiantes no eran muy espléndidos con las propinas. Tampoco eran demasiado curiosos con quién les mezclaba las bebidas. Mack les llevaba como mínimo veinticinco años y no podía importarles menos de dónde era o cómo se llamaba, y ninguno de ellos había estado en Clanton, Mississippi.

Supuso que las probabilidades de que lo reconocieran eran nulas. Al propietario y al resto de camareros les dio el nombre de Marco.

En cuestión de días, Marco se estaba adueñando del bar a la chita callando, sobre todo porque, sorprendentemente, llegaba puntual, trabajaba duro cuando estaban a tope de gente, se quedaba hasta tarde si hacía falta y no robaba de la caja registradora. Trabajaba más y mejor que el resto de camareros, en su mayoría estudiantes, y disfrutaba cruzando bromas con los clientes. Había aprendido a preparar toda clase de combinados trabajando en un chiringuito de playa en Costa Rica y, con permiso del dueño, añadió a la carta un par de coloridos cócteles tropicales aderezados con ron barato que arrasaron entre las universitarias. Amplió las *happy hours*, localizó a grupos de calipso y reggae para los fines de semana, le dio un poco de chispa a la carta con aperitivos picantes para comer con los dedos y el Varsity se convirtió en un antro más popular si cabe que antes.

Mack se mudó a un piso de dos habitaciones sobre un garaje que estaba pegado a un viejo edificio del centro de Memphis. Fue el dueño del Varsity quien se enteró de que estaba disponible y le pasó el aviso. Era un agujero, pero por doscientos dólares al mes, con luz y agua dadas de alta, esperaba poco. Era una solución temporal y su nombre no constaba en ninguna parte.

Su rutina consistía en levantarse temprano, a pesar de que trabajaba hasta tarde, y la mayoría de las mañanas hacía en coche noventa minutos rumbo sur, desde el Delta hasta Greenwood, para desayunar con su madre. Aún había mucha tela que cortar, pero estaban recuperando la relación sin contratiempos. Después de pasar con ella una hora o así, disfrutaba haciendo pequeñas excursiones por el interior del estado en las que pasaba a ver a viejos amigos de la facultad de Derecho o de sus días de abogado. Nunca los avisaba de antemano. Si estaban ocupados, se marchaba sin dejar ningún nombre. Si los sorprendía en el instante adecuado, aceptaba su café y respondía a sus preguntas. Todos estaban encantados de verlo y confesaban que, en ocasiones, habían sentido celos de su escapada. Tras echarse unas risas y la conversación que les permitiera la agenda, partía sin promesas de mantenerse en contacto.

Para mediodía ya estaba de vuelta en el Varsity, encargando cerveza y licor, reabasteciendo las neveras, premezclando los zumos de frutas, preparando la barra y haciendo inventario de jarras, vasos y copas. Todas las noches se rompía algo. Después de dos semanas en el puesto, el dueño le había dado luz verde para revolucionar la carta.

El chef actual tenía los días contados, aunque todavía no lo supiera. Marco se la tenía jurada. Robaba comida por la puerta de atrás y, cuando Marco acumulara pruebas suficientes, tendría una charla con el propietario.

25

Freda no ardía en deseos de tomarse otra copa con Buddy Hockner. En realidad no se lo había pasado bien la primera vez y, además, ya le había contado cuanto podía recordar acerca de los últimos días de Mack.

Sin embargo, Buddy se había mostrado muy insistente por teléfono, y el tema quedó zanjado cuando le informó de que el FBI quería tener una charla con ella. La mayoría de los ciudadanos, sobre todo los que son respetuosos con la ley, se sobresaltan al recibir esa ominosa noticia y en un primer momento se resisten. Buddy, por si las moscas, le explicó que podía elegir entre que el FBI irrumpiese en el bufete donde trabajaba y armase un follón o que se reunieran discretamente en algún lugar donde nadie los conociera.

Nick Lenzini había tenido la prudencia de utilizar como intermediario para organizar el encuentro a Buddy Hockner, que conocía tanto el terreno como a Freda. Si Nick hubiera entrado con la placa por delante y hablando con su acento de Long Island, la mujer habría reaccionado mal.

Y así se encontraron en el bar de un hotel de las afueras de

Tupelo. Buddy y Freda pidieron bebidas con alcohol. Lenzini se abstuvo porque estaba de servicio. Rezumó encanto mientras le daba las gracias a Freda y le aseguraba que el FBI no tenía ningún interés en ella como sospechosa.

Buddy escuchaba con los ojos como platos, eufórico por estar trabajando con un agente del FBI en pleno caso.

—Pues bien —iba diciendo Nick—, la semana pasada fui a Nueva York y me reuní con los abogados, un bufete grande, y los presioné con una citación judicial. Se atuvieron a razones y nos entregaron copias del papeleo. —Dio unos golpecitos con el dedo en una pulcra pila de documentos de una pulgada de grosor—. ¿Quiere darles un repaso?

Freda se encogió de hombros y bebió un trago. Buddy le sonrió.

Nick levantó el primer acuerdo y dijo:

—Este es para Odell Grove, demandante número uno. Se suponía que debía percibir sesenta mil dólares. Aquí, en la última página, figura la firma de él y su notarización, Freda. Eche un vistazo, por favor.

Antes de mirar nada, Freda dijo:

—Bueno, puedo asegurarle que yo nunca notaricé una firma de Odell Grove. Jamás coincidí con ese hombre.

Repasaron los cuatro acuerdos extrajudiciales. Freda reconoció que, quienquiera que hubiese firmado con su nombre, y estaban dando por sentado que había sido Mack Stafford por la simple razón de que no había otro sospechoso ni remotamente conectado con el asunto, había efectuado unas falsificaciones pasables. Las cuatro notarizaciones se habían realizado con un sello y timbre desfasados y estaban certificadas con la firma falsificada de Fedra.

—Cuando me fui —dijo esta— me llevé mi sello y mi timbre actualizados, todavía los tengo. Guardaba un par viejos en un cajón de la sala de archivos. Parece que Mack usó uno sin darle más vueltas y nadie de Nueva York se dio cuenta.

—Yo tuve que emplear una lupa para leer el sello —aclaró Nick.

—Nadie se fija tanto. Como sabe, cuando se notariza algo, el interesado está delante del notario en persona. Todo es pura rutina.

—¿Qué pena conlleva falsificar una notificación?

—Hasta cinco años —respondió Nick—. Por cuatro, más la posibilidad de que también falsificara las firmas de los demandantes. Todavía no lo sabemos.

—¿Quién lo acusará? —preguntó Fedra con repentina preocupación.

Nick soltó el acuerdo de compensación y dijo:

—No lo sé. Habrá que esperar a ver adónde nos lleva la investigación. Le pediré que firme una declaración que cubra todo lo que acabamos de tratar.

Freda vaciló.

—Vale, pero la verdad es que no tengo ganas de pasar por el tribunal, ¿sabe? No quiero testificar contra Mack. ¿En serio que lo meterán en la cárcel?

Nick arrugó la frente y miró a su alrededor. Aquella mujer hacía preguntas que él no podía responder.

—No lo sé. Como he dicho, antes tenemos que concluir la investigación. Le pido que no divulgue esta conversación, ¿vale? Si Mack ha vuelto al país, podría largarse de nuevo si le llega el chivatazo de que estamos interesados.

Freda asintió con gesto lúgubre y sintió la tentación de explicarle a aquel joven de Long Island lo deprisa que viajaban los rumores en Clanton, pero lo dejó correr.

—¿No se han visto todavía con ninguno de los cuatro demandantes? —preguntó Nick.

—No. No me da la impresión de que estos tipos bajen

muy a menudo a la ciudad. Recuerdo cuando escribí las cartas originales al fabricante, hace años.

—Tengo esas cartas aquí mismo. Las cuatro llevan fecha del 17 de abril de 1984.

—Hace siete años —replicó Fedra—. Parece que haga más tiempo.

—No sucedió gran cosa después de esas primeras cartas. ¿Recuerda por qué Mack perdió el entusiasmo por estos casos?

—La verdad es que no. Mack no llevaba casos de responsabilidad por productos de esa clase. Creo recordar que intentó endosárselos a algún bufete más grande, pero no lo consiguió. Se olvidó de ellos. Yo también.

—¿Y usted no sabía nada de los acuerdos de compensación?

—No, nada en absoluto. Como he dicho, me despidió y salí de la oficina de inmediato.

Nick cerró la cremallera de su maletín y se lo puso en el regazo. La reunión había terminado.

26

El FBI tenía pocos asuntos en el condado de Ford y rara vez pasaba por allí. La llamada del agente especial Lenzini la atendió una secretaria que después la pasó al sheriff Ozzie Walls. Fue una llamada que Lenzini hizo con muchas reservas, dado que se trataba de su primer contacto oficial con alguien de Clanton. Le explicó al sheriff que estaba siguiendo una investigación que era rutinaria, pero aun así muy delicada. Era necesaria mucha discreción, etcétera.

A Ozzie le picó la curiosidad y ofreció toda su ayuda. Cualquier colaboración con los federales suponía un emocionante cambio de ritmo. Cuando se interesó por la naturaleza de la investigación, Lenzini le dio largas con un:

—Podría tratarse de un asunto de drogas. Mañana se lo explicaré todo.

Al día siguiente, Ozzie y Marshall Prather, su primer ayudante, fueron en coche hasta la pequeña localidad de Karaway, que era el único otro municipio del condado. Se reunieron con Lenzini en una cafetería de la calle principal a media mañana y se sentaron en un compartimiento lo más alejado posible de cualquiera que pudiera escucharlos. La mayoría de los ancianos caballeros que tomaban café y hablaban de política eran duros de oído, en cualquier caso.

Lenzini los puso al corriente de su investigación acerca de Mack Stafford y les pidió ayuda. Había verificado que Jerrol Baker, uno de los cuatro demandantes, estaba en la cárcel. No había ni rastro de Travis Johnson ni de Doug Jumper.

—Está muerto —dijo Prather—. El chico murió en un accidente de camioneta hace unos años, cerca de Tupelo. Mi primo conoce a su familia.

Lenzini tomó nota.

—Eso deja a Odell Grove. ¿Alguna idea de dónde puede estar?

—Sí, vive no muy lejos de aquí —respondió Prather—. Todavía se dedica a cortar madera para pasta con sus hijos.

Decidieron que lo más prudente sería que Prather le hiciera una visita a Odell a última hora de la tarde, cuando probablemente lo pudiera encontrar en casa —un agente del FBI vestido de traje oscuro quizá no fuera tan bienvenido—. En sus dos elecciones a sheriff, Ozzie había obtenido buenos resultados en los distritos de la zona de Karaway, pero era negro y siempre iba con cuidado cuando llamaba a puertas situadas en lo profundo de los bosques.

En el trayecto de vuelta a Clanton, Ozzie dijo:

—Oye, Jake estuvo preguntando por Mack Stafford. Quería saber si el caso seguía abierto. Le dije que no y me pidió que lo avisara si me enteraba de algo.

—¿Vas a contárselo? —preguntó Prather.

—Ni de coña. Es una investigación judicial. No necesita saber nada. Además, ni siquiera es el abogado de Mack.

—¿Alguien ha visto a Mack?

—No que yo sepa. Corren muchos rumores, pero no se puede creer todo lo que se oye.

—Bueno, ahora está bien jodido, si tiene al FBI tras su pista.

—Ya lo creo —coincidió Ozzie—. Supongo que los rumores sobre Mack eran ciertos. Cogió un dinero que no era suyo y echó a correr. Nunca lo había creído.

—Yo siempre pensé que era un tipo turbio, como la mayoría de los abogados de por aquí.

—Vaya, y además contrató a Harry Rex. Eso siempre es mala señal.

—Alguien tendría que llevar al banquillo a ese cabronazo.

Se echaron unas buenas risas a costa de Harry Rex.

Entrada la tarde, el ayudante del sheriff Prather aparcó en el límite de la calzada de grava y recorrió a pie el camino de tierra que llevaba hasta una caravana que había visto mejores épocas. En un cercado de alambre situado junto a ella, cuatro o cinco sabuesos daban gañidos y avisaban a cualquiera que se encontrase en varios kilómetros a la redonda, aunque no pudiera verse la casa más cercana. Hacía años, alguien había acoplado un destartalado porche a la caravana y, para cuando Prather se acercó a la puerta de entrada, Odell ya lo esperaba. Como la mayoría de los hombres que pasaban sus días talando árboles y arrastrando troncos, era ancho de hombros y pecho, con unos brazos enormes y peludos que abultaban bajo una camiseta blanca limpia. Llevaba un parche sobre el ojo izquierdo, cortesía de Tinzo. Salió al porche y saludó.

—Tardes.

—Odell, soy Marshall Prather, ayudante del sheriff.

—Sé quién eres, Prather. —Con un silbido penetrante, hizo callar a los perros.

Odell bajó del porche y se dieron la mano. Marshall llevaba unos papeles en la izquierda.

—¿Qué te trae por aquí? —preguntó Odell, que no parecía preocupado.

—Mack Stafford. ¿Te acuerdas de él? El abogado.

—Me suena. ¿Qué ha hecho ahora?

—No estoy seguro. ¿Te consiguió una compensación económica hace unos años?

Odell se señaló el parche del ojo izquierdo y sonrió.

—Era mi abogado, dijo que iba a demandar al fabricante de la sierra mecánica por un pastizal. Luego no fue para tanto.

—¿Hubo acuerdo? ¿Te consiguió algo de dinero?

—Unos dólares, dijo que era todo confidencial. ¿Cómo lo sabes?

Marshall sostuvo en alto los papeles, cuatro folios grapados. Pasó a la última página y señaló la firma.

—¿Tú firmaste esto?

Odell agarró el papel con cuidado y examinó la firma.

—Es mía, está claro.

—¿Firmaste ante notario?

—¿Ante qué?

—Ahí, debajo de tu firma, hay un sello, y más abajo se ve la firma de una notaria, una mujer. ¿Estaba presente cuando lo firmaste?

—No, señor. Solo Mack y yo. Nos vimos delante del área de servicio. No había nadie con él.

—¿Cuánto dinero te llevaste?

—No he hecho nada malo, ¿verdad?

—No, pero es posible que Mack sí.

—Entonces, no tengo por qué hablar de esto, ¿cierto?

—Cierto, ahora no es necesario. Pero si no lo haces, el FBI vendrá dentro de unos días a hacer preguntas. Quizá quieran que vayas a Clanton para interrogarte.

Odell se metió un palillo en la boca y empezó a roerlo mientras sopesaba la situación. Prather recuperó los papeles, pasó a la segunda página y dijo:

—Este es tu acuerdo de compensación. ¿Lo leíste?

Odell negó con la cabeza y mascó el palillo.

—Pone que acordaste retirar la demanda a cambio de una compensación de cien mil dólares. ¿Cuánto te dio Mack?

—¿Juras que no he hecho nada malo?

—Te lo juro. El FBI piensa que Mack te dio algo de pasta y se quedó la mayor parte del dinero.

—Puto ladrón de mierda.

—Desde luego, eso es lo que parece. Llevó cuatro casos como este.

—Yo le mandé a otro. Un chico llamado Jerrol Baker, que perdió una mano.

—Es verdad. Jerrol está en Parchman. Drogas.

—Eso tenía entendido. —Odell sacudió la cabeza y murmuró—: Qué hijo de puta.

—¿Cuánto te llevaste?

Odell respiró hondo antes de contestar.

—Veinticinco mil, todo en efectivo. Me dijo que nadie lo sabría jamás, que había sido un acuerdo rápido. Era ahora o nunca, sin oportunidad de recibir más dinero. Me dijo que lo mantuviera todo en secreto. Qué hijo de puta.

Prather le devolvió los papeles.

—Esta es tu copia. En el párrafo cuarto de la segunda página verás la cantidad de cien mil.

—¿Dónde está el resto?

—Solo Mack lo sabe. Quizá te convenga contratar a un abogado para que lo averigüe.

—No necesito un abogado. Tengo un bate de béisbol debajo del asiento.

—Yo no te aconsejaría eso, Odell. Solo traería muchos problemas que no necesitas.

—¿Dónde está?

—No lo sé ahora mismo, pero corre el rumor de que ha vuelto a la ciudad.

—¿Vais a meterlo en la cárcel?

—Todavía no lo sé. Ahora mismo solo es cosa del FBI.

—De acuerdo, Prather. Ve informándome de lo que pasa.

—Eso haré.

Se dieron la mano y Marshall volvió caminando a su coche.

27

El segundo encuentro también tuvo lugar en la pequeña sala de juntas de Jake en la planta baja, y también empezó sin abrazos. Mack la estaba esperando cuando entró en la habitación, con diez minutos de retraso. Se dedicaron una sonrisa y poco más. En esa ocasión ella llevaba el pelo moreno recogido en una cola de caballo y unas gafas de diseño que la hacían parecer más guapa todavía. Se sentaron en lados opuestos de la mesa y ella rompió el hielo con un:

—¿Te importa que fume?

—¿Y si dijera que sí?

Ella se lo pensó durante un segundo o dos antes de responder.

—Bueno, probablemente fumaría de todas formas.

—Eso me parecía. Adelante; son tus pulmones.

Sacó un paquete de cigarrillos finos y se encendió uno.

—¿Puedo preguntarte cómo se encuentra tu madre?

—Claro, puedes preguntarme lo que sea, y yo a ti también. ¿Trato hecho?

—Trato hecho.

—Bueno, desde luego mejorar, no mejora. No nos cuenta todo lo que le dicen los médicos, pero oigo mucho. Han decidido que prefieren no someterla a otra tanda de quimio. Está demasiado débil.

—¿Cómo lo llevas tú?

Dio una calada y se secó un ojo.

—Estoy bien, Mack —dijo con voz temblorosa—. Tengo que ser la fuerte porque Helen no lo es. Se pasa el día metida en el cuarto de mamá, leyéndole, rezando y llorando. Yo necesito salir. Estoy tan cansada de esa casa.

—Yo también lo estaba.

—Ja, ja. Pero yo no tengo la opción de huir corriendo de mis problemas. Eso fue una jugada muy sucia, Mack.

—Estoy de acuerdo y pensaba que me había disculpado.

—Lo hiciste y yo acepté tus disculpas, pero unas pocas palabras sinceras aquí y allá no pueden borrar lo que hiciste.

—¿Qué quieres que haga?

—Quiero que te quedes ahí sentado mientras te machaco. Me hace sentir mejor.

—Me parece justo.

Margot soltó una bocanada de humo hacia el techo. Mack se fijó en que le temblaban las manos y tenía los ojos empañados. Sentía mucha pena por ella y mucho desprecio por sí mismo. Su hija sorbió por la nariz y de repente su voz cobró fuerza.

—¿Te llevaste bien con Hermie en algún momento?

—Hermie. Entonces, no tenía ni idea de que ese era su apodo. No nos llevábamos mal, pero solo por necesidad. Al principio de mi carrera me impulsaba el deseo de ganar más dinero que Herman. Ya sabes cuánto valoran el estatus.

—A mí me lo vas a decir. Todavía hablan de la gente que tiene la casa más grande. La semana pasada Honey se molestó porque el marido de una amiga le había comprado un Mercedes nuevo. ¿Quieres saber un secreto, Mack?

Él soltó una risilla.

—Perdona, pero me hace un poco de gracia oír a mi hija llamarme Mack. Claro, cuéntame un secreto.

—No van tan sobrados de dinero.

Mack no pudo reprimir una sonrisa.

—¿En serio? ¿De qué te has enterado?

—Hace dos años una empresa de Tupelo intentó adquirir la empresa de Hermie, y a buen precio. Él, por supuesto, se negó, dijo que les compraría él a ellos; ya sabes lo arrogante que es. Pero no lo consiguió. La empresa de Tupelo abrió una cementera en el lado sur de la ciudad, el primer competidor con el que Hermie se las ha visto.

—Han tenido el monopolio durante décadas.

—Pues se acabó. La nueva compañía llegó con el hormigón a precios más bajos y se han estado matando desde entonces. Hermie cree que intentan hundirlo para luego recoger los pedazos cuando lo deje. Y eso podría estar al caer. Hay indicios de que empiezan a estrecharse el cinturón. Hermie vendió la cabaña de caza en el lago y están hablando de vender la casa de la playa en Destin. Parece mucho más estresado últimamente. El pobre está a punto de perder a su hija, y su imperio empresarial va de capa caída.

—Sí que oyes mucho, sí.

—Ya sabes cómo son los almuerzos de los domingos por aquí. Hablan mucho y se creen que los jóvenes somos demasiado estúpidos para escuchar y comprender. Además, ahora que mamá está enferma paso más tiempo allí del que me gustaría. Adoro a Honey y nos entendemos bien, pero Hermie pasa mucho más tiempo en casa y, cuando habla por teléfono, se olvida de que hay gente escuchando.

—¿Has oído algo más?

—Míralo, qué cotilla. Hace unos días tuvimos una bronca enorme. Seguro que te encantaría oír los detalles.

—Ya lo creo, cuenta.

—Estábamos teniendo otra de esas horribles conversaciones sobre la vida después de Lisa. Mamá estaba ahí, en el despacho, diciéndonos que quería vender la casa y poner el dinero en fideicomiso para pagarnos la universidad. Yo dije que prefería quedarme en casa. Helen y yo podemos apañarnos solas, me parece, y en cualquier caso, no me apetece nada vivir con Hermie. Por supuesto, los adultos se llevaron las manos a la cabeza ante la posibilidad de que dos chicas adolescentes vivieran solas, en Clanton. ¿Qué pensaría el resto de la ciudad? No llegamos a ninguna parte. Como de costumbre, todo el mundo recibió algún palo y no sacamos nada positivo de aquello. Bueno, lo que sí quedó meridianamente claro es que la casa se venderá.

—No puedo decir que le encuentre un pero a la decisión. Si yo tuviera voz y voto, tampoco querría que vivierais solas.

—¿Por qué no? El año que viene me iré a la universidad, por mi cuenta, y puedes estar seguro de que no volveré aquí.

—¿Adónde irás?

—No lo sé. Buscaré unas prácticas laborales de verano en alguna parte, para poder evitar este sitio. No tengo tan claro lo de la universidad. Hermie ha hecho saber que pagará la Universidad de Mississippi o la Universidad Estatal de Mississippi, pero nada más. Nada de fuera del estado. No sabemos cuánto sacaremos de la casa hasta que se venda, pero no será un dineral. Está hipotecada y necesita reformas. ¿Algún recuerdo relacionado con este tema, Mack?

—La recuerdo bien. Siempre fue demasiado pequeña para Lisa y yo no quise meter nada de dinero en ella. No lo tenía. Y no era un manitas, que digamos.

—Quiero salir de aquí, Mack. Dejar este sirio. Dejar Mississippi. Dejar el Sur.

Apagó lo que quedaba de su pitillo en el cenicero.

—¿Tienes algún sitio en mente? —preguntó Mack.

—Hacia el Oeste. California, tal vez Colorado. Quiero asistir a alguna escuela pequeña de Bellas Artes que esté lejos de aquí. Cuando mamá se muera y me obliguen a vivir con Hermie y Honey durante una temporada, estaré lista para salir disparada del condado de Ford y no volver jamás. La pobre Helen se quedará atrás, pero tampoco está lista para huir. Yo sí.

—¿Una escuela de Bellas Artes?

—Sí, Bellas Artes. Algo diferente, Mack, algo muy loco. Todas mis conocidas, porque ya no las llamo amigas, se mueren de ganas de meterse en una hermandad universitaria y buscar marido. Después podrán volver a Clanton o Tupelo, tener hijos, pasar el rato en el club de campo y vivir como sus madres. Eso no es para mí, Mack. Yo quiero largarme de aquí.

A Mack le conmovía su actitud rebelde y no pudo ocultar una sonrisa.

—Te propongo un trato. Tú elige una escuela de Bellas Artes en el Oeste, consigue que te admitan, y yo te ayudaré con la matrícula.

Ella se llevó las manos a la boca y cerró los ojos, como si no se creyera que un sueño pudiera hacerse realidad. Cuando los abrió, habló en voz baja:

—¿Harías eso?

—Es lo menos que puedo hacer, Margot.

Ella parecía de acuerdo con eso.

—Nunca he visto las montañas.

Otro triste recordatorio, pero qué cierto. Cuando las niñas eran pequeñas, las vacaciones familiares siempre eran una semana en el apartamento de la familia en Florida. Lisa soñaba con ver mundo, como su hermana, pero las tarjetas de crédito jamás dieron para tanto.

Fue entonces cuando Mack juró que les enseñaría el mundo a sus hijas.

—Te propongo un plan —dijo—. Sácale todo lo que puedas a Hermie. Llévate lo máximo posible de la venta de la casa, y yo cubriré la diferencia para que se haga realidad.

—¿Y si Hermie se planta y me dice que ni un céntimo?

—Margot, he dicho que lo haré realidad.

El resentimiento acumulado se relajó un poco para dejar paso a una sonrisa. Margot empezaba a vislumbrar que el viejo Mack podía ser su billete de salida de Clanton.

—No sé qué decir —comentó.

—No hace falta que digas nada. Eres mi hija y estoy muy en deuda contigo.

Sacó otro cigarrillo y lo miró mientas lo encendía.

—Tengo una idea —dijo Mack—. Es verano y se supone que tienes que empezar a buscar universidad, ¿no?

—Sí.

—Pues el sábado que viene le dices a Lisa que vas a hacer un viaje a Memphis para visitar el Rhodes College. Es un centro privado precioso de la ciudad. Yo no vivo muy lejos. Podemos vernos y comer juntos.

—No les hará gracia la idea de que conduzca sola hasta Memphis.

—Tienes diecisiete años, Margot, casi estás en tu último año de instituto. Yo iba en coche a Memphis a los quince. Ponte firme y no aceptes un no por respuesta.

—Me gusta, pero a Hermie le dará un ataque si oye hablar de matricularme en una privada.

—Solo es una treta para salir de la ciudad. ¿Quién sabe? A lo mejor te gusta Rhodes.

—Está demasiado cerca. Yo estoy hablando de una distancia seria, Mack.

—¿Tenemos cita para comer, entonces?

—Lo intentaré. —Echó un vistazo al reloj y recogió el bolso—. Tengo que irme. Debo hacer unos recados para mamá.

—¿Sospecha algo?

—No lo creo. Durante unos días fuiste la gran noticia y estuvieron de los nervios, pero la cosa se ha calmado. Nadie te ha visto por aquí, Mack.

—Eso es bueno. Y estoy harto de que nos veamos aquí. Esta ciudad me da mal rollo.

—Ya somos dos.

28

El nuevo fiscal del Vigésimo Segundo Distrito Judicial era Lowell Dyer, de la pequeña localidad de Gretna, en el condado de Tyler. Si el FBI tenía poco interés en el condado de Ford, todavía tenía menos en el de Tyler, y para Dyer fue toda una emoción dar la bienvenida a los federales a su despacho en los juzgados condales. Por teléfono, el agente especial Nick Lenzini no le había dado ninguna pista acerca del propósito de su visita. Llegó solo y fue agasajado con pastas y café en la sala de juntas. Dyer y su ayudante, D. R. Musgrove, estaban a su entera disposición.

Lenzini empezó anunciando que investigaba la desaparición de Mack Stafford, y quiso saber cuánto sabía Dyer sobre el caso. Los sorprendió descubrir que alguien andaba buscando a Mack. Lo conocieron, en su momento, pero habían dado por sentado que había desaparecido para siempre. Por lo que ellos sabían, nunca se había abierto una investigación; en consecuencia, no tenían nada.

Lenzini aceptó la respuesta con exagerada suficiencia, como si se hubieran quedado de brazos cruzados mientras se producían unas fechorías tan graves como obvias. Ahora le correspondía al FBI tomar cartas en el asunto para llegar al fondo de la cuestión. Empezó su relato sobre las sierras mecánicas Tinzo, los cuatro casos aceptados por Mack, su lamentable desatención posterior, etcétera. Hizo mucho hincapié en que había volado a Nueva York para reunirse con el FBI de allí, y en que juntos habían localizado el origen de las compensaciones económicas y el correspondiente papeleo. Empezó a sacar archivos del maletín.

El primero fue el acuerdo de compensación firmado por Odell Grove. La firma era legítima pero la notarización estaba falsificada. El contrato de servicios jurídicos que Odell había firmado concedía a Mack un cuarenta por ciento de cualquier dinero recuperado. En lugar de los veinticinco mil dólares que había recibido Odell, le correspondían sesenta mil.

El segundo era el de Jerrol Baker, que en aquel entonces cumplía condena en la cárcel. Lenzini lo había visitado allí y le había tomado declaración. La firma era suya —por decirlo de alguna manera, ya que le faltaba la mayor parte de la mano izquierda y no podía escribir demasiado bien, por culpa de la motosierra—, pero, una vez más, la notarización por parte de Freda Wilson estaba falsificada. Jerrol se había llevado veinticinco mil en efectivo, no sesenta mil.

El tercero era Travis Johnson, en paradero desconocido. Firma falsificada, notarización falsificada. El cuarto era Doug Jumper, fallecido. Un grafólogo del FBI había estudiado las firmas y estaba convencido de que Mack Stafford había falsificado todas las presentes en los acuerdos de compensación de Johnson y Jumper. Existían pocas dudas acerca de que se había quedado los doscientos mil dólares enteros.

En suma, daba la impresión de que, con su fraude, Mack se había levantado un total de cuatrocientos mil dólares, en vez de los doscientos mil que le correspondían por derecho —un cuarenta por ciento del medio millón que le había mandado el señor Marty Rosenberg por giro postal—.

—Llámenlo como quieran —dijo Lenzini—: desfalco, hurto o estafa. Por no hablar de las falsificaciones. Es un delito por valor de doscientos mil dólares, y además es estatal, no federal. En otras palabras, amigos, es todo suyo.

—¿Usted por dónde va a tirar? —preguntó Dyer.

—La quiebra fraudulenta sí es un delito federal. Los documentos hablan por sí mismos, caballeros. Los casos están clarísimos, es imposible que se escabulla. Falsificó las firmas, les dio algo de dinero a Odell Grove y Jerrol Baker para que se callasen y se quedó el resto.

Dyer estudió unos papeles y Musgrove preguntó:

—¿Y creen que ha vuelto al país?

—Bueno, no lo hemos visto. ¿Disponen de alguna fuente de información en la ciudad?

—La verdad es que no, solo los chismorreos locales. Conozco bastante bien a Jake Brigance, me topé con él el otro día en el juzgado, pero no ha contado nada.

Lenzini alzó otra hoja de papel y la miró ceñudo.

—Hemos consultado a las compañías aéreas y en el pasado mes no ha entrado nadie con ese nombre en el país. Estoy seguro de que usa uno falso. —Dejó los papeles, dio un sorbo al café y adoptó un tono serio—. Caballeros, no hace falta que les diga lo delicado que es este asunto. Cuando convoquen ustedes al jurado...

—Querrá decir «si» convocamos —interrumpió Dyer.

—Bueno, no me dirá...

—Yo estoy a cargo de nuestro juzgado de instrucción, señor Lenzini. Yo decido si y cuándo se convoca al jurado, sin instrucciones del FBI. Estoy seguro de que el fiscal federal de Oxford no querría que interfiriésemos con su juzgado de instrucción.

—Por supuesto que no, señor Dyer, pero estos delitos son graves y el caso será coser y cantar.

—Claro, eso parece, ¿verdad? Sin embargo, nosotros nos encargaremos de nuestra propia investigación y ya decidiremos. Seguro que abrimos causa, pero lo haremos a nuestra manera.

—Muy bien. Como decía, es una situación delicada porque nos las vemos con un hombre que sabe desaparecer.

—Ya lo entiendo —replicó Dyer enseguida.

—Tenemos que ser muy cuidadosos por lo que respecta a quién le hablamos de Stafford.

—Ya lo entiendo —repitió Dyer, más deprisa todavía.

Después de que se fuera, Dyer y Musgrove revisaron la documentación durante media hora y lo que era obvio se volvió más evidente aún. Los dos conocían a Mack desde hacía años, aunque no fueran amigos íntimos, y eran reacios a verse envueltos en un caso que enviaría a un compañero abogado a la cárcel. Saltaba a la vista que las víctimas, los clientes a los que había estafado, no eran conscientes de que Mack hubiese hecho nada malo hasta que el FBI les informó de ello.

Sin embargo, cuanto más lo comentaban, más les gustaba

el caso. Suponía un agradable cambio de ritmo en comparación con su habitual rosario de cocineros de metanfetamina, traficantes, ladrones de coches y maltratadores domésticos. Rara vez se les presentaba un caso relativo a un delito económico, y nunca habían visto uno tan descarado. Mack había optado por robar a sus clientes y era su deber como representantes del Estado resolver el delito y hacer justicia.

Lo complicado sería mantenerlo en secreto.

29

Era un sofocante sábado en el Varsity Bar & Grill, y Mack estaba ocupado haciendo varias cosas, a la vez que atendía al puñado de clientes y mantenía vigilado con un ojo el aparcamiento. A la una en punto de la tarde, vio que un coche conocido llegaba desde Highland y aparcaba delante del local.

Era un Mercury Cougar de 1983 que él mismo había comprado de segunda mano unos dos años antes de marcharse. Lisa, por supuesto, se quedó con el coche en el divorcio, junto con todo lo demás, y era evidente que después se lo había dejado a su hija. Margot se apeó con energía y una expresión de emoción y casi vértigo ante la perspectiva de entrar en un bar universitario. Iba vestida como para ir a la facultad, con vaqueros ajustados, sandalias y una blusa escotada que era casi indecente. Mack se conminó a no decir nada acerca de su apariencia.

La fue a recibir a la puerta y se dirigieron al fondo del restaurante. Mack le hizo una seña a un camarero, uno que no le gustaba y que miró babeando a su hija durante algo más de lo necesario; pidieron hamburguesas con queso y té helado.

—¿No puedo pedirme una cerveza? —preguntó ella, su primer intento de provocarlo.

—Tienes diecisiete años, jovencita. La ley dice veintiuno, por no hablar de que además hoy conduces.

—Tengo un carnet que dice que tengo veinticuatro. ¿Quieres verlo?

—No. Me paso la mitad de la jornada comprobando documentos de identidad falsos. ¿Dónde lo conseguiste?

—Jamás lo diré.

—Ya lo pensaba.

—Todo el mundo tiene uno, Mack.

—Sigo siendo Mack.

—Me gusta más Mack. Nunca te pegó mucho lo de «papá».

—¿Puedo pedirte las últimas novedades sobre tu madre?

La sonrisa desapareció y se le empañaron los ojos. Llegó el té en vasos altos y ella tomó un trago. Miró por la ventana y habló:

—No ha cambiado nada, salvo que no come mucho. Está débil y frágil y, en fin, hecha una pena, la verdad. —Le tembló el labio y cerró los ojos y se tapó la boca con una mano.

Mack le dio una palmadita en el brazo y susurró:

—Lo siento mucho.

Pasó el momento; Margot enderezó la espalda, sonrió y apretó los dientes. Una chica dura de la que Mack se enorgullecía.

—Por supuesto —dijo—, yo no le estoy poniendo las cosas más fáciles. Ayer le pregunté si podía hacer esta excursión a Memphis yo sola, le conté que tenía una cita con un tío de admisiones de Rhodes y tal. Lo que es cierto. No le hizo gracia la idea, me dijo que no, que no podía ir yo sola. Anoche cenamos en la casa grande y le contó a Hermie y Honey lo de que quería venir a Memphis por mi cuenta. Se horrorizaron, como de costumbre. Cualquiera diría que quería pasearme en pelotas por un gueto. La cosa degeneró en una bronca bastante gorda. Les recordé que tenía el carnet de conducir desde hacía dos años y que había conducido hasta Tupelo, con amigos, varias veces. Hermie gruñó y refunfuñó y me dijo que no sabría encontrar el Rhodes College, así que le pregunté en qué punto de la gran ciudad se encontraba. Él lo intentó adivinar, se equivocó y después yo le di las señas a la perfección: coger la carretera 78 hasta Memphis, a ochenta y seis kilómetros de aquí, seguir por la 78 después de que se convierta en la avenida Lamar y luego doblar a la derecha por South Parkway, seguir recto en dirección norte hasta dejar atrás Union y Poplar, girar a la izquierda y avanzar hacia el oeste por la avenida Summer durante una manzana más o menos, con el zoo a la izquierda y Rhodes a la derecha. Lo clavé. Helen hasta se rio. Mamá sonrió. Huelga decir que no mencioné el pequeño rodeo para pasar por aquí, por el Varsity (a la izquierda por Park, norte por Highland y dos manzanas al este por Southern), donde pensaba encontrarme contigo. Ahí sí que les da un ataque.

—¿O sea que mi nombre sigue siendo tabú?

—Peor que eso. Sea como fuere, mi sentido de la orientación no impresionó a Hermie, que dijo que no, que no podía venir a Memphis yo sola. Decidí enfrentarme con él porque tiene que respetarme. Dentro de poco Helen y yo viviremos bajo su mando y la idea me horripila. No es mi padre y no va a ser mi jefe.

Mack tuvo que sonreír. «Esa es mi niña».

—Así que nos peleamos.

—¿Quién ganó?

—Nadie gana una pelea familiar, tendrías que saberlo. Todo el mundo pierde. Esta mañana me he levantado y me he ido de casa. He parado en la plaza, he llamado a mamá y le he contado que iba de camino a Memphis. Me ha dicho que fuera con cuidado y nos hemos dicho que nos queríamos.

—¿Así que tus abuelos no lo saben?

—Bueno, estoy segura de que, a estas alturas, sí. No me malinterpretes, Mack. Quiero a mis abuelos, pero no me imagino viviendo con ellos. Rezo todos los días para que mamá pueda aguantar, aunque sea solo unos pocos meses más. Sé que es una plegaria egoísta, pero en el fondo la mayoría lo son, ¿no te parece?

—Supongo.

Dos grandes platos de hamburguesas con queso y patatas fritas aterrizaron delante de ellos, y dedicaron unos instantes a ocuparse de los condimentos. El camarero se mostró muy atento y dispuesto a ligar con Margot. Mack lo miró con mala cara, a punto de ladrar.

Cuando el camarero se esfumó, preguntó:

—Estás segura de que nadie sabe que nos estamos viendo, ¿verdad?

—Bueno, yo no lo se lo he contado a nadie. No puedo hablar por ti.

—¿Nadie sospecha?

—No. A ver, hace un mes fuiste el notición, pero eso ha quedado más o menos olvidado. Oí que Hermie le decía a Honey la otra noche que, por lo que él sabía, nadie de Clanton te había puesto la vista encima. —Se comió media patata frita, masticando como una adolescente—. De modo que vives en Memphis, ¿eh?

—Por ahora.

—¿Qué planes tienes, Mack?

—No creo que tenga ninguno. Esperaré una temporada para asegurarme de que estoy a salvo.

—¿A salvo? ¿A qué te refieres?

—Quiero asegurarme de que nadie me anda buscando. Hay algún trapo sucio que no me gustaría que saliese a la luz.

—Ya me lo parecía. Robaste un montón de pasta y desapareciste, ¿verdad?

—Es una descripción bastante precisa. No estoy orgulloso.

—Pero has guardado el dinero, ¿no? ¿Por qué no se lo devuelves a la gente a la que se lo robaste y todos contentos?

—No es tan fácil.

—Contigo nada es fácil, Mack. Todo es tan complicado...

Para evitar responder, Mack dio un gran bocado a su hamburguesa y echó un vistazo al restaurante. Dos universitarios miraban alelados a su hija desde la barra. Después de tragar saliva, dijo:

—Sí, Margot, he sido un artista haciendo que mi vida se volviera extremadamente complicada. Preferiría dejar correr el pasado y hablar de tu vida, la universidad, cosas así. Es mucho más ilusionante.

—¿Cuándo piensas contarme la verdad?

—Cuando cumplas los veintiuno, te iré a ver a la universidad y compartiremos una larga cena, con alcohol, y te contaré todas las barrabasadas que he hecho. ¿Te parece justo?

—Supongo. Es probable que para entonces no me importe.

—Esperemos que no. ¿Has elegido escuela?

—Estoy mirando. Rhodes podría ser divertido, pero está demasiado cerca de casa. Cuando Hermie despotricaba ayer por la noche, dejó claro que «la familia», como le gusta llamarla ahora, como si él estuviera al mando y tomara por nosotras todas las decisiones importantes dado que mamá está en su lecho de muerte, en fin, que «la familia», dijo, no pagará la matrícula en un centro privado. Dice que es ridículo cuando hay tantas buenas universidades públicas en Mississippi. Creo que el auténtico motivo es que no puede permitirse una privada.

—Eso cuesta creerlo.

—Ya te lo dije, Mack, andan cortos de dinero, y cada vez más. Se masca la tensión. Y lo comprendo. Su hija se muere; están a punto de heredar a dos adolescentes con las que nadie quiere cargar de verdad; Hermie tiene competencia en los negocios. En lugar de planificar una buena jubilación, contemplan los años siguientes y no les gusta lo que ven.

—¿No se habló de vivir con los Pettigrew?

Margot puso los ojos en blanco.

—Venga ya, no me fastidies. Preferiría alojarme en un albergue para indigentes. Esa gente es imposible. —Mordió otra patata y Mack reparó en que volvía a tener los ojos húmedos. La pobre niña estaba emocionalmente rota.

—¿Estás bien? —preguntó.

—De maravilla, Mack. Es una sensación estupenda saber que sobras. Cuando mamá se muera, nos veremos obligadas a dejar el único hogar que hemos conocido para mudarnos a una casa ajena en la que no pintamos nada. Y tú cargas con parte de la culpa, Mack.

—Sí, es verdad, y ya lo hemos hablado.

Ella respiró hondo, apretó los dientes, se secó la mejilla y dijo:

—Sí, es cierto. Lo siento.

—No te disculpes.

—Supongo que no puedes volver y rescatarnos, ¿verdad?

—No, por lo menos por ahora. No puedo vivir en Clanton y no tengo claro que mi situación allí sea segura. Además, Hermie contrataría a todos los abogados de la ciudad para mantenerme alejado.

—¿Hermie te cayó bien alguna vez?

—En realidad, no.

Solo había mordisqueado los bordes de su hamburguesa y mascado unas pocas patatas fritas, pero había terminado.

Apartó el plato unos centímetros hacia el centro de la mesa y echó un vistazo a su alrededor.

—Tengo que contarte una cosa, Mack —dijo—. A mamá le gusta ir a la casa de sus padres y sentarse en el patio bajo los ventiladores. No es ni por asomo tan deprimente como quedarse en casa sin hacer nada, así que últimamente pasamos mucho tiempo allí. Yo la llevo en coche y ella y Helen se sientan en el porche con Honey, y todo el mundo va matando el tiempo mientras pasan los minutos. Hermie también suele andar por allí y en la última semana le he oído mencionar al FBI dos veces. No tengo ni idea de por qué.

Mack tragó saliva y miró a su alrededor.

—¿Con quién estaba hablando?

—No lo sé. Estaba al teléfono y no sabía que yo estaba en la casa. Es raro, ¿no?

—Da que pensar, parece.

—Mantendré los oídos abiertos.

Cualquier mención del FBI molestaba a Mack. Fingió indiferencia, pero también había perdido el apetito.

Margot miró el reloj.

—Creo que debería ir tirando. Tengo cita a la una.

—¿Quieres que vaya?

—Como un padre de verdad, quieres decir. ¿Padre e hija visitando el campus?

—Algo así.

Ella sonrió y dijo:

—Claro, papá, sería un honor.

—Tú conduces. Quiero ver cómo te defiendes con el tráfico de la ciudad.

—Puedo llevarlo mejor que tú.

—Ya veremos.

30

Siete horas después de partir de casa, Margot regresó, y parecía que hiciese días. No podía creerse que un simple trayecto de ida y vuelta a Memphis, sin prisas, pudiera ser tan euforizante, tan liberador. Cuando cruzó de vuelta la frontera del condado de Ford, incluso aminoró a treinta kilómetros por hora sin hacer caso del tráfico que se formaba a su espalda. En la ciudad, dio un rodeo para pasar por delante de un restaurante de comida rápida buscando a una amiga, pero no vio a nadie.

Llevaba meses atrapada en un velatorio de difuntos y el calvario no había terminado todavía. Lo último que quería esa tarde de sábado era encerrarse en una lóbrega casita a esperar lo inevitable. La familia había aceptado por fin la realidad de que Lisa no iba a mejorar, de que los médicos habían hecho todo lo posible y, por fin, se habían rendido. La espera era brutal: la incertidumbre de cuándo acabaría, el espectáculo de verla adelgazar y palidecer cada día un poco más, el horror de ver a una madre acercarse poquito a poquito a la tumba, el miedo cerval a la vida sin ella. Era una extraña sucesión de jalones: apenas el mes pasado aún conducía; apenas la semana pasada trasteaba por la cocina horneando galletas; ayer a duras penas había podido salir de la cama. Pronto llamarían a la enfermera, una antigua niñera que la cuidaría durante sus últimos días. Los Bunning lo habían arreglado todo. En teoría, Margot y Helen tenían que tomar la decisión y llamar a sus abuelos cuando la muerte fuera inminente.

Helen estaba en el despacho viendo una peli.

—Está descansando —informó en voz baja—. Ha sido un día tranquilo.

Margot se sentó en el sofá junto a su hermana y preguntó:

—¿Está enfadada conmigo?

—No. Ha tenido un buen día. Lo hemos pasado casi entero en casa de Honey, en el patio, pero eso la ha agotado.

—¿Ellos están cabreados?

—Al principio lo estaban, pero mamá los ha calmado, les ha dicho que lo dejaran ya, que podías cuidarte sola. ¿Qué tal Rhodes?

—Precioso, es un sitio encantador. La gente, simpática. Muy pequeño, eso sí.

—No me puedo creer que el año que viene ya vayas a la universidad.

—Yo tampoco.

—¿Puedo ir contigo?

Se rieron, y luego se quedaron paralizadas al oír la voz de Lisa. Fueron a su cuarto y la encontraron incorporada en la cama, con una sonrisa de oreja a oreja. Margot la abrazó con delicadeza. Ella dio unas palmaditas a los cojines que tenía a ambos lados y se tumbaron con ella en la cama. Quería que se lo contara todo acerca del Rhodes College y el viaje a Memphis, y Margot no escatimó detalles, con la excepción, claro está, del sustancial desvío por el Varsity para almorzar con Mack. Sacó unos coloridos folletos de la facultad y reprodujo la conversación que había sostenido con una profesora auténtica. Rhodes entraba, sin duda, en su lista. Lisa le dijo que ya se preocuparían por el dinero más adelante.

Por un lado, resultaba un alivio verla tan emocionada con la perspectiva de que su hija mayor fuese a la universidad, pero por el otro le partía el corazón saber que no estaría presente para compartir la experiencia. Margot mencionó unas cuantas universidades más que tal vez visitara en las semanas siguientes, centros que estaban más lejos de casa. Lisa la animó. Estaba segura de que sus padres darían la talla y se asegurarían de que las niñas recibieran una educación adecuada, con independencia del precio. Margot contaba con la promesa de Mack, el as en la manga que no podía revelar.

Lisa volvió a adormilarse y las niñas salieron de puntillas de la habitación. Helen rompió a llorar y dijo:

—Casi no ha probado bocado en los últimos cinco días.

Debatieron sobre si debían llamar a sus abuelos y decidieron esperar. Fue una noche larga, porque Lisa se puso irritable y empezó a quejarse del dolor. Las chicas apenas se apartaron de su lado y echaron cabezaditas a ratos cuando estaba despierta. Al amanecer, Margot llamó a Honey para ponerla al día. La enfermera llegó al cabo de dos horas y aumentó la dosis de morfina. Los Bunning pasaron de camino a la iglesia y charlaron con Lisa, a la que encontraron despierta y lúcida. Nunca se saltaban la misa y ni se les ocurrió hacerlo entonces, aunque su hija estuviera en las últimas.

Por supuesto, pidieron una oración durante el servicio y transmitieron la triste noticia de que el estado de Lisa se estaba deteriorando. Pocas cosas electrizaban tanto a un grupo de baptistas como el ritual del tránsito final, y para las tres de la tarde del domingo la caravana de cazuelas estaba en camino. La mayoría de los amigos fueron lo bastante atentos para quedarse en el porche, entregar la comida y conformarse con un abrazo lloroso, pero algunos de los más entrometidos traspasaron el perímetro y se colaron dentro, donde enredaron en la estrecha cocina haciendo equilibrios con sus platos de papel mientras echaban vistazos subrepticios por el pasillo, en dirección a los dormitorios. Varios de los chismosos más curtidos, auténticos veteranos de las glorias funerarias, hasta le preguntaron a Honey si podían hablar un momento con Lisa. Honey sabía muy bien que lo único que querían era una estampa visual para poder ir corriendo a comentar lo demacrada que la habían encontrado. Rehusó y hasta se apostó en el pasillo para espantar a los intrusos.

Helen se retiró al dormitorio, donde montó guardia al costado de su madre. Margot, harta de aquella habitación, se ocupó de la entrada, donde saludó a cada visita con una sonrisa ancha y triste que era completamente impostada, aunque solo ella lo sabía. Se erigió en toda una señora de la casa, y Hermie, que apenas el día antes quería reñirla por su viaje a Memphis, presenció radiante de orgullo cómo su nieta, a menudo díscola, se metía al público en el bolsillo. La jornada se eternizó y la comida fue apilándose en la cocina, pero las visitas empezaron a espaciarse a medida que se acercaban las seis de la tarde y los amigos de la familia se dirigían de vuelta a la iglesia.

La enfermera se instaló en el cuarto de Helen para el tiempo que hiciera falta. Las niñas durmieron en la cama de Margot y, durante la noche, se turnaron para ir a ver cómo estaba Lisa y susurrar a la enfermera. Para la mañana del lunes, no reaccionaba y su respiración se había vuelto más lenta todavía.

31

Nick Lenzini estaba saliendo de la oficina del FBI en Oxford el martes por la mañana para hacer un viaje rápido a Clanton cuando le comunicaron la noticia de que Lisa Stafford había fallecido. Dos horas más tarde, aparcó delante del juzgado y entró en las oficinas del bufete de Sullivan. Tenía una reunión con Walter a las once y media.

En cuanto les sirvieron un café, Nick empezó con tono solemne:

—Lamento mucho lo de la señora Stafford. Sé que era una amiga.

—Gracias —replicó Walter con gravedad—. Una chica encantadora. La conozco de toda la vida. Este bufete representa a la familia desde hace treinta años. Unas personas estupendas.

—¿Qué pasará con las hijas?

—Bueno, la familia hará piña y encontrará la mejor solución posible.

—¿No hay rastro de Mack?

Walter gruñó y dio un sorbo.

—Pensaba preguntarle lo mismo. ¿Qué novedades trae?

—¿Ha hablado con Judd Morrissette?

—En las últimas dos semanas, no.

—Bueno, está dispuesto a convocar al jurado. Nuestra investigación, a grandes rasgos, ha terminado. Se antoja un caso clarísimo. El problema es que parece que somos incapaces de dar con Mack. Es uno de los motivos de mi visita. Supongo que no tendrá ninguna idea sobre dónde puede encontrarse.

—Ese es su trabajo, ¿no?

—Lo es, por supuesto. Y estamos buscando, aunque todavía no hemos enviado a los sabuesos. Dada su afición a desaparecer, el fiscal federal preferiría que lo tuviéramos a tiro antes de abrir ninguna causa.

—Bien pensado, pero no, no sé de nadie que haya visto a Mack con sus propios ojos desde que reapareció. Es lógico asumir que está viviendo en alguna otra parte. Su madre todavía reside en Greenwood, ¿verdad?

—Sí, y tenemos un ojo puesto allí. ¿Están listos los preparativos del funeral?

—Sí. El sábado a las dos de la tarde.

—No creerá que Mack vaya a hacer acto de presencia, ¿verdad?

Walter se rio.

—Le aseguro, señor Lenzini, que el último lugar en el que

encontrará a Mack Stafford es la Primera Iglesia Baptista este sábado.

—Supongo que tiene razón. ¿Le parece bien que nos pasemos y nos sentemos en la galería?

—Los pecadores siempre son bien recibidos. Estará abierto al público.

32

El domingo por la mañana, el día después del funeral de Lisa, Lucien Wilbanks entró en la suite de oficinas de Jake por la puerta de atrás. Usó la misma llave que llevaba décadas utilizando. Era el bufete de Jake, pero a la vez no. El gabinete jurídico de Wilbanks & Wilbanks había sido fundado allí, en la década de 1940, por el abuelo de Lucien. Él había dirigido la oficina hasta que lo habían inhabilitado en 1979, un año después de contratar al joven Jake Brigance, recién salido de la facultad de Derecho.

Lucien todavía era el propietario de las espaciosas oficinas, que alquilaba a Jake a cambio de una modesta suma. Parte de ese arreglo consistía en que él podía entrar y salir a su antojo. Tenía un pequeño despacho sin ventanas en la planta baja, lejos de los dominios de Jake en el piso de arriba, y le gustaba estar allí a su aire mientras leía los periódicos del domingo, fumaba en pipa y se bebía su café y su bourbon. Las mañanas de domingo eran sus favoritas porque la plaza se encontraba desierta, las tiendas cerradas, no había tráfico y todo el mundo estaba en la iglesia. Lucien había renunciado a la religión organizada a los catorce años.

Se hallaba en la misma sala de juntas que Mack y Margot habían usado, exactamente a las 9.14, cuando oyó los primeros sonidos. Echó un vistazo a su reloj, consciente de que

Jake estaba en la iglesia y nadie más se acercaría a la oficina esa mañana. Como prácticamente se había criado en aquel sitio, se conocía hasta la última ventana, pasillo y escondrijo. Se metió en la sala de la fotocopiadora y miró por entre las persianas el callejón que pasaba por detrás de la hilera de edificios de delante del juzgado. Le sorprendió ver a dos hombres trasteando con la puerta de atrás, la que daba a la cocina. Llevaban camisas azul marino a juego, con la marca CUSTOM ELECTRIC en letras de molde a la espalda, y guantes negros de goma y fundas del mismo color en los pies.

Había varios errores en aquella escena. En primer lugar, Lucien llevaba toda la vida en Clanton y jamás había oído hablar de esa empresa. En segundo lugar, nadie trabajaba en domingo por la mañana. En tercer lugar, si Jake los había contratado, ¿por qué intentaban colarse por la puerta de atrás? En cuarto lugar, no paraban de echar miraditas a su alrededor con un aire de culpabilidad que tiraba de espaldas. En quinto lugar, los electricistas de Clanton jamás usaban guantes de goma y fundas en los zapatos.

Lograron abrir la puerta y acceder a la cocina. Lucien se agazapó en las sombras y escuchó con atención. Los dos hombres hablaron en susurros mientras avanzaban deprisa por la planta baja. No vieron a Lucien, que se deslizó entre unas librerías. Subieron a toda prisa, abriendo y cerrando sigilosos todas las puertas, y luego volvieron al mostrador de recepción, donde abrieron sus bolsas de herramientas y empezaron a disponerlas. Junto a la sala de la fotocopiadora había un gran armario lleno de cables que iban a todas partes: termostatos, unidades de aire acondicionado, teléfonos, cajas de fusibles y contadores eléctricos.

Lucien permaneció en la oscuridad y escuchó. Los hombres susurraban sobre líneas telefónicas, receptores y transmisores, en una jerigonza que le resultaba indescifrable. Eran rápidos y eficientes, con una habilidad evidente, y a las 9.31 desaparecieron sin más. Lucien los entrevió cuando partían por la misma puerta trasera, que cerraron con llave al salir. Esperó unos minutos y después entró con cautela en la cocina y comprobó la puerta. Había una cafetera recién hecha en la encimera, oculta en parte por un rollo de papel de cocina. Si aquellos hombres hubieran visto el café, habrían sabido que alguien acababa de prepararlo. Tendrían que haberlo olido.

Se sirvió otra taza y volvió a su escritorio. ¿Quién estaba detrás de Custom Electric? La policía local no tendría esa capacidad. La estatal sí, pero no había nada en la oficina de Jake en esos momentos que pudiera interesarles. Lucien conocía prácticamente todos los casos, porque Jake y él hablaban todas las semanas y disfrutaban comentando acerca de sus clientes. ¿Estaría Jake poniéndole los cuernos a Carla? ¿O ella lo engañaba a él? Cualquiera de las dos posibilidades se antojaba muy inverosímil. Se adoraban y Lucien jamás creería que eran infieles. ¿Podía tratarse de otro abogado, lo bastante retorcido para pinchar los teléfonos de Jake? Muy improbable. Un comportamiento tan deshonroso conduciría a la inhabilitación, algo en lo que Lucien era un experto. En todos los años que había ejercido como abogado, y después como observador, no había conocido nunca un caso en el que un bufete espiara de forma ilegal a otro.

Tenía que ser el FBI. Iban a por Mack Stafford y habían deducido que Jake sabía dónde estaba.

Lucien se quedó impactado, pero luego le vio el lado gracioso. Qué bien podía pasárselo Jake sabiendo que el FBI lo escuchaba.

Acabó los periódicos y hojeó varios libros viejos de derecho. Fumó de su pipa, se sentó en el balcón de delante del gran despacho de Jake y observó el juzgado; a mediodía, se sirvió un vaso razonable de Jack Daniel's. Sesteó durante una hora y, a las dos de la tarde, puso rumbo a casa de Jake, suponiendo que ya habrían comido. Carla lo invitó a entrar, pero él prefirió sentarse en la terraza, a la sombra. Jake se le unió y Carla les sacó té helado; cuando hubo cerrado la puerta, Lucien describió lo que había presenciado esa mañana.

Jake se quedó anonadado y afirmó que no se le ocurría ningún motivo por el que el FBI, o cualquier otro organismo, pudiera querer escuchar sus llamadas telefónicas. En realidad, había tan poco movimiento en la oficina que se estaba planteando hacer otro penoso viaje al banco para mendigar más crédito.

—O sea que tiene que ser por Mack, ¿o no? —dijo Lucien.

Jake estaba estupefacto y también indignado por la intrusión. Cuando empezó a pensar claro otra vez, su primer impulso fue contratar a un detective privado que inspeccionara los teléfonos, para confirmarlo. A Lucien no le gustó la idea, porque a él no le cabía duda sobre lo que había sucedido. ¿Y para qué incluir a nadie más? Alguien podría irse de la lengua. Era mejor hacerse los tontos e ir con cuidado con lo que se decía al aparato. No habían puesto ningún micrófono en el despacho, solo habían intervenido los teléfonos.

—Podemos dar por sentado que también están escuchando aquí —dijo—. Será mejor que avises a Carla.

—Por supuesto —dijo Jake, empavorecido ante la conversación que lo esperaba.

—Y tienes que contárselo a Harry Rex.

—No pueden pinchar los teléfonos de su abogado, ¿verdad?

—Pueden y lo harán. No puedes fiarte del FBI. Joder, no puedes fiarte de nadie.

—¿Se lo cuento a Mack?

Lucien dio un sorbo a su té mientras lo sopesaba.

—Yo iría con cuidado. Avisa con discreción a Harry Rex y que se ocupe él.

—Avísalo tú. A mí me da miedo usar el teléfono. Dile que nos vemos en tu porche a las cinco de la tarde.

En cuanto Lucien se fue, Carla salió al patio y preguntó:

—¿A qué ha venido esta visita?

—No te lo vas a creer. —Se lo contó todo, y ella, en efecto, no se lo creyó. Las palabras de cautela de Jake no fueron bien acogidas: acepta que alguien escucha en todos los teléfonos, incluidos los de nuestra casa. Úsalos como siempre, mantén la normalidad, pero no toques asuntos delicados. Y hagas lo que hagas, no menciones a Mack Stafford ni a nadie de su familia.

Carla estaba furiosa ante aquella violación de su intimidad y quería contratar a alguien para confirmar los pinchazos. Tenían que ser ilegales y quería hacer algo al respecto. Jake le prometió que llegaría al fondo de la cuestión, solo necesitaba un poco de tiempo. Él también estaba atónito e intentaba aclararse las ideas. Se vería con Harry Rex en casa de Lucien y juntos decidirían cómo proceder.

Sin embargo, esa tarde se vieron en casa de Lucien y no pudieron ponerse de acuerdo sobre lo que debían hacer. Dieron por supuesto que los teléfonos de Harry Rex también estaban pinchados, y él tenía ganas de guerra. Aquella vigilancia era ilegal, en su opinión, y quería demandar al gobierno. Lucien impuso calma y les dijo que él pensaba que podían usar aquella información en su beneficio, o por lo menos divertirse un poco.

33

El lunes por la mañana, la primera llamada telefónica de Jake, primera también con una potencial audiencia, fue a la oficina del secretario del tribunal de circuito del otro lado de la calle, un asunto rutinario. Hizo tres más e intentó acostumbrarse a la posibilidad de que alguien más estuviera escuchando. Fue cuidadoso con su lenguaje e intentó sonar natural. Todavía se le antojaba increíble. Fue a la cocina de la planta baja, se sirvió un poco más de café, entró en el trastero, contempló las líneas telefónicas y los cables que había por todas partes y se maldijo por no tener ni la menor idea sobre sus propios sistemas. En algún lugar, oculto en una de esas cajas, había un aparato de escucha. Sin tocar nada, retrocedió y volvió a su despacho. A las once en punto, como habían ensayado, llamó a Harry Rex y comentaron una disputa de zonificación sobre la que llevaban tres meses discutiendo. Como de costumbre, Harry Rex no tuvo pelos en la lengua, con independencia de quién pudiera estar escuchando.

Luego Jake dijo:

—Oye, ha surgido algo. Estás solo, ¿no?

—Pues claro que estoy solo. Me he encerrado en mi despacho. Es lunes por la mañana y la mitad de los idiotas de mis clientes de ahí fuera llevan pistola o navaja. ¿Qué quieres?

—Tengo noticias de Mack.

Una larga pausa, en la que tanto Jake como Harry Rex sonrieron imaginando a un esbirro del FBI medio dormido con unos auriculares puestos que recibía una descarga eléctrica en el culo al oír la referencia a Mack.

Con voz baja y suspicaz, Harry Rex preguntó:

—¿Dónde está?

—Dice que está viviendo en un piso barato en el lado sur de Tupelo. Quiere que vayamos esta tarde a tomar una copa.

—¿Dónde ha estado todo este tiempo?

—No ha sido muy generoso con los datos, pero ha comentado algo sobre un viaje a Florida. Ahora ha vuelto y dice que ha encontrado trabajo.

—¿Trabajo? ¿Para qué quiere un trabajo? Pensaba que había robado suficiente.

A Harry Rex aquello le parecía inteligente, una especie de reconocimiento velado de que su cliente en verdad había robado algo. Jake también sonrió. Aquel jueguecito los tenía a los dos que casi se les escapaba la risa.

—No hablamos de eso, pero dice que está aburrido y necesita mantenerse ocupado. Dice que va a trabajar de ayudante en el bufete de Jimmy Fuller.

—¿Fuller? ¿Por qué va a trabajar para semejante sinvergüenza?

—A mí Jimmy me cae bien. En cualquier caso, quiere vernos en el Merigold a las seis.

—Tengo cuatro montañas de mierda en el escritorio y un juicio chungo de divorcio a primera hora de la mañana.

—¿Desde cuándo te preparas para los juicios?

—Y tengo una sala llena de mujeres parlanchinas y todas quieren que las lleve de la mano.

—¿Y eso qué tiene de nuevo? La verdad es que no podemos negarnos. Paso a buscarte a las cuatro y media.

—Vale, vale.

Entre su circunferencia en perpetua expansión y su descoordinación nata, Harry Rex más que entrar por el lado del copiloto se estrelló contra el asiento, e hizo que el coche se bamboleara de lado a lado. Nada más cerrar la puerta de golpe, preguntó:

—¿Crees que te han puesto micrófonos también en el coche?

—Lo dudo —respondió Jake.

—Se me ha hecho raro hablar por teléfono con el FBI de fondo.

—A mí me lo vas a decir.

—Necesito una cerveza.

—Son las cuatro y media.

—Pareces mi mujer.

—¿Cuál de ellas?

—¿Vas a estar igual de gracioso todo el camino hasta Tupelo?

—Es probable. ¿Algo que decir sobre las penas por obstaculizar una investigación federal?

—Ya lo creo. ¿Tú?

—Sí. Esta tarde me he estado informando un poco y creo que vamos bien. No estamos tocando la investigación, si es que la hay. Solo jugamos al gato y al ratón con el FBI.

—A mí me suena inofensivo; a menos, por supuesto, que nos pillen.

—Vamos de camino a Tupelo a tomar una copa con Mack, quien, por lo que nosotros sabemos, no está siendo investigado. No nos hemos reunido con el FBI ni sabemos lo que traman. En otras palabras, vamos bien; de momento.

—De acuerdo, pero ¿para qué hacemos esto? —Harry Rex señaló una gasolinera—. Para allí. ¿Quieres una cerveza?

—No. Estoy conduciendo.

—¿Y qué? ¿No puedes conducir con una cerveza en una mano?

—No es lo suyo. Hacemos esto para ver si aparece el FBI en el bar y así confirmar que se trata de ellos.

—Genial. ¿Y cómo se supone que vas a saber si y cuándo aparece el FBI en el bar? ¿Les pedirás que saquen la placa?

—No he llegado tan lejos. Cógeme una Coca-Cola light.

Harry Rex salió casi rodando del coche y entró en la gasolinera.

34

El Merigold Lounge era uno de los tres bares del lado oeste de Tupelo, en el condado de Lee, conocidos por servir bebidas alcohólicas. En ochenta kilómetros a la redonda, los condados eran secos como la mojama. Los bebedores que vivían en aquellos pueblos pequeños y comunidades rurales no tenían más remedio que conducir hasta la gran ciudad para remojar el gaznate porque, en su casa, la mayoría de ellos seguían apoyando la prohibición de la venta de todas las bebidas espirituosas.

A las seis de la tarde había trece vehículos estacionados en el aparcamiento asfaltado situado a un lado del local. La entrada principal no daba a la carretera, lo que concedía mayor discreción a quien prefería entrar y salir con disimulo. De los trece, seis eran turismos, otros seis, camionetas *pickup*, y el último era una furgoneta blanca. Un repaso rápido a las matrículas reveló que los clientes procedían de cuatro condados distintos. Dentro de la furgoneta, dos técnicos del FBI manejaban las cámaras, una Minolta XL con teleobjetivo y una grabadora de vídeo Sony de alta definición. A través del cristal de efecto espejo fotografiaban y filmaban a todas las personas que entraban y salían del Merigold.

El problema de la furgoneta era que alguien había pintado el nombre de CUSTOM ELECTRIC en los paneles exteriores, junto con unos números de teléfono. Jake y Harry Rex soltaron una risilla al verlo y no dieron crédito a su buena suerte, ni tampoco a la torpeza del FBI.

—Bueno, bueno —comentó Jake mientras aparcaba—. Ya están aquí.

—No sonrías para las cámaras —aconsejó Harry Rex mientras salían del coche y entraban en el local.

Encontraron una mesa con cuatro sillas en una esquina y se sentaron de espaldas a la pared. Llegó una camarera y pidieron un par de cervezas y un plato de patatas fritas. Junto a la pista de baile, una gramola reproducía canciones de música country. El Merigold era un establecimiento de gama tirando a alta y no era conocido por que hubiera altercados. Jake había estado unas cuantas veces en varios años. Harry Rex lo visitaba siempre que tenía ocasión. Se desentendieron del resto de clientes y entablaron lo que parecía una conversación seria. A las seis y cuarto, Jake echó un vistazo al reloj y miró a su alrededor. No había nadie con pinta de electricista. Varios de los clientes hasta llevaban corbata.

Nick Lenzini estaba sentado a solas, tomando un refresco mientras fingía leer el periódico. Aunque nunca había visto a Jake ni a Harry Rex, los chicos de la furgoneta lo habían avisado por radio de que estaban entrando. Estaba emocionado ante la posibilidad de por fin ponerle la vista encima a Mack Stafford, pero logró aparentar que se aburría. Estaba muy satisfecho consigo mismo por haber conseguido convencer a un magistrado federal de que autorizase las escuchas telefónicas.

Jake y Harry Rex disfrutaron de sus cervezas servidas en jarras heladas mientras picaban patatas y fingían ir enfadándose cada vez más a medida que pasaban los minutos. No había ni rastro de Mack.

Fueron llegando más clientes y el local estaba casi lleno. A las seis y media, Jake fue al lavabo de caballeros y pasó por delate de la mesa de Nick. Sus miradas se cruzaron por un instante y Jake pensó que el tipo daba el pego como agente: bien afeitado, traje oscuro, sin corbata, un poco fuera de lugar. Al volver pidió un par de cervezas más en la barra y las dejó delante de Harry Rex. Ambos miraron el reloj con mala cara. Quienquiera que fuese la persona con la que habían quedado, se retrasaba. Más tarde incluso, a las siete, pagaron la cuenta y salieron del bar, haciendo grandes aspavientos de frustración. La furgoneta seguía allí. Jake arrancó el motor y Harry Rex asió el teléfono del coche y marcó el número de Custom Electric. Con independencia de lo que hubiera sido en otro momento, ahora no daba señal.

Se echaron unas buenas risas mientras se alejaban con el coche, convencidos de que habían burlado al FBI sin hacer nada incorrecto. Cuando se les pasó la risa, debatieron cómo obrar a continuación. Los federales iban a por Mack, lo que solo podía significar que se avecinaba un encausamiento.

35

Al día siguiente, Jake fue a casa de los Stafford para entregar una tarta de chocolate que Carla había preparado, además de un ramo de flores de su floristería favorita. Margot le abrió la puerta y lo invitó a pasar al despacho. Honey, la abuela, estaba allí, y Jake le dio el pésame con toda solemnidad. En la casa reinaba la lobreguez de una funeraria. Se mostraron educadas y agradecidas y lo invitaron a quedarse a tomar café y tarta. No le apetecía, pero necesitaba charlar con Margot. Se sentaron a la mesa de la cocina y logaron reírse de toda la comida que había sobre las encimeras.

—¿Quieres un kilo o dos de pollo frito? —preguntó Honey con una sonrisa.

—¿O media docena de guisos? —añadió Margot.

Helen entró un momento para saludar y Jake le dijo una vez más cuánto lo sentían Carla y él. Las tres tenían aspecto de llevar una semana llorando, lo que probablemente fuera cierto. Helen no tardó en desaparecer y Honey susurró:

—Lo está pasando muy mal. Bueno, ella y todas nosotras.

Jake no pudo responder, y dio otro bocado. Sonó el teléfono y Honey se levantó para cogerlo. Jake aprovechó para entregar corriendo un sobrecito a Margot y susurrarle:

—Lee esta carta. Es confidencial.

Ella asintió como si lo supiera y escondió el sobre en los vaqueros.

Jake se terminó la tarta y el café y dijo que tenía que volver a la oficina. Honey le dio las gracias de nuevo y Margot lo acompañó hasta la entrada y el porche.

En la calle, la saludó con la mano a modo de despedida cuando fue a por su coche.

El mensaje la instaba a evitar sus teléfonos. Si quería hablar, debía pasar en persona por la oficina o llamar a la casa de su secretaria. Además, le pasaba el número de Mack.

36

El jurado federal se reunió en el juzgado de Oxford para celebrar su sesión mensual ordinaria. Dieciocho votantes registrados de once condados distintos cumplían en esos momentos con su periodo de seis meses de servicio, y la mayoría estaban ansiosos por terminar rapidito.

La lista de casos empezó con la habitual retahíla de procesos por drogas —venta, fabricación, distribución— y en cuestión de una hora se habían aprobado catorce autos de procesamiento. Era un trabajo deprimente y los miembros del jurado estaban aburridos con los delitos relacionados con estupefacientes. A continuación, llegó un caso algo más interesante, que tenía que ver con una pandilla de ladrones de coches que llevaba un año sembrando el caos. Cinco autos más.

Seguidamente, fue el turno a J. McKinley Stafford. Judd

Morrissette, el ayudante del fiscal federal, se ocupó de la presentación y relató los hechos en la medida de su conocimiento de ellos. Stafford, abogado de profesión, había desviado a sus cuentas corrientes personales unos fondos que, en virtud de un acuerdo de conciliación, tendrían que haber correspondido a sus clientes, lo que por sí mismo constituía un delito estatal, y no federal, pero después se había declarado en quiebra y había ocultado el dinero.

El agente especial Nick Lenzini tomó el relevo y presentó copias de los acuerdos de compensación, la solicitud de quiebra, declaraciones juradas de los clientes estafados Odell Grove y Jerrol Baker, una declaración jurada de Fedra Wilson y los giros bancarios.

Morrissette ofreció pruebas procedentes del departamento de Hacienda de que el señor Stafford no se había molestado en presentar la declaración de la renta en los últimos cuatro años.

Un miembro del jurado preguntó:

—¿Es el abogado de Clanton que robó el dinero y desapareció?

—Correcto —respondió Morrissette.

—¿Ya lo han encontrado?

—Todavía no, pero nos estamos acercando.

En menos de una hora, Mack fue encausado por un delito de quiebra fraudulenta, con una condena máxima de cinco años de cárcel y una multa de doscientos cincuenta mil dólares. Por si las moscas, el jurado también le endilgó cuatro cargos de evasión fiscal, con penas parecidas. A instancias de Morrissette, aprobaron dejar los encausamientos bajo secreto de sumario hasta nuevo aviso. Existía un riesgo claro de que el señor Stafford se diera a la fuga.

37

Jake estaba en el Tribunal de Asuntos de Familia, junto con al menos otra docena de abogados, esperando a que el juez Reuben Atlee subiera al estrado y empezara a firmar órdenes rutinarias. Harry Rex tenía sus amplias posaderas apoyadas en una mesa mientras obsequiaba al personal con la historia de una clienta de divorcio que acababa de despedirlo por tercera vez. Jake escuchaba la anécdota por tercera vez. Cuando el alguacil llamó al orden, Harry Rex le susurró:

—Ven a verme a la biblioteca de derecho de arriba, lo antes posible.

La biblioteca de derecho estaba en la tercera planta del juzgado y rara vez se utilizaba. En realidad, tenía tan poco público que los supervisores del condado andaban fantaseando con la idea de librarse de aquella colección de desfasados y polvorientos tomos y reutilizar el espacio como almacén. Los abogados y jueces se oponían, lo que creaba otra de aquellas enconadas batallas territoriales por las que son famosas las localidades pequeñas. Se sabía que, en el pasado, Harry Rex había escuchado a escondidas las deliberaciones de los jurados a través de una rejilla de los conductos de calefacción, pero una obra de renovación había reforzado las paredes.

Cuando estuvieron a solas, Harry Rex dijo:

—Lowell Dyer va a convocar una reunión extraordinaria del jurado para mañana, y se reunirán en Smithfield. ¿Te lo puedes creer?

Jake se quedó de piedra.

—¿Cómo dices?

—Lo que oyes. El jurado del condado de Ford se reunirá en el juzgado de Smithfield.

—¿En otro condado?

—Eso es. No conozco ningún precedente. He revisado los estatutos y son bastante vagos al respecto, pero no prohíben que se haga.

—¿Alguna idea de por qué?

—Claro. Todo es un gran secreto. Ha informado a su jurado de que la sesión será extremadamente confidencial y no deben hablar con nadie de ella.

—¿Mack?

—Apostaría a que sí. ¿Se te ocurre algún otro delito en este condado en el último año que no le importe a alguien una mierda? No ha habido nada. Robos con allanamiento, peleas en bares de mala muerte, los mismos delitos de tres al cuarto de siempre, pero nada ni remotamente interesante.

Jake estaba negando con la cabeza.

—Es verdad, la gente se está comportando. En mi oficina estamos en plena sequía. Necesitamos más delincuencia.

—Tiene que ser Mack. Dyer tiene miedo de que repita el truco y desaparezca. Así que obtiene un encausamiento fuera de la ciudad, lo mantiene abierto hasta que alguien encuentre a Mack y luego lo arresta. Y apostaría a que actúa siguiendo instrucciones de los federales.

Más allá de la alarmante noticia, la pregunta obvia era: ¿cómo estaba Harry Rex al corriente de una reunión secreta del jurado? Jake tenía ganas de preguntárselo, pero sabía que no habría respuesta. Su buen amigo se movía en círculos misteriosos y poseía una amplia red de informadores. A veces compartía la información privilegiada y a menudo no, pero jamás revelaba una fuente.

—Entonces ¿crees que los federales van un paso por delante? —le preguntó.

—Apostaría a que tienen una causa abierta y la están aguantando. Le han dado a Dyer luz verde. Tiene sentido y es una jugada inteligente. Así tienes cargos federales y cargos estatales, múltiples encausamientos, y de repente todo el mundo está buscando a Mack.

—Tú eres su abogado. ¿Qué aconsejas?

—Que se largue cagando leches. Otra vez.

38

Dos semanas después del funeral de su madre y diez días después de mudarse a casa de sus abuelos, Margot despertó un sábado a las ocho de la mañana, temprano para lo que era ella, se dio una ducha rápida y se vistió con vaqueros y deportivas. A la mesa del desayuno se mostró educada con Hermie y Honey porque ellos estaban intentando serlo con ella, pero la tensión resultaba palpable. Tenían unas normas que querían imponerle y Margot parecía decidida a saltárselas. Una de ellas guardaba relación con el respeto: respeto a los ancianos, a los abuelos, a quienes eran ya sus tutores. Ella eso lo aceptaba, aunque les pedía que respetasen también a una joven de diecisiete años que tenía ideas propias. Estaba citada a la una de esa misma tarde con un tutor de admisiones del Millsaps College de Jackson, y era perfectamente capaz de conducir sola hasta allí y volver. El viaje a Rhodes, en Memphis, había sido coser y cantar. A Hermie y Honey no les hacía ninguna gracia la idea y habían cometido el error de negarse. A eso lo siguió una discusión y, aunque ambas partes lograron mantener la calma y no decir nada que fueran a lamentar más tarde, dos cosas quedaron de manifiesto: una, los Bunning no eran lo bastante rápidos para el pugilato verbal con Margot, y dos, no entraba en los planes de esta pasarse el año siguiente aceptando órdenes de ellos.

Se marchó a las diez y disfrutó sin mala conciencia de la

carretera abierta, sola, con la música de su elección y la jornada entera por delante para pasarla como quisiera.

Nunca había visitado Millsaps, no conocía a nadie allí y estaba segura de que no encajaría. Como Rhodes, estaba demasiado cerca de casa. Sin embargo, haría su visita y recogería folletos para dejarlos en la mesa de la cocina. Y mandaría una solicitud para entrar allí llegado el otoño, como haría con Rhodes, la Universidad de Mississippi y quizá unas cuantas más que no quedaran demasiado lejos. Demostraría cierta preferencia por la UM porque la charla sobre las tarifas públicas de matrícula aliviaría las preocupaciones de Hermie. Cumpliría con todos los pasos del proceso de solicitud, fingiría el consabido nerviosismo y angustia y haría partícipes a sus abuelos de vez en cuando para que se sintieran mejor, pero no les hablaría de las dos escuelas de Bellas Artes del Oeste. Tampoco se lo contaría a Helen, por lo menos en el futuro inmediato. Estaba esperando a que creciese y dejara atrás sus pamplinas de adolescente —de momento, había pocos indicios de progreso—.

La desaparición de su padre, sumada al divorcio, había obligado a Margot a madurar y desconfiar de las motivaciones de casi todo el mundo. Camuflaba sus emociones y sentimientos y rara vez ofrecía su amistad. Había tomado la decisión de abandonar el hogar y volver solo cuando fuera necesario, y pronto perdería el contacto con las chicas con las que había crecido. Cuanto antes, mejor. La esperaba un ancho mundo. Quería que su hermana creciera y se marchase como ella, después del instituto, pero Helen parecía atrapada en un estado casi preadolescente de sensiblería y tristeza perpetua. Desde la muerte de Lisa se había acercado más a Honey. Aún compartían lágrimas, algo de lo que Margot ya se había hartado.

Encontró Millsaps en el centro de Jackson y paró en una

cafetería para comerse un sándwich rápido. A la una en punto se reunió con una tutora de admisiones que le soltó el rollo habitual: una escuela pequeña, de mil estudiantes, que se tomaba en serio las humanidades, con muchas actividades extraescolares, deportes, equipos propios, todos los clubes imaginables. Todo estaba recogido en los folletos. Se unió a un grupo de cinco chavales de instituto y recorrió el campus con una estudiante de tercero que adoraba aquella escuela y no quería marcharse jamás. Se sentaron en unos bancos bajo un viejo roble y se tomaron un refresco mientras la guía respondía a sus preguntas.

Después de pasar dos horas en un campus que no volvería a ver, Margot estaba lista para marcharse. Su grupo se dispersó y, mientras se alejaba, su padre de repente se materializó entre dos edificios. Caminaron al paso hasta quedar lejos de todo el mundo.

—¿Qué te ha parecido Millsaps? —preguntó él.

—Está bien. Seguro que les mando una solicitud. ¿Dónde has estado?

—Aquí y allá. —Mack señaló en una dirección—. Por allí está el campo de fútbol americano y no está cerrado con llave.

—¿Cuánto llevas aquí? —preguntó su hija.

—Lo bastante para hacer un reconocimiento de todo el campus.

—Actúas como si te siguieran.

—Hoy en día, nunca se sabe.

Atravesaron una cancela abierta, subieron diez gradas y se sentaron juntos, aunque no pegados. En la zona de ensayo más alejada, un encargado de mantenimiento iba de un lado a otro sobre un cortacésped, segando el inmaculado tapete.

Tras una incómoda pausa, Mack preguntó:

—¿Y cómo va la vida en casa?

Margot tardó mucho en responder.

—Está bien, supongo. Todo el mundo pone mucho de su parte.

—Siento lo de tu madre, Margot.

—Suena raro, viniendo de ti.

—Vale, pero ¿qué voy a decir? No, no echo de menos a Lisa, pero me entristece su muerte. Era demasiado joven, muchísimo. Intento ser educado y darte el pésame.

—Pues ya está dado. Sobreviviremos, de una manera u otra.

Otra pausa incómoda.

—¿Cómo está Helen?

—Sigue llorando mucho. Es bastante patético, la verdad.

—¿Le has hablado de nuestros encuentros?

—No. No sabría procesarlo. Ya no da abasto sin saberlo. Si le contara que has vuelto y que intentas colarte en nuestras vidas, lo más probable es que tuviera una crisis nerviosa.

—¿Colarme?

—¿Cómo lo llamarías tú?

—Intento restablecer algún tipo de relación con mis hijas, empezando por ti. Me he disculpado y todo eso, y si quieres fustigarme un poco más por ser un cobarde, un inútil y un sinvergüenza, adelante.

—Yo también me he cansado de eso.

—Me alegro de oírlo. Me gustaría ser vuestro padre.

—Creo que vamos haciendo progresos en ese sentido.

—Me alegro, porque tengo malas noticias.

Margot se encogió de hombros, como si no pudiera importar.

—Dispara.

—Debo marcharme de nuevo.

—No me sorprende. Es lo tuyo, Mack. La cosa se pone

fea y te largas con el rabo entre las piernas otra vez. ¿Qué pasa ahora?

—Bueno, no estoy seguro, pero creo que la poli está estrechando el cerco. Necesito desaparecer durante una temporada y dejar que este asunto se enfríe.

Ella volvió a encogerse de hombros y guardó silencio.

—Lo siento, Margot. Mi discreta vuelta a casa no ha salido exactamente como tenía planeado.

—Dado que no tengo ni idea de lo que hablas, ¿cómo se supone que debo reaccionar?

—No, basta que intentes comprenderlo. No quiero marcharme otra vez. Preferiría quedarme por aquí, permanecer cerca de ti y de Helen y llevar una vida normal. Estoy cansado de huir, Margot. No es una buena vida, y de verdad que echaba de menos a mis niñas.

Poco a poco, ella alzó una mano y se secó los ojos. Durante un buen rato, contemplaron el campo y escucharon el cortacésped. Al final, ella preguntó:

—¿Cuánto tiempo estarás fuera?

—No lo sé. Es probable que me procesen por delitos penales y que leas algo en los periódicos. Te pido perdón de nuevo. No pienso ir a la cárcel, Margot, y por eso me marcho. Mis abogados se ocuparán de todo y, con el tiempo, conseguirán un acuerdo.

—¿Qué clase de acuerdo?

—Dinero. Multas. Compensación.

—¿Puedes solucionar los problemas a base de dinero?

—Algo parecido. No siempre es justo, pero así funcionan las cosas.

—Lo que tú digas. No entiendo nada de todo esto y, la verdad, tampoco quiero.

—No te culpo. Solo entiende que no me queda más remedio que «largarme con el rabo entre las piernas», como dices tú.

—Lo que tú digas.

—Quiero mantenerme en contacto. El señor Brigance tiene una secretaria, Alicia.

—La he conocido.

—Ve pasando por la oficina y ella te dará unos sobres a mi nombre, dirigidos a un edificio de Panamá. Cuando te escriba, le enviaré las cartas a Alicia. Llámala a casa si necesitas algo, pero no uses el teléfono de la oficina.

—¿Esto es ilegal o algo parecido?

—No, yo nunca te pediría que hicieses algo ilegal. Confía en mí, por favor.

—Empezaba a hacerlo, y ahora vuelves a desaparecer.

—Lo siento, Margot, pero no tengo elección.

—¿Y qué pasa con el tema de la matrícula?

—Te hice una promesa y pienso cumplirla. ¿Has encontrado una escuela?

—Sí. El Rocky Mountain College de Arte y Diseño, en Denver.

—Suena bastante exótico.

—Pretendo estudiar diseño de modas. Ya he hablado con un responsable de admisiones.

—Me alegro. Se nota que estás emocionada.

—No veo la hora, Mack. Solo te pido que no me la juegues con la matrícula.

—Está controlado. ¿Podré ir a visitarte?

—¿Hablas en serio?

—Sí, hablo en serio. Mira, Margot, estoy decidido a formar parte de tu vida.

—¿Estás seguro de que eso es bueno?

—Qué listilla. —Mack no pudo evitar que se le escapara una risita. Ella también sonrió y, al cabo de poco, reían los dos.

Caminaron hasta el coche de ella sin mediar palabra. Cuando llegó el momento de la despedida, Mack dijo:

—Tengo que irme. Por favor, mantente en contacto.

Ella lo miró con los ojos empañados en lágrimas.

—Ve con cuidado, Mack.

—Siempre. —Se acercó un paso a su hija—. Siempre seré tu padre y siempre te querré.

Margot extendió las manos y Mack por fin recibió ese abrazo.

Ella sorbió por la nariz y dijo:

—Te quiero, papá.

39

Mack condujo durante una hora por la Interestatal 20 hasta la localidad ribereña de Vicksburg, donde cogió la salida. Entró en los terrenos del parque militar nacional que conmemoraba la crucial batalla de Vicksburg, otra de las que perdió el Sur. Estacionó cerca del punto de información, atravesó el cementerio caminando y siguió un sendero hasta la cima de una pequeña colina, donde había unas cuantas mesas de pícnic repartidas en un claro, con baterías de cañones montando guardia en las inmediaciones. A lo lejos, el río Mississippi serpenteaba durante kilómetros. Las mesas estaban vacías a excepción de una, a la que estaban sentados un par de paletos con una caja de zapatos llena de cacahuetes entre ellos. El suelo estaba cubierto de cáscaras. Harry Rex bebía cerveza de una lata alta. Jake tenía una botella de agua. Ambos llevaban vaqueros, polos y gorras.

Eran las seis y cuarenta y cinco. Harry Rex miró el reloj y dijo:

—Llegas quince minutos tarde.

—Buenas tardes, señores —saludó Mack mientras cogía un puñado de cacahuetes.

—¿Qué tal Millsaps? —preguntó Jake.

—Bonito, pero demasiado cerca de casa. Quiere poner más distancia de por medio.

—No es mala idea —comentó Harry Rex, masticando.

—¿Qué sabéis? —preguntó Mack.

—Encausamiento; juzgado de instrucción del condado de Ford. No sé cuántos cargos, pero con uno basta. Sospecho que los federales estarán haciendo lo mismo.

—Apuesto a que Herman está detrás de todo esto —dijo Mack—. Alguien anda apretando.

—Le pega —coincidió Harry Rex.

—Sí que le pega. Está dolido porque su hija ha muerto y ahora tiene que criar a dos adolescentes. Supongo que subestimé el peligro.

—Nos pasó a los tres —dijo Jake.

—¿Qué posibilidades hay de llegar a un acuerdo? —preguntó Mack.

Harry Rex cascó otro cacahuete, tiró la cáscara al suelo, donde se unió al montón, y miró a Jake.

—Tú eres el penalista.

—¿Qué opinas, Jake? —preguntó Mack.

—Como amigo, y no como abogado, diría que la cosa tendrá su recorrido. Llegará a los periódicos y será noticia durante un mes, y si te arrestan...

—No habrá arresto.

—Vale, si no te encuentran, perderán el interés bastante pronto. Deja que pasen unos meses, quizá un año, y luego tantea el terreno. A ver si aceptan olvidar el tema con unas multas y una indemnización.

—Eso mismo pensaba yo.

—Como abogado tuyo —terció Harry Rex—, te aconsejo que te entregues y apechugues. No puedo aconsejarte que huyas del país.

—¿Y como amigo?

—Huye del país. Si te quedas no pasará nada bueno. Vuelve a Costa Rica y pégate la vidorra.

Mack sonrió y comió otro cacahuete. Los miró a los dos.

—Gracias por todo, chicos. Estaré en contacto. —Y dicho eso, giró sobre sus talones y desapareció camino abajo.

Condujo durante seis horas y paró en un motel pegado a la interestatal cerca de Waco, donde durmió hasta entrada la mañana del domingo. Comió galletas y huevos en un área de servicio y después echó siete horas más de carretera hasta Laredo. Dejó el Volvo DL en el aparcamiento de un motel barato sin bloquear las puertas y con las llaves en el contacto y paró un taxi. Llevaba una pequeña mochila con algo de ropa, cuarenta mil dólares estadounidenses en efectivo y cuatro pasaportes.

Al anochecer, cruzó a pie el puente sobre el Río Grande y abandonó el país.

LUNA DE FRESA

I

Hizo falta una demanda federal para conseguir las estanterías de la colección de libros de Cody, que ascendían a casi dos mil. Cubrían tres paredes de su celda de dos metros y medio por tres, y estaban casi perfectamente ordenados por el apellido del autor. Había leído y releído todos y cada uno de ellos y podía localizar cualquier libro en un instante. Casi todos eran de narrativa. No sentía mucho interés por la ciencia, la historia o la religión, materias aburridas en su opinión. La narrativa lo transportaba a otros mundos, otros lugares, y pasaba la mayor parte de las veintitrés horas de confinamiento solitario de su jornada con la nariz pegada a una novela.

Los libros estaban en todas partes. Eran todos de tapa blanda porque los lumbreras que dirigían la cárcel habían decretado hacía mucho tiempo que un libro de tapa dura podía utilizarse como arma, al menos por parte de los reclusos. La estadística criminal estadounidense todavía tenía que recoger un solo incidente en el que una víctima hubiera sido pasto de una encuadernación de cartoné, pero así era la vida fuera de aquellos muros. En el corredor de la muerte, casi todo se consideraba potencialmente peligroso. Además, los manoseados libros eran regalo de una señora que vivía de su pensión y desde luego no podía permitirse comprar y enviar novelas más pesadas. Y de remate, estaba la cuestión del espacio para estanterías. La colección sumaba ya doce años de antigüedad, y todo apuntaba a que estaba a punto de terminar. Si Cody se salvaba en el último instante, y parecía que no iba a lograrlo, su celda pronto quedaría desbordada por los libros. Que lo trasladaran a otra más grande era inviable; todas medían lo mismo.

En una esquina había un lavabo y un retrete de acero inoxidable, y por encima de ellos, un pequeño televisor en color montado en la pared. Había libros apilados junto al retrete y encima del televisor; era un Motorola, regalo de una sociedad benéfica belga —cuando llegó, hacía casi una década, Cody lloró durante horas, abrumado por su buena suerte—. Él y otros reclusos lo bastante afortunados para disponer de televisión tenían permitido ver cualquier programa que se emitiera de ocho de la mañana a diez de la noche, un horario arbitrario impuesto por los citados lumbreras sin mayor explicación.

Su cama era una losa de hormigón con un colchón de gomaespuma, y en los últimos catorce años le había costado ponerse lo bastante cómodo para conciliar el sueño. Por encima de la cama antaño hubo una litera montada en un armazón metálico, en los tiempos en los que cada celda del corredor de la muerte albergaba a dos hombres. Después cambiaron las reglas, las literas dieron paso al hormigón y Cody llenó la pared de encima con hileras de libros.

Los lomos de las novelas formaban una abigarrada mezcla multicolor que alegraba su triste y pequeño mundo. Cuando se tomaba un descanso de la lectura, a menudo se sentaba en su camastro y contemplaba las paredes, cubiertas desde el suelo hasta el techo, tan alto como le daba el brazo, con un embriagador surtido de historias con las que había dado la vuelta al mundo varias veces. La mayoría de los reclusos del corredor de la muerte estaban locos. El confinamiento solitario trastorna a cualquier humano. Sin embargo, la mente de Cody estaba a tope, activa y aguda, y todo gracias a sus libros.

De vez en cuando prestaba uno a algún tipo del corredor de la muerte, pero solo a quienes le caían bien, que era una lista muy corta. Cualquier no devolución ocasionaba sin falta una gresca, en la que tenían que intervenir los guardias. Una vez por semana llegaba un preso de confianza empujando el carrito procedente de la biblioteca de la cárcel y ofrecía dos títulos, y nunca más de dos. Como de costumbre, reservaban lo peor para el corredor de la muerte y los libros de tapa blanda estaban gastados, con las esquinas dobladas y llenos de manchas, y a menudo les faltaba la cubierta o incluso algunas páginas. ¿Qué clase de tarado se toma la molestia de arrancar una página o dos solo para fastidiar al siguiente lector? La cárcel estaba llena de gente así.

Aunque Cody jamás había visto la biblioteca de la cárcel, sospechaba que la suya estaba en mucho mejor estado y contenía más títulos.

Su cuarta pared estaba formada en exclusiva por gruesos barrotes, con una puerta en el centro y una ranura para pasar las bandejas de comida. Al otro lado del pasillo, justo enfrente, estaba Johnny Lane, un hombre negro que había matado a su esposa y sus dos hijastros en un acceso de cólera propiciado por las drogas. A su llegada, nueve años atrás, era prácticamente analfabeto. Cody, con mucha paciencia, le había enseñado a leer y había compartido con él muchos de sus libros. Luego Johnny se volvió religioso y pasó a leer solo la Biblia. Hacía años había decidido que Dios lo llamaba a rezar y pronunciaba largos sermones hacia un lado y el otro del pasillo, hasta que las quejas por fin lo acallaban. Cuando quedó claro que Dios no iba a rescatarlo, se retiró más al fondo si cabe de su celda y cubrió los barrotes con sábanas y cartón viejo para que su aislamiento fuera completo. Rechazaba las dos duchas semanales y la única hora de ejercicio diario en el patio. Rechazaba la mayor parte de la comida y hacía años que no se afeitaba. Cody no recordaba la última vez que había visto a Johnny o hablado con él, y eso que dormía sobre una losa a seis metros de distancia.

La cárcel tenía reglas estrictas acerca de lo que podía guardarse en una celda del corredor de la muerte. Diez libros era el máximo hasta que Cody había presentado su demanda. El alcaide de turno se había puesto furioso al perder en un tribunal federal. En catorce años, Cody había presentado, por su cuenta y sin abogado alguno, un total de cinco demandas. Libros, televisión, comida y ejercicio, y las había ganado todas menos la del aire acondicionado y una calefacción decente.

Sin embargo, sus días de litigios habían terminado. A decir verdad, todos sus días habían terminado. Le quedaban tres horas de vida. Su última comida estaba pedida: pizza de peperoni y un batido de fresa.

2

El jefe del corredor de la muerte era Marvin, un fornido guardia afroamericano que llevaba más de una década manteniendo el orden. Le gustaba su territorio porque los reclusos estaban aislados y causaban pocos problemas. Por norma general, los trataba bien y esperaba lo mismo del resto de guardias, los cuales, en su mayoría, cumplían. Algunos, sin embargo, eran duros de roer, y unos pocos podían ser hasta crueles. Marvin no estaba allí las veinticuatro horas del día y no podía vigilarlo todo.

Suena un zumbido en el extremo opuesto del pasillo y

una pesada puerta se abre con un ruido sordo. Marvin pronto aparece ante la celda. Mira a través de los barrotes y pregunta:

—¿Cómo lo llevas, Cody?

En el corredor de la muerte reina la calma, para variar, y solo se oye el sonido amortiguado de unas pocas televisiones. No vuela el habitual cachondeo entre barrotes. Es una gran noche, toca ejecución, y los reclusos se han retirado a sus propios mundos, sus propios pensamientos, y la realidad de que todos están condenados a muerte y ese momento es inevitable.

Cody está sentado en su cama, mirado la televisión. Saluda a Marvin con un gesto de la cabeza y se pone en pie y apunta con el mando a la pantalla. La voz de un presentador de telediario cobra volumen.

—Sigue programada la ejecución de Cody Wallace. A pesar de las habituales apelaciones de última hora de los abogados, la ejecución debería producirse dentro de unas tres horas, a las diez de la noche para ser exactos. Aún está pendiente una petición de clemencia elevada a la oficina del gobernador, pero no hay novedades al respecto.

Cody da un paso hacia el televisor.

—Hace catorce años que Wallace, que en la actualidad tiene veintinueve, fue declarado culpable de la muerte de Dorothy y Earl Baker, durante un robo frustrado en la vivienda rural de estos.

En pantalla, desaparece el presentador, sustituido por las dos caras de las víctimas.

—El hermano de Wallace, Brian, murió en el lugar de los hechos. Wallace solo tenía quince años cuando fue declarado culpable de asesinato en primer grado y, si todo sale según lo planeado, será el hombre más joven que se haya ajusticiado en este estado. Los expertos no prevén más retrasos en la ejecución.

Cody pulsa un botón, apaga el televisor y da un paso hacia los barrotes.

—Bueno, ya lo has oído, Marvin. Si el Canal 5 dice que va a pasar, ya puedo darme por muerto.

—Lo siento —replica Marvin en voz baja. Otros podrían estar escuchando.

—No lo sientas, Marvin. Sabíamos que este día llegaría. No dramaticemos.

—¿Puedo ayudarte en algo?

—Ahora no. Podrías haberme ayudado a escapar hace años. Perdimos nuestra oportunidad.

—Supongo que es demasiado tarde. Mira, ha venido a verte tu abogado. ¿Puedo hacerlo pasar?

—Claro. Y gracias, Marvin; por todo.

Marvin retrocede y desaparece. Vuelve a sonar el zumbido y aparece Jack Garber, con un mazo de archivos bajo el brazo. Tiene el pelo largo recogido en una cola de caballo y lleva un traje arrugado: la viva imagen de un frenético abogado especializado en penas capitales a punto de perder otro caso.

—¿Cómo lo llevas, tío? —pregunta casi en un susurro.

—Genial. Dame buenas noticias.

—El Tribunal Supremo no se decide, tengo a esos payasos hechos un lío. Y el gobernador no dice ni que sí ni que no, pero sabemos que le gusta esperar hasta que los tribunales han cerrado todas las puertas para entonces salir de su cueva y echarle dramatismo a sus declaraciones.

—¿Alguna vez ha concedido clemencia en el último segundo?

—No, por supuesto que no.

—¿Y no hizo campaña prometiendo más ejecuciones y más rápidas?

—Eso creo.

—Entonces ¿por qué perdemos el tiempo con el gobernador?

—¿Tienes una idea mejor? Nos estamos quedando sin opciones, Cody. La cosa pinta bastante fea.

Cody se ríe y dice:

—¿Fea? —Luego se controla y baja la voz—. Estoy a tres horas de que me aten el culo a una camilla y me claven una aguja en el brazo, de modo que sí, Jack, diría que la cosa pinta bastante fea. Por algún motivo me siento, cómo decirlo, bastante vulnerable.

Cody se acerca un poco más a los barrotes y mira a Garber. Durante un buen rato se observan sin decir nada.

—Se acabó, ¿no es así?

Jack sacude la cabeza y responde en un susurro:

—No, pero casi. Todavía hay un par de posibilidades, pero son muy remotas.

—¿Qué probabilidades me das?

Jack se encoge de hombros.

—No sé. Una entre cien. Se está haciendo tarde.

Cody se acerca más todavía, hasta que sus narices quedan a meros centímetros de distancia.

—Se acabó y lo acepto. Estoy cansado del drama, cansado de esperar, cansado de la comida, cansado de muchas cosas, Jack. Estoy listo para marcharme.

—No digas eso. Yo nunca me rindo.

—Llevo catorce años aquí, Jack. Estoy cansado de este sitio.

—El Tribunal Supremo algún día declarará que no es correcto enjuiciar a menores por asesinatos punibles con la pena capital, pero no será esta noche, me temo.

—Tenía quince años en aquel juicio, con un abogado espantoso. Yo lo odiaba casi tanto como el jurado me odiaba a mí. No tuve ninguna posibilidad, Jack. Ojalá hubieras sido tú mi abogado en aquella sala.

—Opino lo mismo.

—Bien pensado, Jack, jamás he tenido muchas posibilidades en ninguna parte.

—Lo siento, Cody.

El preso da un paso atrás y consigue sonreír.

—Lo siento por la autocompasión.

—No pasa nada. Tiendes derecho a sentirla, ahora mismo.

—¿Cuántas ejecuciones has presenciado, Jack?

—Tres.

—¿Es suficiente?

—Más que suficiente.

—Bien, porque no quiero que asistas. No quiero testigos en mi lado de la sala. ¿Entendido? Que la familia Baker rece, llore y vitoree cuando yo deje de respirar; supongo que se lo merecen. A lo mejor hará que se sientan mejor. Pero no quiero que nadie llore por mí.

—¿Estás seguro? Estaré allí si me necesitas.

—No, me he decidido, Jack. Has peleado como un cabrón para mantenerme con vida y no vas a verme morir.

—Como desees. Es tu fiesta.

—Sí que lo es.

Jack parece algo aliviado, y echa un vistazo a su reloj.

—Tengo que irme, debo llamar al tribunal. Vuelvo dentro de una hora.

—A por ellos, tigre.

Jack se marcha y una puerta se cierra pasillo abajo con un ruido metálico. Cody se sienta en el borde de la cama, sumido en sus pensamientos. Suena el zumbido de nuevo y regresa Marvin. Cody vuelve a los barrotes y pregunta:

—¿Qué pasa ahora?

—Esto, mira, Cody, ha llegado el alcaide para repasar las cuestiones de última hora.

—Pensaba que eso ya lo hicimos ayer.

—Bueno, quiere hacerlo otra vez. —Marvin se acerca un poco más a los barrotes—. Verás, Cody, está bastante nervioso porque es su primera ejecución.

—También la mía.

—Ya, bueno, necesita repasar unas cuantas cosas: reglas, procedimientos y tal. Sé amable con él, porque es mi jefe.

—¿Por qué tendría que preocuparme de ser amable con el alcaide? Estaré muerto dentro de tres horas.

—Vamos, Cody. Viene con un médico, así que no la líes.

—¿Un médico?

—Eso es. Se trata de una de las reglas. Tienen que asegurarse de que estás lo bastante sano para que te pongan la inyección.

Cody se ríe.

—Estás de broma, ¿no?

—Hablo muy en serio, Cody. Esta noche nadie está para bromas.

Cody retrocede y lanza una carcajada histérica. En ese momento, el alcaide y un médico vestido con bata blanca aparecen ante la puerta a la vez que Marvin retrocede para colocarse en segundo plano. El alcaide lleva una libreta amarilla y está visiblemente nervioso. Cody, al cabo de unos instantes, se acerca a los barrotes. El médico mantiene una distancia prudencial.

—Vale, Wallace —dice el alcaide—, como te dije ayer, hay un reglamento que seguir. Si no te gusta, no me culpes a mí; estaba escrito antes de que llegara aquí. Te presento al doctor Paxton, el médico jefe de nuestra cárcel.

—Todo un placer —dice Cody.

Paxton saluda con la cabeza, pero solo porque se siente obligado.

—Es necesario un reconocimiento médico antes de cualquier ejecución —explica el alcaide—, y por eso está aquí el doctor Paxton.

—Me parece muy lógico, alcaide. Igual que todas sus demás reglas.

—No las redacté yo, como he dicho.

—Esta es su primera ejecución, ya. Se le ve un poco nervioso.

—Sé lo que hago.

—Usted relájese, alcaide. Juntos lo superaremos.

—¿Harías el favor de colocarte aquí y cooperar?

Cody se pega a los barrotes y saca el brazo derecho entre ellos. Paxton se pone con celeridad un par de guantes de plástico y envuelve el bíceps derecho de Cody con el manguito del tensiómetro. Usando el estetoscopio, escucha aquí y allá; un reconocimiento superficial.

El alcaide levanta la libreta y dice:

—Todavía no tienes ningún testigo aprobado, ¿verdad? ¿Nadie?

—Alcaide, llevo aquí catorce años, dos meses y veinticuatro días y no he recibido una sola visita, más allá de mi abogado. No tengo madre, padre, hermanos, primos o parientes de ninguna clase. Tampoco amigos, ni aquí dentro ni fuera. Así que, ¿a quién coño iba a invitar a mi ejecución?

—Vale, avancemos. ¿Qué preparativos tienes pensados?

—¿Preparativos? ¿Se refiere a mi cadáver? Quémenlo. Incinérenlo. Tiren las cenizas por el retrete porque no quiero que quede ni rastro de mí en esta tierra. ¿Me explico?

—Está claro.

Paxton baja el estetoscopio y le quita el manguito.

—La presión sanguínea es de quince y diez, un poco elevada.

Cody retira el brazo y dice:

—¿Elevada? Caramba, me pregunto por qué.

—El pulso es de noventa y cinco, por encima de lo normal.

—¿Lo normal? ¿Qué es lo normal cuando faltan tres horas para que te maten? ¿No me darán un sedante o algo así para calmarme un poco?

—Tienes derecho a dos Valium —responde Paxton con tono formal.

—¿Valium? Eso no es nada. Joder, están a punto de asesinarme. ¿Por qué no puedo tomar un poco de crack, o al menos una cerveza?

—Lo siento, tenemos reglas —se apresura a explicar el alcaide.

—Ya, ya, y una de sus reglas es que tengo que estar lo bastante sano para que me ejecuten.

—Aquí mismo lo pone, negro sobre blanco.

Cody se ríe de nuevo y sacude la cabeza con una mezcla de incredulidad y repugnancia. Puede que ellos tengan prisa, pero él, no.

—Hace diez años, mucho antes de que llegara ninguno de ustedes dos, había aquí un pieza que se apellidaba Henderson, aunque todo el mundo lo llamaba Serrucho. Había matado a un montón de gente y digamos tan solo que hubo un serrucho de por medio. En fin, el caso es que a Serrucho por fin le llegó su cita con la aguja, y el día antes del gran espectáculo se metió una sobredosis de analgésicos y Valium que había ido reservando. Lo encontraron tirado en el suelo de su celda, ido. Estoy seguro de que hay una regla, probablemente allí mismo, en negro sobre blanco, que dice que uno no puede matarse en el corredor de la muerte, y mucho menos justo antes del fiestón de una gran ejecución, así que se pusieron de los nervios, se llevaron corriendo a Serrucho al hospital, le hicieron un lavado de estómago, le salvaron la vida por los pelos y luego lo trajeron de vuelta a toda prisa, justo a tiempo para su ejecución.

—Muy bonito —dijo el alcaide—. ¿Has terminado?

—La verdad, no tragaba a aquel cabrón y me alegré de perderlo de vista.

—¿Has terminado?

—Casi, me quedan unas dos horas y cuarenta minutos.

El doctor Paxton carraspea y dice:

—Si pudiéramos ir concluyendo...

Cody lo fulmina con la mirada y pregunta:

—¿Es usted el mismo médico que certificará mi defunción?

—Lo soy. Forma parte de mi trabajo.

—¿Trabajo? ¿Es la clase de trabajo que tenía en mente cuando estudió la carrera de Medicina?

—Venga, Wallace —dice el alcaide.

—Debió de licenciarse el ultimísimo de su clase para acabar en un trabajo de mierda como este.

—Déjalo ya, Wallace.

—¿A cuántos hombres ha declarado muertos después de una inyección letal?

—A tres.

—¿Y eso le molesta?

—La verdad es que no.

Cody de súbito agarra los barrotes delante de Paxton y dice:

—Por la presente me declaro lo bastante sano para ser asesinado por el Estado. Este pequeño reconocimiento ha terminado. Ahora, lárguense.

Paxton le tiende un tubito de plástico y dice:

—Ahí lo tienes, colega. Toma tu Valium. —Desaparece enseguida y suena un portazo en la distancia.

El alcaide contempla su libreta amarilla y dice:

—Avancemos. Te servirán la última cena a las nueve de la noche. ¿De verdad quieres una pizza congelada?

—Eso dije. ¿Tiene algún problema con eso?

—No, pero podrías comer algo mucho mejor. O sea, ¿qué me dirías de un pedazo de filete bien grueso con patatas fritas y tarta de chocolate? ¿Algo en ese plan?

—¿Es que todo va a ser difícil esta noche? ¿Qué más le da a usted lo que coma?

—Vale, vale. ¿Qué me dices del capellán? ¿Quieres verlo?

—¿Para qué?

—No sé. Para charlar, a lo mejor.

—¿De qué íbamos a hablar?

—No lo sé, pero ha pasado por esto unas cuantas veces y estoy seguro de que se le ocurrirá algo.

—Dudo que tengamos mucho en común. No he pisado una iglesia en mi vida, alcaide, por lo menos para rezar. Brian y yo robamos en unas cuantas iglesias de campo cuando teníamos hambre. Comida muy chunga: manteca de cacahuete, galletas baratas, cosas así. Era tan mala que dejamos de robar iglesias y volvimos a las casas.

—Ya veo. La mayoría, cuando llegan a este punto tan cercano al final, quieren asegurarse de estar a buenas con Dios; a lo mejor confesar sus pecados, cosas así.

—¿Por qué iba a confesar mis pecados? Joder, ni siquiera los recuerdo.

—Entonces ¿le digo que no al capellán?

—Bah, me da igual. Si así va a sentir que hace su trabajo, hágalo pasar. ¿Hay más candidatos en su lista? ¿Periodistas, políticos, alguien más que quiera algo de mí antes de que la diñe?

El alcaide ignora la pregunta y tacha algo en su libreta.

—¿Qué me dices de tu patrimonio?

—¿Mi qué?

—Tu patrimonio. Tus bienes. Tus cosas.

Cody se ríe y traza un arco con los brazos.

—Aquí lo tiene, jefe. Eche un vistazo. Dos metros y medio por tres, mi mundo durante estos últimos catorce años. Todo lo que poseo está aquí mismo.

—¿Y los libros?

—¿Qué pasa con ellos? —Cody se sitúa en el centro de la celda y admira su colección—. Mi biblioteca. Mil novecientos cuarenta libros. Todos enviados por una encantadora dama de North Platte, Nebraska. Valen un mundo para mí y nada para el resto del mundo. Le diría que se los mandase de vuelta, pero no puedo permitirme los portes.

—Nosotros no pagaremos los gastos de envío.

—Y no se lo he pedido. Dónelos a la biblioteca de la cárcel. Joder, si yo tengo más libros que ella.

—La biblioteca no puede aceptar libros de reclusos.

—¡Otra regla brillante! Por favor, explíqueme la lógica de esta.

—La verdad es que la desconozco.

—No la tiene, igual que la mayoría de sus reglas. Quémenlos todos. Tírenlos a las llamas conmigo y tendremos la primera cremación literaria en la historia de este maravilloso estado.

—¿Y tu ropa, los expedientes legales, la televisión, las cartas, la radio, el ventilador?

—Quemar, quemar, quemar. Me da lo mismo.

El alcaide escribe en su lista, baja la libreta y carraspea, pero no sube la voz.

—Y bien, Wallace, ¿has pensado sobre tu discurso final, tus últimas palabras?

—Sí, pero no me he decidido. Ya se me ocurrirá algo.

—Hay quien muere matando, jurando que no es culpable hasta el mismísimo final. Otros piden perdón. Algunos lloran, otros maldicen, otros citan las Escrituras.

—Pensaba que esta era su primera ejecución.

—Lo es, pero he hecho los deberes. He escuchado algunas últimas palabras. Las graban, ¿lo sabías? Se guardan archivadas.

—¿Y por qué las graban?

—No tengo ni idea. Es uno de nuestros pequeños procedimientos.

—Por supuesto. ¿Cuánto tiempo puedo hablar cuando pronuncie mis últimas palabras?

—No hay límite.

—O sea que, de acuerdo con sus reglas, podría hacer una movida de esas que llaman filibusterismo y hablar durante días mientras ustedes esperan, ¿no?

—Técnicamente, sí, supongo, pero probablemente me aburriría y acabaría dándole la señal al ejecutor.

—Pero eso va contra las reglas.

—¿Qué vas a hacer?, ¿demandarme?

—Me encantaría, créame que sí. Llevo cuatro de cinco, ¿sabe? Pero no he tenido ocasión de meterle una a usted.

—Ya es demasiado tarde.

—¿Y quién es el ejecutor?

—Su identidad siempre se protege.

—¿Es cierto que espera sentado en un cuartito a oscuras, no muy lejos de mi camilla, mirando por un cristal espía hasta que usted levanta el pulgar? ¿Es eso lo que pasa, alcaide?

—Bastante parecido.

—¿Entra y sale a escondidas, cobra mil pavos en efectivo y nadie conoce su nombre?

—Nadie menos yo.

—Tengo una pregunta para usted, alcaide. ¿A qué viene tanto secretismo? Si tanto les gusta la pena de muerte a los estadounidenses, ¿por qué no hacer públicas las ejecuciones? Antes era así, ¿sabe? He leído sobre muchas ejecuciones de antaño. A la gente le chiflaban, acudían desde kilómetros a la redonda para presenciar un ahorcamiento o un pelotón de fusilamiento. Entretenimiento de primera. Se hacía justicia y luego todo el mundo volvía a casa en su carreta sintiéndose la mar de satisfecho. Ojo por ojo. ¿Por qué ya no hacemos eso, alcaide?

—Yo no redacto las leyes.

—¿Es porque nos da vergüenza lo que hacemos?

—Quizá.

—¿A usted le da vergüenza, alcaide?

—No, no me avergüenzo, pero no me gusta esta parte de mi trabajo.

—Me cuesta creerlo, alcaide. Yo creo que esto le gusta. Escogió hacer carrera en el sector penitenciario porque cree en el castigo. Y este es su gran momento, la hora de la verdad. Su primera ejecución, y manda usted. ¿Con cuántos periodistas ha hablado hoy, alcaide? ¿Cuántas entrevistas ha dado?

—Tengo que ir a ver qué pasa con tu pizza. —El alcaide se retira, con su lista ya completa.

—Gracias. Y es peperoni, no salchicha.

Cuando se van el alcaide y Marvin y la puerta se cierra de golpe, Cody echa un vistazo a su celda y murmura:

—Mi patrimonio.

Se sienta en el borde del camastro y saca dos comprimidos del frasquito de plástico que le ha dado Paxton.

Los lanza por entre los barrotes.

3

Los minutos se arrastran a la vez que en el corredor de la muerte se hace un silencio todavía más sepulcral. Cody intenta leer una novela, pero tiene problemas para concentrarse. Se sienta en el suelo, respira hondo y despacio e intenta meditar.

Vuelve a sonar el zumbido y se pregunta quién será ahora.

Como un fantasma, sin que se oiga un solo sonido o una pisada, el padre aparece de la nada y se planta ante los barrotes. Como siempre, lleva unas botas de punta que añaden tres o cuatro centímetros a sus modestas dimensiones, y unos vaqueros viejos tan gastados que no se los pondría ni un universitario. Sin embargo, de cintura para arriba va vestido para matar, con camisa negra y alzacuellos blanco. Es junio, el primer día de verano, pero el aire es fresco y por eso lleva una impecable chaqueta negra.

El padre es un cura jubilado que lleva una década ofreciendo orientación a los reclusos. Su recorrido habitual incluye una escala en el corredor de la muerte, donde se planta de pie ante las celdas y susurra entre los barrotes a los pocos que desean hablar con él. La mayoría prefieren no hacerlo, porque casi todos los condenados a muerte han perdido la fe en todo y culpan a Dios con razón o sin ella.

Las reglas permiten que el capellán haga compañía al reo en la hora previa a que lo amarren a la camilla, de manera que, en teoría, es el último confidente disponible. Más o menos la mitad de los condenados optan por confesar y pedir perdón en el último instante. Otros solo quieren a alguien con quien hablar. Unos pocos se saltan el ritual.

—¿Cómo estás, Cody? —pregunta el padre con voz queda.

Cody se levanta, sonríe y se acerca a la puerta.

—Hola, *padre*. Gracias por venir.

Cura, pastor, reverendo, predicador… Se habían utilizado todos los nombres habituales, pero cuando Freddie Gomez todavía estaba entre ellos, se consolidó el apelativo de «padre», en español. Freddie era un católico devoto, a pesar de sus asesinatos, y siempre que podía solicitaba que el sacerdote pasara por su celda para ofrecerle una pequeña misa tranquila. Él y el padre desarrollaron una relación muy estrecha. Freddie caía bien a todo el mundo y su ejecución fue un golpe muy duro para el corredor de la muerte.

—¿Cómo estás, amigo mío?

—Estoy bien, dadas las circunstancias. Mi abogado acaba de marcharse y dice que nos hemos quedado sin bazas.

—Lo siento mucho, Cody. Nadie merece esto.

—Estoy en paz, padre. De verdad. Si me dieran a elegir entre vivir otros cuarenta años en este agujero o recibir el pinchazo, la diñaría encantado. Lo único que pasa es que algún otro ha elegido por mí.

—Lo entiendo, Cody. ¿Quieres que te haga compañía en la sala de espera?

—En realidad, no, padre. Prefiero estar solo.

—Como desees.

Los dos hombres contemplan el suelo durante unos instantes.

—Por curiosidad, padre —dice Cody—. ¿Cuántos hombres quieren que rece con ellos en el último minuto?

—La mayoría han renunciado a la oración.

—¿Alguna llamativa conversión a Jesucristo de última hora?

—No, nunca. Los hombres que están en el corredor de la muerte tienen tiempo de sobra para desarrollar la fe poco a poco o rechazarla por completo. Para cuando llegan al final, tienen bien razonado y afianzado lo que creen. De manera que no; no hay conversiones en el último minuto, por lo menos en mi experiencia personal.

—Esta noche no será una excepción.

—Como desees, Cody. Hubo un tiempo en el que hablábamos mucho, ¿recuerdas esa época?

—Sí. Tuvimos varias charlas muy serias sobre Dios y todos sus misterios, y no nos pusimos de acuerdo en casi nada, si no me falla la memoria.

—Eso recuerdo yo también. Afirmabas con bastante contundencia que Dios no existe.

—Sí, así es, y en verdad preferiría no sacar otra vez el tema, padre. No he cambiado.

—Lamento oírlo, Cody. ¿Todavía lees la Biblia?

—No mucho. A ver, la he leído de cabo a rabo, desde el Génesis al Apocalipsis, y siempre la disfruto, sobre todo el Antiguo Testamento. Pero no busco inspiración en ella, si es eso a lo que se refiere.

—La conoces mejor que muchos religiosos.

—Lo dudo.

—¿Qué crees que te pasará, Cody, después de que mueras?

—Me quemarán, junto con mi patrimonio, que puede apreciar aquí, y cogerán las cenizas y las tirarán por el retrete. Esos son mis deseos. No quiero que quede ni rastro de mí en esta tierra.

—¿Ningún más allá, ni cielo ni infierno ni lugar intermedio en el que tu espíritu vaya a reposar?

—No. Somos animales, padre, mamíferos vivíparos, y cuando morimos, se acabó lo que se daba. Todas esas paparruchas sobre espíritus que se elevan de nuestro cadáver y flotan hacia la gloria o descienden al fuego eterno no son más que chorradas. Cuando morimos, estamos muertos. Nada nuestro sigue con vida.

—¿No tienes previsto ver a Brian?

—Brian murió hace quince años. Yo estaba presente; fue espantoso. No hubo funeral, solo un sepelio de beneficencia en la parte de atrás del cementerio municipal. Nunca me han dejado que vaya a ver su tumba. Es probable que ni siquiera tenga lápida o indicador alguno. Dudo que una sola persona se haya plantado ante su tumba y haya derramado una lágrima. Éramos parias, padre, huérfanos, unos críos patéticos que no deberían haber nacido. Y cuando morimos, muertos estamos, enterrados, cremados o lo que sea, y sanseacabó. No, no veré a Brian, ni a nadie más, dicho sea de paso, y es algo que no me molesta en absoluto.

El padre sonríe y asiente, aceptando aquello con amor y compasión. No hay nada que Cody ni nadie pueda decir que sea susceptible de escandalizarlo o encolerizarlo. Lo ha oído todo y podría darle un repertorio inacabable de réplicas, todas bien fundamentadas en las Sagradas Escrituras, pero hay que tener sentido de la oportunidad. No es el momento de debatir de fe o teología con Cody.

—Veo que no has cambiado tus creencias.

—No, señor. Una vez me dijo que Dios no comete errores. Eso no es cierto, padre. Yo soy el ejemplo perfecto. Mi madre cobró a cambio de sexo. Mi padre le dejó un poco de dinero y algo de semen. Jamás llegó a saber que yo había nacido y mi madre, por su parte, no veía la hora de librarse de mí. Soy un error.

—Dios te sigue queriendo, Cody.

—Bueno, pues tiene una manera muy rara de demostrarlo. ¿Qué he hecho para merecer esto?

—Sus caminos son inescrutables y nunca tendremos todas las respuestas.

—¿Por qué tiene que ser tan complicado y misterioso? ¿Sabe por qué, padre? Porque no existe. Lo creó el hombre por su propio beneficio. ¿Qué coño estamos haciendo? ¿Otra vez discutimos?

—Lo siento, Cody. Solo he pasado a saludar, despedirme y ver si me necesitabas.

Cody respira hondo y se calma.

—Gracias, padre. Usted siempre ha sido uno de los buenos.

—Te echaré de menos, Cody. Rezo por ti.

—Si le hace sentirse mejor, siga rezando.

4

A las ocho en punto, Cody enciende el televisor, pasa por los tres canales, no ve nada de interés y lo apaga. Se estira sobre su colchón de espuma e intenta cerrar los ojos.

Una vez amenazó con demandar a la cárcel porque no le daba acceso a los canales por cable, pero una demanda parecida se había desestimado en otro estado, según le informó Jack.

En sus años mozos, Brian y él habían robado varios televisores pequeños, pero descubrieron que, por lo general, no salían a cuenta para las molestias que causaban. Los peristas odiaban tratar con ellos porque la poli inspeccionaba con frecuencia las casas de empeño y comprobaba los números de serie. El almacenamiento suponía otro problema. Después de dar un golpe en una casa, Brian y él siempre esperaban días, y hasta semanas, antes de vender el botín. Que se calmen las aguas, decía siempre Brian. Que los polis hagan sus rondas. Así los propietarios tenían tiempo de presentar sus reclamaciones al seguro y comprar nuevas armas de fuego, televisores, radios, equipos de música, joyas y hasta tostadoras y batidoras; joder, robaban cualquier cosa si podían sacarle unos pavos por ella a los peristas.

Mientras esperaban armados de paciencia en el bosque, escondían su inventario en viejos graneros o casas abandonadas, y lo trasladaban constantemente a otras ubicaciones por la noche. Los televisores eran lo que más costaba desplazar y ocultar.

Las armas de fuego salían al mercado y eran dinero instantáneo. Cuando tenían suerte y limpiaban un armero, se olvidaban de todo lo demás y no paraban de reír hasta llegar a su escondrijo en lo más profundo del bosque. La Beretta 686 Silver Pigeon superpuesta fue su golpe maestro. El propietario de la casa guardaba una docena de escopetas en su armario del despacho que, por algún motivo, no estaba cerrado con llave. Aunque un cerrojo tampoco los hubiera frenado. Había Brownings y Remingtons, pero cuando Brian vio la Beretta soltó un silbido. Agarraron cuatro escopetas y fusiles por cabeza, más dos revólveres Smith & Wesson, y salieron por piernas. Observaron la casa durante los tres días siguientes y no vieron movimiento alguno. Nadie pasaba por allí y los periódicos se iban acumulando en el camino de entrada. La casa no tenía alarma. La gente podía ser muy descuidada.

Como nadie había descubierto aún su allanamiento, volvieron y robaron el resto de armas de fuego. Era evidente que los propietarios estaban haciendo un viaje largo. Era julio, temporada de vacaciones. Brian decidió que les convenía mover las armas deprisa, antes de que nadie volviera al domicilio. Fueron con sus bicis (robadas) a la ciudad y pararon en su casa de empeños favorita. Conocían bien al dueño y lo consideraban de fiar, o por lo menos todo lo honorable que cabía esperar en el turbio sector de la mercancía robada. Su local siempre estaba lleno de clientes, y en sus estantes se encontraba de todo, desde saxofones hasta aspiradores. La trastienda era donde ganaba dinero traficando con armas robadas. Les dio cincuenta dólares por cada revólver. Cuando Brian le preguntó si le interesaba una Beretta 686 Silver Pigeon, se quedó de una pieza.

—¡Hostia puta, tío! —exclamó—. ¿De dónde coño la habéis sacado? —Pero luego se serenó y dejó de hablar. Nunca le preguntes a un ladrón dónde ha encontrado su mercancía.

Brian se rio y le aseguró que, en efecto, tenían una entre

sus existencias, y que estaba como nueva.

—Haré averiguaciones —había dicho el perista, con clara emoción.

Una semana más tarde regresaron con la escopeta y salieron de la casa de empeños con doscientos dólares en metálico, su récord. Fueron a un viejo motel de las afueras que costaba treinta dólares por noche. Se ducharon, lavaron la ropa, comieron hamburguesas con queso en un puesto del otro lado de la calle y vivieron como reyes durante dos días.

Cuando llegó el momento, volvieron al bosque y trasladaron su campamento a varios kilómetros de distancia. Se habían trabajado unas cuantas casas de la zona y la policía ya patrullaba más.

5

Son las ocho treinta y Cody camina de un lado a otro, dando pasos como un zombi con los ojos cerrados, tocando una estantería, luego los barrotes. Adelante y atrás. Está nervioso y desearía no haber tirado esas pastillas. Sospecha que su abogado volverá pronto por última vez para darle la noticia que todo el mundo espera.

Era habitual que se produjera un torbellino de súplicas y apelaciones de última hora, un ir y venir frenético de abogados de un tribunal a otro, pero no siempre. Un año antes, Lemoyne Rubley había llegado hasta el final del trayecto sin todo aquel circo. Vivía a dos puertas de Cody y era simpático. Charlaron durante horas mientras el reloj iba marcando los minutos, aunque no pudieran verse. En la víspera de la ejecución, los tribunales se cerraron en banda y sus abogados tiraron la toalla. Fue la ejecución más pacífica que Cody había vivido en sus catorce años en el corredor de la muerte.

La verdad, ahora que le ha llegado el turno, da gracias por tener a alguien ahí fuera que todavía da guerra, aunque lo haga con muy poca munición. No tiene ganas de recibir la última visita de Jack Garber.

No le ha pagado nada. Durante los últimos diez años, Jack lo ha representado con una lealtad digna de asombro. En varias ocasiones se ha quedado a un solo voto de convencer a un tribunal de apelación de que Cody merecía un juicio nuevo. Una vez, Cody le preguntó por qué había decidido especializarse en condenados a muerte. La respuesta fue vaga y breve, y tenía que ver con los ideales sobre la pena capital. Le preguntó quién le pagaba y él le explicó que trabajaba para una fundación benéfica que representa a personas como Cody, reos del corredor de la muerte.

Suena el zumbido de nuevo a lo lejos y Cody vuelve a la realidad con un sobresalto. Camina hasta los barrotes, espera, y Marvin reaparece, sonríe y dice:

—Cody, tengo buenas noticias.

—Lo dudo. Ahora mismo, la única buena noticia me la podría dar mi abogado.

—No, no es esa clase de buena noticia. Es otra cosa. Tienes visita. No es tu abogado, ni el capellán ni un periodista. Es una visita de verdad.

—Nunca he tenido una visita de verdad.

—Lo sé.

—¿Quién es?

—Es una señora muy simpática de Nebraska.

—¿La señorita Iris?

—La señorita Iris Vanderkamp.

—¡Qué me dices!

—Te lo juro.

—Pero si tiene ochenta años y va en silla de ruedas.

—Bueno, ha conseguido llegar. El alcaide dice que podéis

hablar quince minutos.

—Qué generoso. No me lo puedo creer, Marvin. La señorita Iris por fin ha venido.

—Está aquí mismo. —Marvin desaparece un segundo y regresa empujando la silla de ruedas de la señorita Iris. La aparca ante la puerta de Cody y se funde con la oscuridad del pasillo.

Cody está estupefacto, mudo. Se acerca un poco más a los barrotes y estudia aquel rostro sonriente.

—No me lo puedo creer —dice por fin en voz baja—. No sé qué decir.

—Bueno, ¿qué tal algo como «Hola, un placer conocerla después de tantos años»? ¿Qué te parece?

—Hola, un placer conocerla después de tantos años.

—Lo mismo digo. He venido tan pronto como he podido. Siento que me haya llevado doce años.

—Cuánto me alegro de que haya venido, señorita Iris. No me lo puedo creer.

Cody saca poco a poco la mano derecha por entre los barrotes. Ella la estrecha con las dos y le da un buen apretón.

—Yo tampoco me lo puedo creer, Cody. ¿Esto va en serio?

Él asiente, retira la mano muy despacio y la mira. Va en silla de ruedas porque, según le explicó en una de sus numerosas cartas, sufre accesos de bursitis aguda en las rodillas y otras articulaciones. Lleva las piernas y los pies cubiertos con una fina manta. Por encima lleva un bonito vestido verde de flores y muchas alhajas: largos collares y aparatosas pulseras. Cody se fija en las joyas porque en sus buenos tiempos desde luego había robado muchas. Tiene la cara redonda, la sonrisa grande, la nariz larga con unas gafas de montura roja encabalgadas en la punta y unos ojos azules centelleantes. Su pelo blanco es espeso y ondulado, sin ningún indicio de que empiece a clarear.

Ella ve a un crío flacucho con una mata tupida de pelo que no podría convencer a nadie de que tiene veintinueve años.

En sus doce años de correspondencia, se han revelado la mayoría de sus secretos.

—Sí, señorita Iris, va en serio. Mi abogado, Jack, afirma que estamos en capilla, como dicen. Lo saqué de uno de esos libros de frases hechas que me envió.

—Usas demasiados clichés y metáforas de esa clase.

—Lo sé, lo sé. Ya me lo ha dicho. Pero es que me encanta una buena frase hecha, sobre todo si no se usa demasiado a menudo.

—Bueno, conviene evitarlas, la mayor parte de las veces.

—No me lo puedo creer. Aquí estoy, justo al final, y todavía me corrige las redacciones.

—No es verdad, Cody. Estoy aquí porque me importas.

Eso lo golpea fuerte y casi le ceden las rodillas. Jamás lo ha oído antes. Camina hasta los barrotes, agarra dos y asoma la cara entre ellos, todo lo cerca que puede. Susurra:

—Usted también me importa, señorita Iris. No me puedo creer que haya venido.

—Bueno, pues aquí estoy, y es evidente que no tengo mucho tiempo.

—Yo tampoco.

—Así pues, ¿de qué podemos hablar?

—¿Cómo ha llegado aquí?

—Convencí a Charles de que me trajera en coche. Es mi nuevo novio.

—¿Qué ha pasado con Frank?

—Murió. Pensaba que te lo había contado.

—No lo creo, pero, para serle franco, no es fácil seguir el ritmo de todos sus romances. A Frank le tenía mucho cariño, si mal no recuerdo.

—Oh, les tengo cariño a todos, por lo menos al principio.

—Han sido unos cuantos.

—Supongo que sí. Para serte sincera, Cody, ya estaba un poco cansada de Frank. Por de pronto, diría que Charles tiene mucho más potencial. Ya sabes lo que dicen: si de verdad quieres conocer a alguien, haz un viaje con él. Pues bien, estamos en mitad de este viaje y por el momento no hay queja.

—Gracias, señorita Iris. No me puedo creer que haya venido. Son mil seiscientos kilómetros, ¿verdad?

—Mil cuatrocientos noventa y dos, según Charles, que tiene la extraña costumbre de contarlo todo. Es un poco irritante pero todavía no me he quejado.

—¿Cuándo partieron de Nebraska?

—Ayer a mediodía. Anoche dormimos en un motel, en habitaciones separadas, por supuesto, y luego pasamos todo el día en el coche. No es la primera vez, si recuerdas.

—¿Cómo olvidarlo? Hace ocho o diez años. Se presentó aquí y no la dejaron entrar.

—Fue espantoso. Mi hijo Bobby me acompañó hasta aquí, nuestro último viaje por carretera, eso te lo pudo prometer, y nos hicieron esperar en un cuartucho maloliente sin aire acondicionado, en pleno agosto si mal no recuerdo, y después nos dijeron que nos marchásemos, con bastantes malos modos. Nos dijeron que habías hecho algo malo y estabas sancionado, por lo que no podías recibir visitas. Fue espantoso.

—Y además era mentira. Nunca me han sancionado. No les caía bien porque no paraba de ponerles demandas en los tribunales federales y los machacaba. En aquel entonces teníamos un alcaide terrible, que nos odiaba a todos y cada uno de los presos del corredor de la muerte. De algún modo consiguió que nuestras miserables vidas fueran todavía más deprimentes.

Ella respira hondo y mira a su alrededor, tratando de absorber el lugar.

—O sea que esto es el corredor de la muerte.

—Está usted en pleno centro de él. Veinte celdas en esta ala y veinte más en la otra, todas ocupadas. No hay habitaciones libres en la posada. Doblando la esquina, detrás del Ala Este, a la que los guardias llaman con cariño «el Ala de las Bestias», porque es donde tienden a meter a los tipos más desagradables, hay un pequeño pabellón añadido al que se conoce como la Casa del Gas. Allí es donde se ocupan del trabajo sucio de matarnos con discreción para que los buenos cristianos que aman la pena de muerte no tengan que verla en acción. Me llevarán allí en menos de dos horas.

Mientras escucha, ella no para de mirar a su alrededor.

—Bueno, debo decir que no causa muy buena primera impresión.

Cody da un paso atrás, suelta los barrotes y echa una buena carcajada.

—Está diseñado para ser un sitio espantoso, señorita Iris.

—¿Y cuánto tiempo llevas en esta celda?

—Catorce años. Tenía quince cuando me condenaron, catorce cuando me detuvieron. Muerto a los veintinueve, el reo más joven ejecutado en este país desde los tiempos del Salvaje Oeste, cuando ahorcaban a cualquiera.

—Es un lugar bastante deprimente. ¿Podrías pedir que te trasladasen?

—¿Por qué? ¿Adónde iría? Todas las celdas son iguales. Dos metros y medio por tres. Las mismas reglas, la misma comida, los mismos guardias, el mismo calor insoportable en verano, el mismo frío helador en invierno. No somos más que un montón de ratas que tratan de sobrevivir en las cloacas y mueren poco a poco todos los días.

—Eras solo un bebé.

—No, no era un bebé. Era un chico duro que llevaba cuatro años viviendo en el bosque. No tenía otro lugar donde vivir, salvo el orfanato o un hogar de acogida. Brian me encontró, escapamos y vivimos como quisimos durante unos cuantos años. No era un bebé, señorita Iris, pero sí demasiado joven para esto.

—¿Te sientes a salvo aquí dentro?

—Vaya. El corredor de la muerte es un sitio muy seguro, aunque esté lleno de asesinos. Todos estamos encerrados en confinamiento solitario, así que no hay nadie con quien pelearse, nadie a quien hacer daño.

—Me lo dijiste en una de tus cartas.

—¿Qué no le habré dicho en mis cartas, señorita Iris? Se lo he contado todo. Y usted ha sido bastante sincera conmigo.

—Sí que lo he sido.

—Entonces, si partimos de que ya hemos hablado de todo en nuestras cartas, ¿de qué podemos charlar ahora? Solo nos quedan unos minutos más.

—¿Has guardado mis cartas?

—Por supuesto. —Cody se arrodilla de inmediato, mete la mano debajo del camastro y saca una caja larga y plana de cartón llena de coloridos sobres—. Todas y cada una, señorita Iris, y las he leído todas una docena de veces. Una carta por semana durante los últimos doce años, más tarjetas por mi cumpleaños, Navidad, Pascua y Acción de Gracias. En total, seiscientas setenta y cuatro cartas y tarjetas. Es usted una pasada, señorita Iris. ¿Se lo han dicho alguna vez?

—Constantemente.

Cody escoge con cuidado un sobre y extrae la carta.

—La primera. Veintidós de abril de 1978. «Estimado Cody. Me llamo Iris Vanderkamp y vivo en North Platte,

Nebraska. Soy feligresa de la Iglesia Luterana de St. Timothy y nuestra clase de "Biblia para señoras" ha empezado un nuevo proyecto. Queremos tender la mano a jóvenes condenados a muerte. Estamos en contra de la pena de muerte y queremos que la abolan. Puede sonarte extraño, pero ¿hay algo que pueda hacer por ti? Por favor, contesta a esta carta y házmelo saber. Un cordial saludo, Iris».

—Lo recuerdo como si fuera ayer. Estábamos estudiando la Biblia en mi casa una noche y Geraldine Fisher comentó que había leído un artículo sobre una señora de Omaha que se había carteado con un preso del corredor de la muerte durante veinte años, un pobre hombre del Sur. Estaban a punto de ejecutarlo en la cámara de gas. Así empezó todo. Buscamos nombres y el tuyo nos llamó la atención enseguida porque solo tenías diecisiete años en aquel entonces, qué joven. Así que escribí aquella carta, y esperé y esperé.

—Leí su carta y no me lo podía creer. Alguien ahí fuera que conocía mi nombre, que sabía que estaba en el corredor de la muerte y quería tener un detalle conmigo. Comprenda, señorita Iris, y sé que se lo he dicho un centenar de veces, que no tengo familia en ninguna parte. Tampoco amigos. Ni un solo amigo hasta que apareció usted. Jack es amigo mío, supongo, pero él no cuenta porque es mi abogado.

—Y me contestaste.

—Me sentía muy intimidado. Nunca había escrito una carta ni la había recibido, aparte de las que enviaban los tribunales. Pero estaba decidido. Pedí prestado un diccionario de la biblioteca y repasé todas las palabras. Escribí en mayúsculas, como habían intentado enseñarme en primero, creo.

—Fue una carta preciosa. No había una sola falta de ortografía. Me dio la impresión de que habías tardado mucho en escribirla.

—Horas y horas, pero oiga, tengo mucho tiempo libre. Me mantuvo ocupado y me dio algo que hacer. Quería impresionarla.

—Me hiciste llorar, y no fue la última vez.

—Verá, señorita Iris, cuando llegué aquí de crío no sabía leer muy bien. Dejé la escuela a los diez años. Me habían expulsado de tantas, había tenido tantos maestros que había perdido las ganas de aprender. Brian se fugó de un centro de menores y me localizó en un hogar de acogida, una vez más, y nos escapamos juntos. Mi educación terminó ahí. Sabía leer un poco, pero no muy bien. Cuando recibí esta carta, supe que tenía que responder. Pedí prestado papel y lápiz, saqué el diccionario y procuré que hasta la última palabra estuviera perfecta.

—Fue asombroso ver cómo mejoraba tu letra con el paso de los años, Cody. Al principio escribías en mayúsculas como un niño.

—Era un niño.

—Pero no tardaste mucho en pasar a la letra concatenada.

—Me lo pidió usted, ¿recuerda? O quizá debería decir que me sugirió encarecidamente que aprendiera a escribir en cursiva como un adulto.

—Sí que lo hice. Y te envié un libro de caligrafía.

Cody lanza la carta al camastro, estudia una pared de libros durante un rato y luego saca uno del estante.

—Aquí está: *El arte de la caligrafía cursiva*, de Abbott. Pasé horas con este libro, señorita Iris. Me envió algo de dinero y con él compré papel y lápices, con los que practiqué durante horas y horas.

Cody deja el libro en su sitio y saca otro. Se lo enseña a la señorita Iris y dice:

—Y aquí está el primer diccionario. *Random House Webster's College Dictionary*. En tapa blanda, por supuesto, no sea que nos dé por asesinarnos a golpe de diccionario. Me lo he leído entero, señorita Iris, de cabo a rabo, y más de una vez.

—Lo sé, lo sé. Si recuerdas, te he tenido que aconsejar que no abusaras de los palabros. A veces te gusta alardear.

Cody se ríe y tira el diccionario a la cama.

—Pues claro que alardeo, pero no tengo a nadie más de público. ¿Qué palabra fue aquella que le mosqueó tanto?

—Ha habido muchas, pero se me viene a la cabeza «horrísono».

—Esa es. Me encanta esa palabra. Que causa horror con su sonido. También me desaconsejó otros adjetivos. Obsequioso, lóbrego, pernicioso, ubicuo.

—Ya basta. A lo que voy es a que los cultismos no siempre transmiten grandes emociones, y un vocabulario vistoso puede hasta ser contrario a la buena escritura.

—Me enamoré de las palabras; cuanto más grandes, mejor. —Cody contempla las paredes cubiertas de libros.

—Mira lo que te digo, Cody, este sitio me da escalofríos, pero es cierto que todos esos libros aportan un toque de color a tu cuartito.

—Estos libros me han salvado la vida, hasta ahora. Todos me los envió usted, señorita Iris, y no se imagina lo que significan para mí.

—¿Cuál fue el primero?

Cody sonríe, señala y luego saca un libro de bolsillo.

—*A uña de caballo*, de Louis L'Amour —dice con orgullo mientras abre el libro—. La primera vez que lo leí, o mejor dicho, que lo terminé, fue el 10 de junio de 1978. Tardé dos meses, señorita Iris, porque no conocía muchas de las palabras. Cuando veía una que no conocía, me paraba y la anotaba, y después sacaba el diccionario y la buscaba. Cuando acababa un párrafo y me sabía todas las palabras, me ponía de pie, caminaba de un lado a otro y lo leía seguido. Tardé una eternidad, fueron horas y horas, pero lo disfruté de principio a fin. Disfruté de las palabras, de aprendérmelas, las largas, las cortas. Tenía una lista de palabras que conocía, pero no estaba seguro de cómo pronunciar, para más tarde consultárselas a Jack o al capellán, o tal vez incluso a Marvin. Practiqué y practiqué, hasta sabérmelas todas, señorita Iris. El diccionario entero.

—Lo sé, lo sé. Tenía que usar un diccionario solo para leer algunas de tus cartas.

—Me encantaban las palabras, pero lo que más ansiaba eran las historias. Me transportaban lejos de aquí, me llevaban por todo el mundo, en este siglo, el pasado y el siguiente. Me activaban la imaginación, y me di cuenta de que no estaba enloqueciendo como todos mis compañeros.

Deja el libro en su sitio y a continuación gira despacio sobre sus talones para admirar la colección.

—Y no paró de mandármelos, señorita Iris. Cada semana un libro nuevo, a veces dos o tres, y los leí todos. Los leí una y otra vez. Solía leer de diez a doce horas al día, y todo gracias a usted.

—¿Cuál es tu autor favorito?

Cody se ríe de la pregunta y sacude la cabeza.

—Demasiados favoritos, diría. Pero si tuviera que quedarme con uno, sería Louis L'Amour. —Señala el estante y prosigue—. Me he leído cuarenta y uno de sus libros. Me encantan Mickey Spillane, Ed McBain, Elmore Leonard, Raymond Chandler, John D. MacDonald…

—Siempre has dicho que te encantan las novelas de misterio y de crímenes.

—Toma, como que soy un criminal. Tengo papeles que lo demuestran.

—No eres ningún criminal.

—¿En serio? ¿Y por qué estoy aquí?

—Es una muy buena pregunta, Cody. Ojalá alguien pudiera darme una buena respuesta.

Cody contempla los libros, hipnotizado. Al cabo de un rato, pregunta:

—¿De dónde sacó todos estos libros, señorita Iris?

—Bah, estoy segura de que ya te lo he explicado en alguna carta.

—Bueno, pues repítalo para darme el gusto, joder. Me estoy quedando sin tiempo.

—No digas palabrotas.

—Perdón. Tendría que haberme tomado ese Valium.

—¿Ese qué?

—Nada.

—Los saqué de aquí y de allá. De gente que vendía los trastos que le sobraban delante de su casa, de mercadillos, campañas de recaudación de fondos de bibliotecas, tiendas de segunda mano. No pagué más de un dólar por ninguno.

—¿Y los leía todos antes de mandármelos?

—Bueno, casi todos. No me gustan nada los que son verdes, escritores como Harold Robbins, ya sabes. Una asquerosidad. Pero a ti te los mandaba de todas formas.

—Y le estoy muy agradecido, señorita Iris. Los verdes también me encantan.

—Una asquerosidad.

—¿Seguro que no se leyó algún capitulillo suelto?

—Bueno, tal vez un poquito. Tenía que echar un vistazo para ver de qué trataban.

—¿Qué me dice de *El valle de las muñecas*? Lo he leído cinco veces y todavía me excito.

—Hablemos de otra cosa, ¿vale?

—¿Qué pasa? ¿No quiere hablar de sexo?

—La verdad es que no.

—Señorita Iris, yo nunca he mantenido relaciones sexuales. ¿Se lo puede creer? Me metieron en la cárcel a los catorce años y llegué aquí a los quince. Brian siempre decía que lo había hecho cuando tenía trece años en un orfanato, pero me sacaba cuatro años y además mentía mucho. Jamás tuve ocasión. Por eso los libros guarros me parecen tan divertidos.

—Por favor, ¿podemos hablar de otra cosa?

—No, señorita Iris. Me quedan menos de dos horas de vida así que hablaré de lo que me apetezca.

—Dime tus tres libros favoritos.

Eso lo descoloca, y en un primer momento no responde. Examina los estantes, se frota las manos sumido en una honda reflexión y, por fin, saca un libro. Le enseña la cubierta y dice:

—*Las uvas de la ira*, de John Steinbeck. La historia de los Joad y el resto de gente que emigró de Oklahoma a California durante la época de las tormentas de polvo. Es desolador, pero también sublime. —Lo abre y mira la portada—. Me lo envió en noviembre de 1984 y lo he leído siete veces.

Repone el libro con cuidado en la estantería y coge otro.

—*A sangre fría*, de Truman Capote. Una obra maestra de la narrativa basada en crímenes reales. —Le muestra la cubierta—. ¿Se lo ha leído, señorita Iris?

—Por supuesto. Recuerdo cuando asesinaron a la familia Clutter en 1959. A los cuatro. Sucedió en Kansas, en la parte oeste, no muy lejos de donde vivo.

—Ahorcaron a aquellos muchachos, Dick Hickock y Perry Smith. ¿Y sabe qué, señorita Iris? Me alegré de que los colgaran. ¿Usted no?

—Bueno, tampoco me puse muy triste.

—¿No le parece raro, señorita Iris? Aquí estoy, sentado en el corredor de la muerte, leyendo la historia de un crimen real, un allanamiento de morada en el que unas personas inocentes dormían tranquilamente cuando unos indeseables entraron y las mataron. ¿Le suena? Y la cuestión es que me alegro de que los pillaran y ejecutaran.

—Sí, es bastante raro.

—Eso es lo extraño de la pena de muerte, señorita Iris. A veces la odias porque es muy injusta, y a veces te sorprendes aplaudiéndola en secreto porque un hijo de puta merecía morir. Entiéndame; llevo aquí catorce años y han caído ocho hombres, cuatro en la cámara de gas, cuatro con la inyección. Uno probablemente era inocente. Los otros siete, culpables a más no poder. Lo sentí por seis de ellos, pero los otros dos se llevaron su merecido.

—Yo me opongo a la pena capital en todos los casos.

—Bueno, tendría que conocer a algunos de mis compañeros del corredor de la muerte. Cambiaría de idea.

—¿Esos tipos lo van a sentir por ti?

—Quién sabe. No me importa. No puedo preocuparme por sus sentimientos.

Deja el libro en su sitio y admira su colección.

—¿Y tu tercer libro favorito?

Se toma su tiempo y, al final, saca otro.

—Supongo que es el último libro que leeré. Me lo acabé ayer, por quinta vez. Trata de la muerte y de morir joven.

—¿*La decisión de Sophie*?

—¿Cómo lo ha sabido?

—Lo has mencionado más de una vez en tus cartas.

—Yo aquí las he pasado canutas, señorita Iris, pero no es nada comparado con lo que sufrió esa gente. Todo es relativo, ¿verdad? Hasta el sufrimiento.

—Supongo.

—Además, está lleno de sexo.

—No pude acabarlo.

—Es genial. Una historia tan impactante, y es una novela, una gran obra de ficción, pero qué realismo. ¿Sabía que a Styron le dieron el Pulitzer por ella?

—No, ganó el National Book Award. Su Pulitzer fue por *Las confesiones de Nat Turner*.

—Correcto. Usted conoce todos estos libros, ¿no es así? Profesora de Lengua de instituto durante más de cuarenta años.

—Y jamás dejó de gustarme, ni un solo minuto.

Cody coloca el libro en el estante y toca el dorso de los demás volúmenes.

—Mis favoritos: *Lonesome Dove*, *La conjura de los necios*, *El guardián entre el centeno*, *Trampa 22*. Y aquí, uno de mis auténticos preferidos, la serie de Travis McGee de John D. MacDonald. Nunca me canso del bueno de Travis.

—Lo sé, lo sé. No parabas de hablar de ellos.

—Veintiún libros en la serie, y usted, señorita Iris, los encontró todos y cada uno. Es usted una pasada, ¿lo sabe?

—Eso me dicen.

—La verdad es, señorita Iris, que los he disfrutado sin excepción. Basta mirarlos; qué bonitos. Fíjese qué colores. Mire cómo han animado este sitio espantoso. Tengo la celda más bonita del corredor de la muerte.

—¿Qué será de ellos?

Cody sacude la cabeza y luego se queda inmóvil y sonríe.

—Espere un segundo; tengo una gran idea. Quiero que se los quede usted. Quiero que herede todo mi patrimonio: mi biblioteca, mis cartas y tarjetas y los expedientes legales. Todos mis bienes, señorita Iris. Son todos suyos.

—Oh, no. No estoy segura de qué haría…

—Tiene que aceptarlos, señorita Iris. Si no, lo quemarán todo sin pensárselo. No hay nadie más que lo quiera.

—No pueden hacer eso.

—Hostia que no, ya lo creo que lo harán. Tirarán todo esto al fuego conmigo y encima se troncharán de risa. Tienen que dejar esto despejado para el siguiente.

—Pero yo no puedo llevármelo encima.

—No, por supuesto que no. Mire, tengo diecisiete dólares en mi cuenta, dinero que me ha enviado usted para papel, sellos y demás. Cójalos y, si añade un poquito, a lo mejor puede permitirse enviarlo todo a Nebraska por correo. Por favor, señorita Iris. Significaría tanto para mí que se quedase mi biblioteca y mis papeles. Todos estos libros preciosos, más las tarjetas, las cartas y los archivos. Tiene que hacerlo, señorita Iris.

—Bueno, supongo que...

—Claro que puede, señorita Iris. Estos payasos estarán encantados de que se quede todos mis trastos para no tener que ocuparse ellos de moverlos. Por favor.

—Bueno, vale, algo haremos.

—Genial, señorita Iris. Esto es maravilloso.

—Me ocuparé de ellos, Cody. Te lo prometo.

—Gracias, señorita Iris. Y juntará todas nuestras cartas, ¿a que sí?

—Por supuesto. Lo estaba pensando, y sé el sitio perfecto. En mi estudio hay una pared que puedo dejar despejada, y guardaré allí tus libros para siempre, Cody. Qué gran idea.

—Esto es increíble, señorita Iris. Tenía previsto palmarla sin dejar nada atrás, pero ahora me encanta la idea de que quede un legado, algo para recordarme.

—Yo siempre te recordaré, Cody.

Él camina hasta los barrotes y vuelve a sacar un brazo. Ella le agarra la mano y comparten un breve tiempo de silencio.

Marvin sale de entre las sombras y dice en voz baja:

—El alcaide dice que se acabó el tiempo. Lo siento.

Cody no se da por aludido. La mira a la cara y dice:

—Gracias, señorita Iris. Gracias por venir a despedirse.

Con una mano ella se enjuga las lágrimas de la cara.

—Esto es horrible, Cody, y una gran injusticia. Ni siquiera tendrías que estar aquí.

—Gracias por venir, y por mostrar interés todos estos años, y por ser mi amiga, y por todos los libros, las tarjetas y el dinero, un dinero que en realidad no podía permitirse enviar.

—Lo considero un honor, Cody. Solo desearía poder haber hecho más.

—Ha hecho más que nadie.

—Lo siento mucho.

—Recuérdeme, por favor.

Ella alza un brazo y le toca la cara.

—Nunca podré olvidarte, Cody. Nunca.

Marvin agarra con delicadeza los mangos de la silla de ruedas y estira para llevársela. Cody alarga el cuello para verla desaparecer por el pasillo oscuro. Intenta recomponerse. Cuando oye la puerta a lo lejos, camina hasta el camastro, se sienta y hunde la cara en las manos.

6

Las nueve menos diez de la noche. Suena el zumbido al final del pasillo y Cody se levanta para ver quién llega. Es Jack Garber, que avanza poco a poco, con las manos metidas en los bolsillos del pantalón y sin su habitual pila de archivos y papeles. Se detiene ante los barrotes y Cody se le acerca.

Con voz baja y desanimada, Jack dice:

—El Tribunal Supremo ha dicho que no. La oficina del gobernador acaba de llamar con más malas noticias.

—¿Ya están quemados los últimos cartuchos? —Por mucho que lo intente, Cody no logra mantener los hombros rectos. También se le hunde el mentón.

—Nada, Cody; no me queda nada. Lo he intentado todo, he probado todos los trucos del manual.

—¿De modo que se acabó?

—Lo siento, Cody. Tendría que haber hecho algo de otra manera.

—Venga, Jack. No puedes fustigarte. Llevas diez años luchando por mí. Peleando como un demonio.

—Sí, peleando y perdiendo. Tendrías que haber ganado, Cody. No mereces morir. Solo eras un crío que no mató a nadie, jamás apretaste un gatillo. Te he fallado, Cody.

—No es verdad. Has sido un guerrero, hasta el mismísimo final.

—Lo siento mucho.

—Déjalo ya, Jack. Estoy en paz y preparado para marcharme.

—Siempre has sido valiente, Cody. Nunca he tenido un cliente tan valiente.

—Estaré bien, Jack. Y si resulta que hay algo en el próximo acto, nos veremos al otro lado.

Cody se acerca algo más, pasa la mano entre los barrotes y se la pone a Jack en el hombro. Los dos se abrazan lo mejor que pueden con los barrotes de por medio. Están así un rato y luego se separan. Al final, Jack da un paso atrás y se enjuga las lágrimas. Da media vuelta, se aleja y Cody lo ve desaparecer.

Cierra los ojos, respira hondo y camina hasta el televisor. Agarra el mando y lo enciende. En pantalla aparece el gobernador. Delante de un decorado despacho, y con una muralla de subordinados muy serios a su espalda, se acerca a una batería de micrófonos y dice, con el tono más solemne posible:

—El Tribunal Supremo acaba de informarme de que ha rechazado admitir a trámite la apelación final de Cody Wallace. Yo he revisado con detenimiento su petición de clemencia. La cuestión de su edad resulta, en verdad, penosa. Sin embargo, mucha más comprensión me inspiran las víctimas de su atroz crimen, la familia Baker, y su pérdida irreparable. Son ellos quienes necesitan nuestras plegarias en esta hora. Ellos se oponen a la clemencia. El pueblo de este estado ha manifestado en repetidas ocasiones que cree en la pena capital, y es mi solemne deber velar por el cumplimiento de la ley. En consecuencia, rechazo la solicitud de clemencia. La ejecución se producirá según lo planeado, a las diez de esta noche.

Agacha la cabeza, como si fuese a empezar a rezar él mismo, mientras retrocede. Los periodistas empiezan a gritar preguntas de inmediato, pero él está demasiado agobiado por la responsabilidad para atenderlos.

Cody quita el volumen a la televisión y la mira. De repente, la pantalla cambia y vuelve a ver a Jack, de pie en algún punto del recinto de la cárcel, con un guardia a cada lado. Cody vuelve a poner el volumen corriendo.

Jack dice a cámara:

—Cody tenía catorce años, era un niño, un huérfano, un crío sin hogar que vivía en el bosque, un crío al que nadie quería. Él no apretó el gatillo ni mató a nadie. Es pura barbarie que este estado lo trate como a un adulto, y es inmoral ejecutarlo. El sistema ha fallado a Cody de principio a fin, y ahora el sistema lo matará. Mi enhorabuena a todos los fanáticos de la ley, el orden y las armas de fuego temerosos de Dios de este miserable estado.

Cuando aparece el presentador del telediario, Cody aprieta un botón del mando y la pantalla se apaga.

7

Marvin empuja un carrito de comida por el pasillo oscuro. La cena suele servirse a las cinco de la tarde, el almuerzo a las once y el desayuno a las cinco de la mañana. Los tribunales decretaron hace mucho que todos los hombres de la cárcel tienen derecho a consumir dos mil doscientas calorías al día; mil ochocientas en el caso de las mujeres. Quizá el rancho fuera comestible en otros sectores de la prisión, pero en el corredor de la muerte se trataba de un menú espantoso hasta extremos insoportables, formado por alimentos en polvo, hortalizas viejas y mejunjes enlatados que se servían mucho después de su fecha de caducidad. Las raciones a menudo se acompañaban con cinco o seis rebanadas de pan blanco duro para lograr que el recuento ascendiera a la mágica cifra de las dos mil doscientas calorías y así ahorrarse otra demanda. La de Cody había mejorado ligeramente la situación diez años antes. Algunos de los reclusos hacían caso omiso de la comida e ingerían solo lo suficiente para mantenerse con vida. Otros engordaban a base de las sobras de pan blanco que les lanzaban de un lado a otro del pasillo. Un puñado tenían la suerte de recibir algo de dinero de casa, con el que podían comprar alimentos más sabrosos en el economato.

—Tu última cena, Cody —anuncia Marvin mientras desliza una pizza de peperoni congelada por la ranura de la puerta. Cody se acerca y la coge. Marvin le entrega un vaso alto de papel con una pajita y dice—: Tu batido de fresa.

Cody sonríe y se sienta en el camastro. Separa una porción de pizza y le da un bocado.

—Se acabó, Marvin. Va a suceder de verdad, ¿no?

—Tiene toda la pinta, Cody. Lo siento mucho.

Da otro bocado y luego bebe con la pajita. Mira a Marvin

y dice:

—Esta pizza congelada está bastante mala.

—¿Qué te esperabas?

—No lo sé. Las he comido mucho mejores.

—Pediste específicamente una pizza congelada. Nunca lo había visto, para una última cena.

—Supongo que en realidad no importa, ¿sabes? No tengo mucha hambre. ¿Quieres un poco de pizza?

—No, gracias.

Cody chupa otra vez de la pajita y después se echa a reír.

—¿Recuerdas cuando mataron a la Mofeta Miller hace…, qué, dos años?

—Claro. Lo recuerdo bien. La Mofeta me caía bien.

—¿Y cuál fue su última cena?

Marvin suelta una risilla al recordarlo.

—Ja, eso sí que fue un banquete. La Mofeta pidió de todo: solomillo de ternera, patatas fritas, dos hamburguesas con queso, una docena de ostras crudas, patata al horno, huevos y beicon, tarta de chocolate… Y se lo comió todo sin dejar nada.

—Y tú se lo serviste, ¿no?

—Vaya, y lo miré mientras se lo comía. No paraba de ofrecerme una parte de su última cena, pero no me parecía correcto.

—Y también se pidió una botella de vino.

—Sí, pero no se la dieron. Nada de alcohol, claro.

Cody da un bocadito, pero salta a la vista que está perdiendo el interés por la pizza.

—¿Sabes que, a los pocos minutos de morir, se te relajan los intestinos y la vejiga y lo sueltas todo? Un desparrame. Supongo que Mofeta rio el último.

—No creo que se riera.

—¿Te toca a ti limpiarlo?

—No. Eso es trabajo de otra persona, por suerte.

—¿Qué será de mí después de que me quiten la ropa con las tijeras y me den un manguerazo?

—No lo sé, Cody. Nunca he sentido mucha curiosidad por saberlo.

—¿Has presenciado alguna vez una ejecución, Marvin?

—No. Esto es lo más que quiero acercarme.

—Ojalá comieras un poco de esta pizza. No está muy buena pero llena.

—No, gracias.

—A ver si lo adivino. No te gusta la pizza congelada.

—Has acertado.

Cody suelta una risilla y bebe con la pajita.

—Me cuesta creerlo, Marvin. Cuando Brian y yo nos colábamos en una casa, siempre íbamos a por las armas de fuego lo primero, las armas y las joyas; objetos de valor que son fáciles de transportar y más fáciles todavía de vender. Después de hacer un registro muy rápido, era mi trabajo ir a la nevera y el congelador y encontrar comida. Para cuando entrábamos en una casa solíamos estar hambrientos. Si teníamos suerte, había pizza en el congelador. Teníamos una pequeña barbacoa de carbón que habíamos robado; joder, todo lo que teníamos era robado, hasta los zapatos que llevábamos. En fin, que asábamos una pizza congelada a medianoche y mirábamos las estrellas. —Se pone en pie de cara a Marvin y cierra los ojos mientras hace una larga pausa. Luego sonríe—. Esos fueron tiempos felices, Marvin. Brian y yo, libres como el viento, viviendo de lo que encontrábamos, por así decirlo, durmiendo en tiendas de campaña y siempre moviéndonos de un lado a otro para que nadie pudiera encontrarnos. Piénsalo, Marvin. Nadie en el mundo sabía dónde estábamos y a nadie le importaba. Y por supuesto a nosotros el resto del mundo nos la traía al pairo. Una libertad total, escondidos en el bosque. Aquellos fueron los mejores tiempos, y solo era un crío.

Marvin no tiene nada que decir. Transcurre un largo minuto en el que Cody parece sumido en un trance. Pasillo abajo, vuelve a oírse la puerta, pero nadie se los une. Al final, Marvin dice:

—Mira, Cody, no quiero ponerme borde, pero tienes que terminar de cenar. Tenemos que trasladarte a la sala de espera dentro de unos minutos.

—¿Por qué no puedo quedarme aquí hasta el gran momento?

—No lo sé. Yo no hago las reglas.

—Lo sé, lo sé.

—Lo siento.

—Oye, Marvin, antes he sido un poco duro con el padre. ¿Sigue por aquí?

—Sí, está al otro lado, con el alcaide.

—¿Puedes pedirle que me haga compañía en la sala de espera?

—Claro. Estará encantado.

—¿Quieres ver mi ejecución? Tengo entradas de sobra.

—No, gracias.

Cody exhibe una amplia sonrisa y empieza a reír.

—Oye, Marvin, ¿me harías un favor?

Eso es divertido y Marvin se ríe.

—¿Un favor en el corredor de la muerte?

—Claro. Puedes hacerlo. Es un favor sencillo y significaría mucho.

—¿De qué se trata?

Cody se acera a los barrotes y baja la voz.

—Marvin, hace catorce años que no veo la luna, y me gustaría verla una última vez.

—Venga ya, Cody.

—No, venga tú, Marvin. Estaré muerto en menos de una hora, o sea que ¿a quién le importa que salga un rato a escondidas a que me dé un poco el aire? ¿Qué tiene de malo?

—Va contra las reglas.

—Tú dictas la mayoría de las reglas aquí, Marvin. Nadie te pondrá pegas. Joder, ni siquiera se enterarán. Bajamos por el pasillo, cogemos la puerta lateral que da al patio y listos. Una luna grande, llena y bonita, la primera luna de verano. Justo ahí arriba, en el cielo del este.

—Es demasiado arriesgado.

Cody se ríe.

—Vamos, no fastidies. ¿Qué voy a hacer, Marvin? Darte un golpe en la cabeza, saltar media docena de vallas, esquivar un millar de balas, correr más que los sabuesos y luego…, ¿adónde iba a ir exactamente, Marvin? Joder, si está aquí la mitad de la policía estatal esperando para celebrarlo, porque joder cómo nos gustan nuestras ejecuciones. Venga, Marvin, ten un detalle. Estoy muertísimo, ¿vale?

Marvin mira a su alrededor, dubitativo.

—Iré a preguntarle al alcaide.

—¡No! No pierdas el tiempo con ese memo. Sabes que te dirá que no. Tú déjame salir por esa puerta lateral y nadie nos verá. Solo cinco minutos, Marvin. Por favor.

—No puedo hacerlo.

—Claro que puedes. ¿De quién tienes miedo?

—Ni hablar. Me despedirían.

—Que no. Nadie se enterará.

—Lo siento, Cody.

—Solo cinco minutos.

—Dos minutos. Y después volvemos derechos aquí.

8

El patio es un pequeño espacio interior, con una mesa de pícnic sobre una losa de hormigón rodeada de un puñado de brotes de hierba. Siete metros y medio por seis, para ser exactos, y los ocupantes del corredor de la muerte conocen sus dimensiones precisas porque recorren la línea de las vallas a diario. Paso a paso han labrado senderos de tierra entre el hormigón y la alambrada, por debajo de la reluciente concertina. Se les concede una hora al día, solos y sin supervisión, para inhalar el aire fresco, contemplar la lejanía, soñar y caminar por los senderos. Siete u ocho pasos largos, seguidos de un giro de noventa grados y más de lo mismo. En los viejos tiempos, el patio era mucho más grande y contaba con un viejo juego de pesas y un aro de baloncesto. Se permitía salir a cuatro hombres en cada descanso y los broncos partidillos de dos contra dos estaban a la orden del día. Entonces hubo una pelea y alguien se llevó un golpe de mancuerna.

No hay luces en el patio. Jamás se usa después de oscurecer. El edificio achaparrado y de tejado plano que contiene el corredor de la muerte está pegado a él y se extiende cuarenta metros al este y al oeste. En el extremo más alejado está la Casa del Gas, otro apéndice tumoroso añadido décadas antes.

Se abre la gruesa puerta de metal y por ella sale Cody, sin esposas ni cadenas. Marvin, desarmado, lo sigue y lo observa con atención. A lo lejos, los faros trazan arcos en el cielo y se oye un helicóptero en alguna parte. Es hora de matar y se respira emoción en el ambiente.

Cody se planta en el centro del patio y contempla la luna llena, tan grande que casi se puede tocar.

—Bueno, no ha cambiado, ¿verdad? Es la misma luna de siempre.

Marvin se apoya en la mesa de pícnic.

—¿Esperabas algo diferente?

—Parece que está más cerca, ¿no crees?

—Lo dudo. ¿Cómo sabías que había luna llena?

—Porque es 22 de junio, el primer día de verano. La llaman luna de fresa.

—No lo había oído nunca.

—Venga ya, Marvin. ¿En serio?

—Nunca lo había oído. ¿Por qué se llama luna de fresa?

—Porque a finales de primavera y principios de verano por fin maduran las fresas y otras frutas. Los indios le pusieron el nombre de luna de fresa.

—¿Qué significa eso?

—Significa que la luna parece más cercana por unos pocos días.

—¿Cómo sabes estas cosas?

—Uy, antes me sabía todas las estrellas y constelaciones, Marvin. Brian y yo vivíamos en el campo, dormíamos de día y paseábamos de noche. ¿Quieres oír una anécdota, una de mis favoritas?

—Claro, pero será mejor que hables deprisa. Si el alcaide nos pilla aquí fuera se nos va a caer el pelo.

—A mí el alcaide no me preocupa.

—Bueno, pues a mí sí. No creo que haya sido una buena idea.

—Una vez Brian y yo nos colamos en una casa y no encontramos armas, joyas ni nada que pudiéramos vender. Joder, ni siquiera tenían pizza congelada. Pero el dueño de la casa tenía un telescopio guapísimo montado en el despacho, delante de un ventanal, para poder mirar las estrellas. Estábamos cabreados con él, de modo que nos llevamos el telescopio, pensando que podríamos colocarlo por unos dólares. Esa noche lo montamos en mitad de un campo y empezamos a jugar con él. Jamás olvidaré la emoción que sentí al mirar la superficie de la luna, los cráteres, crestas y valles. «Una desolación majestuosa», como la describió un astronauta. La miramos durante horas, totalmente fascinados. Una semana más tarde entramos en otra casa que fue una mina de oro: armas, joyas, radios, un televisor pequeño. Todo un filón. Hasta pizza. Lo vendimos todo y sacamos un buen dinerito. Encontramos un motel barato, pagamos una habitación, nos duchamos, dormimos debajo del aire acondicionado. La gran vida. Lo hacíamos de vez en cuando, cuando teníamos pasta. No muy lejos había una biblioteca, una sucursal de la principal, que estaba en el centro. Fuimos. Era la primera vez que estaba en una biblioteca, en serio, y nos sorprendió descubrir que cualquiera podía entrar de la calle, gratis, y leer periódicos y revistas. Curioseamos un rato y, en la planta de arriba, dimos con un libro ilustrado precioso del sistema solar y las constelaciones, las diversas fases de la luna. Así que lo robamos y nos lo llevamos a nuestro campamento. Lo estudiamos de cabo a rabo; yo no leía muy bien, pero Brian había terminado primaria, y aprendimos un montón sobre las estrellas. Todas las noches despejadas pasábamos horas con el telescopio. Nos bastaba un vistazo a la luna para saber qué día del mes era. Cuando no había luna y el cielo estaba cuajado de estrellas, podíamos identificar, a simple vista, todas las constelaciones: Orión, Escorpio, Géminis, la Cruz del Norte, el toro de Tauro o la Osa Mayor, a la que también se la conoce como Carro Mayor. Y con el telescopio encontrábamos estrellas y sistemas solares que ni siquiera te enseñaban en la escuela. Una vez tuvimos una bronca enorme porque Brian juraba que había localizado Plutón. ¿Te lo puedes creer?

—No estoy seguro de qué creer.

—Nos quedamos el telescopio; nunca lo vendimos, ni siquiera cuando pasábamos hambre.

—Es una buena anécdota, salvo por la parte de colarse en casas y robar.

—¿Qué querías que hiciéramos, Marvin? ¿Morirnos de hambre?

—Eso no hace que esté bien.

—Lo que tú digas. —Cody señala a la luna—. A Brian le gustaban las noches oscuras, la Vía Láctea, miles de estrellas, pero a mí me encantaba la luna. Y cuando estaba llena, como esta noche, era casi imposible ver las constelaciones. A mí me daba igual. Pasaba horas explorando su superficie, convencido de que había alguien viviendo allí arriba. ¿Ves esa zona oscura justo a la derecha del centro, centro? Eso es el mar de la Tranquilidad, donde se posó el Apolo 11 en julio de 1969. ¿Lo recuerdas, Marvin?

—Todo el mundo lo recuerda. Tú eras solo un crío.

—Tenía ocho años y estaba viviendo con una familia de acogida, los Conway. Una de muchas, en aquella época. No eran mala gente, supongo, pero una de las pegas de ser un chaval acogido es que siempre sabes que en realidad ese no es tu sitio. Sea como fuere, era un domingo por la noche y el señor Conway nos juntó a todos delante de la tele para ver el alunizaje. No me impactó gran cosa. ¿Y a ti?

—No lo sé, Cody. Fue hace mucho tiempo. En aquel entonces los niños negros no soñábamos con ser astronautas de mayores.

—Bueno, yo era un niño blanco y te aseguro que tampoco soñaba con serlo. La única puta cosa con la que recuerdo haber soñado era con tener una madre y un padre y vivir en una casa bonita.

Cody retrocede y se apoya en la mesa de pícnic junto a Marvin. Miran desplazarse los focos por el cielo en la distancia.

—¿Tú con qué soñabas, Marvin?

—No lo sé. Con jugar al béisbol. Tenía unos buenos padres, aún los tengo, con muchos hermanos y hermanas, tíos y tías, una gran familia, feliz la mayor parte del rato. En ese sentido, soy un hombre afortunado.

—Vaya si lo eres.

—Willie Mays era mi héroe y soñaba con jugar en las grandes ligas. Mi padre había sido profesional, jugó tres años en las ligas menores, pero aquello fue antes de que Jackie Robinson debutara en las mayores. Ganaba muy poco dinero así que lo dejó y vino a casa. Él me enseñó a jugar, y me encantaba.

—¿Hasta dónde llegaste?

A Marvin eso le hace gracia.

—No muy lejos. En 1965 los White Sox me eligieron en la ronda cuarenta y cinco del *draft*, que mira por dónde era la última, y me ofrecieron doscientos dólares por firmar.

—¿Y firmaste?

—No. Mi padre me dijo que no lo hiciera. Él sabía que no llegaría a nada en las grandes ligas, porque era demasiado lento, y no quería que malgastase los siguientes cinco años rebotando de un equipo a otro de las ligas menores. Quería que fuese a la universidad, pero al final no pudo ser.

—Debió de ser un hombre inteligente.

—Todavía lo es. Lo escucho, de vez en cuando, y aún le gusta dar consejos.

—¿Y tu madre?

—Oh, sigue presentando batalla. Llevan casados cuarenta y pico años. A ella también le gusta dar consejos.

Cody está demasiado nervioso para quedarse quieto. Camina hasta la valla y contempla la luna.

—Una vez, calculo que tendría unos doce años, Brian y yo estábamos en el bosque y teníamos hambre, y frío, porque era invierno, y andábamos vigilando casas en las que pudiéramos entrar a robar. Era de noche, acababa de oscurecer, y nos acercamos a hurtadillas a una casa que estaba al borde del bosque, una parcela nueva. Trepamos a un árbol para verla mejor. Qué rápido nos movíamos, éramos como gatos en la noche. Observamos la casa desde arriba. Había una ventana grande cerca de la cocina, y por ella vimos a una familia perfecta, todos reunidos alrededor de la mesa, cenando. Padre, madre, tres hijos, un niño de mi edad más o menos. Comían, charlaban, reían, con un fuego encendido en la chimenea. Y pensé: «¿Qué me pasó? ¿Por qué yo estoy aquí subido a un árbol, pasando hambre y frío, y ese crío tiene una vida perfecta?». ¿Qué salió mal, Marvin?

—No tengo una respuesta.

—Sé que no la tienes, Marvin; basta que me sigas la corriente, ¿vale? Mi reloj biológico está en plena cuenta atrás, tío.

—Será mejor que volvamos dentro. Te quedan treinta y tres minutos. El alcaide podría pillarnos aquí fuera.

—¿Y qué va a hacer? ¿Ponerme una sanción? ¿Cancelarme las visitas?

—No lo sé, pero puede trasladarme a la parte de la población general, con toda la escoria.

Cody se ríe al oír eso.

—Supongo que la vida es mejor aquí en el corredor de la muerte.

—Yo la prefiero.

—Gracias, Marvin, por esto. —Señala a la luna—. Gracias por ser amable conmigo. Algunos de los otros guardias son unos capullos.

—Siempre me has caído bien, Cody, y nunca me ha parecido que merecieras estar aquí.

—Bueno, gracias, Marvin, me alegro de oír eso ahora que llegamos al final del trayecto.

Se acercan unos vehículos por la carretera que conecta con el edificio central de la cárcel. Es una especie de caravana, con un coche de policía con las luces azules encendidas a la cabeza de tres furgonetas blancas idénticas. Las sigue otro vehículo policial. Se meten en el aparcamiento cercano a la entrada del corredor de la muerte y se detienen. A lo lejos, demasiado para que se oiga lo que se dice, las furgonetas se vacían y los guardias escoltan a los ocupantes al interior.

Cody y Marvin observan la escena y, cuando la gente desaparece, el primero dice:

—Bueno, parece que han llegado los testigos. Se acerca el momento.

—Tienes razón.

—¿Has visto la lista de testigos, Marvin?

—La he visto.

—¿Y qué?, ¿quién hay?

—No te lo puedo decir.

—Venga, Marvin. Creo que tengo derecho a saber quién me verá morir, por el amor de Dios.

—Parte de la familia. Los Baker tenían tres hijos.

—Murray, Adam y Estelle. Gracias a Dios que no estaban en casa esa noche. Los recuerdo de mi juicio. Hasta les escribí unas cartas, pero jamás me contestaron. Tampoco los culpo, la verdad.

—Bueno, pues están aquí, además de un par de los fiscales y varios polis, creo. No conozco a todos los que aparecen en la lista.

—Y nadie en mi lado de la sala.

—Es lo que querías, ¿verdad?

—Supongo. ¿Tú quieres verme morir, Marvin?

—La respuesta sigue siendo que no.

—Ya me lo parecía. Es que me preguntaba, Marvin, ¿cómo se sentirán cuando esto termine? ¿Estarán aliviados? ¿Tristes, tal vez? ¿Felices, directamente, de que me muera? No lo sé. ¿Tú qué opinas?

—No lo sé. Seguro que quieren verte morir, de lo contrario no estarían aquí.

—Bueno, no los defraudaremos, ni yo ni el alcaide. —Cody da unos pasos y mira una y otra vez hacia la Casa del Gas—. ¿Sabes, Marvin? La verdad es que me dan pena. Perdieron a sus padres y eran buena gente y todo eso, pero te juro que yo no maté a nadie.

—Lo sé.

—Hasta le dije a Brian que guardase la pistola.

—Una vez, hace años, estuve hablando con tu abogado, Jack. Me cae bien ese tipo. Me habló de tu caso, me explicó que tú no habías matado a esas personas, me dijo que había sido tu hermano quien había disparado.

—Es cierto, pero yo estaba allí, como cómplice, y según las leyes de este gran estado, soy tan culpable como mi hermano.

—Sigue sin parecerme correcto.

—Fue culpa mía, Marvin. Todo culpa mía.

9

La casa estaba en una especie de urbanización: parcelas de una hectárea en pleno campo, comunicadas por una carretera asfaltada, con agua corriente y alcantarillado, con los vecinos demasiado lejos para curiosear, pero lo bastante cerca para ayudar; doscientos ochenta metros cuadrados con calefacción y espacio de sobra para piscina, jardines, perros. El vecindario era un blanco perfecto para unos ladrones poco sofisticados que podían acercarse con sigilo por el bosque y golpear de día o de noche. Por de pronto, era territorio virgen para la reducida banda de los Wallace. Había catorce casas a lo largo de aquella carretera, todas construidas en los últimos veinte años, lo bastante modernas para contar con sistemas de seguridad y alarmas. Jalonando la mayoría de los caminos de entrada había cartelitos de chapa con publicidad de ALERT, la empresa de seguridad más popular de la zona.

Brian y Cody observaron la carretera durante semanas. Era verano, época de vacaciones, un periodo siempre ajetreado para los ladrones. Al ponerse el sol, recorrían la urbanización a toda velocidad con sus bicis para ver qué casas estaban a oscuras. Entrada la tarde, se subían a los árboles y usaban los prismáticos para examinar las viviendas; qué autocaravanas habían desaparecido, en qué caminos de entrada se acumulaban los periódicos, dónde faltaban niños y perros, dónde estaban echadas las cortinas. Resultaba fácil detectar una casa vacía.

Al cabo de unos días, quedó claro que los Baker no estaban en casa. Vivían en el lado norte de la carretera, la responsabilidad de Cody. Brian vigilaba las de la margen sur.

Esperaron hasta pasadas las dos de la madrugada, la mejor hora para entrar. Dados los sensores de ALERT que había en todas las puertas y ventanas, la llamada a la central de control se produciría al cabo de un minuto, y entonces las sirenas, timbres o lo que fuera que los Baker habían escogido empezarían a atronar en la casa. Uno jamás sabía si el sistema incluía alarmas exteriores capaces de despertar a los vecinos. Si todo salía como era de esperar, transcurrirían por lo menos veinte minutos antes de que aparecieran las luces azules.

Dos minutos era tiempo más que suficiente. Cada uno de ellos llevaba una pequeña linterna, porque trabajaban a oscuras; una vez más, se debía a esos molestos vecinos, entre los que podía contarse algún insomne. Con una herramienta para cortar vidrio, Brian retiró con celeridad una hoja de cristal de la puerta del patio, metió el brazo por el agujero, descorrió el cerrojo y abrió la puerta. Lo había hecho tantas veces que podía abrir una puerta cerrada en el mismo tiempo que alguien que tuviera la llave.

Segundos más tarde, la alarma empezó a pitar por toda la casa, pero no era muy escandalosa. Los chicos habían aprendido a mantener la calma a pesar del estruendo e ir a lo suyo. Nunca habían dado un golpe en una casa con gente dentro. Nunca había nadie para oír la alarma.

Sin embargo, en aquella fatídica noche todo salió mal. Estaban en el despacho cuando alguien encendió el interruptor de la luz al final del pasillo. Un hombre gritó:

—¿Quién anda ahí?

—¡Mierda! —exclamó Brian, casi susurrando, pero lo bastante alto para que lo oyeran, porque una mujer chilló:

—Hay alguien en la casa, Carl. Lo he oído.

Durante quince años, Cody había reproducido aquellos angustiosos segundos y jamás se había podido explicar por qué Brian había emitido un sonido. Se habían recordado mutuamente un centenar de veces que, si algo salía mal, debían correr a la puerta por la que hubieran entrado y desaparecer en la noche como conejos. No hagas ningún ruido, corre y punto. Iban vestidos de negro, deportivas incluidas, y llevaban pintura negra en la cara y guantes de goma del mismo color. Eran niños, pero el suyo era un juego de adultos y se lo tomaban en serio. Estaban orgullosos de sus éxitos.

¿Y la pistola? ¿A santo de qué la pistola? Las habían robado a centenares y habían desperdiciado una montaña de munición practicando tiro al blanco en lo profundo del bosque. Cody llegó a tener una puntería aceptable, pero Brian podía acertarle a cualquier cosa. Habían discutido sobre la conveniencia de llevar una pistola cuando daban un golpe.

Se encendió otra luz en la parte de atrás de la casa. Cody

retrocedió y fue a gatas hasta la cocina, donde volcó un taburete.

—¡Tengo un arma! —gritó el hombre.

Brian se agazapó detrás de un sillón reclinable del despacho.

El tiroteo solo duró unos segundos, pero Cody, el único superviviente, lo podía reproducir durante horas. La detonación ensordecedora de una escopeta del calibre 12 y los disparos rápidos de una 9 milímetros. La mujer gritó y su marido volvió a disparar.

En el juicio de Cody, el experto en balística explicaría al jurado que Brian había conseguido efectuar cinco disparos antes de ser abatido con la escopeta del 12. Una bala había alcanzado a la señora Baker debajo mismo del ojo izquierdo y la había matado al instante. El señor Baker recibió dos impactos en el pecho, pero aun así logró eliminar a Brian con su segundo disparo.

Cuando cesó el fuego, Cody encontró un interruptor y contempló horrorizado la carnicería. El señor Baker yacía en el suelo, gimiendo y tratando de levantarse; la señora Baker sangraba desplomada contra una librería, y Brian estaba en el suelo, cerca del televisor, con media cabeza reventada. Cody chilló y fue a abrazarlo.

Cuando llegó la policía, encontró a Cody sentado en el suelo, sosteniendo la cabeza destrozada de su hermano, cubierto de sangre y llorando.

El señor Baker murió al día siguiente. A Cody, ileso, por lo menos físicamente, lo encerraron para el resto de su vida. Enseñaron las fotografías del escenario del crimen a los miembros del jurado, que no deliberaron durante mucho tiempo antes de emitir su veredicto de muerte.

—Fue culpa mía, Marvin. Pensé que la casa estaba vacía, que los Baker todavía estaban fuera. Un error mío y todo cambió. Fue una atrocidad.

Cody vuelve a la mesa de pícnic y se apoya en ella al lado de Marvin. Los dos contemplan la luna. Pasan unos segundos y es hora de irse.

—Había tanta sangre. Yo estaba empapado y no pude huir. Los polis me tiraron al asiento de atrás y me insultaron durante todo el camino hasta la cárcel, pero me dio igual. No podía parar de llorar. Brian estaba muerto. Fue la única persona a la que he querido, Marvin, y la única persona que me quiso. Y lleva muerto quince años.

—Lo siento, Cody.

Otro guardia asoma la cabeza por la puerta y dice:

—Viene el alcaide.

Marvin se despabila y avanza hacia la puerta. La abre y espera, pero Cody está paralizado. Poco a poco, se enjuga las lágrimas de la cara y mira a la luna.

—Hay que irse, Cody.

—¿Adónde? ¿Adónde iré, Marvin?

—Eso no puedo responderlo.

—¿Crees que Brian a lo mejor está allí?

—No tengo ni idea.

Cody se levanta poco a poco, vuelve a secarse la cara y echa un último y largo vistazo a la luna.

LOS ADVERSARIOS

I

El bufete de abogados de Malloy & Malloy iba ya por la tercera generación y, a juzgar por las apariencias, prosperaba adecuadamente, a pesar de un escándalo bastante sonado no muy lejano en el tiempo. Durante cincuenta y un años había litigado desde la esquina de Pine con la calle Diez, en el centro de St. Louis, en un bello edificio *art déco* que se había llevado por cuatro perras en una ejecución de hipoteca uno de los primeros abogados Malloy.

De puertas adentro, sin embargo, la cosa no iba tan bien. El patriarca de la firma, Bolton Malloy, llevaba ya cinco años fuera de juego, encarcelado por un juez tras declararse culpable de matar a su esposa, una mujer extremadamente desagradable a la que nadie parecía echar de menos. De ahí el escándalo: uno de los abogados más conocidos de la ciudad declarado culpable de homicidio e inhabilitado. Lo habían condenado a diez años de cárcel, pero ya estaba planeando una reducción de sentencia.

Sus hijos dirigían el bufete, pero lo dirigían a un precipicio. Eran los únicos socios, en estricta igualdad de capital, autoridad y salario, pero se detestaban con fiereza y solo hablaban entre ellos cuando era necesario. Rusty, el mayor por diecisiete meses, se tenía por un implacable abogado litigante; le encantaban los juicios y soñaba con veredictos espectaculares que atraerían más casos todavía y no poca publicidad. Kirk, el más tranquilo de los dos, prefería un ejercicio más reposado de la abogacía, cobrando abultados emolumentos por ocuparse de patrimonios e impuestos.

Rusty compraba abonos de temporada de los Cardinals todos los años y asistía a por lo menos cincuenta partidos de béisbol. En invierno, rara vez se perdía un encuentro de hockey de los Blues. Kirk pasaba de los deportes y prefería el teatro, la ópera y hasta el ballet.

Rusty adoraba a las rubias y se había casado con tres de ellas. Solo la segunda le dio descendencia, una única hija. Kirk seguía con su primera mujer, una morena guapa, pero el matrimonio estaba en crisis. Tenían tres hijos adolescentes a los que habían criado bien, pero que por entonces se estaban torciendo cada uno a su manera.

Bolton y su difunta esposa habían criado a los niños como firmes católicos, y Kirk todavía iba a misa todos los domingos. Rusty había renunciado a la iglesia a raíz de sus escándalos sexuales y podía ponerse hostil cuando alguien ensalzaba al papa. Afirmaba que se había unido a la Iglesia anglicana, pero no era practicante.

Orgullosos irlandeses, los chicos de pequeños soñaban con estudiar en la Universidad de Notre Dame. Al ser un año mayor que su hermano, Rusty entró primero y se marchó ufano a vivir a South Bend, junto a la facultad. Para entonces los muchachos rondaban la veintena y tenían tantos celos el uno del otro y eran tan competitivos que Kirk había rezado en secreto para que no admitiesen a Rusty y, cuando este se matriculó, decidió que movería cielo y tierra para entrar en alguna de las universidades elitistas del este, en otro intento de ser un poco más que su hermano. Dartmouth lo puso en lista de espera y luego, en el último momento, le adjudicó una plaza.

El equipo de fútbol americano de Notre Dame contra el de atletismo de Dartmouth; el pique era brutal. Cuando Rusty informó a la familia de que había echado una solicitud para la escuela de Derecho de Yale, Kirk se subió por las paredes y decidió pedir que lo admitieran en la de Harvard. Ninguno de los dos acabó de superar el corte, pese a tener un buen expediente académico. La segunda opción de Rusty era Georgetown. La de Kirk, la Northwestern, que en aquella época había escalado cuatro puestos en la lista de una prestigiosa revista. En consecuencia, el hermano menor fue a una facultad de Derecho superior, pero Rusty nunca lo aceptó.

Bolton contaba con que ambos hijos regresaran al bufete familiar del centro de St. Louis y, después de haber pagado hasta el último céntimo de lo que habían costado sendas universidades y escuelas de Derecho, tenía el futuro de los dos en un puño. Sin embargo, para que se curtieran, insistió en que pasaran unos pocos años en las trincheras, partiéndose la cara en el mundo real. Rusty escogió el despacho de un abogado de oficio en Milwaukee. Kirk se hizo ayudante de fiscal en Kansas City.

Malloy & Malloy siempre se había metido hasta las cachas en política; Bolton ponía una vela a Dios y otra al diablo y hacía donaciones a los políticos y jueces con mayores probabilidades de ganar. Jamás le había importado a qué partido pertenecía el candidato, lo único que quería era tener acceso, y para eso firmaba los cheques y recaudaba el dinero. También en ese frente los chicos se dividieron. Rusty era un demócrata radical que aborrecía a las grandes empresas, a los partidarios de reducir las penas de responsabilidad civil y a las aseguradoras. Sus amigos eran otros abogados fajadores, duros litigantes sin clientela establecida que se veían como protectores de los pobres y las víctimas. Kirk se codeaba con un círculo más desahogado de personas, almorzando en las plantas superiores de edificios altos y jugando al tenis en el club de campo. Estaba orgulloso de no haber votado jamás a un demócrata.

La sima en el bufete era tan profunda que las dos facciones se habían separado, de forma literal. Al entrar en el lujoso vestíbulo desde la calle Pine, saludaba al recién llegado una atractiva recepcionista desde su elegante y moderno escritorio. A quienes buscaban a Kirk les señalaba con la cabeza el lado derecho, donde este reinaba sobre su ala de oficinas. Cuando alguien acudía por Rusty, le indicaba el lado izquierdo, donde se extendían sus dominios. Cada uno de los dos tenía su propio personal y equipo de subordinados —asociados, secretarios, procuradores y recaderos— en «su» lado del edificio. Mezclarse con gente del «otro lado» estaba mal visto.

Para ser justos, rara vez había necesidad de coincidir. Los casos de Rusty implicaban litigación a cara de perro para reclamar por lesiones personales, y su gente tenía experiencia en reconstrucción de accidentes, negligencia médica, maniobras previas al juicio, negociación de acuerdos extrajudiciales y el trabajo procesal en sí. Kirk trabajaba por horas para gente con dinero, y los suyos eran duchos en redactar testamentos de varios centímetros de grosor y en manipular la normativa tributaria.

El bufete no había celebrado una fiesta en cinco años, desde la partida de Bolton. El viejo siempre había insistido en organizar una recepción con vino y queso el primer viernes de cada mes a las cinco en punto exactamente, para relajar al equipo y levantar la moral, y animaba a todo el mundo a tomarse unas copas de más en el sarao navideño anual. Sin embargo, esos encuentros se fueron con Bolton. En cuanto se dictó su sentencia, los dos lados se retiraron a sus respectivas alas y adoptaron en silencio unas nuevas reglas de conducta.

Para evitar a su hermano, Rusty trabajaba duro los lunes, los miércoles y los viernes por la mañana. A menos, por supuesto, que tuviera juicio. Kirk rehuía encantado la oficina esos días y trabajaba duro los martes, los jueves y, en ocasiones, las mañanas de sábado. A menudo pasaban semanas sin hablarse o siquiera verse.

Para aportar un mínimo de gestión en mitad de semejantes hostilidades, el bufete contaba con Diantha Bradshaw: el pilar, la mediadora, la tercera socia de modo no oficial. Su despacho se hallaba en la zona desmilitarizada que quedaba detrás de la recepción, equidistante de ambas alas. Cuando Kirk necesitaba algo de Rusty, cosa infrecuente, actuaba a través de Diantha. Rusty, lo mismo. Cuando había que tomar una decisión importante, ella consultaba a los dos, por separado, y luego hacía lo que le pareciese correcto.

En un sector en el que brotan bufetes todas las semanas, los Malloy tendrían que haberse separado para seguir cada uno con su vocación sin el lastre de las complicaciones familiares, pero eso no podía suceder por dos importantes motivos. El primero era un estricto acuerdo de asociación que Bolton les había obligado a firmar antes de que lo encarcelaran. Ambos habían accedido, poco menos que a punta de pistola, a mantenerse como socios paritarios durante los siguientes quince años. En el caso de que uno decidiera marcharse, todos sus casos, clientes y honorarios, sin excepción, se quedarían en el bufete. Ninguno de los dos podía permitirse dejarlo. El segundo motivo tenía que ver con el inmueble. El edificio era propiedad exclusiva de Bolton, que se lo alquilaba al bufete por un dólar al año. Su razonamiento era que estaba ganando dinero gracias a la revalorización. Un alquiler justo hubiese ascendido a una cifra cercana a los cuarenta mil dólares mensuales. Si la empresa saltaba por los aires, todo el mundo se iría a la calle, la renta atrasada subiría y se aceleraría y la vida en general se volvería muy complicada para todos los implicados.

Bolton siempre había sido un padre, un socio y un jefe controlador, intrigante y hasta taimado; nadie lo echaba de menos. Sus comentarios sobre una libertad condicional adelantada generaban inquietud.

Malloy & Malloy, tanto un ala como la otra, necesitaba que Bolton se quedara en la cárcel.

2

Era primera hora de un jueves, día de trabajo para Kirk, quien llegó por la calle Diez y se metió en el garaje subterráneo que había debajo del edificio Malloy. Había unos cuantos vehículos dispersos, pertenecientes al equipo de Rusty, que si estaban allí antes de las ocho de la mañana era porque el gran hombre en persona estaba de juicio. Cerca del ascensor había cuatro plazas reservadas, con el nombre correspondiente en un gran cartel para protegerlas. La de Rusty estaba ocupada por un descomunal todoterreno Ford, un vehículo tan grande que apenas cabía en el limitado espacio. En el parachoques lucía una pegatina nueva con el mensaje: HAL HODGE GOBERNADOR, VOTA DEMÓCRATA.

Kirk aparcó enfrente del Ford, junto a un reluciente Audi propiedad de Diantha. Que ella estuviera en la oficina tan temprano significaba que estaba supervisando los progresos de la última aventura de Rusty en los tribunales.

Cuando Rusty iba a juicio, el bufete entero, en ambos lados, contenía la respiración.

Kirk salió del coche, agarró su maletín y empezó a caminar hacia el ascensor. Hizo un alto para mirar con desprecio una vez más la pegatina de Rusty. En su opinión, Hal Hodge era un burócrata inepto que se había tirado veintipico años en la asamblea legislativa del estado sin hacer nada digno de mención. Se volvió y admiró la flamante pegatina que llevaba en el parachoques trasero de su impecable BMW. REELIGE AL GOBERNADOR STURGISS, UN AUTÉNTICO REPUBLICANO.

Kirk había apoyado a Sturgiss hacía cuatro años firmando cheques y organizando actos de recaudación de fondos. Era un político bastante agradable, cuyo principal atractivo en esos momentos era que ya ocupaba el cargo y tenía muchas probabilidades de ser reelegido. Missouri era un leal estado republicano.

En el ascensor, se ajustó la corbata de seda y enderezó el cuello de la camisa. La vestimenta era otro tema candente. Cuando Bolton estaba al mando, dirigía el día a día de la oficina con puño de hierro, incluida la indumentaria. Insistía en que todo el mundo llevara americana y corbata, traje en los tribunales, y conjuntos apropiados en el caso de las mujeres, aunque era cierto que admiraba las faldas tirando a cortas. El día después de que entrara en la cárcel, Rusty no tardó en ceder ante los miembros más jóvenes de su equipo y echar por la borda todas las reglas. Desde entonces, sus asociados y demás empleados llevaban vaqueros, chinos, botas y nunca corbata, por lo menos en la oficina. En los juzgados, sin embargo, así como en las reuniones más serias, todavía podían parecer abogados. Kirk aborrecía la falta de profesionalidad y mantuvo las directrices de Bolton sobre la vestimenta en su ala del edificio. Sus asociados rabiaban ante lo que percibirían como un agravio comparativo.

En Malloy & Malloy siempre había algún grupo rabiando por algo.

El ascensor se abrió al vestíbulo y, por un instante, Kirk fantaseó con la idea de adentrarse en el ala de Rusty para ver cómo marchaba el juicio. Se acercó, avanzó por el ancho pasillo y cayó en la cuenta de que los abogados y el personal estaban reunidos. Pegó la oreja a la puerta de la sala de juntas y enseguida decidió dejarlo correr. Una aparición inesperada por su parte irritaría a su hermano y desbarataría la reunión.

Diantha estaba dentro y ya le informaría más tarde. No estaba presenciando el juicio, pero un topo le había chivado que no pintaba bien para el demandante.

3

Al otro lado de la puerta, Rusty caminaba de un lado a otro mientras hablaba. Se mascaba la tensión. Su equipo, todos vestidos de punta en blanco para el juicio, parecía cansado a las ocho de la mañana, lo que no era inusual tras varios días de tensas sesiones ante el jurado en un caso importante. La larga mesa de conferencias de mármol estaba cubierta de altos vasos de café. También había una bandeja de pastas que parecían intactas.

—Pues Bancroft me llamó anoche sobre las diez —estaba diciendo Rusty—. Me dijo las gilipolleces de siempre y después afirmó que su cliente estaba dispuesto a pagar un millón para llegar a un acuerdo y zanjar el tema.

Diantha no estaba sentada a la mesa, sino en una esquina, como si estuviera allí porque no le quedaba más remedio, pero en realidad no estuviese implicada. Cuando oyó las palabras mágicas sobre la oferta de acuerdo, cerró los ojos e intentó camuflar una sonrisa.

—Por supuesto, le dije que ni de coña. Sin medias tintas,

le dejé claro que no pensamos conformarnos con un acuerdo, y menos por un mísero millón de dólares.

Diantha, con los ojos todavía cerrados, arrugó la frente y sacudió la cabeza de manera casi imperceptible.

Rusty hizo una pausa y paseó la mirada por la sala, casi retando a cualquiera a llevarle la contraria.

—¿Estamos todos de acuerdo en esto?

Carl Salter era un consultor de jurados que no era ni abogado ni empleado del bufete, pero sí viejo amigo de Rusty. Los dos habían pasado por muchos juicios a lo largo de los años y no tenían pelos en la lengua cuando se hablaban el uno al otro.

—Acepta el dinero, Rusty —dijo—. Este jurado no está contigo. Puede que tengas a los jurados uno, tres y cinco, pero eso no es más que la mitad, no sirve ni para empezar. Acepta el dinero.

—Discrepo —replicó Rusty—. Tenemos a la jurado número dos en el bote. Ya llevo una semana observando a esa mujer y está con nosotros. Si hasta lloró cuando testificó la señora Brewster.

—Llora mucho —señaló Carl—. Joder, ayer la vi llorar en un descanso.

Rusty miró a un asociado y dijo:

—¿Ben?

—No lo sé, Rusty. Es verdad que llora mucho. Creo que hemos logrado cuatro de seis, pero necesitamos cinco. No me parece que tengamos el número mágico.

Ben era el principal ayudante de Rusty en los tribunales desde hacía ocho años. En la mayoría de bufetes de cualquier tamaño ya lo habrían ascendido a socio de alguna clase, pero los Malloy no eran generosos con los ascensos. Ofrecían buenos salarios y prestaciones, pero no propiedad.

Rusty lo fulminó con la mirada como si no fuera más que

un cobarde sin arrestos. Luego movió la cabeza de golpe para mirar al otro lado de la mesa.

—¿Pauline?

La aludida se lo esperaba y no se encogió. Pocas cosas hacían que Pauline Vance reaccionase con algo que no fuera calma. Llevaba once años en el equipo de Rusty y se había ganado a pulso su reputación de litigante valiente que prefería luchar que alcanzar acuerdos extrajudiciales.

—No sé —dijo—. El juicio no ha ido mal y hemos demostrado que hay responsabilidad. Los daños son escalofriantes. Creo que sigue existiendo el potencial para un veredicto espectacular.

Rusty sonrió por primera vez esa mañana.

Carl hizo que la sonrisa se desvaneciera cuando terció con:

—¿Puedo hacer una pregunta? —Sin esperar respuesta, siguió hablando—. ¿Informaste por un casual a tus clientes de que el hospital había hecho una oferta económica para cerrar el caso?

—No. Era de noche, tarde. Pensé que ya se lo contaría esta mañana.

—Pero es demasiado tarde. Ya has rechazado la oferta, ¿verdad?

—No vamos a aceptar la oferta, Carl. ¿Entendido? Este caso vale una fortuna porque dentro de unas dos horas me plantaré ante nuestro maravilloso jurado y les pediré treinta millones de dólares.

Rusty nunca se dejaba intimidar por su equipo, ni por nadie, en realidad. Tenía los redaños y la temeridad del curtido litigante. Seguía ostentando el récord de ser el abogado más joven de la historia de Missouri que había conseguido un veredicto del jurado por encima del millón de dólares. A los veintinueve años le había sacado una indemnización de dos millones de dólares a un jurado de sus iguales en una sala de Cape Girardeau. Aquello lo animó a demandar a la mínima oportunidad, rechazar los acuerdos extrajudiciales, sumarse a enormes demandas colectivas de responsabilidad civil para arrancar indemnizaciones millonarias, anunciarse, establecer contactos, alardear de sus veredictos, vivir a lo grande y gastar a lo loco. El típico abogado litigante.

Su carrera había avanzado viento en popa hasta que los veredictos dejaron de llegar.

Bajó la voz y miró a su equipo. Consumado actor, dijo con tono solemne:

—Ya sabéis cuánto necesitamos un veredicto sonado. Pues bien, hoy vamos a conseguir uno. Vamos a matar a ese dragón.

Recogieron sus papeles y maletines y empezaron a desfilar por la puerta. Antes de salir, Diantha dijo:

—Oye, Rusty, ¿tienes un minuto?

—Solo un minuto —respondió él con una sonrisa falsa. Eran buenos amigos y compartían muchos secretos, y Diantha era, probablemente, la única persona a la que Rusty podía hacer caso de vez en cuando.

Ella le hizo un gesto con la cabeza a Carl, que cerró la puerta y se unió a ellos. Cuando estuvieron solos, Diantha empezó a hablar:

—Tenemos un problema y es bastante gordo.

—¿De qué se trata? —preguntó Rusty con brusquedad.

—Sabes muy bien de qué se trata, Rusty, joder. Recibiste una oferta económica para cerrar el caso y no consultaste a tus clientes antes de rechazarla.

Carl gimió y sacudió la cabeza con frustración. Rusty lo miró con mala cara y luego dijo:

—Va a dar lo mismo, Diantha. Tengo a este jurado en el bolsillo.

—Carl no está de acuerdo, y tu equipo tampoco. Me he fijado en sus caras.

—Tú no estás en la sala, Diantha.

—Pero yo sí —señaló Carl—. Acepta el dinero y salva los muebles.

Rusty respiró hondo y por un segundo pareció que se echaba atrás. Diantha aprovechó la ocasión con rapidez.

—¿Sabes cuánto debemos por este caso en costas judiciales?

—No; estoy seguro...

—Un poco más de doscientos mil dólares.

—Es un juego caro.

—Y tenemos un contrato del cincuenta por ciento con el cliente. Un millón de pavos cubren la deuda, y después dividimos el resto con el cliente. Salen cuatrocientos mil dólares para el bufete, Rusty.

—Los Brewster merecen mucho más. Tendrías que ver cómo miran a Trey los jurados. Quieren darle una fortuna a ese muchacho.

—Sí que quieren —dijo Carl—, son muy comprensivos, pero no van a concedérsela, Rusty. No has demostrado que haya responsabilidad. Los daños son enormes, pero la responsabilidad es endeble. Bancroft te dejará con un palmo de narices.

Esa clase de expresiones solían encender a Rusty, pero en esa ocasión seguía respirando hondo y escuchando. Encorvó todavía más los hombros y miró fijamente a los ojos a Diantha. Lo que vio en ellos lo hundió: no tenía confianza en él, dudaba de su criterio; creía que iba a perder, una vez más.

—Carl suele acertar, Rusty —dijo Diantha—. Aceptemos el dinero y a correr. Estamos hasta arriba de préstamos bancarios.

Rusty soltó el aire y consiguió esbozar otra sonrisa falsa.

—Vale, vale. No me gusta nada discutir con vosotros.

—Acepta el dinero —insistió Carl.

4

Diantha los acompañó al ascensor y se quedó mirando cómo se cerraba la puerta. Luego fue a paso ligero al lado derecho del edificio, saludó con la cabeza a una joven abogada que estaba sacando papeles de su maletín y llamó a la puerta del despacho de Kirk. La abrió sin esperar respuesta. Lo encontró de pie tras su escritorio, como si la esperase.

—El hospital ofreció anoche un acuerdo con una compensación de un millón de dólares y Rusty acaba de acceder a aceptar el dinero.

—Gracias, gracias —dijo Kirk a la vez que cerraba los ojos y alzaba las manos hacia el techo.

—No quería, pero Carl le ha apretado las tuercas.

—Aleluya. Alabado sea Dios.

—Puede que haya un problema, aun así.

—¿Qué pasa?

—Bancroft presentó su oferta anoche, tarde y por teléfono, y Rusty lo mandó a la mierda. Dijo que ni hablar. Y, por supuesto, ni se le pasó por la cabeza consultárselo a los clientes.

—Anoche y tarde significa que probablemente ya se había atizado cuatro o cinco whiskies dobles para cuando Bancroft llamó.

—Estoy segura. Dice que rechazó la oferta de plano, pero ahora piensa aceptar el dinero esta mañana.

—Estoy convencido de que el hospital aceptará encantado salir de esta pagando solo un millón.

—Ya veremos.

—¿Cuánto dinero hemos metido en el caso?

—Doscientos mil.

—¿Doscientos mil? ¿Cómo puede gastar tanto dinero en un solo caso?

—Es lo que hace siempre, Kirk. La diferencia es que ahora parece incapaz de recuperar el dinero.

—Ha perdido los últimos tres, ¿no?

—Cuatro. Este sería el quinto. A Carl y a Ben no les gusta cómo pinta.

—Bueno, no podemos permitirnos otra derrota. Tiene que dejar de demandar a la gente.

—¿Y eso vas a decírselo tú? —preguntó Diantha.

—No. No serviría de absolutamente nada. Litigar es para él como la sangre para un vampiro. Adora el juzgado.

—Y antaño el juzgado lo adoraba a él.

—Pero ha perdido su toque.

—Después te cuento más cosas —dijo ella, y se volvió hacia la puerta.

—¿Estás echándole un ojo al caso? —preguntó Kirk.

—No, pero tengo un topo dentro de la sala.

—¿Ben o Pauline?

—Nunca lo revelaré.

—Eres muy buena guardando secretos, Diantha.

—En este sitio, hay que serlo.

5

Una secretaria los acompañó al despacho del juez y los hizo pasar. El juez Pollock ya llevaba puesta la toga y estaba charlando con Luther Bancroft, el abogado principal de la defensa. Un grupito de sus asociados esperaba apiñado en una esquina, pues su lamentable escasez de galones y reputación les impedía sumarse a la conversación. Cuando Rusty irrumpió con su decisión habitual, todos los ojos se volvieron hacia él, que esbozó una sonrisa radiante. Ben y Pauline le pisaban los talones. Carl, al no ser abogado, no reunía los requisitos para asistir a la reunión.

Tras una ronda de escuetos «buenos días» y unos rápidos apretones de manos, el juez Pollock dijo:

—Bien, caballeros, doy por sentado que estamos listos para los alegatos de clausura.

Rusty volvió a sonreír.

—Traigo buenas noticias, señoría. Anoche, a última hora, recibí una llamada de Luther, aquí presente, que me hizo una oferta para llegar a un acuerdo extrajudicial. La rechacé, pero, después de consultarlo con la almohada, hemos decidido aceptar la suma de un millón de dólares para resolver el caso.

Su señoría se sorprendió y miró a Bancroft con cara de pocos amigos.

—No me ha dicho nada de una oferta de acuerdo.

—Bueno, señoría —respondió Bancroft—, no le he dicho nada sobre ella porque el señor Malloy la rechazó de plano. Ni siquiera consultó a sus clientes. A decir verdad, fue bastante brusco y empleó un lenguaje que usted no toleraría en su sala.

—Te pido disculpas, Luther —dijo Rusty, condescendiente—. No sabía que fueras tan sensible.

—Disculpas aceptadas. Sea como fuere, informé a mi cliente y la oferta fue retirada de la mesa de inmediato. Se me han dado instrucciones de llevar este caso hasta sus últimas consecuencias procesales. Ya hemos llegado hasta aquí; pues rematemos la faena.

Ben lanzó una mirada de desesperación a Pauline, que parecía impertérrita.

Rusty se sorprendió, pero se recuperó enseguida. Se frotó las manos como si tuviera ganas de pelea y dijo:

—¡Genial! Vayamos al lío.

El juez Pollock miró ceñudo a los dos abogados y dijo:

—Bueno, a mí me parece que un millón constituiría una conciliación justa, dadas las circunstancias.

Bancroft asintió con gravedad.

—Estoy de acuerdo, señoría, pero mi cliente se mostró, y se sigue mostrando, categórico. Nada de conciliación. El hospital tiene la firme creencia de que no ha hecho nada malo.

—¡Vamos! —dijo Rusty, listo para la acción.

—De acuerdo. Diríjanse a sus mesas. Encargaré al alguacil que prepare al jurado.

Los abogados salieron en fila del despacho y se dirigieron hacia la sala. Ben Bush se escabulló a unos aseos, se encerró en un retrete y mandó un mensaje de texto a Diantha: «El defensor retiró la oferta tras la negativa de R. Los clientes no saben nada. Vamos a alegatos de clausura. ¡¡Estamos jodidos!!».

6

Bajo la impasible mirada de todos los presentes —abogados, partes, espectadores, alguaciles y el juez Pollock—, los seis miembros del jurado entraron en la sala y ocuparon sus asientos. El séptimo, un suplente, se sentó junto al estrado. No hubo sonrisas, solo las expresiones de estrés de unas personas que hubieran deseado estar en otra parte.

La mesa de los demandantes estaba más cerca del estrado que la de la defensa y, a lo largo del juicio, los miembros del jurado se habían visto obligados a mirar a Trey Brewster, al que su abogado había colocado en el lado más próximo a ellos, ya que obviamente quería tenerlo lo más a la vista posible. Trey tenía veintitrés años, pero la edad ya no importaba. Los cumpleaños llegaban y pasaban, pero él ni se enteraba. Sus ojos estaban siempre cerrados, su boca abierta a perpetuidad, la cabeza apoyada en pose poco natural sobre el hombro izquierdo. De la nariz le salía un tubo de oxígeno, mientras que otro le introducía fórmula por la garganta. Disponía de una sonda que administraba la comida directamente al estómago, pero Rusty quería que el jurado viese todos los tubos posibles. A pesar de su grave lesión cerebral, Trey aún podía respirar solo, de manera que no había un ruidoso respirador de esos que crispaban a los jurados. Pesaba cincuenta y cinco kilos, treinta y cinco menos que en el momento de su operación, dos años antes. No era más que una sombra marchita del joven que había sido, y no existía ni la menor posibilidad de que su estado mejorase.

Su madre se sentaba a su derecha con la mano siempre sobre su brazo. Tenía ojeras y la mirada cansada de la cuidadora derrotada que aun así nunca podrá rendirse. El padre, a la izquierda de Trey, tenía la mirada perdida, como si fuera ajeno al desarrollo del juicio.

El juez Pollock se acercó el micrófono y dijo:

—Señoras y señores del jurado, ya hemos llegado al final, o algo muy parecido. Han oído a todos los testigos, han visto todas las pruebas y han escuchado los fundamentos jurídicos que yo les he expuesto. Ha sido un juicio largo y casi ha terminado. Les agradezco una vez más su servicio y paciencia. A continuación, ambas partes podrán efectuar sus alegatos de clausura y luego ustedes se retirarán a deliberar. En representación del demandante, el señor Malloy.

Rusty se puso en pie y caminó hacia el estrado con gran confianza. Miró a los seis jurados y les ofreció una sonrisa formal. Tres lo miraron a la cara; tres apartaron la vista. La número dos parecía a punto de llorar. Empezó sin mirar sus apuntes.

—Cuando a mi cliente, Trey Brewster, lo ingresaron en el hospital GateLane para una apendicectomía de rutina, nadie de su familia, nadie de su equipo médico, nadie en el mundo podría haber previsto que jamás recobraría la consciencia, que pasaría el resto de su vida paralizado, en estado de muerte cerebral, en silla de ruedas, alimentado mediante un tubo y con la vejiga drenada vía catéter.

La voz de Rusty era sonora y pesarosa; su cadencia, dramática. Era el único actor del escenario y estaba disfrutando del instante. Su inicio había sido poderoso. En la sala reinaba el silencio.

En la tercera fila del público, Carl Salter miraba en la dirección general de Rusty, pero en realidad lo que no perdía de vista eran las seis caras, los doce ojos.

Y no le gustaba lo que veía.

Durante el juicio, Bancroft había hecho un trabajo magistral desviando responsabilidades. La parte responsable de la negligencia no estaba en la sala: un anestesiólogo con problemas emocionales y económicos se había despistado en el cumplimiento de su trabajo. No, peor que eso: ni siquiera había estado presente durante la mayor parte de la operación rutinaria. Había administrado tres veces más ketamina de lo habitual, había dejado K. O. al chaval y después no había ejercido ninguna supervisión durante los treinta minutos de la intervención. Una semana antes, había permitido que caducara su seguro de responsabilidad civil. Una semana después, solicitó la quiebra y huyó. Al hospital podía culpársele por haberlo contratado, pero durante sus primeros ocho años su trabajo había sido impecable. Un divorcio terrible lo había trastornado, etcétera. La cuestión era que él no estaba en la sala. El que estaba era el hospital GateLane, que no había hecho nada malo.

Carl sabía que los miembros del jurado se compadecían de los Brewster, ¿cómo no? Pero la argumentación de Rusty para demostrar la responsabilidad del hospital era débil.

7

Por segunda vez en una hora, Diantha irrumpió en el despacho de Kirk sin apenas llamar una vez.

—El hospital ha retirado la oferta —anunció—. Van a hacer sus alegatos de clausura.

Como siempre, Kirk estaba enterrado en papeleo. Apartó una pila y levantó las manos.

—¿Qué ha pasado?

—Y yo qué sé. Solo he recibido un mensaje de texto rápido. No hay trato, oferta retirada, alegatos.

Se desplomó en el sillón de cuero del otro lado del escritorio y sacudió la cabeza.

—Vale, las cosas claras —dijo Kirk—. La oferta llegó anoche tarde y Rusty, bebido como siempre, la rechazó. Dijo que no o algo a tal efecto. No informó a su cliente. Por tanto, si vuelve a perder, el cliente tendrá una demanda preciosa contra Malloy & Malloy. ¿Correcto?

—Eso está bastante claro, ¿no?

Kirk soltó una bocanada de aire cargada de derrota y frustración y se deslizó silla abajo. Sacudió la cabeza mirando a Diantha, que parecía igual de irritada.

—Bueno —dijo Kirk—, a lo mejor Rusty gana uno, para variar.

—A lo mejor. Una victoria estaría bien. Podríamos pagar alguno de los préstamos que ha pedido para litigar.

—Creo que deberías ir a presenciar la vista. Es aquí mismo, doblando la esquina.

Diantha se rio.

—Ni pagando conseguirías que me acercara a esa sala.

—No lo decía en serio. Esto probablemente acabe en catástrofe, ¿no te parece?

—Probablemente, sí. La reunión de esta mañana me ha dejado mal cuerpo. El jurado no está con él.

8

El jurado lo observaba con atención. La mitad, más o menos, parecían convencidos. La otra mirad irradiaba escepticismo.

Se plantó ante una gran pizarra blanca y alzó un rotulador azul.

—Bien, de acuerdo con nuestros expertos, Trey tiene una esperanza de vida de quince años. Es bastante triste para un joven que tiene veintitrés años y que practicaba motocross antes de cruzarse con el hospital GateLane. Así pues, démosle quince años. Para cuidar a Trey como es debido, hay que ingresarlo en unas instalaciones donde puedan monitorizarlo las veinticuatro horas. Sus padres ya no pueden ocuparse; es la pura y simple realidad. Porque vamos, ¿puede haber un testigo más convincente que Jean Brewster? La pobre está agotada, no puede más. Por lo tanto, ingresemos a Trey en un centro adecuado, que tenga enfermeras, celadores, administradores, técnicos, medicamentos de sobra y esa fórmula a la que algunos llaman comida. La tarifa media de un centro de esas características en el área metropolitana de St. Louis es de cuarenta mil dólares al mes, medio millón al año, durante quince años.

Rusty fue apuntando con maestría en la pizarra, hizo la

suma y reveló la cifra de siete millones y medio de dólares. Pero no había concluido.

—Tengamos en cuenta una inflación del tres por ciento a lo largo de un periodo de quince años y la cifra asciende a…
—Escribió con números claros—. Nueve millones de dólares.

Hizo una pausa y se apartó para dejar que todos los presentes asimilaran la cifra. Bebió un poco de agua de un vaso de papel que había en su mesa y luego se tomó su tiempo para regresar ante el estrado.

—Nueve millones de dólares solo para cuidar de Trey.

En la sala reinaba el silencio, porque todo el mundo sabía que se avecinaban cifras más altas.

9

Kirk dijo:
—Anoche llamó el viejo.
—¿Con qué teléfono? —preguntó Diantha.
—El suyo. Tiene otro móvil.
—Creía que había estado en confinamiento solitario porque lo habían pillado con un móvil.
—Lo han pillado con varios. Soborna a los guardias y ellos le pasan móviles de tapadillo. Parece evidente que es un floreciente negocio en la cárcel.
—Seguro que soborna a todo dios.
—No cabe duda. En un momento dado está jugando al póquer con el alcaide, al siguiente está en confinamiento y sin teléfono.
—¿Para qué llamaba?
—Ya conoces a Bolton. Creo que solo quería hacerme saber que tiene un teléfono nuevo. Además, espera que vaya ma-

ñana. Me toca visitarlo. Hablamos de eso; hablamos de política; hablamos de las posibilidades de que le concedan la condicional el año que viene.

—Solo ha cumplido cinco años.

—Sí, pero sueña.

—Lo prefiero en la cárcel.

—Como todos.

—¿Qué plan tiene?

—No me lo quiso decir por teléfono, pero estoy seguro de que incluye sobornos y política.

10

Rusty se plantó ante el estrado y apuntó con un puntero láser rojo a una gran pizarra blanca. Miró al jurado y luego a la pizarra.

—Veamos, antes de que Trey tomara la fatídica decisión de someterse a una operación de rutina en el hospital Gate-Lane, estaba en los inicios de una prometedora carrera como diseñador de software cobrando ochenta mil dólares al año. Esa carrera se ha esfumado. Ese salario se ha esfumado. Todo se ha esfumado, excepto su veredicto. De acuerdo con nuestras leyes, tiene derecho a recuperar sus ingresos perdidos. Ochenta mil dólares por quince años suman un millón coma dos. La inflación eleva esa cifra a dos millones.

Dejó el puntero láser, cogió un rotulador negro y añadió con parsimonia la suma de dos millones de dólares a los nueve millones de «Cuidados» y los seis de «Daños morales». Los sumó para obtener la friolera de diecisiete millones en total.

Los seis miembros del jurado contemplaron la cantidad. Era una suma exorbitante de dinero, pero verla escrita y desglosada mitigaba el impacto. Rusty estaba argumentando que el dinero estaba justificado.

Caminó hasta su mesa, localizó un informe de un centímetro y medio de grosor y lo hojeó mientras regresaba al estrado.

—Según sus propias cuentas, el año pasado GateLane Hospital System tuvo seiscientos millones de dólares más en ingresos que en gastos. No nos atrevemos a calificar esa diferencia de «beneficios» porque sabemos que GateLane se enorgullece de su condición de entidad sin ánimo de lucro. Eso significa que no paga ningún impuesto, estatal o federal. Así pues, tras descontar todos sus gastos, incluidos los siete millones de dólares que pagó a su director general y los cinco millones de dólares que pagó a su director de operaciones, después de pagar todos esos suculentos salarios, digo, GateLane tenía seiscientos millones de dólares más en el banco que cuando empezó el año. ¿Qué hace con todo ese dinero de más? Compra otros hospitales. Quiere tener un monopolio para poder seguir subiendo los precios.

Luther Bancroft se puso en pie y sacudió la cabeza.

—Protesto, señoría. Este no es un caso antimonopolio.

—Se acepta. Avance, señor Malloy.

Sin siquiera echar un vistazo a ninguno de los dos, Rusty prosiguió.

—La única manera de conseguir la atención de un acusado como GateLane Hospital System es darle una bofetada con las indemnizaciones punitivas.

Hizo una pausa dramática y caminó hasta el lateral del estrado.

—Indemnizaciones punitivas: indemnizaciones que se imponen para castigar a una gran empresa, con o sin ánimo de lucro, por haber obrado mal. Por flagrantes negligencias. ¿Cuánto haría falta para llamar la atención de un mastodón-

239

tico sistema hospitalario como GateLane? ¿Un uno por ciento de sus beneficios anuales? Uy, perdón, no podemos usar esa palabra, es verdad. Llamémoslo otra cosa. Llamémoslo «colchón». El uno por ciento del colchón serían seis millones de dólares. Eso es mucho dinero, pero probablemente no inquietaría al director general, que gana más que eso. El dos por ciento serían doce millones. ¿Saben qué? Creo que un tres por ciento suena mejor, porque así serían dieciocho millones de dólares y les aseguro que, si les atizan con dieciocho millones de pavos de indemnización punitiva, captarán el mensaje. Sentirán el dolor. Irán con más cuidado al decidir a quién contratan y mantienen en plantilla.

Poco a poco, destapó una vez más el rotulador y añadió dieciocho millones al total.

Los seis miembros del jurado contemplaron la pizarra e intentaron asimilar lo que sería entregar treinta y cinco millones de dólares de dinero ajeno.

Rusty los dejó con su conclusión:

—Es mucho dinero, señoras y señores. He pasado por esto muchas veces. He estado en muchos juicios y he hablado para centenares de jurados. Y jamás he pedido tanto dinero.

Se acercó a la mesa y puso una mano en el hombro derecho de Trey. Lo miró con pena y, con la voz quebrada, dijo:

—Pero nunca he tenido un cliente que lo merezca tanto como mi amigo Trey.

Esforzándose por contener las lágrimas, miró al jurado y dijo:

—Gracias.

11

Diantha leía un documento sentada a su escritorio cuando alguien llamó suavemente a su puerta. Antes de que pudiera responder, Kirk entró y cerró a su espalda. La miró y dijo:

—No puedo concentrarme.

—Yo tampoco —reconoció ella.

—Odio cuando tiene juicio —dijo Kirk mientras se dejaba caer en un enorme sillón de cuero.

—Yo odio cuando los pierde —replicó Diantha—. Está bien cuando gana, si no me falla la memoria.

—¿No se sabe nada del juzgado?

—No. Mi topo no puede usar el teléfono en la sala. En cuanto pueda, será él o ella quien me mande un mensaje de texto.

—Mira, Diantha, sé que mañana es mi día de visita al viejo, pero no puedo ir. Rusty fue el mes pasado y, además, está liado con el juicio.

Ella lo miró y preguntó:

—¿Por qué no puedes ir?

—Porque tengo una cita con el abogado que va a llevarme el divorcio.

—Kirk, lo siento mucho. Pensaba que habíais encontrado un buen terapeuta.

—Hemos encontrado a todos los mejores terapeutas, Diantha, pero nada puede salvarnos. Se acabó. O, mejor dicho, es solo el principio, supongo. No será fácil.

—Yo tenía la esperanza…

—Sí, nosotros también. La verdad es que hace tiempo que lo sabemos. La situación no paraba de empeorar y nos preocupa que acabe afectando a los niños.

—Lo siento mucho, Kirk.

—Lo sé. Gracias. Chrissy quiere presentar la demanda la semana que viene.

—¿Qué causa aducirá?

—No me traga. Yo no soporto ni verla. ¿Te parece suficiente?

—Depende de tu abogado. ¿A quién has contratado?

—Bobby Laker. Cien mil pavos de iguala inicial.

—¿A quién ha contratado ella?

—Scarlett Ambrose.

—Uf. Esto será para verlo. Os habéis buscado a los dos perros de presa más feroces de la ciudad. ¿Podré asistir al juicio?

—Quizá. A lo mejor nos da por vender entradas. —Cerró los ojos como si le doliera la cabeza y se pellizcó el caballete de la nariz. Haría cosa de un año, le había explicado a Diantha en confianza que en casa las aguas bajaban revueltas. Creía que debía saberlo porque, tarde o temprano, afectaría al bufete. A instancias de él, Diantha había informado a Rusty, quien, con tres divorcios en su haber, no había mostrado la menor empatía.

Kirk se pasó los dedos por la espesa pelambrera, esbozó una sonrisa falsa y preguntó:

—¿Puedes ir tú a ver al viejo?

—¿Por qué yo?

—Porque no hay nadie más. Me toca a mí y Rusty no se atrevería a ofrecerse a sustituirme, aunque su juicio hubiese terminado. Podría posponerlo una semana, imagino, pero ya sabes cómo se pone con las visitas. Intenta controlar el bufete desde una celda.

Diantha frunció el entrecejo y contempló una pared.

—Mira —insistió él—, sé que es un favor enorme, ¿vale? Así que te deberé una. Te juró que te lo compensaré con creces.

Diantha sacudió la cabeza y murmuró:

—Ya lo creo que lo harás.

12

Luther Bancroft se abrochó el último botón de su elegante americana de lino negro mientras se acercaba al estrado del jurado. No se molestó en obsequiarlos con sonrisas falsarias o alabanzas desmedidas por el buen trabajo que habían hecho. En lugar de eso, fue directo al grano.

—El señor Malloy los ha confundido a ustedes, el jurado, con un cajero automático. Se planta ante ustedes sonriendo, fantaseando, pasándoselo en grande mientras pulsa botoncitos y espera a que aparezca de repente una montaña de dinero. Quiere, pongamos, un millón de dólares por esto y otro millón de dólares por aquello. Pulsa unos cuentos botones más y aparece más dinero en la bandeja. Es la repera, dinero fácil y gratis. ¿Daños morales? ¿Qué tal cinco o diez millones? Basta pulsar un botón. ¿Futuras costas médicas? ¿Qué tal cinco o diez más? Qué bonito es; crece en los árboles y solo espera que alguien lo recoja. Y para acabar, el premio gordo: ¡indemnización punitiva! El cielo es el límite. Dieciocho millones suena bien, así que le doy a ese botón. ¿Y qué total me sale? ¿Cuánta pasta soltará el cajero automático del demandante? ¡Treinta y cinco millones! ¿No es divertido?

El jurado encajó la parrafada; al menos tres de ellos esbozaban un asomo de sonrisa.

Bancroft se volvió y dio dos pasos hacia Trey, a quien miró desde arriba con suma compasión. Sacudió la cabeza, con aspecto de hallarse al borde de las lágrimas, y se dirigió de nuevo al jurado:

—Señoras y señores, ¿quién no se compadecería de este

joven y su familia? Viven una tragedia continua y desoladora. Sí, necesitan un montón de dinero, para cuidados, manutención y todo lo demás que ha mencionado el señor Malloy. Está claro, Trey necesita dinero, y mucho.

Hizo una pausa y volvió a situarse ante el estrado.

—Pero, por desgracia, Trey Brewster va en el mismo barco que su abogado. Ninguno de los dos tiene tarjeta para el cajero automático. Ninguno de los dos tiene derecho a esperar que GateLane les entregue una fortuna. ¿Por qué no, se preguntarán?

Dejó que la pregunta resonase en la sala durante un segundo o dos y luego se acercó a la mesa de la defensa, donde levantó con gesto más bien ceremonioso un montón de papeles, que blandió hacia el jurado.

—Esto se llama instrucciones del jurado. Es la ley, acordada por ambas partes y el juez. Dentro de apenas un momento, cuando los abogados hayamos acabado por fin y nos sentemos todos, el juez les leerá la ley. Y ustedes hicieron juramento de respetar la ley. Y la ley en este caso es muy simple: antes de entrar a pensar en indemnizaciones o, en mi terminología, antes de que puedan empezar a divertirse con el cajero automático, hay que establecer la responsabilidad. Antes deben decidir que mi cliente, el hospital GateLane, fue negligente y se desvió de los estándares de la comunidad médica. Sin responsabilidad, no puede haber daños morales.

La sala estaba en silencio. Bancroft contaba con la atención de todos los presentes, incluido Rusty, que escuchaba a la vez que fingía no hacerlo.

—Señoras y señores del jurado, este es un caso trágico, con lesiones y daños horrendos, pero, y les ruego que me perdonen por decirlo, la pura y fría verdad jurídica es que, en esta ocasión, los daños no cuentan. Porque… no hay responsabilidad.

Tiró las instrucciones del jurado a la mesa de la defensa, los miró por última vez, y dijo:

—Gracias.

Carl estudió el rostro de los jurados y luego cerró los ojos y negó con lentitud con la cabeza.

13

La mesa estaba reservada para cuatro personas a las doce. El Tony's, un lujoso restaurante italiano del centro, era el favorito de Rusty en cualquier circunstancia, pero sobre todo al final de un juicio duro, cuando hacía falta buena comida y buen vino. Durante un juicio, las comidas a menudo degeneraban en pastas rancias por la mañana, sándwiches fríos mientras se trabajaba a mediodía y, para la cena, todo el mundo estaba de los nervios y nada sabía bien. Cuando el jurado se recogía a sopesar su veredicto, Rusty siempre tenía ganas de un buen almuerzo.

Su pequeño equipo siguió al *maître* trajeado de negro hasta una de las mejores mesas. En cuanto se quedaron a solas, Rusty, con una sonrisa de oreja a oreja, dijo:

—Vale, oigámoslo. ¿Cómo de genial ha sido mi alegato de clausura?

No era la ocasión para mostrarse tímidos, porque el jefe ansiaba parabienes. Pauline fue la primera.

—Los seis se muestran increíblemente comprensivos y ha sido magistral cómo has quitado hierro a una indemnización tan enorme.

—¿Se han quedado pasmados al oír lo de los treinta y cinco millones?

—Creo que sí —respondió Ben—, por lo menos en un primer momento, pero lo han superado. El número cuatro ha puesto los ojos en blanco.

—Lleva haciendo eso desde el principio. Es el último al que convenceremos. Recuerda que yo quería descartarlo. Pero creo que tenemos una oportunidad con los otros cinco.

Carl miró a Ben con cara de exasperación.

Apareció el camarero.

—Buenas tardes, señor Malloy. Siempre es un placer tenerlo aquí.

Rusty le sonrió y la distracción concedió a los tres la ocasión de intercambiar miraditas malcaradas.

—Hola, Rocco —saludó Rusty—. ¿Cómo están la mujer y los críos?

—Están muy bien, señor; gracias. ¿Algo del bar para empezar?

—Bueno, a decir verdad, acabamos de cerrar un juicio de los gordos y el jurado está deliberando. Estamos muertos de sed y también de hambre. ¿Y si traes champán? —Sonrió a Ben y Pauline, como si ellos pudieran decir que no.

—Quizá sea un poco prematuro —señaló Carl.

Rusty hizo oídos sordos al comentario.

—Veuve Clicquot, dos botellas.

—Excelente elección, señor. Ahora mismo se las traen.

Rusty miró ceñudo a Carl y dijo:

—No te veo contento, Carl. ¿Qué te preocupa?

—Lo mismo que a ti. El dichoso jurado. No tengo ni por asomo tanta confianza como tú.

—Tú espera; ya lo verás.

14

Con los juzgados vacíos y todo el mundo —abogados, jueces, jurados, litigantes, alguaciles— ausente para comer, el majestuoso pasillo de la planta baja estaba casi vacío. Se trataba de un corredor largo e imponente, con una hilera de esplendorosas salas a un lado y altos ventanales con vidrieras al otro. Las paredes estaban cubiertas de retratos de los jueces más ilustres de la ciudad, todos blancos, todos varones, todos viejos y acartonados. No había ni un rostro afable a la vista. Pegados a las paredes había unos vetustos y gastados bancos de madera y, entre ellos, bustos en bronce y granito de gobernadores, senadores y otros políticos de menor fuste. Otro mundo blanco.

Sentados en un banco del final del pasillo, casi escondidos y por supuesto nada deseosos de que los vieran, los miembros de la familia Brewster se disponían a comer. Trey dormía sentado, con los tubos aún a la vista. Su madre seleccionó uno con delicadeza y empezó a cargarlo de fórmula con una jeringa. Cuando su hijo estuvo alimentado, se recostó en el banco y guardó la jeringa. El señor Brewster estaba sentado a su lado, contemplando como siempre un punto situado en el suelo a un metro de distancia, con su expresión permanente de absoluta derrota.

De una bolsa de la compra, la señora Brewster extrajo dos pequeños sándwiches envueltos en papel de plata y dos botellas de agua. El almuerzo de los pobres.

Cerca de ellos, se oyó el pitido de un ascensor cuando se abrieron las puertas. Por ellas salieron Luther Bancroft y un asociado, cargados los dos con abultados maletines. Vieron a los Brewster a la vez y se pasaron un segundo asimilando la imagen de la familia que almorzaba. Después siguieron caminando presurosos por el largo pasillo. Los Brewster no parecieron fijarse en ellos.

Al llegar a la entrada, el asociado se detuvo y dijo:

—Oye, Luther, todavía no es demasiado tarde para acordar una conciliación. Deberíamos llamar a GateLane para tratar de conseguirles unos pavos a esos pobres infelices.

Bancroft resopló.

—Ya lo intentamos ayer y Malloy nos mandó a la mierda.

—Lo sé, lo sé, pero se van a quedar destrozados cuando se vayan de aquí sin nada.

—¿O sea que te hueles una victoria sonada del equipo de casa?

—Claro. Malloy se ha pasado de avaricioso y se ha puesto al jurado en contra. Se les notaba en los ojos. —Señaló con la cabeza el final del pasillo—. Pero no es culpa de ellos. Consigámosles un millón de dólares para cubrir una parte de los gastos.

Bancroft desdeñó la idea con un bufido.

—Malloy se quedaría todo el dinero y punto. Esos pobres infelices no verían ni un céntimo.

—Es lo justo, Luther.

—Me sorprendes. Ha sido un juicio, ¿y desde cuándo nos preocupa la justicia? Se trata de ganar o perder, y estamos a punto de machacar a Malloy. ¡Arriba ese ánimo, chaval! Esto es litigación a cara de perro y no es lugar para los misericordiosos.

Bancroft siguió caminando, algo enfurruñado. El asociado echó un último vistazo a la familia y luego siguió a su jefe.

Los Brewster se comieron sus sándwiches, en otro mundo, ajenos a la conversación del extremo opuesto del pasillo.

15

Rusty agarró una botella de champán y se ofreció a servir más a todos los comensales, pero nadie quiso, de modo que rellenó su copa por última vez.

Rocco se acercó a la mesa.

—¿Postre, señor Malloy? Hoy tenemos mousse de chocolate, su favorito. Está deliciosa.

Ben agarró el teléfono, lo miró boquiabierto y farfulló:

—Es el secretario. El jurado tiene su veredicto.

El postre quedó olvidado al instante mientras los cuatro cruzaban miradas.

—Lo siento, Rocco —dijo Rusty—, tenemos que volver corriendo al juzgado. El jurado está listo.

—Muy bien. Traeré la cuenta.

Rusty miró a su equipo.

—Ha sido rápido, ¿no os parece?

Sus miradas nerviosas lo decían todo.

Treinta minutos más tarde ocupaban sus sitios tras la mesa del demandante, con los Brewster al lado. Se abrió una puerta y el alguacil acompañó al jurado a sus asientos. Mientras se sentaban, ni uno solo se atrevió a mirar a los demandantes y sus abogados.

El juez se acercó el micrófono y preguntó:

—Señoras y señores del jurado, ¿han alcanzado un veredicto?

El presidente del jurado se levantó.

—Sí, señoría.

Entregó una hoja de papel al alguacil, quien, sin mirarla, se la llevó al juez. Este la leyó con rostro inexpresivo y, tomándose su tiempo, dijo:

—El veredicto parece correcto. Es unánime y reza: «Nosotros, el jurado, fallamos a favor del defensor, el hospital GateLane».

Se hizo un silencio de varios segundos en la sala, hasta que la señora Brewster se derrumbó en los brazos de su marido. Rusty cerró los ojos y trató de absorber el desastre. Después miró furibundo a los miembros del jurado, con ganas de desahogarse con ellos.

—Ambas partes disponen de treinta días para presentar alegaciones —dijo el juez—. Una vez más, señoras y señores del jurado, gracias por su servicio, que se da por concluido. Se levanta la sesión. —Dio un golpe con su maza y se marchó del estrado.

16

Kirk estaba ante su ventana, con los brazos en jarras, contemplando el cristal, más que nada en concreto; sin habla. Diantha, sentada en uno de los sillones de cuero, miraba el móvil, como si la mala noticia pudiera convertirse por arte de magia en algo bueno.

—Otros doscientos mil dólares al garete —musitó Kirk—. No podemos permitirnos su carrera de abogado litigante de altos vuelos.

—Tenemos que mantenerlo alejado de los tribunales —dijo Diantha.

—Hay que mantenerlo alejado del bufete. ¿Alguna idea?

—Nada que no sea el asesinato.

—Eso también lo he pensado.

Kirk se volvió, caminó hasta su escritorio y se desplomó en la silla giratoria de ejecutivo. Miró a Diantha con hastío y preguntó:

—¿Cuándo tiene su siguiente juicio?

—No lo sé. Miraré el calendario. Esperemos que sea dentro de unos años.

—Al ritmo al que está perdiendo, ningún abogado defensor va a ofrecerle un céntimo en acuerdos extrajudiciales. ¿Tú lo harías?

—No sé qué haría yo, Kirk; de verdad que no. Este sitio se está descontrolando.

—Bueno, es posible, pero cuando veas al viejo mañana tienes que darle una imagen positiva.

—No es tonto. Iré mañana, Kirk, pero nunca más. Es cosa tuya y de Rusty visitar a vuestro padre en la cárcel. No es justo endilgármelo a mí.

—Lo entiendo.

—¿Seguro? —Diantha se puso en pie, caminó hasta la puerta y salió sin pronunciar una palabra más.

Al recorrer el pasillo del lado de Kirk del bufete, captó unas cuantas miraditas del personal. A esas alturas todos sabían que Rusty se la había pegado con otro jurado. La noticia solo había tardado unos minutos en circular. En el otro lado del edificio, el ambiente sería más lúgubre todavía.

Diantha necesitaba mantenerse alejada de allí. Tenía un escritorio cubierto de papeles y su teléfono estaba sonando, pero necesitaba esconderse en alguna parte durante unos minutos. Se metió en el ascensor y pulsó el botón de la séptima planta. Cuando se cerró la puerta, apretó los ojos y respiró hondo. Cada vez que ascendía un piso, sonaba un pitido. Los tres primeros eran territorio Malloy, el cuarto una inmobiliaria y el quinto lo ocupaban un montón de arquitectos y contables. A medida que iba subiendo y alejándose del bufete, el aire parecía despejarse y la tensión se aliviaba. La séptima planta albergaba una mezcolanza de pequeñas oficinas alquiladas a ingenieros, agentes de seguros y una sucesión de profesionales que iban y venían.

Al final de un largo pasillo estaba el despacho de Stuart Broome, el contable no colegiado que llevaba los libros de Malloy & Malloy. El Viejo Stu prefería la séptima planta porque era lo más alejado que había del resto del bufete. No era un anciano, pero se movía como si anhelara serlo. Tenía sesenta y dos años, para ser exactos, pero con su mata canosa e ingobernable de pelo, sus pobladas cejas blancas y las olas de arrugas que le surcaban la frente, podría haber pasado perfectamente por un hombre veinte años mayor. Alto de natural, pero con una joroba en la espalda, trabajaba de pie en un escritorio equipado con una cinta de andar que nunca se movía. Alguien tendría que haberle sugerido que encendiese el maldito trasto para quemar unas calorías, que era para lo que estaba diseñado, pero las calorías se quedaban sin quemar y él llevaba décadas echándose al menos dos kilos al año. Con la panza por delante y la joroba por detrás, Stu era un modelo de deformidad humana que él intentaba camuflar bajo un blazer negro que le venía enorme y se negaba a quitarse. Lo llevaba todos los días, junto con una camisa blanca y la misma corbata negra, los mismos pantalones negros y los mismos zapatos negros sin lustrar.

Treinta años antes, cuando Bolton Malloy había pegado un pelotazo demandando a Honda por sus defectuosas motos de tres ruedas, había contratado al Viejo Stu para que lo pusiera a salvo de Hacienda. Dado el giro que tomaron luego los acontecimientos, el problema no vino del fisco. La esposa de Bolton, la difunta y olvidada Tilda, aterrorizaba de manera rutinaria a los ocupantes de la oficina en busca de dinero. Conchabado con Bolton, Stu aprendió a ocultarle a Tillie tanto como fuera posible. Mover unos honorarios de aquí para allá se convirtió en una práctica habitual en Malloy & Malloy.

Para evitar miradas inquisitivas, el Viejo Stu trabajaba a solas en su pequeño rincón oculto del edificio. Había despedido a tantos secretarios y ayudantes a lo largo de los años que la mera idea de formar a otro le resultaba agotadora. Disfrutaba con su intimidad y llevaba a cabo su trabajo sin el menor atisbo de supervisión. Jamás nadie del bufete se le acercaba, más que nada porque nadie del bufete era bienvenido. Menos Diantha. Stu sentía debilidad por ella y podían hablar de cualquier cosa.

Últimamente, el tema estrella era la supervivencia del bufete.

Diantha llamó a su puerta y entró antes de que él dijera nada. Lo encontró de pie sobre la cinta de caminar, con la vista puesta en la pantalla de un vetusto ordenador, haciendo números. Casi nunca esbozaba una sonrisa, pero para ella siempre encontraba una.

—Entra, querida —dijo, de pronto afable y hospitalario. Se bajó de la cinta y señaló con la mano un polvoriento sofá que había en una esquina.

—Más malas noticias —anunció Diantha mientras se sentaba.

—¿Rusty ha perdido otra vez?

—Sí. Le ha pedido al jurado treinta y cinco millones de dólares. No se ha llevado nada. Cero. Fallo a favor de la defensa.

Stu suspiró y se le encorvaron los hombros. Se desplomó en una silla y la miró con una expresión de derrota absoluta.

—Doscientos diecisiete mil dólares, según el último recuento. Eso sin incluir la factura final de Carl, y sabemos que las facturas finales de Carl siempre son dignas de enmarcarse, ¿verdad? —Levantó las dos manos y dijo—: Puf.

—Esta vez será peor. Anoche Rusty tuvo la oportunidad de aceptar un acuerdo a cambio de un mísero millón de dólares, pero dijo que no. Lo dijo enseguida, antes de que se le ocurriera consultárselo a sus clientes. Un millón de pavos hubieran cubierto nuestros gastos y proporcionado a nuestros clientes algo de calderilla. Me espero una notificación de demanda por mala praxis muy pronto.

—Bueno, no será la primera vez que hayamos visto una, ¿verdad?

—Van demasiadas. Rusty está fuera de control y no estoy segura de cómo meterlo en vereda.

—Lo lleva en la sangre, Diantha. No hace demasiados años, era el abogado litigante más temido del estado, por lo menos en casos civiles.

—No, si lo recuerdo. Qué tiempos aquellos. Ahora ha perdido la magia.

Estudiaron el polvo de la mesa de centro. Al cabo de un momento, Diantha dijo:

—Y todavía traigo más malas noticias. Mañana voy a ver a Bolton.

—¿Por qué?

—Este mes le toca a Kirk, pero tiene una cita por la mañana con su nuevo abogado de divorcios. Un divorcio que será una calamidad. Estoy segura de que todos tus registros saldrán a la luz.

—Que vengan a por ellos. ¿Qué juego quieres que les enseñe?

Diantha sonrió ante su franqueza, sabedora de que no hablaba en broma.

—Cuando Kirk y Rusty van a visitar a Bolton, ¿no le llevan los estados financieros actuales?

—Entre otras cosas. Bolton quiere las ganancias y pérdidas del mes anterior, y en lo que va de año hasta la fecha. Dice que quiere saber lo que pasa en «su bufete». Rusty fue el mes pasado y, según dice, el viejo no quedó demasiado satisfecho con los números. Gastos generales al alza, ingresos a la baja.

—¿Por qué se preocupa? No va a volver aquí. Jamás lo rehabilitarán y, además, tendrá el dinero del tabaco.

El Viejo Stu sonrió y repitió:

—El dinero del tabaco.

17

El dinero del tabaco.

En 1998, las cuatro mayores tabacaleras de Estados Unidos accedieron a firmar un acuerdo para frenar una serie de demandas masivas presentadas por cuarenta y seis estados que buscaban una compensación por los gastos médicos derivados del tabaquismo. La cantidad ascendió a trescientos mil millones de dólares, la mayor por un caso civil hasta esa fecha. Las empresas también accedieron a pagar más de ocho mil millones de dólares a los abogados que habían ideado la litigación y llevado a la industria a la mesa negociadora. Aquello, como es obvio, fue un inaudito filón para los representantes de los demandantes, o al menos para aquellos abogados que se la habían jugado y se habían subido al carro al principio.

Un amigo suyo litigante al que admiraba había convencido a Bolton Malloy de que la demanda valía la pena a pesar del riesgo. Al principio, los principales abogados habían necesitado dinero desesperadamente para financiar aquella demanda que no paraba de expandirse, y tuvieron que pasar la gorra y salir a la caza de inversores. Bolton firmó un cheque por valor de doscientos mil dólares, desoyendo las objeciones de sus dos hijos y todos los demás ocupantes del edificio. Cuatro años más tarde, las tabacaleras, siempre a la defensiva, quisieron una tregua y se manifestaron dispuestas a pagar por ella.

En el frenesí que siguió a aquello, algunos abogados se hicieron de oro. Los que se encontraban en la cúspide de la pirámide habían puesto mucha carne en el asador y asumido unos riesgos enormes, por lo que fueron los primeros en recibir las compensaciones. Un pequeño bufete de Texas se llevó quinientos millones de dólares. El dinero fue fluyendo hacia abajo a las demás empresas, con pagos que iban en función de la cantidad invertida. La parte de Bolton ascendió a veintiún millones, un dinero que pensaba quedarse para él solo.

Como de costumbre, su esposa sabía poco de los entresijos del bufete porque Bolton siempre había intentado mantenerla en la ignorancia. Acalló los chismorreos sobre el acuerdo y se negó a hablar del tema, aunque en privado recordó a sus dos hijos que ellos se habían burlado de la demanda contra las tabacaleras y les advirtió que no tocaran aquello. Bolton quería el divorcio, pero se le atragantaba la idea de una pelea prolongada en la que unos abogados codiciosos escudriñarían sus cuentas.

Meter dinero en la demanda demostró ser su primera jugada brillante. La segunda fue diferir los pagos de las cuotas que le correspondían y estructurarlos de tal modo que estuvieran invertidos, pero no pagados durante una década. A lo mejor entretanto podía obtener el divorcio o, incluso mejor, tal vez a su mujer le daba por morirse. Tenía la salud frágil.

Entonces murió de verdad, en circunstancias harto misteriosas y sin llegar a ver el dinero, y Bolton fue a la cárcel por homicidio. Llevaba un mes allí dentro cuando empezaron a llegar los cheques del tabaco: tres millones anuales durante al menos doce años. El Viejo Stu abrió cuentas en paraísos fiscales de todo el mundo y desvió el dinero a través de un laberinto de entidades que no podrían desentrañar ni un centenar de inspectores de Hacienda. En los libros del bufete dejó constancia de los ingresos reales suficientes para aplacar a los recaudadores, pero la mayor parte del dinero del tabaco, con mucha diferencia, se acumulaba en turbios enclaves donde había poca consideración hacia los tratados fiscales estadounidenses.

Su plan secreto era simple. En cuando Bolton saliera de la cárcel, desaparecería, a ser posible con una joven rubia del brazo, rumbo a algún exótico lugar de ocio donde recuperaría su dinero y lo vería crecer. Por las molestias, el Viejo Stu recibiría una generosa compensación que le permitiría jubilarse a lo grande también.

Desde el punto de vista tanto legal como ético, el dinero pertenecía a Malloy & Malloy. En su totalidad. Además, técnicamente, era poco ético que unos abogados —Rusty y Kirk— se repartieran honorarios con no abogados, como Bolton. Sin embargo, esas pegas legales y éticas estaban siendo desoídas y los hijos eran sencillamente incapaces de ponerse de acuerdo acerca de cómo enfrentarse a su padre.

El enfrentamiento, sin embargo, era inevitable.

18

Diantha dijo:

—Es solo cuestión de tiempo que quieran parte del dinero, lo sabes.

—Estoy seguro —replicó el Viejo Stu con una sonrisa—, pero no podrán encontrarlo.

—Pues ármate de valor, porque van a venir. El bufete pierde dinero y los dos están hipotecados hasta las cejas. Y ahora Kirk quiere divorciarse, lo que significa que unos tipos muy desagradables pronto se pondrán a hurgar en tus libros.

—Escúchame, Diantha. En esos libros hay muchas cosas turbias. Lo sé porque yo las puse allí, a instancias de mi cliente, por supuesto. Pero no pienso ir a la cárcel como mi cliente, o por mi cliente.

—Me alegro de oírlo, Stu. Solo te pido que te ocupes de que el resto de nosotros estemos a salvo.

19

Hacia las cinco de cada tarde, el bar del Ritz-Carlton solía ser un hervidero de prósperos representantes comerciales que pagaban encantados veinte dólares por una copa que luego escondían en alguna partida de sus generosas cuentas de gastos. Por ese motivo, muchas jóvenes atractivas que trabajaban en las oficinas del centro frecuentaban el bar y su espacioso salón. Y como tenía reputación de atraer a mujeres locales con posibles, también atraía a profesionales locales con posibles y ganas de tomarse una copa.

A Rusty le encantaba e iba por lo menos una vez por semana. Normalmente quedaba con otros abogados y jueces deseosos de tomarse una o dos antes de regresar al extrarradio. Como estaba soltero, se quedaba después de que sus amigotes se marcharan a casa y empezaba a tirarles los trastos a las mujeres. Era su rutina habitual.

Sin embargo, esa noche estaba en la barra a solas, con su tercer whisky en la mano y maldiciendo a otro jurado. Había sido una tontería pedir tanto dinero. Conocía St. Louis como el que más y sabía que era una ciudad conservadora, sin historial de veredictos abracadabrantes. Algunas ciudades eran conocidas por su desenfreno en materia de litigios por responsabilidades civiles y sus exorbitantes indemnizaciones: Miami, Houston, Boston y San Francisco eran ejemplos claros. Pero St. Louis no. Debería haber pisado el freno y haberse conformado con pedir diez millones. Tenía una sentencia de cinco millones y otra de seis con cuatro en su haber, en el pasado, y llevarse diez hubiese tenido más sentido. El problema, sin embargo, como reconoció mientras bebía, era que su ego quería más, mucho más. Quería llevar a St. Louis, él solo, a la era moderna de los veredictos espectaculares. Él, Rusty Malloy, sería el rey de las demandas de responsabilidad civil de la ciudad, y sonreiría cuando los abogados inferiores acudieran a él con sus casos, entre los que podría escoger los que más le apetecieran.

Tres mujeres jóvenes entraron armando escándalo y Rusty les dio un repaso con la mirada. A una la había visto antes y a lo mejor hasta la había invitado a una copa. Rondaban los treinta años y lo más seguro era que estuvieran casadas y buscaran algo de diversión antes de volver a casa. Faldas cortas, tacones, sin mangas, mucha carne a la vista. Se sentaron en una esquina e hicieron un reconocimiento visual del bar. Una miró a Rusty y, cuando una segunda la imitó, él le hizo una indicación a Jose, el barman, y luego señaló hacia a las mujeres con la cabeza. Jose sabía qué hacer para el señor Malloy: apuntarlo todo a su cuenta.

Se acercó a ellas y se las encontró soltando risillas.

—Yo invito a la primera ronda. ¿Qué va a ser?

Si hubieran estado esperando a sus maridos o novios, lo habrían ahuyentado, pero no lo hicieron. Las dos del sofá se separaron unos centímetros y una de ellas dio unas palmaditas en el cojín. Rusty se dejó caer entre ellas y admiró sus piernas con un vistazo rápido. Apareció un camarero y les tomó el pedido.

Había probado el matrimonio tres veces y la pura verdad era que no estaba hecho para él. Nunca había sido fiel a ninguna mujer y, a sus cuarenta y seis años, era demasiado tarde para cambiar.

20

Diantha partió de la ciudad al amanecer y, por una vez, disfrutó de conducir, al menos durante los primeros minutos. Era un cambio agradable circular a toda velocidad, sin tráfico, y ver la caravana del otro lado, en la ruta de entrada. Se mantuvo entretenida echando tragos de café y escuchando la BBC en Sirius.

El Centro Penitenciario de Saliba estaba a dos horas de distancia y alejado de las autopistas. Las carreteras se fueron estrechado a medida que se acercaba al pueblo de Kerrville, un enclave abandonado en mitad del corazón agrícola de Missouri. Grandes carteles la fueron dirigiendo hacia aquí y hacia allá, y pronto le quedó claro que la cárcel resultaba vital para la comunidad: en Kerrville no había mucho más. Tenía la calificación de centro de seguridad media y estaba diseñada para albergar a 900 reclusos. Había visto en internet que en la actualidad acogía a casi el doble de esa cifra. La habían construido en la década de 1980, cuando unos políticos, partidarios de la mano dura, lanzaron la Guerra contra las Drogas y los cincuenta estados se sumaron al boom de la construcción de prisiones que se produjo cuando las tasas de encarcelamiento se dispararon. Para mantener a los reos más blandos lejos de los traficantes, se había añadido un ala de mínima seguridad en 1995, y en algún punto de sus entrañas residía el antaño honorable Bolton Malloy.

Diantha estacionó en un inmenso aparcamiento e inspeccionó su cara en el retrovisor. Ni maquillaje ni joyas, nada que llamara la atención. Pantalones de sport, zapatos de suela plana y chaqueta, sin nada de piel a la vista del cuello para abajo, como aconsejaba la página web. Siendo una mujer de estilo, amante de la moda, que dedicaba un buen rato todas las mañanas a arreglarse, la sorprendió lo anodina que parecía.

En los viejos tiempos, cuando acababa de salir de la escuela de Derecho y era la primera asociada mujer de Malloy & Malloy, siempre había hecho un esfuerzo por ir guapa a la oficina. Los hombres lo apreciaban y Bolton, en particular, disfrutaba de su compañía. El personal administrativo estaba formado en su totalidad por mujeres jóvenes, y Bolton les pagaba bien. Era un jefe exigente con preferencia por los trajes de lino, las corbatas de seda, los puños franceses y los zapatos italianos. El código tácito de vestir en Malloy & Malloy era que, para tener éxito, había que cuidar la apariencia.

Dejó el móvil y el maletín en el coche y lo cerró con el mando. Al llegar a la entrada del edificio de oficinas, hizo una pausa de un segundo para contemplar la placa barata de bronce que el estado había atornillado al muro de hormigón. Conmemoraba la ilustre trayectoria de un viejo alcaide que llevaba muerto cuarenta años, Winston Saliba.

¿Quién terminaba el instituto con el sueño de que le pusieran su nombre a una cárcel?

Al otro lado de las puertas había una mugrienta recepción y dos guardias que parecían dispuestos a abalanzarse sobre el siguiente visitante. Se quedaron su permiso de conducir y la hicieron pasar por los detectores de metal. Rellenó varios formularios y luego la mandaron a una sala de espera en la que pasó media hora. Las sillas eran de plástico y estaban cojas, las revistas tenían tres años y olía a desinfectante barato y calefacción por gas. Cuando le llegó el turno, un guardia la condujo por un pasillo, atravesando varias puertas cerradas, hasta un patio vallado en el que los esperaba un carrito de golf; señaló el asiento de atrás y se subieron. El guardia condujo sin pronunciar una palabra, y ella tampoco tenía nada que decir. Circulaban por una estrecha calzada de losas bordeada por una alambrada de tres metros de altura rematada por una reluciente concertina. Al otro lado había docenas de reclusos que la miraban desde el patio.

Cómo podía sobrevivir nadie, y menos que nadie un blanco entrado en años como Bolton, en un sitio tan deprimente era un misterio insondable. Vio un cartel que anunciaba el Campamento D y supo que estaba cerca. El correo que le mandaba a Bolton iba destinado al Campamento D.

Dentro, el guardia la guio entre gruñidos de un lado a otro, hasta que entraron en una gran sala de visitas con mesas y sillas de plástico desperdigadas, y máquinas expendedoras pegadas a las paredes. No había ningún visitante más. Los legos solo visitaban los fines de semana; los abogados podían ir y venir a su antojo. El guardia señaló una esquina en la que había cuatro puertas bajo un cartel que rezaba LOCUTORIOS PARA ABOGADOS. Abrió una de ellas, le indicó un asiento y dijo, por fin:

—Saldrá enseguida. ¿Tiene algo que entregarle?

—No.

La estrecha sala estaba dividida por un murete de poco más de un metro sobre el que había una gruesa lámina de cristal que llegaba hasta el techo. Pasaron unos minutos larguísimos, en los que se recordó cuánto rencor sentía hacia Rusty y Kirk por obligarla a estar allí. Bolton era problema de ellos, no suyo. Ella hacía cinco años que no lo veía, y le parecían pocos.

Se abrió la puerta del otro lado y apareció un guardia. Bolton, que iba detrás de él, la ignoró mientras le quitaban las esposas. El guardia salió y cerró la puerta. Bolton se sentó en su silla de plástico y le sonrió. Recogió su auricular y dijo:

—Hola, Diantha. No te esperaba a ti.

Sus primeras palabras ya eran mentira. Kirk le había informado la noche anterior, vía su teléfono móvil ilegal, de que ella lo había tenido que sustituir en el último momento.

—Hola, Bolton. ¿Cómo estás?

—De maravilla. Pasan los días y las semanas. Saldré en breve. ¿Tú cómo estás últimamente, Diantha? Cómo me alegro de verte; qué sorpresa tan agradable.

—Estoy bien. Phoebe crece como una mala hierba. Ya ha

cumplido los quince e intenta volverme loca. —Logró esbozar una sonrisa rápida, pero le costó.

—¿Y Jonathan?

Asintió con la cabeza por un instante y decidió soltar, a su vez, una trola.

—Jonathan está bien.

—Estás estupenda, estás muy guapa para tu edad, como era de prever.

—Gracias, supongo. Tú estás casi apuesto con tu uniforme carcelario.

Y era verdad. Delgado como un alambre, en buena forma, esbelto, con una camisa y unos pantalones caquis a juego que a todas luces habían sido almidonados y planchados. Los presos comunes con los que se había cruzado durante el trayecto en el cochecito llevaban todos pantalones blancos con franjas azules verticales y camisa blanca. Parecía evidente que los reos más tiernos del Campamento D recibían mejores prendas si podían permitírselas. Ella depositaba todos los meses mil dólares en la cuenta de Bolton, un dinero que iba a parar a comida, ropa, libros y lujos tales como una televisión en color y un aparato de aire acondicionado portátil. Le habría enviado más, a petición de Rusty y Kirk, pero el máximo de la cárcel eran esos mil dólares.

Con tiempo de sobra para dormir y descansar y un acceso casi ilimitado al gimnasio exterior, Bolton parecía más joven que cuando se habían despedido cinco años antes. Si a eso se le sumaba la ausencia de alcohol, mujeres y jornadas de dieciocho horas en la oficina, daba la impresión de que la cárcel le estaba sentando de maravilla, por lo menos en el aspecto físico.

Y nada de quejas. Según Rusty y Kirk, el viejo no había culpado a nadie ni una sola vez de su mala suerte. Tampoco había demostrado el menor arrepentimiento por la muerte de su esposa. Él siempre había mantenido que no la asesinó. Se había declarado culpable de homicidio sin premeditación, una acusación mucho menos grave.

—¿Y dónde está Kirk? —le preguntó a Diantha.

Lo sabía perfectamente, pero ella le siguió la corriente.

—Tenía una reunión importante con su nuevo abogado. Las cosas con Chrissy no van bien.

—Lo veíamos venir todos. ¿Y Rusty?

—Ha estado de juicio toda la semana y no ha podido encontrar un hueco.

—¿Cómo fue el juicio?

—Volvió a perder. Le pidió al jurado treinta y cinco millones y ellos le dieron cero. Un buen palo.

Bolton negó con la cabeza, con cara de irritación.

—No sé qué le pasa a este chico. Hace diez años le podía sacar la pasta que quisiera a cualquier jurado, y ahora está acabado.

—Volverá a ser el que era. Ya sabes que cuando trabajas en el juzgado hay buenas rachas y periodos de sequía.

—Si tú lo dices. ¿Has traído los estados financieros?

—No.

—¿Puedo preguntarte por qué?

—Claro que puedes. La respuesta es que no me ofrecí voluntaria para venir aquí, Bolton, y desde luego no pienso dejar que tú, tú precisamente, me digas lo que tengo que hacer. Ya no trabajo para ti ni volveré a trabajar para ti. Hubo un tiempo en el que te creías que era tuya, cuando era una cría, y todavía lamento las cosas que hicimos.

—Fue siempre consentido, que yo recuerde.

—Era una cría de veinticinco años recién salida de la escuela de Derecho y tú me diste trabajo. Lo que pasó después no puede decirse que fuera consentido. Te me echaste encima desde el primer día y no dejaste lugar a dudas sobre que cualquier conato de resistencia podía acabar en despido. Eso es lo que recuerdo yo.

Él sonrió y sacudió la cabeza.

—Bueno, bueno, Venus y Marte una vez más. Lo que yo recuerdo es a una joven sexy con falda corta que pensaba que tirarse al jefe era su billete para ser socia. ¿No tuvimos esta misma conversación hace años, cuando nos reconciliamos? Pensaba que todo esto era agua pasada.

—Pasada para ti, quizá, Bolton. Lo nuestro duró tres años y fui yo, no tú, quien por fin lo dio por zanjado.

—Cierto, y después nos sentamos a hablarlo y decidimos que seguiríamos como amigos. Yo siempre he valorado tu amistad, Diantha, y tu inteligencia. Sé que nos reconciliamos.

—No me digas. Si nuestra relación es tan estupenda, ¿por qué llevo los últimos quince años yendo a terapia?

—Venga ya. No puedes culparme de todos tus problemas.

Los dos necesitaban una tregua, de modo que se quedaron sentados un rato sin hacerse caso. Tras una larga pausa, Diantha dijo:

—Lo siento, Bolton. No traía pensado decir todo eso. No he venido para machacarte por algo que sucedió hace mucho.

—Llevas dentro mucha ira y rencor.

—Es cierto, y me estoy esforzando mucho por superarlo.

—Bueno, te diría que lo siento, pero ya está dicho y es obvio que no ha significado demasiado. Tengo grandes recuerdos de ti, Diantha. Quiero que me veas con buenos ojos; te lo juro.

—Lo intentaré. Mira, estamos aquí en la cárcel y se supone que yo debo traerte sonrisas del mundo exterior, no crear mal rollo. Mis problemas no son nada comparados con los tuyos, Bolton. ¿Cómo sobrevives en un sitio como este?

—Día a día. De pronto ha pasado una semana, luego un

mes, luego un año. Dejas de llorar, crías callo, te das cuenta de que puedes sobrevivir. Te aseguras de estar a salvo. Yo tengo la suerte de disponer de dinero que puedo repartir. Aquí dentro puede comprarse casi de todo. —Sonrió, entrelazó las manos detrás de la nuca y miró hacia el techo—. Casi de todo, menos lo que importa de verdad. La libertad, viajar, las mujeres, el golf, buena comida y buen vino. Pero ¿sabes qué, Diantha? Estoy bien. Esto casi ha terminado y dentro de nada estaré fuera. En términos estadísticos, me quedarán unos veinte años más de vida, y pienso pasármelo en grande. Dejaré St. Louis y todos los malos recuerdos y me iré a algún sitio bonito y tranquilo para empezar de cero.

—Con una fortuna.

—Pues sí, con una fortuna, ya lo creo. Fui lo bastante listo para meter dinero en el acuerdo con las tabacaleras cuando tú, los chicos y el resto del bufete me decíais que no. La apuesta salió bien y después volví a ser listo y le escondí el dinero a Tilda; en paz descanse. Voy a coger el dinero y largarme. ¿Quieres venir conmigo?

—¿Es otra propuesta?

—No, era una broma. Anímate, Diantha, parece que tengas más problemas que yo, que soy el que está enjaulado en este agujero de mierda.

—¿Cómo planeas salir?

—Ya te gustaría saberlo. Digamos tan solo que, en efecto, tengo un plan y que las cosas empiezan a ponerse en marcha.

—Hablemos de otro tema. Solo llevo aquí quince minutos.

—Por favor, sin prisa, Diantha. No hay límite de tiempo para las conversaciones con los abogados y eres un rayo de luz para mí, que no suelo tenerlos.

—¿Qué me dices del bufete? Estoy segura de que sientes curiosidad.

—Gran idea. ¿Cuántos asociados tenemos ahora?

—Veintidós. Once en cada lado. Si Rusty contrata uno, lo mismo hace Kirk. Y eso vale también para secretarios, ayudantes y bedeles. Como siempre, los gastos y adelantos netos deben mantenerse perfectamente iguales. Si uno de los dos tiene la impresión de que el otro le lleva ventaja, la cosa se lía.

—¿Qué les pasa a esos dos?

—Llevas haciendo esa pregunta desde que te conozco.

—Sí, es verdad. No recuerdo ninguna época en la que se hayan llevado bien. Fue como una guerra fratricida desde la cuna. Intentan destruir el bufete, ¿no es cierto, Diantha? He visto las cifras; sé lo que está pasando. Demasiados gastos, muy pocos ingresos. Como recordarás, yo no pasaba ni una, vigilaba hasta el último céntimo. Contrataba a gente válida y era generoso con ella. Estos dos no tienen ni la menor idea de cómo dirigir un bufete de abogados.

—Tampoco es para tanto, Bolton. Tenemos a varios letrados de talento a los que he ido contratando estos años y están progresando bien. Sigo al mando, aunque sea porque no hay más remedio. Como Rusty y Kirk no se hablan, todo pasa por mi escritorio y yo gestiono el bufete. El negocio siempre tiene altibajos.

—Supongo.

Bolton echó un vistazo nostálgico al techo y dejó pasar algo de tiempo. Al cabo de un rato, preguntó:

—¿Qué dice la gente de mí por la ciudad, Diantha?

—Es una pregunta curiosa, viniendo de un hombre al que jamás le interesó lo que dijeran o pensasen los demás.

—¿Acaso no pensamos todos en nuestro legado?

—Bueno, para serte sincera, Bolton, cuando me preguntan por ti es siempre en referencia a la muerte de Tillie y tu encarcelamiento. Me temo que es así como te recordarán.

—Es justo, imagino. Francamente, en realidad no me importa.

—Así me gusta.

—Lo raro, Diantha, es que no tengo remordimientos. No he echado de menos a esa mujer ni por un segundo. A decir verdad, cuando pienso en ella, e intento no hacerlo si puedo evitarlo, su muerte siempre me arranca una sonrisa. Sí, claro, preferiría que no me hubieran pillado y todo eso, y cometí algunos errores muy tontos, pero saber que Tillie está bajo tierra me causa una gran alegría.

—No te llevaré la contraria. Nadie la echa de menos, ni siquiera sus dos hijos.

—Era un horror. Dejémoslo en eso.

—Tú y yo nunca hemos hablado de su muerte, ¿verdad? Él sonrió y negó con la cabeza.

—No, y no podemos hablar de ella ahora. Estos cuartitos no siempre son seguros. Podría haber filtraciones.

Diantha echó un vistazo a su alrededor.

—Claro. A lo mejor algún día, cuando salgas.

—¿Seremos amigos cuando salga, Diantha?

—¿Por qué no, Bolton? Pero ten las manos quietas. Ese fue siempre tu problema.

Él se rio.

—Es verdad, pero ahora soy demasiado viejo para esos devaneos, ¿no te parece?

—No, creo que eres incorregible.

—Qué duda cabe. Ya tengo planeado mi primer viaje. Iré a Las Vegas y pagaré el ático de un hotel alto y luminoso, jugaré a las cartas todo el día, apostaré a los deportes, comeré filetes, beberé buen vino y disfrutaré de las jovencitas. No me importa cuánto cuesten.

—Veo que, de rehabilitación, nada.

21

La muerte de Tilda Malloy había sido imaginada muchas veces, y no solo por su marido, aunque Bolton durante décadas había sido con diferencia el maquinador más activo. Tras diez años de tumultuoso matrimonio, sin salida pacífica a la vista, empezó a planear su fin.

Todo comenzó con un repentino interés en la pesca de truchas en los ríos de los montes Ozark, una actividad que le gustaba, pero ni por asomo tanto como aparentaba. Varias veces al año, unos amigos y él, y más adelante Rusty y Kirk, hacían las tres horas de coche en dirección sur que separaban a St. Louis de las montañas, donde alquilaban unas cabañas y pescaban y bebían como universitarios jaraneros.

Eso desembocó en la adquisición de una casa de troncos a orillas del río Jack's Fork, en el sur de Missouri. Bolton puso en marcha una elaborada y prolongada añagaza consistente en fingir un sobrevenido amor por la naturaleza y, con el tiempo, hasta llegó a cogerle cierto cariño a esos fines de semana tranquilos, sobre todo cuando Tillie se negaba a acompañarlo. A ella no le interesaban las actividades que no pudieran ponerse en práctica a menos de quince kilómetros de su querido club de campo. Opinaba que los montes estaban plagados de paletos, que la pesca era un deporte raro y solo para chicos, que había bichos y grillos por todas partes y que, por si fuera poco, no podía encontrarse un restaurante decente en ninguna parte.

Cuando diagnosticaron a Tillie una enfermedad coronaria a los cincuenta y siete años, Bolton se regocijó en secreto, pero mantuvo una fachada bastante creíble como atento cuidador. Con gran consternación, la vio restablecerse a pasos agigantados; adoptó una dieta basada en los productos vegetales, hacía ejercicio dos horas al día y afirmaba sentirse mejor que nunca. Cuando un reconocimiento médico tras otro fueron demostrando una clara mejoría, quedó de manifiesto que no iba a morirse en el futuro inmediato. Bolton sucumbió al abatimiento y retomó aquella inveterada fascinación con la muerte prematura de su mujer.

Su primer infarto, a la edad de sesenta y dos años, había insuflado nuevas esperanzas a la familia. Aunque evitaban que el tema saliese a colación, la vida sin Tillie era un sueño constante para Bolton y sus hijos, y en especial para las mujeres de estos. La Tillie suegra era una harpía metomentodo y lianta.

Pasaron los meses, y luego los años, y la ancianita no solo aguantaba, sino que seguía entregada con regodeo a sus fechorías. Un segundo infarto, a los sesenta y cuatro, no logró pararle los pies, y la familia entera se deprimió.

Cediendo a las presiones de Bolton, el médico de Tillie le ordenó salir de la ciudad y pasar dos semanas de descanso en las colinas; sin teléfono, internet o televisión. Nada más que reposo, comida insípida y muchas horas de sueño. Ella tenía en mente un lujoso spa en las Rocosas al que iban sus amigas a desintoxicarse, pero Bolton insistió en su cabaña de pesca. Ella la aborrecía y despotricó durante las tres horas que Bolton pasó conduciendo y consumiéndose por dentro mientras combatía el impulso de meter el coche en una calzada de grava y estrangularla en una cuneta.

A la hora de la cena, compartieron la pequeña mesa rústica sin perder las formas. De plato principal, pescado congelado, más una copa de vino para él. Ella dijo que no se sentía bien, que el trayecto la había fatigado y quería acostarse. Mientras se preparaba para irse la cama, Bolton se puso unos guantes gruesos y, sudando y muerto de miedo, sacó una culebra real de dos metros y medio de una caja escondida en un armario y la metió en la cama de matrimonio, en el lado de ella, bajo la manta. Lo había ensayado en su cabeza un millar de veces, pero ¿quién diablos sabe lo que va a pasar cuando se lanza a una serpiente bien alimentada y supuestamente amaestrada, signifique eso lo que signifique, sobre unas sábanas de algodón que no ha sentido en la vida y después se la cubre con una manta? ¿Se asustaría y reptaría fuera de la cama, hasta el suelo, obligando a Bolton a arrastrarse como un cangrejo bajo el lecho para intentar atraparla? ¿O se quedaría paralizada en el sitio durante unos segundos a la espera de ser desvelada, con el consiguiente drama?

La serpiente cooperó y se quedó quieta. Bolton logró quitarse los guantes antes de que su mujer saliera del baño, quejándose de la temperatura. Cuando ella se disponía a retirar las mantas, Bolton les dio un tirón y soltó un alarido al descubrir a la monstruosa serpiente negra y moteada que reposaba sobre sus preciosas sábanas de lino blanco. Tillie se llevó tal susto que las cuerdas vocales se le quedaron petrificadas por el terror y fue incapaz de articular sonido alguno. Retrocedió y se desmayó al caer de espaldas y darse un fuerte golpe contra la pared.

Por un momento, no se movió nadie. Bolton, sin perder de vista a la serpiente, miró de reojo a su mujer, que parecía inconsciente. El reptil alzó un poco la cabeza, miró hacia abajo en dirección a Tillie y luego se volvió de nuevo para ver qué hacía Bolton. De pronto, se hartó de aquello y con un rápido serpenteo llegó al borde de la cama y bajó al suelo. Cuando Bolton se puso a perseguirla, aceleró y empezó a deslizarse más rápido sobre los tablones de pino. Era imperativo volver a meter al maldito bicho en su caja y, llevado por la desesperación, la agarró por la cola, lo que hizo que la serpiente se enroscara de inmediato y atacase. Bolton chilló cuando los minúsculos dientes afilados como cuchillas se le clavaron en la mano izquierda. Por supuesto, la serpiente no era venenosa —no era tan estúpido—, pero eso no le impedía morder y le hizo un daño espantoso. Retrocedió sujetándose la mano y vio que sangraba. Fue a la cocina, midiendo cada paso ahora que había una serpiente suelta, y llenó un cuenco de hielo para meter la mano. Se sentó a la mesa e intentó serenarse. Tenía la respiración entrecortada y todavía sudaba. Necesitaba pensar con claridad, tomarse aquello como el escenario de un crimen, como en realidad era.

La hemorragia remitió, pero la hinchazón no. Se envolvió la mano con un trapo de cocina bien apretado y fue a ver cómo estaba su querida esposa. No se había movido, pero su pulso era débil, lo que la pareció una gran contrariedad. Su casi muerte podía dar paso a varias continuaciones, todas las cuales había repasado de cabeza un millar de veces. Ninguna de ellas, sin embargo, incluía un maldito mordisco de serpiente que sería imposible ocultar. Le echó un poco de agua fría en la cara, pero ella no reaccionó. El pulso se debilitó, pero sin llegar a desaparecer. Caminó trazando un amplio semicírculo para evitar otro encuentro con la serpiente, a la que había visto por última vez escurriéndose bajo el sofá.

El futuro de Bolton dependía de las próximas decisiones que tomara. Solo tendría una oportunidad de lograr que aquello acabara bien. Miró su reloj de pulsera: las 9.44. Tillie llevaba inconsciente unos diez minutos. ¿Qué estaría haciendo la serpiente bajo el sofá? ¿O se habría trasladado a otro escondrijo?

Bolton sabía, gracias a su concienzuda investigación, que el equipo de emergencias más cercano se encontraba en la localidad de Eminence, capital del condado con seiscientos habitantes, y que estaba formado por voluntarios. Era improbable que llegara una respuesta rápida a manos de un equipo de personal sanitario bien formado. Sin embargo, el no llamar al número de emergencias solo podía levantar sospechas.

Le apetecía mucho un chupito de bourbon, pero venció la tentación. Había bastantes probabilidades de que le tocara hablar con médicos y enfermeras y no quería que el aliento le oliese a alcohol.

El pulso de su mujer se debilitó más.

Abrió las puertas y con una escoba intentó barrer debajo del sofá. Ni rastro de la serpiente, y era importante encontrar al condenado animal.

A las once de la noche, marcó por fin el número de emergencias e informó de que su mujer tenía problemas para respirar y se quejaba de un dolor en el pecho. Creía que podía estar sufriendo un infarto. La operadora sonaba como si acabase de entrar de la calle y estuviera recibiendo su primera llamada. Bolton le dio su nombre y la dirección de la cabaña, que, como muchas de la zona, ya era difícil de encontrar a plena luz del día. Omitió mencionar, de forma deliberada, un giro a la izquierda determinante en un cruce, con lo que garantizó que la ambulancia fuese a tardar una eternidad.

Cargó la caja vacía de la serpiente en el maletero de su coche, para tirarla más tarde. Volvió a hablar con Tillie mientras le estrujaba la muñeca. La mujer no le estaba poniendo las cosas fáciles. Gracias a su compromiso con el ejercicio físico, solo pesaba cincuenta kilos, cosa que Bolton agradeció. Logró cargársela al hombro, bajar los escalones de la entrada danto tumbos y dejarla en el asiento de atrás. Ella no emitió ni un sonido.

Poplar Bluff se encontraba a una hora de distancia y tenía un buen hospital regional. Su plan era llegar allí pasada la medianoche, con la esperanza de que el equipo titular ya hubiese terminado la jornada. Condujo lo más despacio posible y tomó el desvío equivocado unas cuantas veces. Ni un sonido procedente del asiento trasero. Al llegar a las afueras de la ciudad, paró en un local abierto las veinticuatro horas y pidió un café para llevar. Sin nadie que lo viese, porque no había nadie más a quien ver, se estiró hacia el asiento de atrás y volvió a comprobar el pulso de su mujer. Emitió un suspiro de alivio.

Tilda Malloy, su peleona mujer durante cuarenta y siete largos e infelices años, por fin había muerto.

Bolton fue a toda velocidad hasta el hospital y paró el coche ante la entrada de Urgencias.

22

La serpiente no escapó de la casa. Estaba enroscada en el suelo de la cocina echándose una siestecilla cuando el equipo de emergencias llegó y la vio. Mantuvieron una prudencial distancia mientras registraban la casa sin encontrar a nadie. Les pareció raro ver todas las puertas abiertas y las luces encendidas.

Los registros de la centralita mostrarían que la llamada del señor Malloy había entrado a las 11.02. Los técnicos de emergencias informarían de que habían llegado a las doce menos cinco, después de perderse un par de veces. Dieron un repaso a la casa, cerraron las puertas y se marcharon a las doce y veinte.

Y se llevaron a la serpiente con ellos. El jefe de la unidad era un apasionado de los reptiles, disfrutaba coleccionándolos y a menudo hacía demostraciones de seguridad con serpientes en los colegios de la zona. Jamás había visto un ejemplar tan hermoso de la poco común culebra real moteada y no tuvo ningún problema para capturarla. Dio por sentado que no se trataba de una mascota, pero estaba dispuesto a devolverla sin poner una pega en caso de que se lo pidieran. Nadie solicitaría nunca tal cosa.

Los registros de la unidad de Urgencias del hospital mostraban que el señor Malloy llegó a la 1.18 de la madrugada, con su esposa en el asiento de atrás sin signos de vida. La subieron a una camilla y la llevaron corriendo a un box, donde enseguida la declararon muerta.

Una enfermera le hizo una batería de preguntas al señor Malloy y se quedó con lo básico. Reparó en su mano hinchada y vendada. Él no quiso enseñársela, quitándole importancia con un gesto de la otra mano, a la vez que le explicaba que se había lesionado trabajando en la terraza la tarde antes. Un médico insistió en echarle un vistazo a la mano y sintió curiosidad al ver el extraño semicírculo que parecía un mordisco. El señor Malloy insistió en que no lo había mordido nadie ni nada y se cerró en banda. La enfermera observó que había sangre en el camisón de la fallecida y preguntó al respecto al señor Malloy. Por supuesto que era de él; le había sangrado la mano cuando no había tenido más remedio que llevarla a cuestas del dormitorio al coche. El médico pidió sacarle unas fotos de la herida, pero él se negó.

Llegaron dos ayudantes del sheriff con un conductor borracho herido y su presencia envalentonó al médico. Volvió a preguntarle a Bolton si podía fotografiar su herida y, cuando él se negó colérico, le hizo una seña con la cabeza a uno de los policías. Se acercaron los dos y echaron un vistazo a la mano izquierda de Bolton.

—Parece un mordisco de serpiente —dijo uno—. No venenosa. Si hubiera sido una de cascabel se verían dos marcas profundas de colmillos y una hinchazón de la hostia.

El otro ayudante del sheriff coincidió y añadió:

—Una ristra perfecta de dientes pequeñitos. Diría que ha sido una serpiente del maíz o una culebra real.

Bolton los ahuyentó con un:

—Señores, por favor, que acabo de perder a mi esposa.

¿Me conceden un poco de intimidad? No tengo ni idea de lo que están diciendo.

—Claro. Perdón.

—Sí, señor. Perdón.

Se marcharon y Bolton se puso a deambular por el pasillo, a la espera de que alguien le dijera qué hacer a continuación. No era una noche de mucho ajetreo en el hospital y el retraso empezó a mosquearlo. Una hora más o menos después de su llegada, el mismo médico acercó una silla y le preguntó si quería un café. Eran casi las dos y media de la madrugada, que no era su hora habitual para tomar cafeína. El doctor le explicó el protocolo: cuando fueran alrededor de las ocho de la mañana, el director de la funeraria acudiría al hospital y se informaría de los detalles de la muerte. Bolton tendría que estar presente para verificar la identidad de la fallecida y comentar su historial médico. Cuando el director de la funeraria quedara satisfecho con la causa de la muerte, redactaría el certificado de defunción.

—Ella quería que la cremasen —dijo Bolton con tono solemne. No era cierto; Tillie quería una misa católica entera y verdadera, con comunión y todo. Bolton se oponía en secreto a la idea porque le daba miedo que hubiera poca asistencia.

—Bueno —replicó el médico—, de acuerdo con la ley de Missouri hay que esperar veinticuatro horas antes de poder incinerar a un ser querido.

—Conozco la legislación de Missouri —le espetó Bolton con malos modos—. Llevó trabajando con ella cuarenta años.
—Lo que era cierto, aunque jamás se hubiera especializado en cremaciones. Sin embargo, a esas alturas se conocía al dedillo ese pequeño nicho de la ley, porque había ensayado mentalmente aquella situación un centenar de veces.

El medico fue paciente y dijo:

—De acuerdo, ¿por qué no duerme un rato y se reúne conmigo y el director de la funeraria a las ocho aquí?

—Eso haré.

Se marchó de Poplar Bluff y volvió a su cabaña. Cincuenta y un minutos, sin nada de tráfico. Trataba de adelantarse a los problemas. Los de emergencias habían dejado una pegatina en la puerta de la cabaña donde explicitaban la hora de su llegada y partida. Bolton recorrió la casa de puntillas, escoba en ristre, buscando a la maldita serpiente por todas partes. Era muy posible que hubiera regresado a casa y reptado por las paredes hasta el desván, pero no pensaba subir a buscar allí. Cerró las puertas y apagó casi todas las luces. Reunió todos los zapatos y la ropa de Tillie y los metió en su maleta. El resto de cosas —pijamas viejos, un albornoz, ropa interior, productos de aseo, botas de montaña que ella nunca se había puesto— las metió en una caja de cartón, que colocó junto a la maleta en el maletero del coche. No quería que quedase ni rastro de ella en su cabaña.

Aunque estaba tranquilo y no tenía prisa, se sentía algo tenso y necesitaba un chupito fuerte de bourbon. Se estiró en el sofá del despacho, bebió a sorbos durante un rato, le entró sueño y estuvo a punto de dormirse, pero luego recordó que aquella había sido la primera parada de la serpiente al huir del lugar del crimen. Se levantó de un salto, paseó por la cabaña y al fin se tendió en la cama, pero olió algo extraño y se le metió en la cabeza que era un aceite u otro fluido corporal secretado por el viscoso reptil. Convencido de que la casa había quedado inhabitable, agarró una colcha y se retiró a un balancín de mimbre del porche donde, con la ayuda de un segundo bourbon, cayó dormido pese al aire frío.

Temprano, a las seis, un coyote aulló en las inmediaciones y Bolton se levantó con un susto de muerte. Se duchó, se cambió de ropa, cargó el coche y partió a las siete. Era primera hora de un domingo por la mañana y nadie más estaba despierto. Cerca de una tienda rural, paró en un contenedor del condado y tiró toda evidencia de Tillie, además de la caja en la que había vivido la serpiente durante los últimos cuatro meses. Más ligero de equipaje, regresó a toda velocidad a Poplar Bluff. Cincuenta minutos justos.

Al llegar al hospital, se reunió con la misma pareja de médico y enfermera, a los que se había sumado el director de la funeraria. Les enseñó el carnet de conducir y juró que era el marido de la difunta. Hasta sacó sus pasaportes en regla, que había metido en el equipaje por si acaso su estratagema llegaba hasta ese punto. En cuanto se convencieron de que, en efecto, era el marido, le preguntaron por el historial médico. Sin la menor duda, en su opinión, la causa de la muerte era un paro cardiaco. Con gran lujo de detalles, enumeró los problemas de salud de Tillie: la enfermedad coronaria, los dos infartos, la larga lista de médicos que la habían tratado, las hospitalizaciones, la avalancha de medicación. Demostró una memoria prodigiosa y defendió bien su caso. Solo se adornó en su relato ficticio de las últimas horas que habían pasado juntos, en las que ella se quejó de un dolor en el pecho y él insistió en llevarla corriendo al médico. Pero ella no quiso. Al final, en el punto más crucial, había dado una boqueada y se había llevado ambas manos al pecho mientras caía al suelo. Intentó hacerle el boca a boca, pero no funcionó.

Ni que decir tiene, no hizo mención de la serpiente.

El médico, la enfermera y el director de la funeraria estuvieron de acuerdo por unanimidad. La causa de la muerte anotada en el certificado fue un paro cardiaco.

La metieron en un sencillo ataúd metálico, de los que se reservaban para tales ocasiones, y con una cinta de rodillos la cargaron en la parte de atrás del coche fúnebre. Bolton lo siguió hasta la funeraria, que estaba en la otra punta de la ciudad, donde la pusieron en hielo mientras se cumplía el plazo. La idea que tenía Bolton de un día productivo no era desperdiciar el tiempo en un tanatorio.

El director tenía planificada una tarde ajetreada porque había tres «clientes» esperando que los atendiera después de que acabaran los servicios religiosos. Los tres habían sido debidamente embalsamados y dos de los velatorios eran con féretro abierto. Bolton logró colarse en las salas de vela y echar un vistazo a los cadáveres. No le causó muy buena impresión el trabajo del tanatopractor. Después de matar una hora, consiguió pillar al director en su despacho y le dijo:

—Mire, sé que la ley le exige que transcurran veinticuatro horas antes de incinerar a alguien, pero yo tengo prisa. Debo regresar a St. Louis y empezar con los preparativos para el funeral. Mi familia me aguarda y todo el mundo está muy afectado. Es un poco cruel hacernos esperar. ¿Por qué no podemos ocuparnos ahora de la cremación, y yo me marcho?

—La ley impone esas veinticuatro horas, señor Malloy.

—Estoy seguro de que existe una laguna en alguna parte que permite un procedimiento acelerado en atención a la salud y seguridad de los implicados. Algo de ese estilo.

—No me consta ninguna laguna semejante.

—Mire, ¿quién va a enterarse siquiera? Hágalo ahora, discretamente, y me perderá de vista. No va a venir ningún representante del estado de Missouri a revisar sus registros. Esta es una situación muy complicada para mí y necesito ir a casa para ver a mi familia. Lo están pasando mal.

—Me temo que no puede ser, señor Malloy.

Bolton sacó la cartera y la abrió poco a poco.

—¿Cuánto cuesta una cremación, en cualquier caso?

El director sonrió ante aquella muestra de ignorancia y dijo:

—Depende de varios factores. ¿Qué clase de cremación tenía pensada?

Bolton resopló con cara de exasperación.

—Bueno, no tengo pensado nada, más allá del proceso de que ustedes la metan en el horno y después me den una caja de cenizas para que me la lleve a casa.

—¿Una cremación directa, entonces?

—Lo que usted diga.

—¿Tiene una urna?

—Uy, qué tonto; me he olvidado de traer una. Pues claro que no llevo ninguna urna. Apuesto a que ustedes tienen alguna a la venta.

—Tenemos un surtido, en efecto.

—Vale, pues volvamos a la pregunta inicial. ¿Cuánto cuesta una cremación?

—Mil dólares por una cremación directa.

—¿Cuánto por una indirecta?

—¿Disculpe?

—Olvídelo. —Bolton le tendió su tarjeta American Express plateada y añadió—: Cóbreselos. Y quiero la urna más barata.

El director la cogió. Bolton sacó unos billetes, contó diez de cien dólares y los puso encima de la mesa.

—Mil extra si lo tiene hecho para el mediodía de hoy. ¿De acuerdo?

El director echó un vistazo a la puerta cerrada y paseó su mirada huidiza por el despacho. Después arrastró el dinero y lo hizo desaparecer más deprisa que un crupier de blackjack.

—Vuelva dentro de dos horas —dijo.

—Hecho.

Bolton condujo sin rumbo fijo durante un rato y por fin se acordó de llamar a sus hijos para darles la noticia de que su madre había muerto. Los dos mantuvieron la compostura y no hubo arrebatos. Encontró una gofrería y se tomó unas tortitas con salchicha acompañadas por la edición dominical del *St. Louis Post-Dispatch*. Comió lo más despacio posible y se tomó cuatro tazas de café. Le gustaban las esquelas y se preguntó si pronto no incluirían la de su difunta esposa.

Media hora pasaba del mediodía cuando regresaba a St. Louis con sus despojos en una urna barata de plástico metida en el maletero. No recordaba una sensación tal de euforia, de absoluta libertad. Había llevado a la práctica el crimen perfecto, se había desembarazado de una mujer que había deseado mil veces no haber conocido nunca; el futuro se le presentaba de pronto glorioso y libre de lastres. Solo tenía sesenta y cinco años, gozaba de una salud perfecta y en cuestión de un año sus pagos derivados del caso de las tabacaleras empezarían a llegar como huevos de oro. Su carrera de cuarenta años como abogado de altos vuelos había terminado y no veía la hora de viajar por el mundo, a ser posible con una mujer más joven. Tenía dos en mente, ambas encantadoras divorciadas a las que llevaba mucho tiempo ardiendo en deseos de sacar a cenar.

23

Una semana después del funeral de Tilda, una ceremonia discreta e íntima que atrajo poco interés, Bolton maniobró con agresividad para cobrar cinco millones de dólares del seguro de vida. Su mujer y él habían adquirido idénticas pólizas mancomunadas hacía años, ante todo porque él estaba convencido de que ella tendría un fin prematuro, aunque en su momento le asegurase que aquello la beneficiaba porque, de acuerdo con los actuarios, lo más probable era que falleciese él primero. Al ver que la aseguradora remoloneaba, Bolton, con la bravuconería propia del abogado litigante, amenazó con demandarla por actuar de mala fe y por cualquier otro agravio que resultara de aplicación. Fue un error estratégico impropio de él.

La aseguradora decidió investigar la muerte y contrató a una empresa de seguridad conocida por sus pocas contemplaciones. Sus investigadores, la mayoría de los cuales tenían experiencia militar o con la CIA, sospecharon de inmediato a causa del horario de las acciones de Bolton aquella fatídica noche. Habían transcurrido dos horas y dieciséis minutos desde su llamada a emergencias y su llegada a las Urgencias de Poplar Bluff. Varias pruebas demostraron que el trayecto medio era de apenas cincuenta y dos minutos, y eso acatando todas las normas de tráfico. Era fácil suponer que una persona razonable forzaría el límite de velocidad cuando transportaba a la víctima de un infarto. Parecía que Bolton desde luego se había tomado su tiempo.

Le preguntarían por eso, pero mucho más tarde.

Otro factor estribaba en el día y la hora. Era un sábado por la noche, tarde, en el Missouri rural: ni el momento ni el lugar para encontrarse un tráfico denso.

El médico y la enfermera de Urgencias explicaron a los investigadores que, en su opinión, la señora Malloy llevaba muerta por lo menos una hora. Los primeros indicios de rigidez muscular indicaban que el *rigor mortis* empezaba a instaurarse. En sus apuntes, la enfermera describía al señor Malloy como «poco cooperativo», mientras que el médico comentó que le había parecido poco afectado por el fallecimiento de su esposa. Los dos describieron la misteriosa mordedura de su mano izquierda. Se había negado a dejar que se la tratasen y no había permitido que los ayudantes del sheriff le sacasen una foto. Uno de estos estaba seguro de que se trataba del mordisco de una serpiente constrictora grande.

La revelación clave llegó en el encuentro de la Agrupación de Serpientes de los Montes Ozark, un acto anual celebrado en Joplin que atraía a aficionados, domadores, coleccionistas, encantadores y curiosos de las montañas, los valles y más allá. El jefe del Departamento de Bomberos Voluntarios de Eminence era un habitual y, como de costumbre, alardeó con orgullo de sus serpientes, incluidas dos nuevas adquisiciones: una cascabel de los bosques de metro y medio que había atrapado en una quebrada y la culebra real moteada de dos metros y medio que se había llevado de la cabaña de los Malloy un mes antes.

Un amaestrador de Kansas City demostró una especial fascinación por la segunda, hasta que por fin preguntó:

—La verdad es que me suena mucho. Si no es indiscreción, ¿de dónde la has sacado?

—La encontré en una cabaña respondiendo a una llamada de emergencias.

—Es que se parece mucho a Thurman.

—¿Quién es Thurman?

—Thurman es una culebra real que le compré a un tratante de Knoxville cuando solo medía treinta centímetros. No paraba de crecer y crecer, jamás había visto a una real moteada de dos metros y medio. ¿Tú?

—No, ni nada que se le acercara. Diría que un metro y medio es lo máximo. ¿Cuánto tiempo la criaste?

—Tres años. Le cogí mucho cariño. Un tío pasó por la tienda el año pasado y se empeñó en llevarse a Thurman. Me dije qué diablos, le lancé un precio inflado y me pagó seiscientos dólares.

—¿Seiscientos dólares? Nunca había oído que alguien pagara tanto.

—El tío estaba forrado. Conducía un coche grande alemán. Creo que era de St. Louis.

—¿No te acordarás de su nombre, por casualidad?

—No. Me has dicho que la serpiente estaba dentro de la cabaña.

—Sí, todas las puertas estaban abiertas y no había nadie en casa. Llamaron a emergencias, pero para cuando llegamos allí, el sitio estaba vacío. Nuestro amigo Thurman estaba enroscado en la cocina como si estuviera en su casa. Yo le hago de canguro, por así decirlo.

—Entonces ¿no te interesa venderlo?

—De momento, no. A lo mejor dentro de un año, si nadie lo reclama.

—¿Por qué iba a abandonar nadie a Thurman?

—No tengo ni idea.

El amaestrador se fue y el jefe de bomberos se olvidó de él. Treinta minutos más tarde, lo vio regresar.

—Oye, me has preguntado por el nombre del tipo que compró a Thurman. He llamado a la tienda y mi hijo ha repasado el registro. El tío se apellidaba Malloy. ¿Te suena de algo?

—Sí, es el mismo. Tiene una cabaña en el río Jack's Fork.

A su debido tiempo, los investigadores de la compañía de seguros llegaron a Eminence y revisaron los registros y grabaciones del servicio telefónico de emergencias. Toparon con el jefe de bomberos, que les contó la historia de Thurman con pelos y señales. Los invitó a su granja en pleno campo para que vieran a sus serpientes, pero ellos rechazaron el ofrecimiento con educación. «Basta con que nos envíe unas fotos, si no le importa», dijeron.

Se fueron raudos a Kansas City, donde localizaron al amaestrador, quien identificó una foto de Bolton Malloy como el cliente en cuestión y además les proporcionó una copia del recibo de la venta.

Después la aseguradora mandó a sus abogados a reunirse con el fiscal general de Missouri, un politicastro veterano que no le tenía mucho aprecio al señor Malloy. Los abogados le expusieron un caso cien por ciento circunstancial aduciendo que, aunque quizá Bolton no hubiera matado directamente a su esposa, desde luego era cómplice de su muerte. Jamás podría demostrarse un asesinato, pero tenían buenas probabilidades si lo acusaban de homicidio. Además, era posible que hubiera cometido fraude al reclamar al seguro tras su fallecimiento.

La investigación, junto con las acciones del fiscal general, se mantuvieron en secreto, de tal modo que Bolton no tenía ni idea de lo que estaba sucediendo. La aseguradora siguió enredando con la estrategia de obligar a Bolton a demandarla. Él acabó por picar el anzuelo e interponer la demanda, y se vio bombardeado de inmediato por una avalancha de solicitudes de presentación de prueba. Los abogados de la aseguradora no veían la hora de sentarlo en una gran sala de juntas para que se pasara un día declarando.

Antes de que eso sucediera, sin embargo, Bolton se encontró una mañana temprano con una emboscada en la recepción de su querido bufete de abogados, donde un grupo de policías lo rodearon. Cuando lo sacaron esposado, las cámaras ya estaban esperando. El escándalo salió a la luz con una explosión mediática y, durante días, no se habló de otra cosa en la comunidad jurídica. Portadas de prensa, los titulares del telediario de las seis; no faltó de nada. Pagó enseguida la fianza y se refugió en su cabaña, donde se hizo fuerte con una escopeta y trató en vano de dormir entre pesadillas de serpientes que se colaban bajo las mantas.

Sus abogados proclamaron su inocencia, pero hicieron pocas declaraciones más, y se mantuvieron ocupados entre bastidores. La prensa amarilla machacó con la historia durante varias semanas, pero al final perdió interés. El estado iba a degüello a por una condena de veinte años, la máxima, pero

Bolton insistió sin estridencias en ir a juicio. Cuando faltaba un mes para la fecha acordada, sus abogados lo convencieron de que se declarase culpable de homicidio sin premeditación y aceptara cumplir diez años. De otro forma, se arriesgaba a morir en la cárcel.

Los abogados le pintaron un cuadro espeluznante de lo que pasaría cuando Thurman hiciera acto de presencia en el juicio. Había que imaginar a un experimentado amaestrador de serpientes, tal vez el mismísimo jefe de bomberos, retirando al reptil de su caja para sostenerlo en alto ante un angustiado jurado. Esta es la serpiente, señoras y señores, que Bolton Malloy adquirió por seiscientos dólares y llevó a su cabaña a orillas del río, donde la mantuvo durante cuatro meses, a la espera del instante adecuado para poder enseñársela a su esposa, Tillie, una mujer que padecía del corazón, una mujer que, como prácticamente todos, se moría de miedo al ver una serpiente.

¿Se imagina, prosiguieron sus abogados, lo que pensaría el mundo cuando unas grandes fotos en color de Thurman adornasen las portadas de costa a costa del país? ¿Y si el juez permitía la entrada de cámaras a la sala? Jamás habría una serpiente más famosa que Thurman.

Bolton aceptó la oferta de diez años.

Se marchó deshonrado, humillado, condenado y desterrado a una cárcel como un delincuente común. Dos meses después de que empezara a cumplir condena, la primera remesa del dinero del tabaco aterrizó en una cuenta bancaria extranjera que el Viejo Stu mantenía protegida. Su llegada suavizó la dureza de la cárcel y ofreció un nuevo sentido a su vida.

24

Han pasado tres días desde su visita a la cárcel. Diantha se sienta en un mullido y gastado sillón de cuero con los pies apoyados cómodamente en una otomana baja y acolchada, sin zapatos, pero con las medias puestas. El sillón y la otomana son caros, como todo lo demás que hay en la consulta. Aprecia esos muebles de calidad porque sin duda los ha pagado. Mimi cobra a esas alturas doscientos cincuenta dólares la hora; menos, desde luego, de lo que factura Diantha, pero tirando a caro para ser una psicóloga del Medio Oeste. Cuando se habían conocido, quince años antes, estaban las dos al inicio de sus carreras profesionales y sus tarifas eran muy inferiores. Habían crecido juntas, habían triunfado en sus carreras y casi podrían haber sido buenas amigas de no ser porque Mimi era la terapeuta y Diantha la paciente. Años antes habían decidido que era más importante conservar aquella relación profesional que tirarla por la borda y hacerse colegas.

—No me hizo gracia la idea de que fueras a la cárcel a verlo —está diciendo Mimi.

—Lo sé. Ya tuvimos esa conversación. Acabé yendo.

Mimi se sienta en su silla, un modelo giratorio moderno y original, con ruedas con las que le gusta desplazarse por el suelo de abedul. Hablan con parsimonia y en voz baja y rara vez entablan contacto ocular una vez que ha empezado la sesión tras cumplir con las cortesías de rigor.

—¿Y cómo te sentiste al verlo? ¿Qué fue lo primero que pensaste?

—Muchas cosas.

—No, solo una fue la primera.

—Aunque parezca raro, me llamó la atención el buen aspecto que tenía. Tiene setenta y un años y lleva cinco encerrado, pero está en forma, bronceado y esbelto. Luego me sentí culpable por fijarme en su apariencia.

—Eso no tiene nada de malo. Hubo un tiempo en que lo encontrabas atractivo y el sentimiento era mutuo.

—Sí, y después me pregunté cómo podía haberme acostado con aquel viejo durante tanto tiempo. Estaba casado, todo el mundo sabía lo que estábamos haciendo. ¿Por qué seguí adelante?

—Hemos pasado los últimos quince años hablando de eso, Diantha.

—Sí, es verdad, y todavía no puedo creérmelo.

—No podemos volver a ese tema, Diantha, ni cambiar lo que sucedió. Hemos pasado página. De ahí que te recomendara que no fueras. Ver a Bolton de nuevo despertó recuerdos y problemas con los que ya te has enfrentado y que has superado. Ahora me preocupa que, en muchos sentidos, tengamos que volver a empezar.

—No, estoy bien, Mimi. Tenía mis razones para ir. Quería ver al gran hombre en la cárcel, vestido de recluso, paseándose con las esposas puestas y demás. Quería verlo humillado, despojado de todos sus bienes, títulos y glorias de abogado litigante. Y por ese motivo valió la pena el viaje. No repetiré, pero me alegro de haberlo hecho.

—No está lo que se dice en la ruina, según me cuentas.

—Qué va. Ahora Bolton está recibiendo el dinero de unos acuerdos cerrados hace mucho tiempo. Eso me lleva a otra cuestión.

—¿Cuál?

—La compensación. Bolton está en deuda conmigo por lo que hizo. Se aprovechó de una joven inocente que trabajaba para él. Yo me sentía atrapada y creía que no había una manera de decir que no. Nunca fue consentido del todo.

—Por favor, Diantha. Estás recayendo y eso es peligroso.

—He tomado una decisión, Mimi. La tomé camino de casa desde la cárcel. Bolton está en deuda conmigo y es hora de cobrar.

25

Ninguno de los dos socios recordaba el último intento de reunirse en privado, con lo mucho que se habían esforzado por evitarlo. Llegado ese momento, sin embargo, la cuestión era demasiado crucial para dejarla en el escritorio de Diantha y cruzar los dedos. Habían tomado por costumbre endilgarle los problemas y era algo que a ambos socios les daba vergüenza, aunque ninguno se atrevería a reconocerlo. Y ninguno tenía tampoco arrestos para poner fin a esa práctica.

Ponerse de acuerdo sobre el lugar y la hora llevó casi una semana de tira y afloja. En un principio acordaron no verse en la oficina, pero una vez zanjado ese sencillo asunto, todo lo demás se complicó. Kirk sugirió un reservado en uno de sus clubes de campo, pero Rusty los despreciaba todos y de paso a todos sus miembros.

«¿Qué prefieres, un club de *striptease*?», le había replicado Kirk por correo electrónico.

Como los dos aborrecían el sonido de la voz del otro, evitaban el teléfono.

«No es mala idea», escribió Rusty al cabo de unas horas.

Por diversos motivos, no querían que los vieran juntos.

Al final, decidieron encontrarse en una suite de hotel en Columbia, a dos horas de viaje. Por supuesto, irían solos y en coches separados.

Como los gastos de viaje de Kirk estaban a punto de ser escudriñados por los abogados de divorcio de su mujer, consiguieron pactar que la habitación la reservaría Rusty, quien, a la sazón, se encontraba entre esposas.

Se vieron a las tres de la tarde de un jueves sin que nadie del bufete tuviera la menor idea de dónde estaban, lo que no era moco de pavo para dos hombres importantes que vivían rodeados de subalternos. Rusty llegó primero, pasó por recepción y encontró un refresco light en el minibar. Quince minutos más tarde, Kirk llamaba a la puerta. Consiguieron decirse «hola» con educación y darse la mano. Los dos estaban decididos a mostrarse civilizados y hablar con tono mesurado, porque sabían que cualquier salida de tono podía hacer que llegaran a las manos.

Se sentaron delante de una mesita con un refresco por barba.

—¿Has hablado con el viejo últimamente? —preguntó Kirk.

—La semana pasada, un rato. ¿Tú?

—Llamó anoche. Está orgulloso de su último móvil. Me dijo que la próxima vez no le mandemos a Diantha. Quiere a uno de nosotros. Como sabes, tuve que excusarme.

—Ya, siento lo del divorcio y tal. He pasado por ese trago varias veces y nunca es agradable. ¿No hay visos de reconciliación?

—Qué va. Ya no hay nada que hacer.

—Me cuentan que ha contratado a Scarlett Ambrose.

—Eso me temo.

—Se pondrá feo.

—Ya está feo. Me voy de casa este fin de semana.

—Siento oírlo. Ya sabes que me he divorciado tres veces, y no es nada de lo que presumir, pero todas las veces logré llegar a un acuerdo sin tirarnos los trastos a la cabeza.

—Lo sé, lo sé. Mira, no hemos venido hasta aquí para hablar de nuestros divorcios. El tema es el dinero. Los dos pasamos por un bache económico. Por culpa del divorcio, es probable que yo esté más fastidiado. El bufete pierde dinero a chorros y el futuro no pinta muy prometedor. ¿Podemos estar de acuerdo en eso?

Rusty iba asintiendo con la cabeza. Tras una pausa, dijo:

—Entretanto, el viejo está tan ricamente en la cárcel contando los días que le faltan para salir. El dinero del tabaco se va acumulando y no podemos tocarlo. ¿O sí?

—Claro que no. Stu lo controla y lo tiene escondido. Pero qué pasa: ese dinero pertenece a este bufete, no a Bolton Malloy. Ha sido deshabilitado, deshonrado y encarcelado, y no volverá a ejercer jamás. Va contra toda clase de ética que esta empresa se reparta unos honorarios con alguien que no es abogado. Eso se da por sobreentendido. Lo que me preocupa es que él y Stu están escondiendo el dinero y evadiendo impuestos. ¿Y si Hacienda entra a saco y quiere echar un vistazo a los libros? ¿Y si encuentran el botín oculto? Adivina a quién llevarán a juicio. Probablemente a Bolton no, aunque yo lo vendería en menos que canta un gallo. Es más probable que vayan a por nosotros dos.

—Estoy de acuerdo. ¿Adónde quieres ir a parar?

—Te diré adónde: tú y yo hemos estado pensando exactamente lo mismo desde que el dinero del tabaco llegó a la mesa. Tenemos derecho a una parte. Éramos socios de este bufete cuando se alcanzó al acuerdo extrajudicial con las tabacaleras y deberíamos recibir un porcentaje.

—¿Cuánto?

—No lo sé. ¿Tú tienes una cifra?

Rusty se puso en pie y caminó hasta un aparador, donde rebuscó en un maletín. Sacó unos papeles y los dejó en la mesa delante de Kirk.

—Anoche hice cuentas, algo que estoy seguro que tú haces a todas horas. En el momento del acuerdo, el tribunal aprobó unos honorarios para Malloy & Malloy que ascendían a veintiún millones. El viejo fue listo: difirió su parte y estructuró un acuerdo para posponerla durante diez años, con la esperanza, por supuesto, de que nuestra querida madre falleciera en el ínterin. Los dos conocemos esa historia. De manera que, por espacio de una década, el dinero fue engordando a una tasa de un cinco por ciento al año, más o menos. Hace cinco años, los pagos anuales de tres millones llegaron por fin a casa, o por lo menos a algún lugar en el mundo de Stu. Para entonces, el montón ascendía a treinta y cinco millones y pico. Pues bien, suponiendo que el dinero esté rindiendo solo un cinco por ciento al año y que siga llegando en paquetes de tres millones, los pagos se prolongarán durante otros catorce años. Bolton tiene casi setenta y dos. ¿Qué cojones va a hacer un hombre de ochenta años con tanta pasta?

—Todo esto ya lo sé, Rusty.

—Claro que lo sabes. Solo lo repito para poder justificar que nos llevemos una parte del dinero ahora.

Kirk arrugó la frente y miró por la ventana.

—¿Y qué pasa con Stu?

—Le haremos rico. Le damos una tajada, lo bastante para hacerle sonreír, lo bastante para que ese viejales se jubile y se vaya a casa a regar sus rosas. La conspiración exigirá que los cuatro trabajemos juntos.

—¿Diantha?

—Por supuesto.

Kirk se puso en pie y caminó hasta la puerta y luego de vuelta, frotándose el mentón a cada paso.

—Anoche tuve una larga charla con ella. Que se viera con el viejo no fue buena idea. Desenterró un montón de viejos traumas que yo creía que habían resuelto, pero es evidente que no. Por no andarme por las ramas: quiere parte del dinero. Opina que tiene derecho después de todos estos años.

—Qué oportuno —comentó Rusty.

—Bueno, da igual. Está decidida y no piensa aceptar un «no» por respuesta.

—Genial. Pues la incluimos en el reparto. ¿Cómo conseguimos que Stu cocine los libros en nuestro beneficio para variar?

—Ella cree que será fácil. Dice que Stu empieza a dar señales de rajarse con todo el dinero que ha escondido y los impuestos que está evadiendo. Hasta dejó caer algo de que no iría a la cárcel por las tretas del viejo.

Rusty sonrió y dijo:

—Me encanta. ¿Qué cifra ha pedido Diantha?

—Vamos a partes iguales, ¿vale? Los cuatro. Nos quedamos un millón por cabeza para empezar y lo mantenemos en el paraíso fiscal donde está escondido ahora mismo. El año que viene nos quedamos medio millón cada uno y dejamos otro para el viejo. Lo mismo el año siguiente. Si todo sale bien, y no hay motivo para pensar lo contrario, nos repartimos ese dinero hasta que cesen los pagos o hasta que él salga de la cárcel. Podemos ajustar los repartos de la manera que más nos guste, pero debemos hacer piña.

—¿Cómo se la jugamos al viejo?

—Hacemos que Stu falsee los estados financieros mensuales. Mientras esté en la cárcel, Bolton no sabrá la verdad. Cuando salga, sin duda dará problemas, pero ya tendremos el dinero. ¿Qué va a hacer?, ¿demandarnos por apropiarnos de unos honorarios que nos corresponden por derecho?

Rusty dejó de sonreír y dijo:

—Nos desahuciará del edificio.

—¿Y qué? Si lo hace, nos iremos a otra parte, o a lo mejor echamos el cierre y punto. No es tan mala idea. Nos tomamos un descanso del derecho.

—Mientras contamos nuestro dinero.

Por primera vez en años, los hermanos Malloy disfrutaron de un rato en común. El gorila que había en la habitación por fin se había marchado. Habían plantado cara a Bolton y sus monstruosos honorarios y no estaban asustados. En el coche, de camino a casa, Kirk se deshacía en sonrisas mientras escuchaba a Bach y soñaba con una vida mucho más agradable lejos de Chrissy y lejos del derecho.

Rusty decidió quedarse un rato en el hotel. Había pagado la habitación, no tenía sentido volver corriendo a una casa vacía. A las cinco, bajó al salón, se pidió una copa en la barra y mantuvo un ojo puesto en la puerta, listo para abalanzarse sobre la primera candidata atractiva.

26

Sin embargo, el Viejo Stu no quiso saber nada del plan.

Escuchó con cierta atención mientras Diantha le relataba su tortuosa historia con Bolton. Creyó que lo estaba convenciendo, pero la poco agraciada cara del contable se volvió fría como la piedra cuando ella abordó el tema del dinero. Daños morales; compensación por el acoso sexual. Como nunca había dinero en efectivo al que echar mano en el bufete, por lo menos encima de la mesa, el Viejo Stu supo de inmediato que Diantha tenía entre ceja y ceja el tesoro que se estaba acumulando en los paraísos fiscales.

Ella siguió adelante y le explicó que los «chicos» se estaban poniendo nerviosos y necesitaban un «aumento» en su remuneración. Eso a Stu lo dejó frío.

Diantha tenía ganas de recordarle al contable no colegiado que era un empleado del bufete al que podía despedirse en cualquier momento y por cualquier motivo, o sin motivo directamente, pero decidió guardarse las flechas más mortíferas en el carcaj para futuras batallas. Volvería a reunirse con los socios y planearían su siguiente jugada. La primera, por lo menos en opinión de Diantha, había sido un fiasco.

Dejó a Stu en su oficina de la séptima planta y bajó sola en el ascensor hasta su piso. Le dijo a su secretaria que no le pasara ninguna llamada y se encerró en el despacho, donde se quitó los zapatos de tacón y se tendió en el sofá. Echar una cabezadita le resultó imposible; demasiado estrés. Había fracasado rotundamente en su primer intento de convencer a Stu de que se uniera a su asalto secreto al querido dinero del tabaco de Bolton. ¿A quién llamar antes, a Kirk o a Rusty?

La respuesta era obvia. Kirk era un tipo retraído que jamás salía de la oficina a ensuciarse las manos. Rusty era un fajador que sabía seducir y negociar. Si no conseguía lo que deseaba por las buenas, siempre estaba dispuesto a apretar las clavijas o asestar una puñalada a un enemigo, si era necesario. Si alguien podía intimidar y amenazar al Viejo Stu, ese era Rusty Malloy.

A primera hora de esa mañana, el contable les había mandado por correo electrónico a ella, a Kirk y a Rusty los estados financieros del mes anterior. La cosa estaba peor de lo que se pensaba. Los bancos no tardarían en llamar y llegarían las consabidas reuniones tensas.

Caminó hasta su escritorio, se sentó con los pies encima y estudió los estados financieros. Todos los años, Kirk y Rusty se pagaban a sí mismos cuatrocientos ochenta mil dólares en concepto de salario, con un bonus a fin de año que dependía del rendimiento del bufete. Los bonus, siempre equitativos, siguiendo las instrucciones de Bolton, se negociaban en una sesión a puerta cerrada todos los años el 30 de diciembre. Era, con diferencia, el día más espantoso del año. Los dos socios llegaban cargados de una retahíla interminable de números, y a Diantha le tocaba arbitrar. En los últimos tres ejercicios,

Kirk había puesto el grito en el cielo porque su lado del bufete, el «lado derecho», había aportado muchos más beneficios brutos que el de Rusty. Este contraatacó con las tendencias de los últimos cinco y diez años, que demostraban a las claras que su especialidad en casos de lesiones personales era mucho más lucrativa que la de Kirk. Apenas cuatro años antes, su «lado izquierdo» había doblado los ingresos brutos de su adversario. Eso fue antes de que empezara a perder juicios con jurado —y perderlos de forma estrepitosa—.

¿Adversarios? ¿Por qué eran adversarios y no socios remando juntos en el mismo barco? Bolton decía que jamás habían cooperado. Y ahora el barco se hundía.

Si la empresa mantenía el mismo rumbo durante dos meses más, no habría bonus de fin de año. En realidad, la brecha entre ingresos y gastos era lo bastante grande para exigir que Kirk y Rusty, obligados de nuevo por el acuerdo de sociedad, intervinieran para cubrir el déficit, una medida fea que no se había tenido que aplicar nunca antes.

A Diantha le resultaba obvio que las únicas maniobras inteligentes pasaban por un drástico recorte de gastos, despedir asociados, reducir el personal, rebajar el salario de los dos socios y convencer a Rusty de alguna manera para que dejase de aceptar casos arriesgados. Ninguna de estas actuaciones era ni remotamente posible, y no pensaba ser ella quien hiciera sugerencias.

Mientras estudiaba las cuentas, se preguntó una vez más cómo podía un bufete próspero buscarse la ruina de esa forma. Estaba a punto de dar la jornada laboral por terminada e irse de compras, cuando su secretaria llamó a la puerta.

En el vestíbulo esperaba un mensajero judicial, un chaval que llevaba una sudadera con capucha y unas deportivas gigantes.

—¿Eres Diana Bradshaw? —preguntó con tono grosero.

—Mi nombre es Diantha Bradshaw.

El chico miró sus papales y pareció pelearse con las palabras.

—Vale, y eres la agente registrada de Malloy & Malloy, ¿no?

—Es correcto.

—Soy un mensajero judicial del bufete de abogados Bonnie & Clyde. Aquí tienes una demanda que hemos interpuesto hace dos horas.

Se la tendió y Diantha la cogió sin darle las gracias. El crío desapareció.

Bonnie & Clyde eran problemas asegurados. Se trataba, quizá, de los abogados más famosos de St. Louis, y no por su talento jurídico. Marido y mujer, habían sido unos esforzados especialistas en casos de divorcio de poca monta hasta que Clyde cerró un acuerdo extrajudicial en un caso de accidente de camión que le procuró algo de dinero. Su mujer siempre había respondido al nombre de Bonita. El hijo adolescente que tenían veía demasiada televisión y disfrutaba en particular con los anuncios cutres y agresivos de los bufetes especializados en lesiones personales. Fue a él a quien se le ocurrió la idea de rebautizar a su madre e inundar las ondas con anuncios de «Bonnie & Clyde» que los mostraban vestidos como Warren Beatty y Faye Dunaway, subfusil en mano mientras arrancaban a los pérfidos ejecutivos de las aseguradoras montañas de dinero que iban a parar a sus clientes. Cambiaron el nombre de su despacho a Bonnie & Clyde.

Al principio, el colegio local expresó por carta su malestar con aquellos anuncios, pero para entonces la publicidad de abogados ya estaba descontrolada y, en cualquier caso, era un tema de libertad de expresión.

Los clientes lesionados empezaron a llegar en tropel y Bonnie y Clyde se hicieron ricos. Ampliaron el bufete, contrataron a un montón de asociados y se enamoraron de las vallas publicitarias.

Habían sido contratados por los padres de Trey Brewster y demandaban a Rusty y el bufete por negligencia profesional. Diez millones de compensación y otros diez de daños punitivos.

Diantha leyó la demanda, mal redactada, y murmuró:

—Preferiría estar en su lado que en el nuestro.

27

Para el trabajo sucio, que nunca escaseaba alrededor de cualquier bufete especializado en lesiones personales que se preciara, Rusty podía escoger entre varios contactos. El más experimentado era un expolicía llamado Walt Kemp, un investigador con su propia empresa especializada en buscar a víctimas de accidentes, perseguir ambulancias, localizar testigos y demás. Walt tenía mucha calle y disponía de contactos en multitud de lugares poco recomendables, incluidas las cárceles.

Quedaron para desayunar sándwiches de huevo y arenque en un local ruso del barrio de Dutchtown, en el casco histórico de la ciudad. La discreta oficina de Walt estaba a la vuelta de la esquina, donde el alquiler era barato.

—Te traigo una cosa rara —dijo Rusty en voz baja.

—No será la primera vez —replicó Walt con una sonrisa mientras se quitaba la espuma de cerveza del bigote.

—¿Conoces a alguien en el Centro Penitenciario de Saliba?

—¿Como tu padre, quieres decir?

Rusty soltó una risilla nerviosa que parecía un tosido y dijo:

—Sí, el viejo sigue allí dentro. ¿Alguien más?

—¿Reclusos o gente con pistola?

—Reclusos, no. Alguien con autoridad.

—Es probable. ¿Qué sucede?

—Bueno, tiene que ver con Bolton. Lleva allí cinco años y de vez en cuando echa mano de un teléfono móvil.

—No es nada inusual. En todas las cárceles hay un mercado negro de teléfonos enorme. También de drogas y de casi cualquier otra cosa.

—Sí, bueno, el caso es que Bolton tiene uno ahora y, para serte sincero, nos está volviendo locos con él. Parece incapaz de dejar de mangonear en los asuntos del bufete.

—¿Qué me estás pidiendo?

—Haz una llamada anónima al personal de seguridad de la cárcel, diles que el recluso número dos, cuatro, ocho, ocho, uno, tres tiene un teléfono. Lo encontrarán y lo meterán en confinamiento solitario durante un mes. Ya ha estado allí antes.

—¿Quieres meter a tu padre en confinamiento solitario?

—Solo durante un mes o así. Nos está volviendo locos y arma demasiado jaleo.

Walt dio un bocado y echó a reír. Cuando pudo hablar, dijo:

—Esto es genial. Me encanta.

—Tú hazlo, ¿vale?

—Claro. ¿A quién le mando la factura? ¿Al bufete?

—Sí, pero llámalo de otra manera. Siempre has sido creativo para elaborar facturas.

—Eso es porque trabajo para un montón de abogados.

—Hazlo y punto. Cuanto antes, mejor.

—A la orden, jefe.

28

Uno de los pasos previos esenciales para dar un golpe de mano exitoso era cortar las comunicaciones. Cuando hubieron confirmado que Bolton volvía a estar en confinamiento solitario, el siguiente paso era neutralizar a los aliados del oponente. Una vez más, la tarea recayó en Rusty.

Irrumpió en el desordenado despacho de Stuart Broome en la séptima planta, sin previo aviso y listo para la batalla. Pilló al Viejo Stu totalmente desprevenido. No había pedido cita y hacía muchos meses que Rusty no pisaba esa oficina.

—Tenemos que hablar —dijo de buenas a primeras, sin plantear alternativas.

—Vaya, buenos días, Rusty. ¿A qué debo este honor? —saludó Stu con tono sarcástico mientras se bajaba de su cinta de caminar apagada.

—El honor se debe a lo siguiente, Stu. Va siendo hora de que el bufete reparta una parte del dinero del tabaco que Bolton y tú tenéis escondido en el extranjero. Los pagos van a nombre del bufete de abogados Malloy & Malloy, una empresa que ya no incluye a nuestro querido padre. Tienes un par de opciones, Stu, de modo que escucha con atención. La primera es negarte, decir que no podemos acceder al dinero porque eres leal a Bolton y no a nosotros, en cuyo caso te despediré de inmediato y te escoltaré fuera del edificio. Cuento con dos guardias de seguridad en el pasillo, armados, añadiría, y cuando te despida te marcharás sin tocar nada que tengas en el escritorio.

Stu se puso lívido y dio un grito ahogado. Cuando habló, lo hizo con la voz fatigosa y ronca.

—¿Has traído guardias de seguridad? ¿A esto hemos llegado? —Caminó hasta el sofá y se dejó caer en él.

—Eso es lo que he dicho, Stu. Guardias armados. Rescisión de contrato sin finiquito ni indemnización, y si quieres demandarnos nos veremos en los tribunales. Creo que podremos alargar la cosa unos cuantos años, mientras tú apoquinas sumas enormes de dinero a tus abogados.

—¿Qué otra opción tengo?

—Hacer lo que te pedimos y forrarte. Estamos formando una pequeña empresa que será sumamente rentable para los cuatro socios comanditarios.

—¿Cuatro?

—Tú, yo, Kirk y Diantha. Socios a partes iguales. Tomaremos nuestra parte del dinero del tabaco ahora y a medida que vaya llegando.

—Bolton me matará, Rusty. Y es probable que de paso os liquide a vosotros tres.

—Bolton está en confinamiento solitario ahora mismo, Stu. Y cuando salga todavía tendrá por delante cinco años de condena. Cree que le darán la condicional, pero eso no pasará porque no paran de pillarlo con material de contrabando y hasta se le ha acusado de sobornar a guardias. El mismo Bolton de siempre. Ahora mismo no puede tocarnos. No vamos a quitarle todo el dinero, de manera que seguirá siendo rico.

—¿Cuánto le quitaremos?

—Un millón cada uno de entrada, para empezar. Después medio millón por cabeza al año durante un tiempo. Ya lo decidiremos más adelante. El dinero se queda en los paraísos fiscales para que nadie sepa de él.

Stu se rascó la mandíbula laxa con expresión de estar a punto de echarse a llorar. No podía mirar a Rusty a los ojos, y mantuvo la vista fija con tristeza en sus zapatos mientras decía:

—Nunca he sentido la tentación de robar dinero.

—¡Robar! —rugió Rusty—. ¿Me tomas el pelo? Ese dinero representa unos honorarios legales legítimos ganados por nuestro bufete, un bufete del que Bolton se vio expulsado de forma deshonrosa cuando logró que lo condenaran, lo inhabilitasen y lo metieran en la cárcel. Hasta ahora ha podido mangonearnos y mantenernos alejados de los pagos, pero ese jueguecito se ha acabado. Bolton no puede quedarse todo ese dinero, Stu. Nosotros tampoco. Lo que proponemos es un reparto justo de los honorarios, ni más ni menos.

—Pero yo no soy abogado y no puedo percibir esos honorarios.

—Cierto, pero no me jodas que no puedes percibir unos bonus, ¿no?

Eso a Stu le gustó, y empezó a pensar en la cuota inicial. Se puso en pie e intentó enderezarse; en vano, porque la joroba de la espalda no se avenía con la panza sobresaliente. Habría supuesto una estampa patética de no haber sido por la sonrisa de su cara, una verdadera rareza. Con tono algo más liviano, dijo:

—Sabes que si me despedís jamás encontraréis el dinero.

Rusty estaba preparado para eso, y contraatacó:

—¿Te crees que somos tontos? Conocemos a una empresa de contabilidad forense a la que acude a menudo el FBI. Podrían ir al origen del dinero, las tabacaleras y sus aseguradoras, y seguir el rastro. Hacienda puede hacer lo mismo, si quiere.

Acorralado, el Viejo Stu dio su brazo a torcer a regañadientes.

—Vale, vale —dijo alzando ambas manos como si se rindiera—. Contad conmigo.

—Así me gusta, Stu. Sabia decisión.

—No me puedo creer que vaya a apuñalar a Bolton por la espalda. No podré volver a mirarlo a la cara.

—A lo mejor no tendrás ni la oportunidad. A lo mejor cumple su condena, coge su dinero, lo que quede de él, y se marcha galopando hacia el sol poniente. No tiene amigos dignos de tal nombre por aquí, Stu. Ya lo sabes.

—Pero él creía que yo era su amigo.

—Te utilizaba, Stu, tal y como ha utilizado a todo el mundo en su vida. No derrames ni una lágrima por Bolton Malloy. Le irá bien. Y a nosotros también.

—Supongo que sí.

29

A lo largo de la siguiente semana, más o menos, Stu se reunió por separado con cada uno de sus tres compinches para explicarles la impenetrable telaraña de cuentas bancarias en paraísos fiscales y empresas fantasmas que había establecido en aras de Bolton y su dinero del tabaco. Se mostraron todo lo impresionados que cabía esperar, y hasta pasmados, ante el intricado laberinto diseñado para esconder el dinero y mantenerlo a salvo de los recaudadores de impuestos estadounidenses, o de cualquier otra parte. Como si hubieran ensayado, los tres se mostraron inflexibles en su deseo de mover «su» dinero una vez más a bancos extranjeros con los que pudieran tratar en privado y sin intermediarios. Stu se sintió un poco desairado, como si no vieran la hora de alejar el dinero de él.

Rusty fue el primero en desbocarse. Para impresionar a una nueva novia, alquiló un reactor con el que viajaron a las Islas Vírgenes Británicas, donde pasaron una semana en una villa en primera línea de playa haraganeando junto a la piscina. Cuando ella necesitó un rato de spa, él se reunió con sus nuevos banqueros para verificar que el dinero estaba disponible. Había más en camino, les aseguró, y pasaron unas placenteras horas ideando una estrategia de inversión. Con un millón en mano y al menos medio más llegando cada año, invertir resultaba mucho menos complicado.

Una tarde, sentado a la sombra en una terraza rodeada por el centellante océano añil mientras bebía ponche de ron, Rusty empezó a plantearse en serio dejar la abogacía. Estaba cansado de la presión, las palizas de trabajo, las horas que le echaba, lo desagradable que era tratar con su hermano y, por encima de todo, estaba harto de que le dieran para el pelo en los tribunales. Tenía cuarenta y seis años y se preguntaba si no habría llegado a su tope como abogado litigante siendo tan joven. Desde luego, había perdido su toque con los jurados. Las compañías de seguros ya no lo temían.

¿Por qué no coger su flamante dinero y llevar una vida más sencilla en alguna playa?

Diantha y su marido, Jonathan, no vivían juntos en esos momentos, pero la idea de un viaje a Europa parecía una buena manera de reavivar la llama. Cuando vio que los tres primeros días resultaban satisfactorios, hasta el punto de que habían prometido renovar sus votos, le habló por fin del reciente pacto para dividirse el dinero del tabaco de Malloy & Malloy. Jonathan se mostró impresionado y pareció más decidido que nunca a lograr que su matrimonio saliera adelante. Se reunieron con banqueros y planificaron la forma de gestionar el dinero. Tras pasar unos días en Zúrich, volaron a París y pasearon por sus calles cogidos del brazo.

Kirk fue incapaz de salir corriendo a comprobar su nueva fortuna porque los abogados de divorcio de su mujer pronto empezarían a revolver hasta en su calderilla. Todo movimiento y gasto sería objeto de su escrutinio. Aterrorizado ante la posibilidad de dejar cualquier rastro telefónico, en mensaje de texto o por email, por fin logró ponerse en contacto con un banquero londinense por medio de una cuenta de correo electrónico encriptada. Una vez que las comunicaciones fueron seguras, transfirió su dinero a un banco británico domiciliado en las Islas Caimán. Allí estaría a salvo, por muchos abogados que contratase Chrissy.

La inyección secreta de fondos en realidad hizo que Kirk se envalentonase e intentara pactar el divorcio ofreciéndole a su exmujer casi todo lo que poseían en común, más una pensión razonable. Ya solo la manutención de los niños sería brutal, pero, a fin de cuentas, también eran sus hijos y no quería que les faltase de nada. Sin embargo, quedó de manifiesto que la abogada principal de Chrissy, la infame estrujapelotas Scarlett Ambrose, quería sangre y una víctima más que exhibir como trofeo. Ansiaba un juicio bronco, tal vez acompañado con algo de cobertura mediática para inflar un poco más su ego ya desproporcionado. Chrissy parecía tener el cerebro lavado por aquella manipuladora abogada, porque no quería negociar. La ruptura se había producido por el odio mutuo de las partes, no por el mal comportamiento de ninguna de las dos. Scarlett, sin embargo, necesitaba barro, y había soltado a sus sabuesos sobre las finanzas de Kirk.

«Qué escarben —se dijo él—. Tengo una pila fresca de dinero nuevo enterrada bajo la arena de las playas de las Islas Caimán».

30

Le tocaba a Rusty efectuar la visita mensual al Centro Penitenciario de Saliba. Había cubierto aquel espantoso trayecto al menos treinta veces en los últimos cinco años y le inspiraba pavor hasta el último kilómetro del recorrido. Recordaba aquellas primeras visitas y cómo iba creciendo su rencor a medida que se acercaba a la cárcel. Recordaba lo difícil que resultaba compadecer a su padre por encontrarse entre rejas, vistiendo el mismo uniforme que los delincuentes comunes, trabajando por cincuenta céntimos la hora en la biblioteca y comiendo un rancho repugnante. Al mismo tiempo, lo odiaba por manipular la vida de tanta gente, en especial la de sus dos hijos. Todavía le echaba en cara el brutal acuerdo de sociedad que los había obligado a firmar a Kirk y a él, que los forzaba a mantenerse unidos como siameses. Por encima de todo, despreciaba al viejo por su avaricia, su decisión de quedarse todo el dinero del tabaco para su propia jubilación gloriosa.

Aunque pareciese extraño, no le recriminaba la muerte de su madre. Ni él ni nadie, en realidad. Rusty y Kirk deploraban que hubiese sido lo bastante torpe para dejarse pillar e inhabilitar, con lo que había abochornado a la familia y al bufete, pero nadie echaba de menos a Tillie, ni una fracción de segundo.

Ese día era diferente. Los sentimientos negativos habían desaparecido, porque la fortuna de Bolton se estaba repartiendo entre quienes la merecían, y él no tenía ni idea. Rusty casi esperaba con ganas la visita, para poder reírse, en secreto, en la cara del viejo avaro. Por primera vez en su vida estaba burlando él a su padre.

Delante del locutorio de abogados, el guardia le hizo la pregunta de costumbre:

—Señor, ¿trae algo que darle al preso?

Rusty le entregó un sobre grande.

—Los estados financieros mensuales, nada más.

El guardia abrió el sobre, sacó cinco folios cubiertos de números, los repasó con un vistazo rápido como si supiera lo que miraba y volvió a meterlos en el sobre. A Rusty le hizo gracia aquella pantomima de seguridad. Era imposible que nadie entendiera las cifras que el Viejo Stu había compuesto para Bolton aquel mes.

Rusty entró en aquel locutorio que más parecía una cabina y se sentó. Transcurrieron diez minutos antes de que apareciera Bolton al otro lado, con el sobre en las manos. Parecía cansado, pero consiguió sonreír. Se saludaron y Rusty informó de que a su hija, el único descendiente que tenía, le iba bien en el internado. Su madre, segunda esposa de Rusty, la había despachado allí hacía años.

—Tengo entendido que Kirk y Chrissy por fin se separan —dijo Bolton—. ¿Cómo lo llevan sus hijos?

Rusty nunca los veía y no tenía ni idea. Cuando era un hombre libre, Bolton tampoco los veía jamás. Lo preguntaba solo por educación, y Rusty se preguntó por qué se molestaba. La familia Malloy no era de las que se reúne ante el fuego en Nochebuena para intercambiar regalos. Era culpa de Tillie, una mujer fría y dura que no tenía tiempo para sus nietos y despreciaba a sus nueras.

Hablaron del bufete y de varios casos nuevos que parecían prometedores. Rusty se parecía mucho más a su padre que Kirk. En su momento, Bolton había sido un apasionado de fajarse en los tribunales, y había dejado huella en la litigación por lesiones personales. Desdeñaba a los abogados que se escondían en sus despachos y jamás pisaban los juzgados.

—Y bien, has perdido cuatro seguidos —dijo Bolton con las cejas enarcadas.

Rusty se encogió de hombros como si aquello no significara nada.

—Son las cosas de este juego, papá; tú lo sabes mejor que nadie. —Escocía, pero Rusty intentó que no se le notase. Para evitar otra pregunta, le lanzó una de su propia cosecha—. ¿Cómo has llevado el confinamiento solitario esta vez?

Bolton abrió el sobre y sacó los papeles. Sin mirar a Rusty, dijo:

—Puedo aguantar cualquier cosa que me echen encima estos capullos.

—Estoy seguro, pero ¿por qué no olvidas un rato los móviles? Es la tercera o cuarta vez que te pillan. Puedes ir olvidándote de la libertad condicional con ese historial.

—Ya me preocuparé yo de la condicional. Parece que el negocio fue bien el mes pasado. Han subido los ingresos y los gastos se mantienen igual.

—Buena gestión —dijo Rusty en tono de broma. Que el viejo cabrón insistiera en examinar las cuentas mensuales de un bufete del que jamás volvería a ser socio le sacaba de quicio. A veces había insinuado que pensaba regresar a Malloy & Malloy con el cuchillo en la boca para dirigir el cotarro como antaño; en otras ocasiones afirmaba jactancioso que cogería su dinero y se marcharía a una isla. La verdad era que estaba inhabilitado a perpetuidad. Sin embargo, las viejas costumbres nunca mueren, y Bolton había supervisado las cuentas durante cuarenta años.

Si creía que el negocio iba bien era solo porque al fin habían convencido a Stu de que adulterase los libros en favor de los socios, en vez de hacerlo para Bolton. El Viejo Stu ya era un miembro orgulloso de la conspiración y los estados financieros que tanto impresionaban a Bolton eran más o menos tan fidedignos como una solicitud de préstamo contra el sueldo.

Bolton dejó los papeles y dijo:

—Voy a pedirte un favor, Rusty.

Su hijo se encogió de inmediato.

—¿De qué se trata?

—Quiero que apoyes a Dan Sturgiss como candidato a la reelección.

—Es republicano.

—Ya sé que lo es.

—También es un idiota.

—Un idiota que ocupa el cargo y probablemente será reelegido.

—Jamás he votado a un republicano. Esa es la acera de Kirk.

—Va a ganar, Rusty. Hal Hodge no es un candidato potente.

—Débil o potente, sigue siendo demócrata. ¿A qué viene esto?

—Vosotros dos no entendéis de qué va la política, ¿verdad? Estáis tan pendientes de quién es demócrata y quién es republicano que perdéis de vista el objetivo real. ¡Ganar! Es mucho más importante escoger a los ganadores, Rusty, con independencia de su afiliación.

—Creo que ya lo he oído antes, por lo menos un millar de veces.

—Bueno, pues deja de oír e intenta escuchar. Sturgiss ganará por diez puntos.

El viejo solía acertar y tenía un don para no solo identificar a los ganadores, sino también introducirse en sus campañas junto antes de la votación. El dinero ayudaba.

Rusty sabía exactamente por dónde iban los tiros.

—¿Y estás convencido de que Sturgiss es tu pasaporte para salir de aquí?

—Estoy convencido de que Hal Hodge no lo es. Con Sturgiss puedo hablar. Como sabes, el gobernador tiene una influencia tremenda sobre la junta de la condicional. Consigamos que lo reelijan y solicitaré la libertad condicional.

«Ay, querido padre. Si tú supieras cuánta gente, incluida la mayoría de los miembros de tu familia, prefieren que te quedes aquí y cumplas hasta el último día de tus diez años de condena».

—Me lo pensaré —dijo Rusty, para aplacar al viejo. Y desde luego que se lo pensaría. Sopesaría todas las posibilidades que ayudaran a mantenerlo encerrado.

Pasaron una hora hablando de los viejos tiempos. Bolton siempre mostraba curiosidad por saber qué había sido de los abogados y, sobre todo, los jueces a los que había conocido en su época. Solo un par se molestaban en escribirle una nota de vez en cuando, y las visitas eran infrecuentes. Se sentía abandonado por el colegio, del que en un tiempo había sido orgulloso vicepresidente.

Sin embargo, la autocompasión no estaba en sus genes. Era un viejo duro de pelar que cumplía una condena merecida. Si conservaba la salud, algún día saldría libre con diez o quince años para dar guerra, recorrer el mundo y hacer todo lo posible por gastarse su fortuna.

31

La cena costaba veinticinco mil dólares por cubierto y la había preparado un nuevo chef español de moda al que Kirk había pagado el billete de avión para la ocasión. El marco era el bello vestíbulo de Malloy & Malloy, decorado con flores suficientes para el funeral de un gángster. Habían puesto al mando al principal organizador de eventos de la ciudad, que había alquilado lo mejor en cubertería de plata, vajilla, cristalería y mantelería. Dos barras bien surtidas servían licores premium y champán del bueno. Los camareros vestidos de esmoquin circulaban con bandejas de ostras y caviar. Un cuarteto de cuerda tocaba discretamente en una esquina mientras los invitados iban llegando y se paseaban por la sala.

Kirk había prometido al gobernador Sturgiss una gala de recaudación de un millón de dólares. Se había cobrado todos los favores, había presionado a la gente de siempre y había exprimido su impresionante agenda de contactos. El resultado fue un éxito deslumbrante. Había vendido cincuenta y seis asientos a los principales donantes republicanos de St. Louis y el evento arrojaría un balance de, por lo menos, un treinta por ciento más que el objetivo original.

Los organizadores de la campaña de Sturgiss estaban emocionados. La contienda se había vuelto más reñida de lo que nadie se esperaba y la campaña no había transcurrido con la misma placidez que cuatro años antes. La recaudación de fondos flojeaba, aunque Hal Hodge seguía por detrás en la caza del dinero. Una velada de un millón de dólares era necesaria como agua de mayo, y una vez más Kirk Malloy había cumplido.

Estaba presente, la estrella de la velada, con su equipo, pero sin su esposa. Él y Chrissy habían dejado muy atrás el punto en que podían hacer apariciones públicas juntos. Su equipo daba la bienvenida a los invitados, charlaba con ellos, se reía de cualquier cosa que fuera remotamente divertida, bebía a placer y después pasaría a un segundo plano cuando empezara el banquete. El precio del cubierto estaba muy por encima de lo que podían permitirse.

Rusty hubiera preferido morirse que dejarse ver en un acto de recaudación de fondos para los republicanos, y Kirk siempre correspondía al favor. Diantha, por supuesto, se hallaba presente porque era una fija de esas galas. Además, también estaba allí porque Rusty querría saber todos los detalles. Cuando era él quien hacía de anfitrión a políticos en el bufete, Kirk siempre quería enterarse de los cotilleos.

Diantha estaba bebiendo champán y afanándose por evitar a la persona más maloliente de la sala, un conseguidor llamado Jack Grimlow, más conocido como el Chacal. Había visto ocupar el cargo a varios gobernadores y todos habían tenido a un esbirro como el Chacal, un secuaz diestro en los lances más turbios de la política. El Chacal era el correveidile de Sturgiss, su fontanero, confidente, negociador y conspirador, su caja de resonancia y, en ocasiones, su sicario. Diantha lo aborrecía por lo repugnante que era y además porque también era agresivo con las mujeres; tenía las manos muy largas. La suya era una posición de poder y se sabía que el Chacal siempre andaba a la caza. Al final, la atrapó en la barra, aunque ella logró mantener las distancias. Hablaron sobre la campaña electoral *ad nauseam* y luego la sorprendió preguntándole si había visto a Bolton últimamente.

Diantha mintió y respondió que no. Por pura diversión, dijo:

—Me cuentan que el gobernador y él hablan de vez en cuando. —No le habían contado nada semejante.

El Chacal se rio, como hacía siempre, y replicó:

—Creo recordar, en efecto, que el gobernador dijo algo sobre una charla con Bolton.

—Lo han pillado varias veces con móviles de contrabando.

—Parece algo propio de Bolton, ¿no?

—Es cierto.

El jefe de sala repiqueteó en un vaso con una cuchara para llamar a todos al orden. Kirk, orgulloso, se adelantó un paso y dio la bienvenida a sus invitados. Les agradeció su generosidad, les prometió una cena deliciosa, amén de una pequeña cantidad de discursos breves, y pidió a todos que localizaran su sitio.

La cena de la élite estaba servida.

32

Una semana más tarde, Rusty estaba trabajando desde casa porque era martes y Kirk, en la oficina. Pese a estar forrados de dinero oculto, los hermanos no podían dejar correr su pasado, ni su presente, dicho fuera de paso.

Walt Kemp llamó y le dijo que debían verse para comer. No le explicó el motivo, pero sí que era importante. Por supuesto que lo era; habían comido juntos a lo mejor tres veces en los últimos diez años, de manera que algo gordo sucedía. Rusty fue en coche hasta el mismo local ruso de Dutchtown, en el que encontró a Walt sentado a la misma mesa. Disfrutaron de los mismos sándwiches de huevo y arenque, regados con una cerveza rubia checa. Cuando iban por la mitad, Walt por fin entró en materia.

—Vale, nos contrataron para vigilar a otro marido infiel, un caso potente de divorcio. ¿Has oído hablar alguna vez de un tipo llamado Jack Grimlow?

—Lo conozco. —Rusty asintió con una sonrisa petulante—. Un conseguidor político sin escrúpulos que trabaja para el gobernador. Lo apodan el Chacal.

—Ya pensaba que lo conocerías. Le van mucho las faldas y su esposa está harta. Él no lo sabe todavía, pero ella ha contratado a unos abogados de divorcios muy incisivos que quieren vigilar todos sus movimientos. Recibimos la llamada, pagaban bien y ahora estamos metidos. El Chacal tiene al menos dos novias a tiempo completo y le echa el lazo a todo lo que se mueve; un muchacho ocupado. Su mujer irá a por él en cualquier momento y no sabrá ni de dónde le caen las hostias.

—Interesantísimo, y le deseo toda la mala suerte del mundo, pero ¿por qué me cuentas esto?

—Espera. No pudimos encontrar su rastro en internet ni en sus teléfonos, así que contratamos a unos piratas informáticos para que echaran un vistazo.

—Eso es ilegal en por lo menos cincuenta estados.

—Gracias, señor abogado. Lo sabemos, y no somos tontos. Estos informáticos… digamos que no son ciudadanos estadounidenses, y trabajan desde la seguridad de Europa del Este. Son bastante buenos, casi los pillan cuando entraron alegremente en los superseguros sistemas a prueba de *hackers* de la CIA hace unos cinco años. ¿Recuerdas aquello?

—No, y se me está acabando la paciencia.

—Ya casi estoy, Rusty, y verás que vale la pena. Pues bien, estamos vigilando los correos electrónicos secretos del Chacal y siguiéndole el rastro mientras recorre el estado de cama en cama, siempre en misión oficial, siguiendo al gobernador de un lado a otro. Parece que al jefe también le gusta darse un revolcón de vez en cuando, y el Chacal siempre puede ocuparse de los detalles.

—¿Estás de broma?

—Tengo pruebas, pero divago. Lo que quería decirte es que encontramos varios correos electrónicos que no estaban relacionados con mujeres, pero sí directamente con una trama para vender indultos.

—¿Sturgiss vende indultos?

—No te sorprendas. Ha pasado antes en otros estados; no ha sido hace poco ni muy a menudo, pero hay precedentes. El gobernador tiene el derecho absoluto de indultar a cualquiera que esté condenado por un delito estatal, y eso es algo que podría valer un buen dinero. —Kemp apuró la cerveza y se secó el bigote—. Pero, bueno, cabe pensar que, como la mayoría de la gente que está en la cárcel no tiene ni un céntimo y viene de familias de renta baja, la base de clientes para la venta de indultos es bastante reducida.

—Eso parece obvio.

—Sin embargo, en el caso de alguien que entienda la política y cuya familia sea capaz de reunir mucho dinero, podría funcionar.

—Te sigo.

—También debes comprender que Sturgiss no es de familia rica y dejará el cargo, ahora o dentro de cuatro años, sin demasiado patrimonio. ¿Por qué no ganar unos dólares fáciles, echar la firma unas pocas veces, vender unos indultos, quedarse el dinero y enterrarlo en alguna parte? Con un secuaz como el Chacal a cargo del trabajo sucio, es pan comido.

—Creo que sé adónde quieres ir a parar con esto.

Kemp miró su plato vacío y luego a Rusty.

—¿Has acabado?

—Ahora sí.

Kemp echó un vistazo a su alrededor y casi suspiró.

—Bien. Vamos andando a mi oficina, que está aquí al lado, y te enseñaré un email que a lo mejor te interesa.

—Me muero de ganas.

La oficina de Kemp era una antigua tienda en una calle llena de otros locales iguales. La habían vaciado y reamueblado. Con sus suelos de pino gastado, las paredes de ladrillo y los techos altos, era más bonita de lo que Rusty se esperaba. Entraron en una larga sala de juntas con anchas pantallas a ambos lados. Kemp abrió un ordenador portátil, pasó la pantalla hacia abajo, encontró lo que buscaba y después miró hacia una de las grandes pantallas.

—Este es un email que el Chacal recibió en una de sus cuentas ocultas, hace tres semanas. Su dirección es MoRam7878@yahoo.com. El remitente es RxDung22steele@windmail.com. No tenemos ni idea de quién puede ser.

Rusty miró boquiabierto la pantalla mientras leía poco a poco el mensaje: «Cara a cara con BM en CP Saliba, confirmado el acuerdo por dos millones, total e incondicionado, para después de enero».

Rusty guardó silencio durante un instante mientras asimilaba la realidad. Kemp fue el primero en hablar:

—Hay mil ochocientos reclusos en Saliba; no sé cuántos podrían llamarse BM, pero solo un puñado. A mi entender, el remitente se reunió con Bolton en la cárcel y cerró un acuerdo ofreciendo un indulto total e incondicionado, en enero, a cambio de dos millones de dólares.

—Enero cae después de la toma de posesión, dando por sentado que Sturgiss salga reelegido. ¿Hay más correos después de este?

—No, por lo menos en ninguna de las cuentas que hemos descubierto. El Chacal es un tipo espabilado y se mantiene alejado de los correos electrónicos y los mensajes de texto en la medida de lo posible. Lleva al menos tres teléfonos en los bolsillos y siempre anda hablando con alguien, pero por lo que hemos visto intenta no dejar rastro.

Rusty sacudió la cabeza y caminó alrededor de la mesa de juntas. Desde el extremo más alejado, preguntó:

—¿Algún indicio de que alguien más esté al corriente de esto?

—¿Como quién?

—Como el FBI.

—No, ninguno en absoluto. Esto son daños colaterales. Nosotros lo que buscamos es sexo, ¿recuerdas? Solo nos pagan por eso. Topamos con esto de casualidad.

—¿Qué vas a hacer con ello?

—Absolutamente nada. No pensamos implicarnos. Te lo enseño porque es tu viejo y eres mi cliente. Además, si llevamos esto al FBI lo más probable es que nos empapelen por jaqueo. No, señor; no sabemos nada.

Rusty avanzó hasta situarse a medio metro de Kemp, le señaló con el dedo y dijo:

—Walt, por lo que respecta a ti y a mí, yo jamás he visto este correo. ¿De acuerdo?

—Lo que tú digas.

Pulsó un botón de un mando y la pantalla se quedó negra.

33

Más o menos la mitad de la séptima planta del edificio Malloy estaba ocupada en aquellos momentos. El espacio restante o bien esperaba un nuevo inquilino o bien estaba siendo reformado para los que ya habían firmado el contrato. Rusty localizó una pequeña suite de oficinas vacía cuyo anterior ocupante había sido un corredor de seguros. Había agua y luz, pero se habían llevado la mayor parte del mobiliario. Movió una mesa y le acercó unas sillas plegables. Nadie los encontraría allí arriba. El Viejo Stu estaba muy al final del pasillo y además casi nunca salía.

Diantha acudió a la reunión con desasosiego y preocupación, porque nada en ella le cuadraba. En primer lugar, Rusty y Kirk no solían coincidir en la misma habitación. En segundo lugar, que supiera, jamás se habían reunido en la séptima planta. En tercer lugar, su breve conversación telefónica con Rusty había sido lo bastante críptica y sospechosa para dispararle las alarmas. Él había evitado todas sus preguntas.

Estaban los dos sentados en la sala cuando ella llegó, y un vistazo rápido a ambos le suscitó más preocupación todavía. Se habían criado con dinero y prestigio y jamás habían ido escasos de confianza, tanto que a veces resultaban arrogantes y condescendientes. Se creían un peldaño por encima de todos los demás y esperaban salirse con la suya, y de su padre habían heredado una audacia que a menudo rayaba la intimidación.

Un vistazo a ambos le bastó para dejarle claro que estaban inquietos, hasta asustados. Jamás los había visto tan alterados. No hubo saludo. Se sentó y acercó otra silla plegable para depositar su abultado bolso. Sacó el móvil, lo puso en silencio y lo dejó en el bolso. Ni Rusty ni Kirk veían su teléfono ni evidenciaban el menor interés por él.

Por motivos que nunca acabaría de comprender, recogió el teléfono con gesto desenfadado, como si quisiera comprobar los mensajes, abrió la app que usaba para sus memorándums de voz y le dio al botón de grabar. Volvió a dejar el teléfono y miró a Rusty. Su teléfono estaba encima de la mesa.

La hábil maniobra, ejecutada sin premeditación ni un fin concreto, tendría un impacto profundo en el resto de su vida y la de muchos a quienes conocía bien.

Kirk la miró y dijo:

—Estamos aquí porque es evidente que el gobernador ha decidido vender unos indultos y Bolton ha accedido a adquirir uno por dos millones de dólares.

Diantha contuvo un grito, pero no pudo mantener la boca cerrada. Se echó hacia atrás como si la hubieran golpeado con algo y repitió las palabras en un murmullo. Miró a Kirk, pero no hubo contacto ocular. Miró a Rusty y lo vio mordiéndose una uña con nerviosismo.

—El pacto lo lleva el Chacal —dijo Rusty—, lo cual no es ninguna sorpresa. Un investigador privado al que conozco se topó con varios de los emails secretos del Chacal y me enseñó uno que confirma el soborno. Dos millones por un indulto total e incondicionado en enero. Parece que el trato está cerrado.

Diantha respiró con fuerza y los miró atónita a los dos.

—Vale, ¿hay alguien con placa que esté al corriente de la trama?

—No, no lo creo. Mi contacto no se lo ha contado a nadie

y va a mantenerse callado. No quiere verse involucrado ni atraer la atención.

—Me sorprende un poco Dan Sturgiss. Lo tenía por un tipo honrado.

—Está en la ruina —dijo Kirk—. Y su campaña necesita dinero.

—Además, hace caso al Chacal —terció Rusty—, que robaría a su propia abuela. Bolton los tiene comiéndole de la mano. Estará fuera antes de que nos demos ni cuenta.

Los tres respiraron hondo y contemplaron esa espantosa perspectiva. Diantha echó un vistazo a su móvil. Un minuto y cincuenta y dos segundos de conversación grabada que podían sumir al estado en un escándalo sin precedentes. ¿Qué significaría para ella? ¿Debía apagar la grabadora? ¿Debía salir de la habitación? La cabeza le iba a mil y todos sus pensamientos eran confusos.

Kirk carraspeó con la garganta seca y dijo:

—Los tres sabemos lo que hay en juego aquí. Si Bolton sale, se enterará de inmediato de que falta una porción de su dinero en el extranjero. Tendremos que confesar, es imposible ocultarlo. Se subirá por las paredes y desahuciará al bufete del edificio. Malloy & Malloy será historia. Contratará a unos cuantos abogados curtidos y vendrá a por nosotros con una demanda brutal para recuperar su dinero. Y es probable que gane en el tribunal. Y, como Bolton es Bolton y cree firmemente en la teoría de la tierra quemada, es muy posible que acuda al fiscal general y exija una investigación penal.

—¿Eso es todo? —preguntó Diantha, a la vez que se le coagulaba en las tripas un nudo del tamaño de una pelota de tenis.

—Eso es todo lo que se me ocurre de momento. Dame algo de tiempo.

Rusty tenía la frente muy arrugada.

—No estoy seguro de si llegaría tan lejos como para hostigarnos con cargos penales, pero nada me sorprendería.

—¿El desahucio? —preguntó Diantha.

—Consta en el contrato de alquiler —aclaró Kirk—. Lo he releído hace una hora. Es propietario del edificio y puede echar a su viejo bufete con un preaviso de diez días. El resto de los inquilinos reciben treinta días y tiene que haber causa justificada. En el caso de Malloy & Malloy, no es necesaria.

—El desahucio será el primer paso —dijo Rusty—. Después las demandas. Y no será posible taparlo; la guerra entre los Malloy nos llevará de nuevo a las portadas.

—Ya veo el titular —añadió Kirk—: «Los hermanos Malloy acusados de desvalijar el bufete mientras su padre estaba en la cárcel».

—Esperad —dijo Diantha—. Cuando todos accedimos a llevarnos una parte del dinero, lo hicimos pensando que teníamos derecho. Se trata de unos honorarios legales legítimos, ganados por Malloy & Malloy, ¿no? Y Bolton ya no es miembro del bufete.

Kirk estaba negando con la cabeza.

—Eso suena bien en teoría, pero la verdad es que los honorarios los ganó el viejo en su totalidad. Todos nos oponíamos a litigar contra las tabacaleras, como nos ha recordado más de una vez, y en cuanto se giraron las tornas se quedó el expediente para él solo. Nunca hablaba de él, más que nada porque no quería que Tillie se enterase.

—Y no olvidemos —dijo Rusty— ese maldito acuerdo de sociedad. Firmado la víspera de que se fuera a la cárcel. Accedimos a no tocar el dinero del tabaco. No estoy seguro de que esa sección sea exigible, pero podéis apostar a que la utilizará como ariete.

Se produjo una pausa larga y ominosa mientras los tres

intentaban asimilar lo impensable. Fue Diantha quien, al final, rompió el silencio.

—No estoy tan segura de que vaya a pelear por el dinero. Todavía le queda mucho, y hay más en camino. Una bronca sonada atraería mucha atención indeseada y podrían descubrirse las sociedades *offshore*. Eso sí que sería un follón. Bolton es responsable de evadir impuestos a lo grande y eso podría dar con sus huesos en una cárcel donde los sobornos no funcionen.

—Bien visto —comentó Kirk.

Rusty de nuevo negaba con la cabeza.

—El problema es que no podemos prever las consecuencias involuntarias. No sabemos qué hará Bolton y no habrá manera de controlarlo. Yo, personalmente, no puedo creerme que vaya a aceptar esto sin pelear.

—Estoy de acuerdo —dijo Kirk—. Saldrá en pie de guerra y empezará a tirar bombas.

—Vale —concedió Diantha—, pero esto es una trama de soborno en la que están implicados Bolton y el gobernador Sturgiss, ¿no? Nosotros no tenemos nada que ver con ella. ¿Y si adoptamos el papel de buenos ciudadanos y damos el soplo al FBI? Se montará un escándalo enorme, un tsunami, pero nosotros saldremos indemnes. Cae Sturgiss, recibe lo que se merece. A Bolton le meten diez años más y muere en la cárcel. El dinero es nuestro.

Rusty seguía con el ceño fruncido.

—Suena bien, pero no funcionará. Cualquier investigación judicial de Bolton Malloy acabará conduciendo al dinero de los paraísos fiscales, momento en el cual estaremos todos jodidos.

Kirk y Diantha cruzaron una mirada con las cejas alzadas, como diciendo: «Este tío es más rápido que nosotros; piensa como un mangante. Menos mal que está de nuestro lado».

Rusty hizo crujir los nudillos y se pasó los dedos por el pelo. Casi lo oían pensar.

—Os digo una idea que funcionará sin que nada salga a la luz. Además, Bolton se quedará donde está. Vamos a ver al Chacal y le decimos que estamos al corriente del chanchullo que se traen entre manos el viejo y él con el soborno. Ya que quieren un soborno, les daremos uno. Pagaremos dos millones y medio por mantener a Bolton donde está durante el resto de su sentencia. Sturgiss recibe su dinero y una propina. Nosotros conservamos el grueso del nuestro. A Bolton se le dice que el trato queda anulado y él pensara que se debe a que Sturgiss se ha echado atrás.

En ese instante era Kirk quien tenía la boca abierta.

—¿Quieres sobornar al gobernador para que mantenga a Bolton en la cárcel?

—Creía haberlo dejado bastante claro. ¿Tú lo has entendido, Diantha?

—Sí. Me he quedado sin habla.

—Decidme por qué no va a funcionar.

En verdad se habían quedado mudos los dos. Kirk se recostó en la silla y miró fijamente el techo, como si buscara una respuesta allí arriba. Diantha se pellizcó el caballete de la nariz y sintió la llegada atronadora de una jaqueca procedente de la nuca. Después recordó su móvil: la grabación llevaba ya veintidós minutos y cuarenta y seis segundos, y contando, y había recogido una conversación que podía dar con los tres en la cárcel haciendo compañía a Bolton.

Era imprescindible que entonces pensara en la defensa.

—Yo no lo veo tan claro —dijo.

—Es precioso —replicó Rusty—. Cuanto más lo pienso, más perfecto me parece. Cinco años más con Bolton encerrado y tendremos la mayor parte del dinero del tabaco.

—¿Y si el Chacal se niega? —dijo Diantha.

—Entonces le decimos que iremos al FBI. Se rajará. Puedo manejar a ese payaso.

Kirk al principio se rio por lo bajini, pero luego soltó una carcajada.

—Funcionará. El Chacal lo aceptará porque es más dinero, pero también, y esto es más importante, porque no hay delito. ¡Pensadlo! Vender un indulto es un claro delito, pero aceptar un soborno por hacer... ¿qué? ¿No vender un indulto? Eso es inaudito.

Rusty estaba lanzado, y siguió:

—No encontrarás un estatuto en ningún estado que ilegalice la no venta de un indulto. Es maravilloso.

Diantha miró de reojo hacia abajo: veinticuatro minutos, diecinueve segundos; los minutos y los problemas se iban acumulando. Para salvar el pescuezo, dijo con firmeza:

—No contéis conmigo, chicos. No me gusta y discrepo. Tiene que haber algo ilegal en todo esto.

—Venga ya, Diantha —dijo Kirk—. Estamos juntos en esto, ¿o no?

—Y una mierda. Nos estamos repartiendo el dinero del tabaco porque tenemos derecho a una parte de él. Esto es algo distinto y es solo cosa vuestra, chicos.

Agarró el móvil, lo dejó caer en el bolso, se levantó con ademán teatral y, sin mediar una palabra más, salió de la habitación. Casi corrió hacia el ascensor, esperando que saliera uno de los dos y la llamara por su nombre. Se escabulló hacia la escalera y, cuando estaba entre el piso quinto y el sexto, se paró a recobrar el aliento. Sacó el teléfono y apagó la grabadora: veintiséis minutos y veintisiete segundos.

Y ahora, ¿qué se suponía que iba a hacer con ello?

34

Mimi camina hasta un ventanal y observa el tráfico de la calle. Ha sido una sesión larga, casi noventa minutos, y no tiene prisa porque su paciente no ha estado tan frágil desde hace muchos años. Mimi cruza los brazos y habla con tono desenfadado mirando el cristal:

—Ahora no confías en ellos, ¿verdad?

La respuesta es lenta y contundente.

—No.

—¿Has confiado en ellos alguna vez?

—Creo que sí. Hemos trabajado juntos durante dieciocho años, y aunque el principio fue accidentado y tal, con el tiempo llegamos a respetarnos mutuamente. Ahora, sin embargo, sus mundos se están desmoronando y están bajo presión. Sus problemas se los han buscado solos, pero, claro, es lo que pasa casi siempre, ¿verdad?

—¿Habían delinquido antes alguna vez?

—Que yo sepa, no. Es posible que hayan sorteado alguna ley sobre financiación de campañas, algo que aprendieron de su padre, pero no me consta de primera mano. Como he dicho, ellos no creen que vayan a cometer ningún delito si ejecutan ese plan.

—Y tú eres abogada. ¿Qué opinas?

—Es soborno, lisa y llanamente, y no me puedo creer que piensen otra cosa. Son muy brillantes y saben que esto es ilegal.

Mimi da media vuelta y se apoya en el cristal, con los brazos aún cruzados. Mira a Diantha, que está tumbada en el sofá, con los zapatos de tacón quitados y los ojos cerrados.

—A mí me parece que estás en una situación peligrosa. ¿Tienes miedo?

—Sí, mucho. Hay demasiados sinvergüenzas de por medio y algo va a salir mal. Cuando eso suceda, nadie sabe a quién se llevará por delante el fuego cruzado.

—Tienes que protegerte. Y no confíes en nadie.

—No hay nadie en quien confiar.

35

De los muchos abogados que trabajaban en esos momentos en la oficina del fiscal federal del Distrito Este de Missouri, Diantha solo conocía a una. Había formado parte de una comisión en honor de las «Mujeres del Derecho» con Adrian Reece, una fiscal de carrera conocida por su tenacidad en la persecución de los traficantes sexuales. Se mantenían en contacto y disfrutaban de largos almuerzos en los que se quedaban a gusto despotricando de las torpes payasadas de sus compañeros de trabajo varones.

Diantha la llamó y Adrian se puso de inmediato al teléfono. Le dijo que tenían que verse lo antes posible. Ella había hecho un hueco en su agenda de la tarde e instó a Adrian a que hiciera lo mismo. Dos horas más tarde, se encontraron en un bullicioso centro comercial, dentro de una heladería con una ruidosa fiesta de cumpleaños en una esquina. El jaleo ofrecía una cobertura excelente.

Por encima de un café recalentado, Diantha le entregó una carta que llevaba por destinatario al honorable Houston Doyle, fiscal federal del Distrito Este. Asintió y dijo:

—Léela, por favor.

Adrian parecía perpleja, pero se ajustó las gafas de leer.

Estimado señor Doyle:

Obra en mi poder una grabación de una reunión que tuvo lugar hace dos días. El tema fue la venta de indultos por parte del gobernador Sturgiss. Creo firmemente que se ha llegado a un acuerdo entre personas que trabajan en representación del gobernador y cierto recluso estatal con acceso a dinero.

Adjunto a la carta un acuerdo de inmunidad. Promete mi cooperación si no existe amenaza de encausamiento. Yo no he cometido ningún delito. Mi identidad se mantendrá en el anonimato a lo largo de cualquier investigación. Cuando esta carta esté firmada por nosotros dos, entregaré la grabación, cuya existencia nunca puede darse a conocer.

Atentamente,

DIANTHA BRADSHAW,
Directora ejecutiva, Malloy & Malloy

Adrian miró a su alrededor y dijo:

—No es una broma.

—Por supuesto que no. ¿Cuándo puedes ponerla en manos de Doyle?

Adrian miró su reloj, aunque sabía la hora que era.

—Lo he visto esta mañana, o sea que está en la ciudad. ¿Es urgente?

—Mucho. Las elecciones ya casi están aquí.

Adrian reflexionó sobre eso y pareció algo desconcertada.

—¿Vender indultos? Es tan, tan… anticuado, ¿sabes?

—Espera a oír el resto de la historia.

36

En una oficina abrumada por las variantes modernas de la ilegalidad —ciberdelincuencia, células terroristas, laboratorios de metanfetamina, narcotráfico, porno infantil, grupos de odio, abuso de información privilegiada, fraude con tarjetas de crédito, piratería informática y piratas informáticos rusos, por poner unos pocos ejemplos—, la idea de un gobernador que vendía indultos resultaba, en verdad, anticuada. Tan sencilla, tan poco tecnológica, tan nostálgica... Y tan irresistible que Houston Doyle dejó todo lo demás que había en su apretada agenda de aquella jornada para dar la bienvenida a la honorable Diantha Bradshaw a su enorme e imponente despacho en el Juzgado Federal Thomas F. Eagleton, a cuatro manzanas de Malloy & Malloy.

Lo había nombrado una administración demócrata y Sturgiss era republicano, aunque ese dato tampoco tenía demasiada importancia. Cazar a un gobernador, de cualquiera de los dos partidos, era una idea tan suculenta que Doyle no daba crédito a su buena fortuna. La publicidad eclipsaría todos los demás casos que había en su ya abarrotada lista, y a cualquier otro que pudiera llegar más tarde.

Diantha y Adrian estaban sentadas a un lado de la lujosa mesa de caoba, cortesía de los contribuyentes. Doyle se encontraba al otro lado, junto a Foley, un agente de alto rango de alguna rama del FBI. Liquidaron la charla preliminar en un plis plas y fueron al grano.

—¿Quién es Stuart Broome? —preguntó Doyle, con el acuerdo de inmunidad en la mano.

—Es el contable interno de Malloy & Malloy. Confidente de Bolton, veterano maestro de la contabilidad creativa, experto en todo lo que tenga que ver con esconder dinero en lugares de los que la mayoría de revistas de viajes ni siquiera han oído hablar.

—¿Y por qué quiere inmunidad para él también?

—Porque es un empleado del bufete que siempre ha hecho lo que le mandaba su jefe. Porque es mi amigo. Porque no es culpable y, aun suponiendo que haya hecho algo malo, sería porque Bolton se lo ordenó. Si él no obtiene la inmunidad, no hay trato. —Podía apretar tanto como quisiera, porque Doyle se moría de ganas de enjuiciar a un gobernador.

—Muy bien. He repasado su acuerdo con nuestra gente y todo está en orden. —Doyle lo firmó, se lo pasó por encima de la mesa y Diantha también lo firmó.

Doyle se esforzó por disimular las ansias. Sonrió y dijo:
—Y ahora, oigamos la grabación.

Diantha sacó el teléfono, lo colocó en el centro de la mesa y pulsó el icono. Las tres voces se oían con total nitidez.

Como ya lo había escuchado dos veces, se lo sabía de memoria, pero compartirlo con el fiscal federal y el FBI era harina de otro costal. Casi se había convencido a sí misma de que no estaba apuñalando a unos viejos amigos por la espalda, de que sus acciones eran razonables y estaban justificadas a la luz de lo que esos viejos amigos se traían entre manos. Tenía derecho a protegerse, y proteger a Stu, de unas consecuencias que eran del todo impredecibles. Sin embargo, la realidad la golpeó al escuchar esas voces que conocía tan bien. Los estaba vendiendo, y sus vidas ya nunca serían las mismas. Ni tampoco la de ella. La invadió una oleada de culpa y se repitió varias veces que debía ser fuerte.

Doyle escuchaba con los ojos cerrados, como si estuviera pendiente de todas y cada una de las palabras. Foley intentó tomar notas, pero lo dejó a la mitad.

Al final, Diantha salió bastante airosa en su intento de separarse de la conspiración y quedar como inocente. Cuando paró la grabación, Doyle preguntó:
—¿Alguna indicación de que el dinero haya cambiado de manos?

—No ha habido intercambio. Stu Broome lo sabría.

—¿Y está convencida de que estos tíos van en serio con lo de sobornar al gobernador para que no indulte a su padre?

—Sí, y estoy más convencida aún de que Bolton sobornará a quien haga falta para salir de la cárcel. Me sorprenden un poco Kirk y Rusty, pero la cuestión es que están muy presionados. El dinero lo ha cambiado todo.

—¿Sabe cuánto tiene Bolton?

—Aproximadamente. Su cuota por el acuerdo del tabaco es de tres millones al año y empezó a cobrarse hace cinco. Pasan una fracción por el bufete para que la cosa parezca legal, pero la práctica totalidad del dinero está escondida en diversos paraísos fiscales. El señor Broome sabe dónde se encuentra.

Foley necesitaba aparentar que estaba en el ajo, de manera que dijo:

—Tres millones de pavos al año, ¿durante cuántos años?

—Depende de lo que dé en intereses, pero al menos doce años; tal vez más.

—¿Y esos honorarios no son inusuales en su sector?

—Yo no diría eso. El acuerdo del tabaco fue una mina de oro para los abogados litigantes, pero ha habido otros. Bolton tuvo suerte, nada más, y se subió al carro pronto.

Doyle hizo callar a Foley con un gesto de la mano y dijo:

—Dejemos eso para más tarde. Lo prioritario es obtener la aprobación de Washington. Necesitamos actuar rápido. Doy por sentado que los Malloy se reunirán con el Chacal en fechas próximas.

—Es de esperar —dijo Diantha—. ¿Cómo me enteraré de lo que pasa?

—Bueno, no podemos dejar que participe en la investigación, pero puede llamarme en cualquier momento. O a Adrian, aquí presente. Yo la mantendré informada. Sugiero que vuelva al bufete y actúe como si no pasara nada.

—Pero vaya con cuidado con lo que dice —señaló Foley—, porque estaremos escuchando.

—Entendido.

37

El entusiasmo por trincar a un gobernador, y para más inri republicano, era compartido por los mandamases de Washington. Se organizaron reuniones de emergencia en el Departamento de Justicia y el cuartel general del FBI en el edificio Hoover de la avenida Pennsylvania. El fiscal general y el director del FBI dieron su visto bueno enseguida y transmitieron órdenes a Missouri. Hombres importantes vestidos de traje oscuro partieron del D. C. en jets privados rumbo a St. Louis. Para las diez de la noche ya había órdenes de registro redactadas y se estaban ultimando planes de vigilancia.

Pincharon los tres teléfonos del Chacal, junto con los de Rusty y Kirk. Instalaron micrófonos ocultos en todo el bufete y en las oficinas de la campaña de reelección de Sturgiss. Las órdenes judiciales permitieron que el FBI monitorizase los correos electrónicos de los implicados. A un pirata informático del FBI le llevó cuatro horas localizar las direcciones secretas del Chacal. Cuando todo el mundo estuvo apostado en su sitio, esperaron.

Pero no demasiado. Como había previsto Diantha, Kirk se puso en contacto con el Chacal. Rusty era simpatizante del otro partido y aborrecía estar cerca de Sturgiss y su pandilla. La llamada se realizó desde el móvil de Kirk a uno de los del Chacal, y como los dos usaban la misma empresa de telefonía, la escucha resultó todavía más fácil. Como no era de extrañar, acordaron verse para almorzar al día siguiente en un club de campo de las afueras, muy lejos del centro. Era uno de los clubes de Kirk, que conocía a la mayoría de los hombres que deambulaban por allí durante el día, aguardando para jugar al golf o disfrutar de la *happy hour*. Como era terreno familiar, si había extraños al acecho los detectaría. También le gustaba la idea de almorzar y que lo vieran con alguien tan cercano al gobernador.

Después de que le mostraran al director general del club una orden de registro y llegara su abogado para echarle un vistazo, el FBI tomó el lugar al asalto. Había tres comedores disponibles para almorzar. El señor Malloy prefería el Grille de Caballeros, cerca de la tienda de ropa deportiva. Las mujeres aún tenían la entrada prohibida en ese comedor. También estaba la Sala de Banquetes, que era más elegante, y el FBI sugirió que debería estar clausurada para el próximo día achacando el cierre a un problema con los hornos. Al principio el director general se opuso, pero enseguida se atuvo a razones cuando el abogado le recordó que el club prestaría plena colaboración. El tercer comedor se llamaba el Patio y se sabía que el señor Malloy había comido allí alguna vez, aunque ni por asomo tan a menudo como su mujer.

A las nueve de la mañana siguiente, la secretaria de Kirk llamó para reservar una mesa para dos en el Grille de Caballeros. Entonces lo cerraron de forma temporal durante una hora, por un supuesto problema con las tuberías, mientras un equipo de técnicos del FBI plantaba micrófonos en dos mesas seleccionadas por el director general. Kirk llegó al mediodía y aparcó cerca de la tienda; no menos de ocho agentes del FBI empezaron a observar y filmar todos sus movimientos. Lo mismo con el Chacal, que apareció cinco minutos más tarde. Cuando los acompañaron a su mesa, dos cámaras ocultas grabaron su afectuoso saludo.

De las diez mesas del Grille, ocho estaban ocupadas. Se había advertido al personal de que actuara con absoluta normalidad.

Un jurado federal pronto oiría la conversación entera. La porción imputable sería la siguiente:

KIRK: Vale, sabemos del plan para soltar a nuestro padre en enero, después de que ciertos fondos cambien de manos.

JACK: [*Se ríe*]. Ah, ¿sí? No sé muy bien de qué me estás hablando.

KIRK: Vamos, Jack. Estamos enterados. Dos millones por un indulto total e incondicionado.

JACK: [*Tras una larga pausa*]. Bueno, bueno, debo decir que me sorprendes. Supongo que Bolton ha decidido incluir a sus hijos.

KIRK: Ni mucho menos. Bolton no nos ha dicho nada al respecto. Nos enteramos por otra fuente y lo verificamos con un correo electrónico de una de tus cuentas secretas, que en realidad no es tan segura, de modo que deberías tener más cuidado, Jack. Sabemos que el trato está cerrado y que Bolton piensa salir en enero. No estoy seguro de adónde irán los dos millones, pero supongo que no es de nuestra incumbencia. Así que déjate de hostias y habla conmigo cara a cara, sin mentiras, porque lo sabemos.

JACK: ¿Tenéis un problema con el trato?

KIRK: Un problemón. Nuestras vidas son mucho menos complicadas sin Bolton metiendo las narices en los asuntos del bufete. Le cayeron solo diez años, una sentencia más bien corta para haberse cargado a nuestra madre. Se merecía veinte. Resumiendo, Jack: ha cumplido cinco años de cárcel y un indulto ahora causaría un escándalo al que Sturgiss no puede sobrevivir.

JACK: [*Un gruñido, una risa falsa*]. A Sturgiss le dará lo mismo una vez que haya sido reelegido. No puede volver a presentarse después de otros cuatro años. Le trae sin cuidado lo que digan cuatro periodicuchos desacreditados.

KIRK: Vale, vale, no discutamos de política. A lo que voy es a que nos oponemos a un indulto.

JACK: [*Otra carcajada*]. A ver si te entiendo. Queréis mantener a vuestro viejo en la cárcel. ¿Es así?

KIRK: Sí, es correcto. Y estamos dispuestos a pagar.

JACK: [*Se ríe un poco más. Hace una larga pausa*]. Debo decir, Kirk, que esto es nuevo para mí. Yo que pensaba que lo había visto todo. [*Otra pausa*]. Entonces, ejem, ahora que estamos en una puja con Malloys a ambos lados, ¿cuánto estáis dispuestos a pagar?

KIRK: Dos coma cinco.

JACK: [*Silba*]. Vale. Está claro. Dos coma cinco por olvidarnos del indulto y mantener al viejo entre rejas.

KIRK: Eso es. Y el gobernador se lleva el beneficio añadido de no quebrantar la ley. No venderá un indulto.

JACK: El gobernador no está implicado, Kirk.

KIRK: No, por supuesto que no.

JACK: Lo, ejem, consultaré con el comité y te diré algo. El factor tiempo es esencial. ¿Y si paso por tu oficina mañana?

KIRK: Me va bien. Estaré allí.

Al día siguiente, el FBI siguió el rastro del Chacal, al que llevaron en un todoterreno negro registrado a nombre de la campaña desde la sede de esta hasta el edificio Malloy. Bajó a la acera y, sin molestarse en echar un vistazo a su alrededor, entró por la puerta principal. La mayoría de hampones enfrascados en la comisión de un delito como mínimo mirarían a los lados, pero el Chacal tenía demasiada experiencia para parecer nervioso.

No había agentes del FBI dentro del bufete porque se había considerado demasiado arriesgado, pero el despacho de Kirk, al igual que las tres salas de juntas de su ala, estaban llenas con micros suficientes para un coro. En la acera había aparcadas dos furgonetas repletas de técnicos y aparatos de escucha.

Seis días más tarde, el jurado escucharía la segunda conversación.

En esa ocasión, la parte imputable fue:

KIRK: Siéntate.

JACK: No, gracias. Esto será solo un segundo. El comité se reunió anoche para valorar vuestra oferta y la considera un tanto baja. El precio son tres millones. La mitad ahora, lo antes posible, para la campaña, pagadera a nuestro Comité de Acción Política, todo claro y legal. La otra mitad llegará en enero y la manejaremos fuera del país.

KIRK: [*Gruñe*]. ¿Por qué no me sorprende? Subís los precios de todos vuestros indultos.

JACK: No es un indulto. Es un no indulto. ¿Aceptáis o no?

KIRK: [Una larga pausa]. Vale, vale. Podemos llegar a tres.

JACK: Y está el asuntillo de mi comisión por intermediación. Dos cincuenta, pagaderos por adelantado, en un paraíso fiscal.

KIRK: Por supuesto. ¿Alguien más?

JACK: Aquí tienes las instrucciones para los giros. No le hables de esto a nadie. Que no esté documentado en ninguna parte; ni correos, ni mensajes de texto ni llamadas de móvil. Todo deja rastro.

KIRK: Eso dicen.

Siguieron al Chacal de vuelta a la sede de la campaña. Una hora más tarde, Kirk llamó a Rusty a casa y le refirió la conversación. Maldijeron al gobernador y al Chacal y dudaron sobre su próximo movimiento. Ninguno de los dos quería pagar el soborno, pero la idea de que Bolton saliera de la cárcel y anduviera suelto era más que perturbadora. Al final, acordaron seguir adelante. Kirk subiría a la séptima planta, sostendría una charla con el Viejo Stu, le daría las instrucciones por escrito y pondría la operación en marcha.

La conversación fue escuchada y grabada. Cuando Kirk entró en el despacho del Viejo Stu, los micrófonos captaron hasta el último sonido. Stu se hizo el tonto, aceptó las instrucciones para el envío del dinero, hizo una copia para el FBI y prometió preparar los dos giros: el primero para la campaña por valor de un millón y medio y el segundo, de doscientos cincuenta mil dólares, para una cuenta suiza numerada.

Kirk tenía serias dudas sobre si alguien de la campaña, incluido el propio Sturgiss, estaba al corriente de la «comisión por intermediación» del Chacal.

Salió del bufete para ir a almorzar y luego se dirigió a la suite de estancia prolongada que alquilaba por meses en su hotel. Llevaba dos semanas allí y ya estaba cansado del lugar. Por reducido que fuera el espacio, al menos estaba encantado de encontrarse fuera de su casa y lejos de Chrissy.

Se dio una larga ducha caliente, intentando limpiarse la mugre de la política sucia.

38

Diantha se vio con Adrian Reece después del trabajo en un bar de vinos cercano a la Universidad Washington. Pidieron media botella de Riesling y se retiraron a un rincón oscuro. Diantha se había resistido a la tentación de llamar directamente a Houston Doyle porque sabía que era un hombre ocupado y no podía divulgar demasiada información.

Adrian fue cautelosa con su puesta al día. La vigilancia había salido a pedir de boca. Los tres conspiradores habían dicho más que suficiente para inculparse. El juez de instrucción veía el caso al cabo de tres días y todo el mundo esperaba que dictara acusaciones formales. Al gobernador Sturgiss lo investigarían poco después de las elecciones. Había llegado desde las altas esferas de Washington la consigna de que no se acusaría de nada a Sturgiss hasta bastante después de que estuvieran contados todos los votos. Cuando fuera encausado, si es que era encausado, contaría con la presunción de inocencia y tendría derecho a un juicio justo. Una acusación rápida antes de las inminentes elecciones apestaría a juego sucio político, y el fiscal general se había pronunciado en contra.

A primera hora de la mañana siguiente, Diantha llamó a casa de los dos socios para decirles que era inaplazable que se reunieran los tres. Rusty rehusó porque era martes, un día en el que evitaba la oficina y a su hermano. Diantha lo sabía, pero le daba lo mismo. La reunión era necesaria, incluso urgente. Tenían que estar en su despacho a mediodía.

Diantha dio por sentado que la vigilancia se había hecho extensiva también a sus espacios privados —el despacho, los teléfonos y ordenadores—, y no le parecía mal. El encuentro no tenía nada que ver con ninguna actividad ilegal que Kirk y Rusty estuvieran tramando. Era una reunión que tendría que haberse celebrado hace ya tiempo, y ella estaba embarcada en una misión.

Cuando llegaron, demostrando diversos grados de beligerancia, Diantha empezó con un tono agradable:

—Este es un asunto pendiente desde hace muchos años, y si no hacéis lo que os pido, agarro la puerta y me voy. Tengo preparada mi carta de dimisión y estoy dispuesta a marcharme. Como sabemos, me llevaré conmigo mucha información valiosa.

Eso los sobresaltó lo suficiente para obtener su completa atención. La miraron pasmados mientras alzaba un documento y proseguía:

—Este es un nuevo acuerdo de sociedad que entrará en vigor hoy mismo y modificará la propiedad del bufete. Me uno como socia de pleno derecho, en las mismas condiciones que vosotros. Así seremos tres.

—¿Estás pidiendo un tercio? —preguntó Kirk.

—Sí.

Rusty parecía confuso.

—Vale, pero un acuerdo de sociedad significa que tienes que comprar tu participación en la empresa. Si quieres ser propietaria de una parte, tienes que pagar por ella.

—Ya sé cómo funciona, Rusty. Podría alegar que ya he pagado mi propiedad porque deberíais haberme hecho socia hace años, porque se me ha mantenido con un salario de empleada durante demasiado tiempo sin que se me permitiera compartir los beneficios y porque ya pagué un precio muy alto hace mucho tiempo, cuando Bolton me acosó y abusó sexualmente de mí, y gracias a vuestra propia relación disfuncional de hermanos he sido la socia gerente *de facto* durante años, y ese es un cargo que conlleva una participación en equidad en el capital de cualquier bufete.

Encajaron aquello como una bofetada; ninguno de los dos

parecía capaz de respirar. Rusty por fin recobró el aliento y dijo:

—Pero ¿un tercio entero?

—¿Un tercio de qué? —preguntó ella airada, presta para abalanzarse sobre una pregunta que había previsto—. Ahora mismo un tercio de esta empresa no vale demasiado. Con el aumento de nuestras deudas, los gastos generales inflados, los ingresos en caída libre y la falta de éxitos en los tribunales, esto no es exactamente un chollo.

—Remontaremos —protestó Rusty, pero solo para defender su parcela.

—Tal vez —dijo Diantha—. Y cuando lo hagamos, quiero un tercio de las ganancias netas.

—¿Qué pasa con el dinero del tabaco? —preguntó Kirk.

—Ya tenemos un trato en vigor para ese dinero. Nosotros cuatro. Este otro pacto concierne al bufete de abogados Malloy & Malloy y su estructura de propiedad. Tendría que habérseme hecho socia años atrás. Aceptadlo o rechazadlo, amigos. No pienso negociar.

—Bueno, ¿podemos leerlo antes, por lo menos?

—Claro. —Les dio una copia a cada uno y, por supuesto, los dos intentaron terminar primero de leerlo. Kirk dijo:

—Has eliminado los pasajes que nos prohibían tocar el dinero del tabaco.

—Sí, pensé que sería un detalle bonito. Este acuerdo, amigos, es para un futuro sin Bolton Malloy en él.

Rusty soltó su copia sobre la mesa.

—Me apunto.

Los dos firmaron y le dieron un abrazo.

«Si vosotros supierais, chicos», pensó ella mientras salían de su despacho.

39

El jurado se mostró confundido por los hechos y las acusaciones, y anduvo a vueltas con el caso durante más de dos horas. Costaba creer que los hermanos Malloy estuvieran dispuestos a gastar una suma tan ingente para mantener a su padre en la cárcel. Houston Doyle se ocupó del caso en persona y explicó pacientemente que, primero, el bufete y sus socios eran muy ricos y, segundo, el patriarca Bolton tenía muy avanzada su propia trama de soborno para salir libre. Doyle se vio obligado a presentar la teoría de que los chicos echaban de menos a su madre y le recriminaban su muerte a su padre.

A la mayoría de los jurados los horrorizó la idea de que su gobernador fuera un corrupto y querían acusarlo también a él, con independencia de las elecciones. Doyle les aseguró que había una investigación en curso y que el FBI tenía vigilado a Sturgiss. Pronto le llegaría el momento de rendir cuentas.

Al final, dictaron autos de procesamiento contra Kirk, Rusty y Jack Grimlow. Un cargo por conspirar para sobornar a un funcionario público, un delito grave con una pena máxima de cuatro años de cárcel y multa de diez mil dólares.

Adrian Reece llamó a Diantha esa noche para darle la noticia y le pidió que evitara el bufete a la mañana siguiente. «Quédate en casa, no cojas el teléfono y mira las noticias».

A las tres y diez de la madrugada, el móvil de Rusty emitió un pitido y él lo cogió de la mesita de noche con un movimiento brusco del brazo. Una voz que le sonaba vagamente dijo:

—Rusty, soy un viejo amigo. El FBI tiene una orden de arresto contra ti y mañana irán a tu oficina. Es algo relacionado con un soborno. —Antes de que Rusty pudiera decir una palabra, la persona que llamaba colgó. La línea comunicaba.

Se quedó sentado a oscuras durante varios minutos e intentó aclararse las ideas, pero fue imposible. Se puso un chándal y unas deportivas, metió un tubo de pasta de dientes en la maleta, agarró todo el dinero en efectivo que pudo encontrar y bajó sin encender ninguna luz. Salió por la puerta de atrás, se metió en su todoterreno Ford y se marchó discretamente del barrio.

El FBI había escuchado la llamada, le había enganchado un dispositivo de rastreo al depósito de combustible y le estaba observando mientras él creía escapar. Estaba llegando a una avenida cuando aparecieron luces azules por todas partes.

Para Kirk, un viernes por la mañana significaba no pisar la oficina. Tenía pensado teletrabajar desde su suite del hotel durante unas horas y luego hacer otra dolorosa visita al abogado que le llevaba el divorcio. Esa visita, sin embargo, parecería una excursión a la heladería comparada con lo que se avecinaba.

A las siete de la mañana, llamaron bruscamente a su puerta. No parecía el servicio de limpieza, que en cualquier caso no pasaría a esa hora. Se acercó a la puerta y preguntó:

—¿Quién es?

La respuesta hizo que le temblaran las rodillas.

—¡FBI! Abra. Y vamos armados.

El Chacal estaba en Kansas City con el gobernador, en plena vorágine de la campaña, a la que solo le faltaban unos días. Lo sacaron a rastras de una habitación de hotel antes del amanecer y lo pasearon por el vestíbulo. Por suerte, estaba vacío. Un asesor fue a informar al gobernador Sturgiss.

Para las nueve, la noticia de los arrestos se había filtrado a la prensa, y aparecieron periodistas ante el edificio Malloy y también la cárcel. Cuando las primeras informaciones fragmentarias llegaron a internet media hora más tarde, Diantha las estaba esperando nerviosa en el sofá con la vista clavada en su ordenador portátil. Para las diez, la noticia no solo tenía recorrido, sino que estaba incendiando el mundo digital. Una emisora de televisión local hizo un avance con las últimas novedades y el tiempo a las diez y allí aparecieron las primeras fotos de los acusados, o por lo menos dos de ellos: las caras de los hermanos Malloy. Cuando la historia cobró fuerza, el teléfono de Diantha empezó a vibrar sin parar.

A las once, dio instrucciones a su secretaria de que le dijera a todos los empleados del bufete que se marcharan a casa y cerrasen las puertas; ella no pensaba ir. Llamó al Viejo Stu para ver cómo estaba y él le contó que, con mucho gusto, se estaba perdiendo el espectáculo de abajo, que andaba muy ocupado con unas nuevas normas de contabilidad para la depreciación diferida.

A mediodía, Houston Doyle dio una rueda de prensa para aportar información sobre el caso. Los periodistas lo acribillaron a preguntas sobre el gobernador Sturgiss, a quien, obviamente, no se había acusado de nada, aunque no era difícil sumar dos y dos; los supuestos delitos implicaban a un funcionario público. Jack Grimlow trabajaba en exclusiva para el gobernador. Doyle mantuvo un sólido muro de confidencialidad y no quiso implicar al gobernador de ninguna forma. Más de una vez, sin embargo, dejó caer que la investigación estaba abierta y esperaban más acusaciones. Eso hizo enloquecer a los reporteros.

A las dos de la tarde, lejos de la estampida de los periodistas, Rusty y Kirk comparecieron por teleconferencia ante un magistrado federal. No habían tenido tiempo de procurarse los servicios de un abogado, aunque los dos andaban ocupados intentándolo. Los tenían retenidos por separado y no podían comparar versiones ni darse consejo mutuo. Rusty solicitó una fianza razonable, aunque el gobierno se opuso, a la espera de una vista más pormenorizada. El ayudante del fiscal federal describió a los dos hombres como personas con acceso a dinero y dueñas de segundas residencias. En consecuencia, debía considerarse que, al menos por el momento, presentaban un riesgo claro de fuga. También se señaló que, apenas tres semanas antes, Rusty Malloy había contratado un jet privado para irse de vacaciones al Caribe.

El hecho de que el gobierno supiera aquello dejó a Rusty anonadado, porque demostraba que el FBI llevaba ya un tiempo escarbando en su vida.

El magistrado, un hombre con el que Rusty se tuteaba, no compró el argumento del riesgo de fuga, pero tampoco se declaró preparado para establecer una fianza. Fijó una audiencia de fianza para el lunes a las nueve.

Como un abogado defensor mañoso no se sacara de la manga una jugada maestra en el tiempo de descuento, los hermanos Malloy pasarían el fin de semana en la cárcel.

40

El abogado defensor más mañoso de la ciudad era F. Ray Zalinski, un especialista en delitos financieros al que Rusty conocía desde hacía años. F. Ray había empezado la jornada en un tribunal federal de Columbia, pero, al enterarse de la noticia, había regresado corriendo a St. Louis. A las tres menos cuarto había llegado por fin al calabozo, donde lo llevaron a un locutorio de abogados en el que esperó durante media hora a su cliente. Rusty llegó esposado y con un mono naranja y raído que le venía grande. Cuando los carceleros le quitaron las esposas y cerraron la puerta, los dos se sentaron incómodos con la mesa metálica en medio.

Con voz ronca y herida, Rusty dijo:

—Gracias por venir.

F. Ray le ofreció una sonrisa rápida.

—Doy por sentado que quieres que te defienda, ¿verdad?

—Sí, gracias. He intentado llamar.

—¿Y qué?, ¿cómo lo llevas?

—¿Tú qué crees? No muy bien. Sigo bloqueado, ¿sabes? Todavía voy como un sonámbulo, no me lo puedo creer. Cada minuto o así tengo que recordarme que debo respirar.

—He telefoneado a Doyle mientras venía hacia aquí y hemos hablado de la fianza. Tiene pinta de que podrías pasar aquí el fin de semana y salir el lunes.

Rusty se encogió de hombros, como si eso no importara.

—Da igual. No está tan mal; me siento a salvo. Mucho más seguro que ahí fuera. ¿Has visto las noticias?

—No, todavía no.

—Es espantoso. Todo es espantoso. No me lo puedo creer.

—¿Quieres hablar de los cargos?

Rusty negó con la cabeza y se rascó el mentón. Transcurrió un minuto.

—Cuando terminé la escuela de Derecho, mi padre me puso a trabajar de abogado de oficio, dijo que necesitaba ensuciarme las manos, aprender cómo era la vida en la calle. Tuve un montón de clientes, todos pobres y casi todos culpables, y aprendí la lección de que el abogado jamás le pregunta a un cliente penal si es culpable, si cometió el crimen. ¿Por qué? Porque nunca dicen la verdad. En segundo lugar, porque no quieres saber la verdad.

—A mí me gustaría oír la verdad, Rusty. Me facilitaría las cosas.

—Vale. La verdad es que Bolton tenía un acuerdo con Sturgiss para comprarse un indulto por dos millones de dólares. Nosotros nos enteramos y acudimos al Chacal para ofrecerle una oferta superior a la de Bolton si cancelaba ese acuerdo. Por muchos motivos, Bolton tiene que quedarse en la cárcel.

—¿Cuánto?

—El Chacal nos dijo que costaría tres millones, más un pico aparte para él. Accedimos a sus condiciones.

—¿Quién les dio el soplo a los federales?

—No lo sé.

—Vale. Por lo que respecta a los federales, da por sentado que lo escuchan todo. No hables con tu hermano ni con nadie del bufete. Bien pensado, no le digas ni una palabra a nadie, y punto. Si sales el lunes, encontraremos un sitio para que te escondas. ¿Estarás bien hasta entonces?

—Sí. Si Bolton puede sobrevivir cinco años en la cárcel, yo puedo superar un fin de semana en el calabozo.

—Bien. Algo más en lo que conviene empezar a pensar: hay múltiples acusados y no os tratarán igual a todos. Nunca es demasiado pronto para acudir a Doyle y proponer un trato.

—No estoy seguro...

—Coopera, Rusty. Mi trabajo consiste en sacarte limpio y que te vayas de rositas, pero, si eso no fuera posible, debo conseguirte el mejor acuerdo posible. Tienes que pensar en salvar tu propio pellejo porque puedes tener bien claro que los demás están haciendo exactamente eso.

—¿Testificar para el estado?

—Eso mismo. Véndelos a cambio de un buen trato. Échale una mano a Doyle, facilítale el caso, y puedes salir mucho mejor parado. La gran pregunta, Rusty, es la siguiente: ¿puedes vender al Chacal?

—Sin problema.

—¿Puedes vender a tu hermano?

—Sí.

—A ver, ¿cómo me convencerías?

—Vale, Kirk negoció directamente con el Chacal. Yo no estaba en la sala. Ellos hicieron el pacto, no yo. Pensaba que la idea misma de pagar a Sturgiss para dejar a papá en la cárcel era una especie de broma. No me di cuenta de que iba en serio.

—Me gusta. Igual hasta funciona.

41

Tres puertas pasillo abajo, Kirk estaba reunido con su nuevo equipo de defensa: dos abogados y un ayudante. El mono naranja le quedaba mejor que a su hermano y no estaba tan gastado.

El abogado principal, Nick Dalmore, estaba dirigiendo aquella reunión preliminar mientras el otro abogado y el ayudante tomaban apuntes. Kirk no fue tan franco como su hermano.

—Veamos —dijo Dalmore—, ¿quién tuvo la idea original de hacerle una contraoferta a Jack Grimlow?

—Ah, fue idea de Rusty. Yo pensaba que estaba loco, y lo sigo pensando. Alguien, no sé quién, le dio el chivatazo. Rusty afirmó que había visto un correo electrónico que confirmaba que papá estaba intentando sobornar a Sturgiss. Rusty se desquició, y se le metió en la cabeza la idea descabellada de que papá debía quedarse en la cárcel y cumplir su condena entera. Así que tuvo la ocurrencia de subir la apuesta y superar el soborno de papá. Fue una chaladura.

—Pero tú te reuniste con el Chacal.

—Es verdad. Me vi con él dos veces. La primera en el club de campo y la segunda, en mi despacho.

—¿Por qué te reuniste con él si no confiabas en él?

—¿Estás de broma? Nadie confía en el Chacal, pero es un hombre importante que trabaja para el gobernador. El gobernador es mi amigo. Rusty se negó a reunirse con el Chacal porque no lo soporta. Odia a la mayoría de los republicanos. Así que me tocó a mí. Para entonces estaba convencido de que todo aquello era una broma y Rusty no seguiría adelante con ello.

—¿O sea que la conspiración fue idea de Rusty?

—De cabo a rabo.

Dalmore sonrió al ayudante y luego a Kirk.

—Esto va a convertirse en una cuestión de supervivencia, y para sobrevivir es posible que debas testificar contra tu hermano. ¿Eso te supone un inconveniente?

—No, en absoluto.

—¿O sea que puedes hacerlo?

—Sí, no hay problema.

—Bien. Me gusta tu historia. Podemos hacer algo con ella.

42

Gracias a dos martinis preparados con mano experta por Jonathan, que para entonces había vuelto a casa y se estaba esforzando más que nunca por ser el marido atento ideal, Diantha consiguió dormir siete horas antes de despertarse al amanecer. Sería otro día espantoso.

Jonathan, que tenía su propio dormitorio, ya estaba despierto; lo supo porque le llegó el olor a café. Entró en la cocina y le preguntó:

—¿Es muy grave?

—Horrible —respondió él, mientras le servía una taza y la dejaba en la mesa junto a la edición del sábado del *Post-Dispatch*. El titular en negrita que cruzaba la portada rezaba: LOS HERMANOS MALLOY DETENIDOS POR UNA TRAMA DE COMPRA DE INDULTOS. Debajo mismo había tres grandes fotos en blanco y negro de Kirk y Rusty, con una de Bolton en medio. A media altura de la columna del lado derecho había una foto de Jack Grimlow, identificado como un asesor de máximo nivel del gobernador Dan Sturgiss.

—Madre mía —murmuró Diantha mientras levantaba su taza. Leyó el primer artículo y luego, un segundo. Como los escritos de acusación estaban bajo secreto de sumario, Houston Doyle no se prodigaba en declaraciones y no se sabía nada ni de los acusados ni de sus representantes legales, no había muchos datos que explorar o adornar. Lo que se desprendía, sin embargo, era fascinante. Daba la impresión de que la hipótesis inicial de la prensa era que los tres Malloy estaban conchabados en una conspiración para adquirir un indulto por «varios millones de dólares».

Diantha echó un vistazo al portátil de Jonathan y preguntó:

—¿Qué dicen en internet?

—Todo y nada. Todos repiten las mismas historias.

Diantha miró el teléfono y vio mil llamadas perdidas. Tenía el buzón de voz lleno, y así se quedaría.

—La mayoría de las informaciones —explicó Jonathan— van con cuidado de no acercarse demasiado a Sturgiss, por el momento. Unos pocos, sin embargo, ya están sacando conclusiones. Los más radicales quieren que lo imputen de inmediato, puesto que solo faltan tres días para las elecciones. No te creerías las burradas que se leen.

—Siempre están ahí.

—Ha salido en *The New York Times*, *The Wall Street Journal*, el *Chicago Tribune* y media docena de periódicos más. Todo apunta a que hay una conexión con Sturgiss, o sea que la noticia corre como la pólvora. ¿Has oído hablar de *Whacker*?

—No.

—No es más que otra página de noticias de internet, pero saca un artículo sobre la historia de la venta de indultos en Estados Unidos. Una lectura bastante interesante. Ha habido unos cuantos casos, por lo general relacionados con sobornos a juntas de libertad condicional y cosas parecidas. El último caso se dio en la década de 1970 en Tennessee. Acusaron a un gobernador llamado Ray Blanton de vender indultos, además de permisos para la venta de bebidas alcohólicas y cualquier otra cosa que pudiera encontrar en la mansión.

—Eso está bien.

—Perdón, estoy divagando. Tercera taza. ¿Existe esa conexión con Sturgiss?

Diantha lo fulminó con la mirada, se llevó el dedo índice a los labios y dijo:

—No lo sé.

Él puso los ojos en blanco. Había olvidado que su mujer le había advertido de que podría haber alguien escuchando. Diantha tenía serias dudas sobre si el FBI habría puesto micrófonos en su casa, pero no podía estar segura. Daba por sentado que le habían pinchado el móvil y que tenían cubierto hasta el último centímetro cuadrado de Malloy & Malloy.

Aprovechando el sol que iluminaba el rincón donde desayunaban, pasó un rato navegando por internet mientras Jonathan preparaba huevos revueltos y tostadas. Su hija, Phoebe, tenía quince años y probablemente dormiría hasta el mediodía, como hacía todos los sábados si nadie la molestaba.

El timbre de la puerta sonó a las siete y cinco, y Jonathan la miró. Luego fue a la entrada, la entreabrió y sostuvo una breve conversación con un periodista que llevaba una pequeña grabadora. Jonathan le explicó que tenía unos treinta segundos para salir de su propiedad antes de que llamara a la policía. Cerró de un portazo y oteó a través de la persiana.

El asociado favorito de Diantha en el bufete era Ben Bush, que llevaba toda la vida ayudando a Rusty con los litigios. Fue pasando sus llamadas perdidas recientes y vio cuatro de Ben, todas del viernes por la tarde. Lo llamó, lo despertó y le pidió que pasara por su casa en cuanto estuviera levantado y disponible.

A las ocho mandó un correo electrónico a los veintidós asociados, diecisiete ayudantes, veintiocho secretarios y la restante docena de empleados diversos para informarlos de que el bufete permanecería cerrado temporalmente. Animaba a todos a teletrabajar y mantenerse lo más al día posible. Quienes tuvieran comparecencias en los juzgados debían respetarlas. Había que ignorar estrictamente a la prensa. Los asuntos del bufete eran más confidenciales que nunca.

Ben Bush llegó a las nueve y lo recibió Jonathan.

—No te quites el abrigo —le dijo este mientras entraban en la cocina.

Diantha llevaba vaqueros y un abrigo, y le dio la mano a su amigo. Señaló con la cabeza hacia la derecha y dijo:

—Quiero enseñarte una cosa. —Salieron al patio y lo cruzaron caminando sin prisas.

—¿Has recibido mi correo? —preguntó ella.

—Sí. Gracias. Todo el mundo está muerto de miedo.

—Y con razón. Mantendremos la oficina cerrada durante una semana, quizá más. Quizá para siempre.

—Muy reconfortante.

—No existe ningún motivo en absoluto para sentirse reconfortado u optimista. Me gustaría que fueras al calabozo a ver a Kirk y Rusty. Diles que paren de llamarme. Los dos lo intentaron anoche desde el calabozo. El FBI tiene escuchas en todas partes: mi móvil, los suyos, el tuyo, quién sabe cuántos. Pero ese par de payasos tienen que dejar tranquilo el teléfono, ¿entendido?

—Claro. ¿El FBI escucha mis llamadas?

—Es probable. Obtuvieron las órdenes hace una semana y lo más seguro es dar por sentado que hay escuchas en cualquier lugar.

—¡Mierda! O sea que por eso estamos aquí fuera pasando frío, ¿no?

—Exacto.

—Vale, vale. Van a salir el lunes, ¿no?

—Ese es el plan. No pueden volver al bufete ahora mismo, ¿vale? Convéncelos de eso. Tienen que ser discretos. Hay periodistas por todos sitios.

—Anoche empecé a recibir llamadas.

—El lunes por la mañana quiero que visites, no que llames, a la empresa de seguridad y que cambies los códigos y las tarjetas magnéticas de todo el bufete.

—¿Vas a dejar fuera a Rusty y a Kirk?

Diantha se volvió y consiguió esbozar una sonrisa tensa a la vez que le taladraba los ojos con una mirada penetrante.

—Escúchame, Ben. No van a volver, ¿entendido? El FBI los tiene grabados cerrando con Jack Grimlow el acuerdo para sobornar a Sturgiss. Son culpables, no hay vuelta de hoja. Los condenarán, lo cual, obviamente, significa inhabilitación automática. Al cuerno el bufete. Malloy & Malloy dejará de existir y, en cualquier caso, ¿quién iba a contratarnos?

Aunque estaba aturdido, la segunda o tercera reacción de Ben fue preguntar: «¿Cómo sabes tanto?». Y luego: «¿Quién dio el chivatazo al FBI?». Pero archivó esas preguntas para otro día.

Intentó asimilarlo todo y apartó la vista.

—Entonces ¿nos quedamos todos sin trabajo?

—Eso me temo. ¿Cuántos casos buenos lleva Rusty ahora mismo? A mí me salieron ocho.

—¿Cómo defines «buenos»?

—Un acuerdo por valor potencial de al menos medio millón.

Ben cerró los ojos e intentó calcular.

—Se acerca, pero yo diría más bien cinco o seis.

—¿Por qué no te quedas esos casos y te largas? Daré mi autorización para que el bufete te ceda esos expedientes.

Ben sonrió, asintió y no supo muy bien qué decir.

—Llevas allí casi diez años, Ben. Es mucho tiempo para un asociado de Malloy. Sin oportunidades de llegar a socio, los asociados no suelen durar.

—Me parece que ya hemos tenido esta conversación. Llevo un tiempo pensando en marcharme. Joder, lo hemos pensado todos.

—Bueno, ha llegado el momento.

—La gente ya está saltando por la ventana. Siempre ha sido un sitio tóxico y ahora, esto. Puedes apostar a que nadie alardeará de haber trabajado en Malloy & Malloy.

—Es muy triste. Antaño fue un gran bufete.

—No me puedo creer que vayan a ir a la cárcel, Diantha. No merecen algo tan jodido.

—Estoy de acuerdo, pero es algo que escapa a nuestro control. Son iguales que su padre, Ben. Buena gente, en el fondo, pero unos privilegiados que se creen por encima de la ley.

—¿Qué le pasará a Bolton?

—Nada bueno. Ya hablaremos de eso más tarde. Ve a visitar a Kirk y Rusty y después me informas. ¿Puedes pasar a verme por la mañana? Tenemos mucho que resolver.

—Claro.

—Y no toques tu teléfono.

43

En la lista de prioridades de los centros penitenciarios, las bibliotecas no ocupaban un puesto muy destacado. Una vieja sentencia del Tribunal Supremo estipulaba que todas las cárceles debían disponer de una, con libros y publicaciones periódicas actuales, para que los reclusos tuvieran acceso a conocimientos que pudieran ayudarlos con sus casos. Quienes tenían una apelación en curso utilizaban la biblioteca y buscaban la ayuda de los exabogados amigos de dar lecciones. En Saliba había tres, cada uno de ellos con un amplio repertorio de pintorescas anécdotas sobre lo que habían hecho mal y cómo los habían pillado.

En los cinco años que había pasado en el Centro Penitenciario de Saliba, Bolton se había convertido en un pasable abogado carcelario, con dos puestas en libertad en su haber. Dos muescas en su fusil. Se había adueñado de una esquina de la biblioteca abarrotada de libros, separada del resto de la sala por viejas estanterías metálicas. Hasta tenía un escritorio, heredado de alguna agencia pública, y lo mantenía impecable.

El sábado por la mañana estaba sentado a su escritorio, a solas. Delante tenía el último ejemplar del *Post-Dispatch*. Contempló su efigie con incredulidad y se preguntó qué había salido mal. ¡Tenía un acuerdo! ¿Por qué volvía a aparecer en portada?

Observó la cara de sus dos hijos y se preguntó cómo coño habían conseguido joderlo todo aquel par de cretinos.

44

Para cuando empezó la audiencia de fianza por teleconferencia a las nueve y cinco de la mañana del lunes, los abogados ya habían hecho el trabajo preliminar y sus clientes estaban listos para irse a casa. El magistrado fijó la cifra en un millón de dólares por cabeza en el caso de Kirk y Rusty y les ordenó que entregaran el pasaporte. Rehusó imponerles que llevaran pulsera localizadora en el tobillo, pero les prohibió salir del estado.

El lujoso apartamento de Rusty estaba valorado, según sus datos fiscales, en 2,1 millones de dólares, e hipotecado por 1,3. El magistrado le permitió ofrecer la escritura en fideicomiso y salir a la calle sin que hubiera que tocar dinero en efectivo. F. Ray Zalinski dejó la cárcel por la entrada principal para satisfacer a la prensa, mientras un asociado se escabullía por el garaje del sótano con su cliente escondido en el asiento de atrás. Una vez fuera de la ciudad, pararon en un sitio de galletas y disfrutaron del desayuno. Desde allí condujeron dos horas más hasta una buena clínica de rehabilitación, donde ingresó para un tratamiento de un mes contra el alcoholismo y el abuso de estupefacientes. Rusty no consumía drogas desde la universidad ni tampoco era un alcohólico. Según F. Ray, el primer truco de la defensa en un caso de delito económico era desintoxicar al cliente y usar esa rehabilitación para negociar una sentencia más leve. Además, todo comportamiento delictivo siempre podía achacarse al consumo de sustancias.

La mañana de Kirk no fue tan rodada. Su bella vivienda en una urbanización de acceso controlado tenía valor suficiente para satisfacer al magistrado. Sin embargo, la propiedad todavía era conjunta con Chrissy, a quien no le interesaba poner en peligro su mitad de la propiedad. Se negó a firmar nada y le dijo a Dalmore, el abogado de Kirk, que le daba igual el tiempo que él pasara en el calabozo. Dalmore localizó a Diantha, quien puso en acción al Viejo Stu, que se las arregló para extenderle un «préstamo» a Kirk por cien mil dólares, el efectivo necesario para satisfacer al agente de fianzas.

La fianza de Jack Grimlow era de solo doscientos cincuenta mil dólares, y abonó un diez por ciento de esa cantidad a otro agente a cambio de su libertad. Cuando salió a mediodía, Kirk aún seguía en su celda. Grimlow también consiguió esquivar a los periodistas. Las elecciones eran al día siguiente y no quería que lo vieran.

45

La cobertura incesante del escándalo de los Malloy habría continuado a machamartillo de no haber sido por los comicios. El martes, los votantes acudieron a las urnas con unas cifras de participación que dejaban mucho que desear. Hal Hodge, el aspirante, no había movilizado a nadie más allá de a sus bases. Dan Sturgiss había empezado la campaña con una clara ventaja y después se había esforzado por cargársela de varias maneras. El escándalo de la venta de indultos que seguía en el candelero no lo ayudó, pero, para las diez de la noche de las elecciones, seguía contando con una ventaja de doscientos mil votos, de tres millones depositados, y estaba claro que se encaminaba a su segundo mandato. Cuando se dirigió a sus admiradores desde el salón de baile de un hotel, se tomó unos instantes para proclamar su inocencia y afirmar que no tenía ningún conocimiento de una conspiración de soborno. Hasta logró que se le quebrara la voz y casi lloró ante la mera idea de que alguien pudiera creerlo capaz de algo tan terrible. Hizo juramento de «¡seguir luchando!».

Houston Doyle vio el recuento electoral y el discurso con su esposa, en el despacho de su casa.

—¿Lo crees? —preguntó ella.

—No. Pero es bastante buen mentiroso.

—¿Lo encausarán?

—Sabes que no puedo hablar del caso contigo.

—Claro, es lo que siempre dices, y luego hablamos del caso.

—Depende de Jack Grimlow. Si se mantiene firme y carga con el mochuelo, podría resultar imposible cazar a Sturgiss. El dinero no llegó a cambiar de manos.

—Vale, eso lo entiendo. Entonces ¿cómo condenarás a los Malloy?

—Tenemos grabaciones en las que conspiran para sobornar. Por desgracia, no hay grabaciones de Sturgiss.

—¿De modo que se irá de rositas?

—Ahora mismo, yo diría que las probabilidades son del cincuenta por ciento.

46

Para el jueves, las elecciones ya no eran noticia y la prensa volvía a estar fascinada por los hermanos Malloy, ninguno de los cuales había sido visto. Sus abogados tampoco hacían declaraciones.

De todas formas, saltó la noticia por la tarde cuando el Colegio de Abogados del Estado de Missouri anunció que suspendía de forma temporal la licencia de Kirk y la de Rusty, en espera de posteriores diligencias.

Kirk recibió la noticia mientras se hallaba en la sala de juntas de Nick Dalmore, el penalista que era su abogado defensor. La suspensión significaba que no podía entrar en su despacho, al que le habían cambiado la cerradura de todas formas, ni tampoco ponerse en contacto con ninguno de sus clientes. Dejó a Dalmore y fue a la oficina de Bobby Laker, el abogado que le llevaba el divorcio. Scarlett Ambrose, el pitbull que litigaba en representación de Chrissy, estaba planteando exigencias, entre ellas la de inspeccionar más documentos.

De allí, Kirk fue a su hotel y se emborrachó.

Rusty no tenía acceso a bebidas alcohólicas, pero hubiese matado por una copa. Seguía encerrado en la clínica para cumplir una rehabilitación que no necesitaba, y ya estaba aburrido. Le habían quitado el ordenador portátil, pero logró camelárselos para que se lo devolvieran, de manera que estaba presenciando el desmoronamiento de su mundo vía internet.

El viernes por la mañana, una semana después de los arrestos, su abogado, F. Ray, se reunió con Houston Doyle en el gran despacho del edificio federal. F. Ray era diez años mayor y los dos se conocían y respetaban desde hacía tiempo. En circunstancias normales, Houston habría dado preferencia al abogado más veterano y habría accedido encantado a celebrar la reunión en su despacho, una suite espléndida cuarenta pisos por encima de St. Louis. Sin embargo, en esos momentos Houston era el fiscal federal y todas las reuniones se celebraban a su conveniencia. Además, F. Ray necesitaba algo, un enorme favor, y Houston prefería que la súplica tuviera lugar en su terreno.

Tras tomarse un café y comentar las elecciones, F. Ray se puso serio y dijo:

—Mira, sé que esto es preliminar, pero quiero plantar una

semilla. Quiero que pienses en una cooperación por parte de mi cliente. Si se pone a vuestra disposición y acepta un trato, el caso te resultará mucho más fácil.

—Gracias, Ray. Sé que te preocupa mucho la facilidad de mis casos. ¿Qué puede ofrecerme Rusty?

—Plena cooperación.

—¿Te refieres a que delatará a su propio hermano?

—No se tienen mucho afecto. Llevan en guerra desde que eran pequeños.

—¿Y cuál es su historia?

—Bolton tenía apalabrado el trato en dos millones por un indulto total. Kirk quería a Bolton en la cárcel, de manera que acudió al Chacal con una oferta mejor. Rusty creyó que se trataba de una broma lo de sobornar a un gobernador para mantener a alguien en la cárcel.

—Ja, ja. —Doyle se levantó y caminó hasta la mesa de juntas de caoba. En un extremo había un pequeño reproductor con un altavoz redondo enchufado. Señaló un asiento y dijo—: Por favor, hazme compañía. —F. Ray estaba desconcertado, pero hizo lo que le pedía.

Cuando estuvieron los dos sentados, Doyle dijo:

—Hay tres cintas. La primera la grabó un testigo cuyo nombre no daremos. La segunda y la tercera son del FBI. Creo que te gustarán. —Pulsó un botón y empezó a sonar la primera grabación—. Kirk y Rusty en su oficina —explicó Doyle—. La voz de la mujer se ha alterado, aunque tú de todas formas no la reconocerías.

Media hora más tarde, Doyle pulsó un botón y la tercera grabación se detuvo.

—Tu cliente te miente —dijo.

F. Ray estaba sacudiendo la cabeza, abatido.

—Bueno, no será la primera vez.

—Nada de cooperación, Ray, porque no la necesito. Con

estas cintas los tengo a los dos pillados por las pelotas. ¿Deseas ponerle estas grabaciones a un jurado?

F. Ray sacudió la cabeza un poco más. Al final, dijo:

—¿Qué quieres?

—Extraoficialmente, les ofreceré treinta meses por cabeza, la multa máxima de diez mil y cinco años antes de que puedan solicitar la rehabilitación.

—Ouch.

—Podría ser peor. Podríamos ir a juicio y reproducir las grabaciones. Me recuerda un poco a cuando Bolton se declaró culpable con tal de mantener a esa serpiente enorme alejada del jurado. A veces las pruebas son demasiado contundentes.

47

Esa misma mañana, más tarde, Diantha envió un correo electrónico encriptado a los asociados y demás empleados del bufete. Explicó que las acciones del Colegio Estatal al suspender las licencias de Kirk y Rusty no dejaban a la empresa más alternativa que permanecer cerrada durante un periodo indefinido. Confiaba, con optimismo, en que el bufete «podría» retomar la actividad después de Año Nuevo, aunque advertía que la situación era volátil y no había nada seguro. En la despedida, escribió: «A pesar de todo, os deseo felices fiestas. Diantha Bradshaw, socia gerente».

Siempre la habían conocido como directora gerente. ¿Significaba aquello que era la única propietaria restante del bufete?

A las dos de la tarde del viernes, se reunió con Stuart Broome en el vestíbulo del edificio federal Robert A. Young, en el centro de la ciudad. Le pareció más viejo que nunca, entre otras cosas porque caminaba con bastón. Subieron en ascensor a las oficinas de la Agencia Tributaria, donde los hicieron pasar a una pequeña sala de juntas. La cita con la señora Mozeby, directora de área del estado, estaba programada para las dos y cuarto. Llegó cinco minutos tarde y acompañada por dos esbirros. Nadie les ofreció café.

Para concertar la cita, Diantha se había visto obligada a escalar varias capas de burocracia hasta encontrar a alguien que comprendiera la gravedad de la situación. Esa persona, cuyo nombre ya había olvidado, había conseguido persuadir a la señora Mozeby de que les concediera una audiencia. Para agilizar los trámites, Diantha había enviado por correo electrónico un documento seguro, de dos páginas de extensión, en el que esbozaba el panorama. Al menos no empezarían de cero, y neutralizarían parte del impacto inicial.

Diantha fijó el tono al comenzar con:

—Me gustaría ofrecerles una copia de un acuerdo de inmunidad firmado por el fiscal federal del Distrito Este. Nos cubre tanto a mí como al señor Broome, aquí presente.

—He hablado con el señor Houston Doyle y estoy al corriente del acuerdo —dijo la señora Mozeby con tono frío y formal.

Diantha asintió y prosiguió:

—La evasión fiscal que nos ocupa sigue en curso y nosotros, en representación del bufete de abogados, queremos corregirla, presentar una declaración enmendada y pagar lo que se debe.

—¿Cuánto ha recibido Bolton Malloy en concepto de honorarios por el acuerdo con las tabacaleras?

—Quince millones. Tres millones al año durante los últimos cinco años.

La señora Mozeby estaba impresionada y fulminó con la mirada al esbirro de su derecha. Luego preguntó:

—¿Y cuánto ha declarado como renta?

Diantha miró al Viejo Stu, que contestó:

—Hemos pasado aproximadamente un diez por ciento del total por el bufete. El resto se ha mantenido al margen de la contabilidad, escondido en paraísos fiscales de todo el mundo.

—¿Y quién sabe dónde está escondido?

—Yo, porque lo puse allí a instancias de mi empleador, Bolton Malloy. Quería un plan de evasión bastante agresivo.

—¿Y durante cuánto tiempo se abonarán los honorarios?

—Basándonos en una estimación de los beneficios anualizados del cuatro por ciento, el caudal de ingresos debería prolongarse durante al menos once años más —intervino Diantha.

—¿Y adónde irán esos pagos?

—Al bufete de abogados que los ganó, Malloy & Malloy. Una vez resuelto este desaguisado, declararemos todos los beneficios sin trampa ni cartón.

—Vale, pero el bufete parece estar atravesando unos problemas de bastante calado ahora mismo, si no le importa que se lo diga. Es solo que leo los periódicos. ¿Es justo preguntar cuánto tiempo sobrevivirá la empresa?

—Muy justo. Puedo asegurarle que la empresa sobrevivirá hasta que se haya recibido todo el dinero de las tabacaleras.

—¿Once años?

—Once, doce, trece. Da lo mismo.

—¿Y reconoce que usted estaba al corriente de esta evasión?

—No conocía los detalles y jamás vi el dinero hasta este año. Me gustaría recordarle el acuerdo de inmunidad.

—Sí, ya. —La señora Mozeby respiró hondo y logró for-

zar una sonrisa. Miró de reojo a derecha e izquierda y dijo—:
Muy bien. ¿Cuándo vemos los registros?

El Viejo Stu alzó una memoria USB y dijo:

—Aquí están todos. Puedo repasarlos con ustedes. Llevará una hora más o menos.

—Genial. Vamos a trabajar.

48

Las semanas siguientes se convirtieron en una pesadilla para
Diantha. Durante dieciséis horas al día, rara vez abandonó el
despacho sin ventanas del sótano de su casa. Presidir la implosión de un bufete de abogados con sesenta años de antigüedad era una tarea imposible para la que no estaba preparada.
¿Quién lo estaba? ¿Dónde estaba el manual que explicaba
cómo manejar a los clientes indignados, los asociados desesperados, los jueces con sus exigencias, los plazos incumplidos, la caída de los honorarios, la escasez de activo líquido,
los banqueros inflexibles, los secretarios y ayudantes asustados, un monstruoso aluvión de críticas en las redes sociales,
la siempre molesta prensa y los abogados que sobrevolaban
en círculos como buitres prestos a lanzarse sobre el cadáver?
Entre todo ese caos, sufría la constante distracción de la investigación de los delitos de los Malloy, además de la inspección de Hacienda sobre los chanchullos fiscales de Bolton.
Permaneció en casa porque le parecía más seguro y no quería
arriesgarse a que la localizaran Rusty, Kirk o sus respectivos
abogados. Tanto el bufete de F. Ray Zalinski como el de Nick
Dalmore estaban desesperados por charlar con ella y recurrieron a enviar investigadores a su domicilio. Un guardia de
seguridad contratado por Jonathan los ahuyentó.

Diantha sí que habló con otros abogados, y muchos. Houston Doyle llamaba cada dos días para mantenerla al corriente. Kirk y Rusty se habían blindado a conciencia por lo que a representación legal se refería, y transcurrirían semanas o meses antes de que se fijara fecha para el juicio. Doyle no preveía que llegaran a los tribunales, pero no se daría inicio a ninguna negociación seria acerca de la posibilidad de que se declarasen culpables hasta que pasaran varios meses y los abogados se hubieran llenado los bolsillos. Diantha no podía ni imaginarse el horror de entrar en una sala abarrotada para testificar contra los que habían sido sus compañeros durante tanto tiempo, pero Doyle le aseguró una y otra vez que eso no sucedería. Tenía plena confianza en que, al final, aceptarían los treinta meses y acabarían en una bonita prisión federal.

Diantha soñaba con ese desenlace. Cuanto más tiempo pasaran inhabilitados, más dinero del tabaco acumularía el bufete.

Y ella, Diantha Bradshaw, era el bufete.

Habló con los abogados del Departamento de Justicia que representaban a la Agencia Tributaria y le complacieron los progresos de la investigación. Gracias a los meticulosos registros de Stu, el dinero no fue difícil de encontrar. A principios de diciembre le informaron, de forma confidencial, de que a Bolton Malloy pronto se le imputarían cinco cargos de evasión fiscal.

Habló con docenas de abogados con casos pendientes contra el bufete de los Malloy y les suplicó más tiempo. Habló hasta cansarse del sonido de su propia voz.

Dormía con el sueño irregular, y nunca lo suficiente. No tenía apetito, aunque Jonathan seguía cocinando para ella. Phoebe, su hija, le metió caña hasta conseguir que hiciera yoga y bicicleta estática.

Tenía que escapar. Cuando empezaron las vacaciones de

Phoebe, la familia huyó a Nueva York y luego a París, donde pasaron las Navidades en su hotel favorito. De allí se desplazaron en tren a Zúrich, donde una preciosa nevada había cubierto con su manto la ciudad. Diantha se reunió con varios banqueros. Mientras, en casa, el Viejo Stu movió un poco más de dinero de un lado a otro. Diantha tuvo una cita con un abogado y fundó una sucursal privada suiza de Malloy & Malloy en pleno corazón del centro financiero de Zúrich.

Tomaron otro tren y fueron a los Alpes, encontraron un pintoresco hotel en Zermatt y esquiaron durante una semana. Cuando se cansaron de los descensos, volvieron a Zúrich sin planes de partir en el futuro inmediato. La familia había tomado la decisión unánime de quedarse en Europa.

Encontraron un espacioso apartamento en la quinta planta de un edificio nuevo a orillas del río Limmat. Lo alquilaron durante un año y matricularon a Phoebe en una escuela internacional.

Desde su estrecho balcón, Diantha contemplaba, al otro lado del río, la resplandeciente torre de oficinas del Föderation Swiss Bank, nuevo hogar de su dinero del tabaco.

Quería tenerlo cerca.